DER TEMPELMORD

ECON Historischer Kriminalroman

Von Bernhard Hennen bisher erschienen:

Der Flötenspieler (TB 25123)

Zum Buch:

Zwei mysteriöse Todesfälle erschüttern den Hof von Ptolemaios XII., der in Griechenland im Exil lebt, seit seine Tochter Berenike ihn vertrieben hat. Sein Leibdiener und eine seiner Geliebten werden grausam ermordet. Der Pharao fürchtet um sein Leben, und er beauftragt ausgerechnet die Priesterin Samu und den griechischen Arzt Philippos, die Morde aufzuklären. Beide sind sich im Grunde spinnefeind, aber sie haben nur zusammen eine Chance, den geheimnisvollen Giftmischer zu finden.

Zum Autor:

Bernhard Hennen, Jahrgang 1966, studierte Germanistik, Geschichte und Altertumskunde. Er lebt in Köln und arbeitet als freier Autor und Journalist, u.a. für Radiostationen.

Bernhard Hennen

DER TEMPELMORD

Ein Kriminalroman aus der Zeit Kleopatras

ECON Taschenbuch Verlag

Veröffentlicht im ECON Taschenbuch Verlag
Originalausgabe

Umschlaggestaltung: Init GmbH, Bielefeld
Titelabbildung: The Complete Encyclopedia of Illustration,
Park Lane, N.Y. 1979
Lektorat: Reinhard Rohn
Gesetzt aus der Bodoni
Satz: ECON Verlag
Druck und Bindearbeiten: Elsnerdruck, Berlin
Printed in Germany
ISBN 3-612-25155-4

Für eine Dryade, die mich einen Winter lang in ihr Zauberreich entführt hat.

1. KAPITEL

Der infernalische Lärm des Festzuges übertönte sogar das allgegenwärtige Geschrei der Möwen, die, wie von einem Zauber angezogen, Tag und Nacht um den riesigen Tempel kreisten. Dabei hatte die Spitze der Kolonne noch nicht einmal das Gelände der kleinen Tempelstadt rund um das *Artemision* erreicht. Philippos blickte kurz an sich hinunter und zupfte einige Falten seiner *Toga* zurecht. Er war der einzige im Hofstaat des Ptolemaios, der das Ehrengewand eines römischen Bürgers trug.
Wie die anderen Vertrauten des geflohenen Königs hatte er sich auf den Stufen des Tempels eingefunden, um dem Festzug zu Ehren der Göttin *Artemis* beizuwohnen. Mit ihren fremdartig geschnittenen Leinengewändern und ihrem kostbaren Schmuck hätten die Ägypter überall in der zivilisierten Welt sicherlich Aufsehen erregt, doch hier, in Ephesos, war das nichts Besonderes. Zum Fest der Göttin hatten sich Gäste aus allen Teilen der Welt eingefunden. Makedonische Söldner mit kantigen Gesichtern, Parther in bunten Seidengewändern, die kostbarer als Gold waren, Kaufleute aus Tyros, denen die geölten und parfümierten Bärte bis weit auf die Brust hinabreichten, blonde *Galater* mit beunruhigend blauen Augen, so

wie man sie sonst nur bei den Barbaren aus Gallien und Germanien antraf, ja, sogar einige Römer in schlichten *Togae* waren Philippos in der Menge aufgefallen.
Ein paar Ägypter, und sei es selbst der Hofstaat eines geflohenen Königs, erregten in diesem Völkergemisch kein Aufsehen. Philippos stellte sich auf die Zehenspitzen, um besser den Beginn der Prozession sehen zu können, die keine hundert Schritt mehr entfernt war. Unmittelbar vor dem Arzt stand Potheinos, der erste Eunuch und engste Berater des Königs. Mit seinem schlanken, hageren Körper verstellte er ihm die Sicht. Wie die meisten Beamten des Hofes trug auch Potheinos eine Perücke aus schwarzem Pferdehaar, und Philippos konnte sehen, wie sich glänzender Schweiß in den Falten am Hals des Beschnittenen sammelte. Der Grieche grinste. Wahrscheinlich betete der Kerl gerade zu irgendeinem dieser tierköpfigen ägyptischen Götter um Hilfe, damit ihm der Schweiß nicht die Schminke verwischte. Daran, daß sich bei den Ägyptern auch die Männer schminkten, würde er sich niemals gewöhnen.
Mit einem leichten Stoß in die Rippen riß ihn die Isispriesterin neben ihm aus seinen Gedanken. Sie zeigte auf die Spitze der Prozession und versuchte, ihm etwas zu sagen. Philippos sah, wie sich ihre Lippen bewegten, doch in dem infernalischen Lärm konnte er Samu nicht verstehen. Einen Moment lang verweilte sein Blick auf dem Antlitz der schönen Isispriesterin. Auch sie war so stark geschminkt, daß ihr Gesicht nicht menschlich, sondern wie eine starre Maske aussah. Zwei breite, schwarze Striche rahmten ihre Augen und zogen sich bis zu ihren Schläfen. Die Augenlider hingegen hatte sie sich mit einer körnigen, blauen Paste bestrichen. Ihre Wangen waren mit rotem Ocker eingerieben, und ein noch tieferes Rot glänzte auf ihren Lippen. Philippos wußte, daß sie mehr als eine Stunde brauchte, um diese Maske anzulegen und ihr Haar mit duftenden Ölen zu behandeln. Der Erfolg dieser Strapaze war unbestreitbar. Samu wirkte zugleich anziehend und unnahbar, sinnlich und kalt. Daß sie obendrein auch noch intelligent war und die Schriften des *Hippokrates* mindestens

ebenso gut kannte wie er selbst, ließ die Priesterin dem Arzt vollends unheimlich werden. Es gehörte sich einfach nicht, daß Frauen mehr wußten als Männer! Jedenfalls nicht in Bereichen wie Philosophie und Medizin.
Ein wenig mürrisch wandte sich Philippos von ihr ab und betrachtete wieder die Prozession. Die erste Gruppe, das Priesterkollegium der *Kureten*, war schon fast an ihnen vorbeigezogen. Die Männer trugen tönerne Daimonenmasken und dunkle Gewänder. Die meisten von ihnen waren mit Speeren und Schilden bewaffnet. Wie in Ekstase hieben sie mit den Waffen auf ihre bronzebeschlagenen Schmuckschilde. Andere schlugen Handtrommeln oder bliesen auf kunstvoll gewundenen Fanfaren. Mit ihrem Lärmen hatten die *Kureten*, die in alten Legenden ein Geschlecht von Bergdaimonen waren, einst die zornige *Hera* von der Geburt der *Artemis* abgelenkt. Sie hatten ihr Schicksal mit der Göttin verbunden, und so war es noch heute, denn die Priester des Kuretenkollegiums hatten sich vollkommen den Priesterinnen der *Artemis* unterworfen. Noch vor Sonnenaufgang hatten sie an diesem Morgen mit ihrem Lärmen den Festtag eröffnet. Es war der sechste *Thargelion*, der Geburtstag der *Artemis*, der heute in Ephesos gefeiert wurde, das bedeutendste Fest des Jahres. Ein Tag, an dem auch Dutzende von Hochzeiten begangen wurden, denn es hieß, daß jede Frau, die heute ihren Liebsten empfing, fruchtbar sein würde.
Philippos lächelte versonnen. Vielleicht würde auch er heute abend Glück haben, wenn sich die Dämmerung herabsenkte und das ausgelassene Treiben in den Straßen der Stadt seinen Höhepunkt erreichte.
Hinter den *Kureten* folgte der schwergewichtige *Megabyzos*, der Vorsteher des Tempels. Er trug ein langes, weißes Gewand, dessen Saum fast bis auf den Boden reichte. Obwohl er mehr als zehn Schritt entfernt vorbeiging, konnte Philippos ihm doch ansehen, wie erschöpft er war. Fast schien es, als halte er sich an der Kette aus dicken Bernsteinperlen fest, die er um seinen Hals geschlungen hatte, und kaum konnte er seinen mit einer hohen Tiara geschmückten Kopf aufrecht halten. Doch

statt weiter über den Zustand des dicken *Megabyzos* nachzugrübeln, den die Prozession offenbar an die Grenzen seiner Kraft geführt hatte, musterte der Arzt jetzt lieber die Jungfrauen des *Artemisions*, die dem Tempelvorsteher folgten. Ein leiser Seufzer entfuhr Philippos. Es war, als hätten *Nymphen* und *Nereiden* sich zu einem Festzug vereint. Die Priesterinnen trugen allesamt kurze, strahlend weiße Gewänder, die ähnlich wie der *Chiton* ihrer Herrin geschnitten waren. Ja, sie schienen wahrhaft Abbilder der Artemis zu sein, der ebenso schönen wie unnahbaren Göttin der Geburt und der Jagd. Kaum verhüllte der dünne Stoff ihre schlanken, jugendlichen Körper. Manche der Priesterinnen trugen Bronzehelme mit schwarzen Pferdeschweifen und zeigten, begleitet von Flötenspiel, ausgelassene Waffentänze, eine Anspielung auf das kriegerische Volk der Amazonen, das einst in Ephesos den ersten Tempel der Göttin errichtete.
Was könnte schöner sein, als eines dieser wunderbaren Geschöpfe in den Künsten der *Aphrodite* zu unterweisen, dachte Philippos. Hirngespinste! Nervös leckte sich der Grieche über die trockenen Lippen. Die Priesterinnen der *Artemis* waren den Ephesern genauso heilig wie den Römern die *Vestalinnen*. Wer ihnen auf unkeusche Weise nahe kam, der hatte sein Leben verwirkt. Womöglich würde sogar die Göttin selbst den Frevel strafen und einen ihrer todbringenden Pfeile vom Himmel hinabschießen. Ja, vielleicht empfand sie sogar seine Gedanken schon als Beleidigung. *Artemis* galt als sehr launisch... Philippos blickte zum strahlend blauen Himmel. Nicht eine Wolke zeigte sich, und es gab auch sonst keine beunruhigenden Zeichen.
Erleichtert wandte der Grieche sich wieder dem Festzug zu. Was verschwendete er seine Gedanken an die unerreichbaren Priesterinnen! Es gab auch genug hübsche Flötenspielerinnen und Tänzerinnen in der Stadt. Mit dem Gold, das er von Ptolemaios für seine Dienste erhielt, könnte er sich jedes Vergnügen kaufen! Allein ein Monat als Leibarzt des Königs brachte ihm mehr ein als ein ganzes Jahr in der Legion. Wenn er sich noch ein paar Jahre bei Hof halten konnte, dann hätte er ein

Vermögen verdient und könnte als reicher Mann nach Athen zurückkehren.
Wie aus einem Munde erhob sich ringsherum Jubelgeschrei, und hundertfach wurde der Name der Göttin gepriesen. Das hölzerne Podest, auf dem die heilige Statue der *Artemis* getragen wurde, war in Sicht gekommen. Es war mit Blumen und Früchten geschmückt; kleine Tonfiguren, die Tiere zeigten, standen zu Füßen der Göttin, und sogar ein Schiff mit silbernen Segeln war ihr als Weihgabe dargebracht worden. Das menschengroße Holzbild, das zahllose Generationen von Priesterinnen mit heiligen Ölen gesalbt hatten, war über die Jahrhunderte schwarz wie die Nacht geworden. Die Epheser behaupteten, das Götterbild aus Rebenholz sei vor Äonen aus dem Himmel gestürzt, und es sei älter als ihre Stadt. Schon zu Zeiten den Königs *Kroisos* hatte es keinen Menschen mehr gegeben, der zu sagen wußte, wie alt die Statue sei. Das Gesicht der Artemisstatue wirkte kalt und abweisend, doch hielt die Göttin ihre Arme wie zum Willkommensgruß geöffnet. Vor dem von zwölf Männern getragenen Podest schritten die *Chosmophoroi* und die *Speirophoroi*, Priesterinnen, die den Schmuck und die Gewänder der Göttin trugen. Nur einmal im Jahr, zu ihrem Geburtstag, zeigte der Tempel das nackte, hölzerne Bild der Göttin. Ansonsten war *Artemis* in kostbare Gewänder aus parthischer Seide oder in feinstes Leinen, gefärbt mit Tyrener Purpur, gehüllt.
Mehr als zwanzig Priesterinnen waren nötig, um den Schmuck der Göttin zu tragen. Es waren goldene Armreife und Diademe, Perlenketten, Ohrgehänge aus hauchdünnen Goldplättchen und mit bunten Edelsteinen verzierte Gürtel. Philippos gingen schier die Augen über. Mit dem, was dieser Schmuck wert sein mußte, könnte man eine ganze römische Legion ausrüsten und auf ein Jahr lang besolden. Was *Artemis* wohl davon hielt, daß diese Ionier sie mit Gold behängten, so als sei sie eine parthische Prinzessin? Die Griechen der Provinz *Asia* waren schon ein seltsames Volk. Sie hatten die Prunksucht der Perser übernommen, und wenn man die Standbilder, die sie der *Artemis* errichteten, mit denen verglich, welche die Tem-

pel der zivilisierten Welt schmückten, dann mochte man kaum glauben, daß es sich um ein und dieselbe Göttin handelte. Was hatten die Epheser nur aus der stolzen Jägerin in ihrem kurzen *Chiton* gemacht!

Unwillig blickte Philippos zu jener Priesterin hinab, die das seltsamste Kleidungsstück der Göttin trug. Es war ein breiter, bis unter die Brüste reichender Gürtel, auf den die gegerbten und mit Kräutern und Sägespänen aufgepolsterten Hodensäcke jener Stiere aufgenäht waren, die man der *Artemis* im Frühjahr geopfert hatte. Barbarisch! Wenn der Statue dieser Gürtel umgeschnallt war, dann sah es so aus, als habe sie zwei Dutzend Brüste. Doch was wollte man von korrumpierten Ioniern schon erwarten! Wer über Jahrhunderte mit den Persern paktiert hatte, konnte wohl von den seltsamen Gottesvorstellungen der Orientalen nicht unberührt bleiben.

Trotz seines Ärgers stimmte auch Philippos in das Jubelgeschrei zu Ehren der Göttin ein. Es war seine *Artemis,* die Herrin der Jagd und Geburt, deren Namen er laut hinausschrie. Ihr und nicht jenem Zerrbild, das die Epheser aus der jungfräulichen Göttin gemacht hatten, galt seine Verehrung.

Im Grunde genommen hatten die Ionier *Artemis* gestohlen. Jeder Gelehrte wußte, daß die Göttin auf Delos geboren worden war, doch die Epheser behaupteten frech, dies sei nicht wahr, und zeigten Besuchern einen Hain, in dem angeblich unter einem uralten Ölbaum *Leto* ihre Tochter *Artemis* entbunden hatte. So lange erzählten sie diese Lügengeschichte schon, daß unter den weniger Gebildeten längst ihre Variante als die Wahrheit galt, zumal sie der Göttin mit dem *Artemision* einen Tempel errichtet hatten, der – zumindest, was seine Größe anging – alle anderen Tempel der Welt übertraf. Achtzig Schritt breit und mehr als hundertdreißig Schritt lang war der gewaltige Bau. Ein wahrer Wald von Säulen trug das Gebäude. Am Eingang des Tempels waren die Säulen mit mannshohen Reliefs geschmückt, die der berühmte Bildhauer Skopas geschaffen hatte. Noch prächtiger aber waren die vier riesigen Amazonen, die das *Tympanon,* den Giebel, des Tempels schmückten. Alles an diesem Tempel erschien Phi-

lippos auf ketzerische Weise überproportioniert. Auch wenn man das *Artemision* zu den Sieben Weltwundern zählte, empfand er den Tempel nicht als schön.
Genausowenig wie bei ihrem monumentalen Bau kannten die Ionier auch nur die geringste Bescheidenheit, wenn es darum ging, den Machtbereich der Göttin zu erweitern. So war sie längst nicht nur Geburtshelferin und Jägerin, sondern auch eine Fruchtbarkeitsgöttin, die über das Gedeihen von Viehherden gebot. Ja, die Epheser sagten ihr sogar nach, daß sie den Seefahrern Schutz gewährte. Deshalb war die hölzerne Statue während der Prozession auch zum Hafen getragen worden, und die *Chrysophoi*, die Träger des Götterbildes, waren mit der Sänfte so weit ins Meer gegangen, bis die Wellen die Füße der Göttin umspülten. Allerdings gab es auch den einen oder anderen Aspekt während der Feierlichkeiten, den Philippos durchaus als eine Bereicherung betrachtete. So hatte es am Vortag in der Arena der Stadt Wettkämpfe und Pferderennen gegeben, und überall herrschte eine so ausgelassene Stimmung, wie man sie sonst nur bei einem Fest zu Ehren des *Dionysos* antraf.
Das Götterbild war längst auf der Prozessionsstraße vorbeigetragen worden, und nach einer weiteren Gruppe von Flötenspielerinnen und Tänzerinnen folgten die mit Girlanden und bunten Bändern geschmückten Stiere, die der *Artemis* geopfert werden sollten. Man hatte die zwanzig schönsten Bullen von den Weiden des Tempels ausgewählt und dazu noch fast hundert Ziegen. Sie alle würden auf dem von Mauern umgebenen Altar vor dem Tempelportal der Göttin dargebracht werden.
Philippos lief das Wasser im Munde zusammen, wenn er an all das Fleisch dachte, das bis zum Ende des Tages noch aufgetischt werden würde. Für den Tempel, also für die Priesterinnen und ihre Gäste, würden die besten Stücke zurückbehalten werden, während das übrige Fleisch vom Kollegium der *Kureten* nach einem strengen Ritual an die Vertreter der verschiedenen Stadtviertel von Ephesos weitergegeben würde. Jeder Bürger sollte einen Anteil am Fleisch der Opfertiere erhalten.

Philippos dachte an seine Kindheit in Athen. Sein Vater war ein armer Töpfer gewesen, und es hatte nur sehr selten Fleisch in ihrem Haus gegeben. Doch jedes Jahr, wenn das Fest zu Ehren der Athene, der Schutzpatronin der Stadt, gefeiert wurde, hatten die Töpfer und Schmiede, so wie es von alters her ihr Recht war, das Hirn der Opferstiere erhalten. Als sei es erst gestern gewesen, konnte er sich daran erinnern, wie er und seine beiden Brüder vor der Tür ihres Hauses darauf gewartet hatten, daß der Vater mit einem blutigen Leinenbeutel die enge Gasse herunterkam, die zur *Akropolis* führte. Anschließend hatten sie nicht von der Seite ihrer Mutter weichen wollen, während sie an der Herdstelle das Mahl bereitete. Obwohl er heute manchmal die Ehre hatte, zu Gast an der Tafel des Ptolemaios zu sein, so hatte Philippos nur selten etwas zu essen bekommen, das ihm so köstlich mundete wie das gekochte Hirn und die frischen Brotfladen, die es an den Festtagen seiner Kindheit gegeben hatte.
Gedankenverloren blickte der Arzt dem hölzernen Götterbild nach. Für ein Jahr lang würde *Artemis* nun in das Allerheiligste des gewaltigen Tempels zurückkehren. Merkwürdig genug, daß diese Art des Kultes den Menschen des barbarischen Landes gefiel. Zu Tausenden kamen sie jedes Jahr in die Stadt, um den riesigen Tempel zu bewundern, und sie brachten ihr Geld mit und gaben es für allen möglichen Unsinn aus. Er konnte es durchaus verstehen, dachte Philippos, wenn man einen Monatssold beim Würfeln verspielte oder in Wetten bei einem Wagenrennen steckte. Auch eine schöne *Hetaire* war es wert, daß man sich großzügig zeigte. Doch wie man sein Silber für Ton- oder Elfenbeinfigürchen ausgeben konnte, die eine Nachbildung der mit Stierhoden behängten *Artemis* darstellten, das würde er niemals begreifen! Und doch konnte man überall in der Stadt kleine Skulpturen der Göttin kaufen oder auch kostbare, rotfigurige Amphoren und Schalen erwerben, die Szenen aus dem Leben der Göttin zeigten.
Es war etwas anderes, wenn man ein schönes Weihgeschenk kaufte und es der Göttin stiftete. Er selbst hatte dies vor eini-

gen Wochen erst getan, und Philippos war sicher, daß die Göttin schon wußte, daß er nicht dem seltsamen Irrglauben der Epheser anhing. Einen halben Monatslohn hatte er für eine silberne Fibel ausgegeben, die als Gewandschmuck der Göttin dienen mochte. So, wie man einen Herrscher beschenkte, um sich seiner Gunst zu vergewissern, so war es auch bei den Göttern klüger, nie geizig und selbstherrlich zu erscheinen. Sie waren launisch und vermochten einem das Leben durch allerlei Schicksalsschläge zu erschweren. Schließlich konnte allein *Artemis* wissen, wie lange der Hofstaat des Ptolemaios noch auf dem Gelände ihres Heiligtums Zuflucht suchen mußte. So wie die Dinge standen, würde der König nicht aus eigener Kraft, sondern nur mit Hilfe römischer Waffen seinen Thron zurückerobern können.

Philippos betrachtete die kleine Schar Ergebener, die Ptolemaios in den zwei Jahren, die er nun schon fern von Ägypten war, die Treue gehalten hatte. Es waren erschreckend wenige! Doch zum Glück gab es auch noch andere, die offenbar fest mit der Rückkehr des Herrschers rechneten. Vor ein paar Wochen erst war eine Gesandtschaft von Priestern aus einem Tempel tief im Süden des Landes nach Ephesos gekommen, um sich mit Ptolemaios zu beraten, und vor drei Tagen hatte eine Galeere kostbare Geschenke aus der Hafenstadt Tyros gebracht, mit der sich die dortigen Handelsherren der Neigung des Herrschers versichern wollten. Es lag allein bei Aulus Gabinius, dem römischen *Proconsul* von Syrien, ob Ptolemaios wieder in Alexandria herrschen würde. Noch wartete der Römer geduldig auf einen Befehl des Senats für diesen Feldzug, doch vielleicht würde schon bald die Verlockung des ägyptischen Goldes so groß werden, daß er es auch ohne diesen Befehl wagte, seine Legionen in Marsch zu setzen. Das war es, worauf der König hier in Ephesos wartete!

In der Nähe des Herrschers war Unruhe unter den Hofbeamten entstanden. Philippos konnte von seinem Platz aus nicht genau einsehen, was geschah. Es schien, als sei jemand gestürzt, und Batis, der nubische Leibwächter, baute sich schützend neben Ptolemaios auf. Es konnte keinen Zweifel mehr geben, daß es auf der Treppe zu einem Handgemenge gekommen war! Wild um sich schlagend bahnte sich einer der Hofbeamten seinen Weg zur Prozessionsstraße. Schon waren auch einige der Tempelsklaven, die an blumenumwundenen Stricken die Opferstiere führten, auf den Mann aufmerksam geworden.

Was zum *Zeus* ging dort vor sich! Philippos reckte den Hals, um den Mann besser erkennen zu können, der sich wie ein Besessener gebärdete. Wie fast alle Beamten trug auch er eine Perücke, dazu Goldschmuck und ein langes weißes Gewand. Sein Gesicht jedoch war von Philippos abgewandt. So als sei er betrunken, taumelte der Ägypter hin und her. Mit wilden Schreien preßte er sich die Hände auf das Gesicht. Jetzt rempelte er einen der Tempelsklaven an. Einer der Stiere schnaubte unruhig. Man hatte den Tieren vor der Prozession ein wenig Schlafmohn unter das Futter gemischt, damit sie sich nicht vor dem Lärm und den Menschenmassen erschreckten, doch mit einer solchen Situation hatte keiner rechnen können.

Endlich konnte Philippos einen Moment lang das Gesicht des Tobenden sehen. Es war blutüberströmt, so als habe er sich die Haut von den Wangen gezogen. Offenbar konnte er nicht mehr sehen. Er taumelte direkt auf einen Stier zu und begann, mit seinen Fäusten auf den Rücken des Tieres einzuschlagen. Wild schnaubend riß der Stier seinen Kopf hoch, und dem Sklaven, der ihn begleitete, glitt das Seil aus den Händen, an dem er das mächtige Tier geführt hatte. Ungestüm mit den Hufen auskeilend, verschaffte sich die Bestie Platz. Panik breitete sich unter den Tempelsklaven aus. Auch andere Stiere zerrten schon an ihren Halsschlingen. Das von dem Wahnsinnigen aufgescheuchte Tier verfiel in Trab und stürmte die Prozessionsstraße hinunter auf das Götterbild zu.

Philippos hielt den Atem an. Wenn der Stier das Bild der *Artemis* zum Stürzen brachte, dann hatten vermutlich alle Ägypter in der Stadt ihr Leben verwirkt! Diese Schmach würden die Göttin und die Epheser nicht ungestraft hinnehmen!

Die Jubelrufe waren verstummt. Einige beherzte Männer versuchten, sich dem Stier in den Weg zu stellen. Der erste von ihnen wurde von den Hörnern der Bestie zu Boden geschleudert. Kreischend stoben die Tänzerinnen auseinander, die die Marschkolonne hinter der Artemisstatue bildeten. Keine zehn Schritt trennten den tobenden Stier jetzt noch von der Trage. Fünf oder sechs Männer hingen an seinem Hals, um das Ungetüm zum Stehen zu bringen.

Von weiter vorne waren jetzt einige Priesterinnen herbeigeeilt, und selbst der Lärm, den die *Kureten* an der Spitze des Zuges veranstaltet hatten, war mittlerweile verstummt. Endlich gelang es, den Stier aufzuhalten!

Eine riesige Gestalt drängte sich die Tempelstufen hinab und lief auf die Straße. Es war Batis, der Leibwächter des Königs! Der hünenhafte Nubier setzte dem Störenfried nach, während gleichzeitig von allen Seiten Männer aus der Menge herbeieilten, um den Wahnsinnigen zu ergreifen. Doch noch bevor einer von ihnen den Ägypter erreichte, brach der Wahnsinnige plötzlich in die Knie und schlug lang auf den Boden, so als habe ihn ein Donnerkeil des *Zeus* gefällt. Erschrocken wichen die Bürger und *Kureten* ein Stück vor ihm zurück. Nur Batis kniete sich an seiner Seite nieder und legte seine mächtige Hand auf die Brust des Wahnsinnigen.

Was mochte nur mit dem Mann los sein? Auch Potheinos, der oberste Eunuch des *Pharaos*, war inzwischen die Treppe des Tempels hinabgestiegen. Unterwürfig verbeugte er sich vor den Priestern und begann dann, gestikulierend auf die *Kureten* einzureden.

Ringsherum war das Lärmen der Bürger verstummt. Diejenigen, die den Ägypter aus der Nähe gesehen hatten, wirkten verstört. Andere wiederum hatten die Gesichter ängstlich zum Himmel erhoben, so als sähen sie in der Unterbrechung der feierlichen Prozession ein Vorzeichen der *Artemis*. Nur das schrille Kreischen der Möwen, die unablässig um den von himmelhohen Säulen getragenen Tempel der Göttin kreisten, und die Stimme des Potheinos waren zu hören.

Schließlich breitete einer der *Kureten* mit gebieterischer Geste die Arme aus. »Der Frevler ist tot! Die Ehre der Göttin ist wiederhergestellt. So rühmet nun die *Artemesia Ephesia*, die

Herrin unserer Stadt!« Die Stimme des Mannes klang durch seine tönerne Daimonenmaske so dunkel und unheimlich, als spräche ein Bote des *Hades*.
Einen Augenblick noch währte Stille. Die Menschen konnten die Worte des Priesters kaum fassen. Dann rief irgendwo in der Menschenmenge eine Frau den Namen der Göttin, und als sei ein Bann gebrochen, stimmten Hunderte in ihren Jubelschrei ein.
Inzwischen hatte Batis den gestürzten Hofbeamten auf seine Arme genommen. Zwei *Kureten* geleiteten ihn an den Stufen des Tempels vorbei durch die Reihen der dichtgedrängten Zuschauer. Leblos hing der Körper des Hofbeamten in den Armen des Nubiers, und jetzt endlich konnte der Arzt das Gesicht des Mannes erkennen, der für die ganze Aufregung gesorgt hatte. Es war Buphagos, der Mundschenk des *Pharaos*. Der Makedone mit seinem runden Gesicht war Philippos nie sonderlich aufgefallen. Er war ein unscheinbarer Mann gewesen, und soweit der Grieche dies beurteilen konnte, war Buphagos auch nicht in die Intrigen am Königshof verwickelt. Was, bei den Göttern, mochte ihn nur dazu gebracht haben, sich wie ein Besessener zu gebärden und die Prozession zu stören? Die Epheser hatten dem König und seinem Hofstaat Asyl gewährt, nachdem Ptolemaios wegen der Morde an den Gesandten seiner Tochter Berenike gezwungen gewesen war, Italien zu verlassen. Doch würden sie ihn nach diesem Zwischenfall noch länger in ihrer Stadt dulden?
Der Prozessionszug hatte sich inzwischen neu formiert. Einmal noch sollte das Bild der Göttin um den riesigen Tempel herumgetragen werden, dann würde man *Artemis* wieder in ihre kostbaren Gewänder hüllen und zum Giebel des Tempels hinauftragen, von wo aus sie der Opferung der ihr geweihten Stiere und Ziegen beiwohnen würde.

Den ganzen Weg über hatte Philippos kein Wort herausgebracht. Verärgert musterte Samu den mürrischen Griechen aus den Augenwinkeln. Wenn er glaubte, er könne seine schlechte Laune an ihr auslassen, dann hatte er sich geirrt. Sie

war erst vor zwei Wochen aus Pompeji nach Ephesos gekommen, doch hatte sie sich in der kurzen Zeit schon mehr als genug über ihn geärgert. Dieser aufgeblasene ehemalige Legionsarzt spielte sich auf, als sei er *Hippokrates* persönlich. Als neuer Leibarzt des Ptolemaios glaubte er, sie gängeln zu können, und wann immer sie auch nur einen Kräutertrunk gegen eine Magenverstimmung ansetzte, meinte er, sich einmischen zu müssen. Selbst in die Erziehung Kleopatras hatte er ihr schon hineingeredet! Der Grieche hatte doch tatsächlich die Unverschämtheit besessen, der Kleinen zu erklären, als Prinzessin mit makedonischem Blut sei es viel wichtiger für sie, *Zeus* und *Athene* zu opfern, statt den tierköpfigen Göttern eines Barbarenlandes.
Daß sie beide jetzt nicht an dem Bankett teilnehmen konnten, von dem Philippos schon seit Tagen redete, bereitete Samu eine gewisse Genugtuung. Ihr bedeutete der Festschmaus nichts, doch dem Griechen war das Gelage aus ihr unerklärlichen Gründen sehr wichtig gewesen.
Potheinos hatte ihnen beiden den Befehl gegeben, sich den toten Mundschenk noch einmal genauer anzusehen. Samu kannte den Berater des *Pharaos* als kaltblütigen Machtmenschen, der auch vor Morden nicht zurückschreckte, wenn es für ihn darum ging, seine Ziele zu erreichen. Doch als er ihnen den Befehl zur Leichenschau gegeben hatte, wirkte er aufgewühlt, ja sogar regelrecht erschüttert. Ganz so, als habe er etwas Unglaubliches gesehen! Der Eunuch war leichenblaß gewesen, und während er mit ihnen sprach, hatte Samu bemerkt, wie seine Hände zitterten.
»Hier ist es!« Der Priester, der sie und Philippos geführt hatte, wies auf einen niedrigen Stall. »Dort drinnen haben wir ihn aufgebahrt.«
»Na schön«, rief Philippos. »Dann schauen wir uns Buphagos kurz an und erledigen unsere leidige Pflicht. Wir müssen hier ja nicht mehr Zeit verbringen als unbedingt notwendig. Ich bin Arzt: mit Toten habe ich nichts zu schaffen!« Ein wenig steif trat er in den Stall, aus dem ihnen der herbe Geruch von Stroh und Urin entgegenschlug.

»Was ist mit dir? Willst du hier draußen warten?« fragte Samu den jungen Priester.
Der Mann wich ihrem Blick aus. »Ich muß dort nicht hinein. Ich habe ihn schon gesehen... Meine Aufgabe war allein, Euch hierher zu bringen, Herrin.«
Ohne weiter auf den *Kureten* zu achten, trat die Isispriesterin in das Zwielicht des langgestreckten Baus. Ein paar Schritt vor ihr kniete Philippos am Boden und untersuchte Buphagos, den man auf eine alte Pferdedecke gebettet hatte. Weiter hinten im Stall erklang das unruhige Schnauben eines Stiers.
Samu ließ sich neben dem Griechen nieder und betrachtete das Gesicht des toten Mundschenks. Seine Züge waren so gräßlich entstellt, als hätte er im Augenblick des Todes die schrecklichsten Qualen erlitten. Aus seinen Augen war ihm Blut auf die Wangen gelaufen.
»Was glaubst du, woran er gestorben ist?«
Philippos schüttelte den Kopf. »Ich weiß es nicht. Er hat keine Wunden!«
»Und das Blut?«
»Ich kann es nicht sagen. Es sieht aus, als habe er blutige Tränen geweint. Ich konnte keine Verletzungen an seinen Augen finden. Nur ein paar ganz leichte Schrammen, doch die scheint er sich selbst beigebracht zu haben. Es sieht fast so aus...« Der Arzt verstummte.
»Was? Wonach sieht das aus?« Samu beugte sich über den Toten. In dem schlechten Licht konnte man nicht recht sehen, ob er nicht doch kleine Wunden an den Augenlidern hatte. Zumindest waren seine Augäpfel unverletzt. Samu griff nach einem Zipfel der Pferdedecke, spuckte darauf und machte sich daran, das Blut und die dicke, schwarze Schminkpaste um die Augen das Mundschenks abzuwischen.
»Die Göttin. Er hat sie beleidigt...«
Die Priesterin blickte zu Philippos auf. Die Stimme des Griechen war kaum mehr als ein Flüstern, und er machte ein Gesicht, als säßen ihm die *Erinnyen* im Nacken. »Du glaubst, *Artemis* hat ihn getötet?«
Der Arzt nickte. »Man sagt, daß Menschen, die plötzlich ster-

ben, ohne daß es irgendeine erkennbare Ursache für ihren Tod gibt, von den Pfeilen der *Artemis* getroffen wurden. Sie ist eine Jägerin und oft launisch. Kein Gott des *Olymp* versteht es, mit Pfeil und Bogen so umzugehen wie sie. Sieh dir nur Buphagos an! Schau in seine Augen! Sie bluten, ohne daß er eine Wunde hätte. Die Pfeile der Göttin haben ihn in die Augen getroffen. Vielleicht hatte er getrunken und ist deshalb auf den Prozessionsweg getaumelt? Das wäre für die Jägerin sicher schon Grund genug, ihn zu richten.«
Samu beugte sich über das Gesicht des Toten. »Er riecht nicht nach Wein. Es paßt auch nicht zu ihm. Solange ich Buphagos kenne, habe ich ihn noch nie betrunken erlebt.«
»Vielleicht hat er irgend etwas anderes eingenommen? Du weißt nur zu gut, wie viele Kräuter es gibt, die einem noch wesentlich mehr die Sinne verwirren als ein paar Becher Wein.«
Die Priesterin schüttelte den Kopf. »Diese Kräuter, wie du sie nennst, bringen die Menschen den Göttern näher. Außerdem hat der Mundschenk schon vor Schmerzen geschrien, als er von den Stufen des Tempels taumelte. Wenn er wirklich durch die Pfeile der *Artemis* gestorben ist, dann hat die Göttin ihn jedenfalls nicht dafür bestraft, daß er die Prozession gestört hat.«
Philippos strich sich über den Bart und schüttelte leicht den Kopf. »Aber was könnte er getan haben? Weißt du, ob er in die Intrigen des Potheinos verwickelt ist?«
Die Isispriesterin zuckte mit den Schultern. »Ein wirklich guter Intrigant zeichnet sich dadurch aus, daß jeder ihn für harmlos hält.« Es war weniger der Tod des Mundschenks, der ihr Sorge machte, als vielmehr die Konsequenzen, die daraus für Ptolemaios und alle, die mit ihm nach Ephesos gekommen waren, erwachsen konnten. Was geschah, wenn die Priesterinnen der *Artemis* ebenfalls zu der Überzeugung kamen, daß Buphagos von den Pfeilen der Göttin gerichtet worden war? Würden sie Ptolemaios dann vertreiben? Oder würde womöglich gar Schlimmeres geschehen? Es waren keine dreißig Jahre vergangen, seit die Epheser in einer einzigen Nacht alle Römer ermordet hatten, die sich in ihrem Herrschaftsbereich

aufhielten. Auch der sonst so sichere Asylbereich rund um das *Artemision* hatte in dieser Blutnacht keinen Flüchtling zu schützen vermocht. Allein die Götter wußten, ob es ihnen nicht schon bald ähnlich ergehen würde. Immerhin hatte Buphagos das heiligste Fest der Göttin gestört und hatte daraufhin auf rätselhafte Weise sein Leben verloren. Es war schon aus unbedeutenderen Anlässen zu Volksaufständen gekommen.
Die Isispriesterin erhob sich. »Wir sollten den Leichnam des Mundschenks von hier fortbringen lassen. Es ist besser, wenn die Priester der Göttin ihn sich nicht anschauen. Sie könnten vielleicht ebenfalls zu der Überzeugung kommen, daß Buphagos von unsichtbaren Pfeilen getötet wurde. Außerdem möchte ich ihn mir morgen noch einmal bei besserem Licht anschauen. Vielleicht gibt es ja etwas, das wir übersehen haben.«
Philippos nickte heftig. Er war ganz offensichtlich erleichtert, von dem Toten wegzukommen. Schweigend verließen die beiden den Stall. Womit nur konnte sich Buphagos den Zorn der Göttin zugezogen haben, fragte sich Samu. Soweit sie wußte, hatte der Mundschenk auch nicht seltener als andere Hofbeamte den Göttern geopfert. Überhaupt war er eine recht unscheinbare Gestalt gewesen. Es mochte schwerlich jemanden geben, dem Buphagos Anlaß gegeben haben könnte, über einen Mord nachzudenken, geschweige denn, ihn auszuführen. Samu überlegte, ob vielleicht Berenike mit dem Tod des Mundschenks in Verbindung stand. Doch wenn sie über die Macht verfügte, auf so geheimnisvolle Weise töten zu lassen, würde sie sich dann für ihre Anschläge nicht lohnendere Opfer suchen? Der Tod des *Pharaos* zum Beispiel würde sie als älteste Tochter zur legitimen Thronfolgerin machen. Auch ihre Geschwister, die gemeinsam mit Ptolemaios aus Ägypten geflohen waren, wären attraktivere Ziele für einen Mordanschlag gewesen als ein bedeutungsloser Mundschenk. Der Mord an ihm konnte der Tyrannin keinen Vorteil bringen, und es machte folglich keinen Sinn, sie als Urheberin zu sehen. War es also doch *Artemis*, die Buphagos getötet hatte? Bei dem Gedanken an die zornige Göttin fröstelte es Samu.

Der Mond stand schon hoch am Himmel, als Ptolemaios Samu und Philippos in einer kleinen Kammer neben seinem Schlafgemach empfing. Der Raum war schlicht eingerichtet. Es gab zwei Stühle und einen zierlichen Tisch. Der König lag auf einer breiten, mit Kissen und Decken aufgepolsterten *Kline*, die bei jeder Bewegung seines massigen Körpers bedenklich knirschte. Zwei flackernde Öllämpchen tauchten die Kammer in ein unstetes, gelbliches Licht, in dem die Wandbilder, die die Geschwister *Artemis* und *Apollon* auf der Jagd zeigten, seltsam lebendig erschienen.

Mit geübter Geste raffte Philippos den Saum seiner *Toga*, ließ sich auf die Knie nieder und beugte sich so weit vor, daß er mit der Stirn fast den Boden berührte. Noch vor einem Jahr hätte er jedem mit Prügel gedroht, der behauptet hätte, er würde einst vor einem orientalischen Tyrannen niederknien. Doch was tat man nicht alles für einen prall gefüllten Geldbeutel... Es war halt die übliche Art, wie man in Ägypten einen Gott begrüßte, denn nichts anderes war Ptolemaios nach dem Glauben des Nilvolkes. »Ich neige mein Haupt in Demut vor Euch, mein König und Gott.«

Einen Sterblichen Gott zu nennen, kostete Philippos immer noch Überwindung. Diese verrückten Orientalen! Wenn er eines Tages als reicher Mann nach Athen zurückkehrte, würden seine Freunde mit ihm in schallendes Gelächter ausbrechen, wenn er ihnen erzählte, daß er einmal Leibarzt eines Gottes gewesen war. Der Grieche schmunzelte und blickte verstohlen zu Samu hinüber, die neben ihm niedergekniet war. Das Gesicht der Ägypterin zeigte keinerlei Regung, doch Philippos wußte nur zu gut, daß sie den *Pharao* seit den Ereignissen in Rom zutiefst verachtete. Sie würde sich zwar nie gegen ihren Gott erheben, doch vermied die Priesterin es nach Möglichkeit, dem König zu begegnen. Seit ihrer Rückkehr aus Italien widmete sie sich ganz der Erziehung von Prinzessin Kleopatra. So wie die Dinge im Moment standen, würden die Kleine und ihr jüngerer Bruder Ptolemaios XIII. verheiratet, sobald der König nach Ägypten zurückkehrte. Insgeheim hoffte Philippos, daß es nie so weit kommen würde. Es war schon übel genug, sich vor einem alten Fettsack zu demütigen. Vor diesem jungen Weib würde er niemals auf den Knien herumrutschen!

»Erhebt euch«, schnaufte Ptolemaios müde. »Ich hoffe, ihr könnt uns erklären, was heute nachmittag mit Buphagos geschehen ist. Unsere Gastgeber sind, gelinde gesagt, befremdet über den Zwischenfall. Die Hohepriesterin und der *Protokures*, der Vorsteher der *Kureten*, wollen morgen den Leichnam des Mundschenks persönlich in Augenschein nehmen. Wir hoffen, daß dies nicht zu weiteren Verwicklungen führen wird! Unser gemeinsames Opfermahl heute abend war schon unerfreulich genug. Kaum jemand hat gesprochen, und selbst die Tänzer und Flötenspielerinnen schienen bedrückt. Jedermann scheint diesen dummen Zwischenfall als ein böses Omen aufzufassen...«

Philippos schluckte. Er verspürte nicht die geringste Lust, dem *Neuen Dionysos* das Ergebnis ihrer Leichenschau vorzutragen. Bei diesen Ägyptern wußte man nie, wie sie reagieren würden... Erwartungsvoll sah der Herrscher sie an. Auch Samu schwieg. Hatte sie dieselben Befürchtungen wie Philippos? Mit jedem Atemzug wurde die Stille bedrückender. Schon runzelte der König verärgert die Stirn, da endlich räusperte sich Samu und nahm es auf sich, dem Herrscher die unerfreulichen Ergebnisse ihrer Untersuchung mitzuteilen.

Während die Priesterin pathetisch von den blutigen Tränen des Buphagos erzählte, schweiften Philippos' Gedanken zu den Ereignissen des Nachmittags ab. Was mochte der Mundschenk nur getan haben, um so bestraft zu werden? Der Arzt erinnerte sich, wie sich Buphagos, als sie alle gemeinsam mit dem König zum *Artemision* gegangen waren, aus der Gruppe der Höflinge gelöst hatte, um noch einmal zu der Villa zurückzukehren, die die Hohepriesterin des Tempels Ptolemaios als Residenz zur Verfügung gestellt hatte. Was immer Buphagos dort getan haben mochte, es hatte nicht lange gedauert. Schon wenig später war er wieder zurückgekehrt und hatte seinen Platz unter den anderen Höflingen eingenommen. Vielleicht war

Buphagos ja von einem der Haussklaven beobachtet worden, überlegte Philippos. Er sollte sich auf jeden Fall morgen umhören, ob jemand den Mundschenk bei seiner Rückkehr zur Villa beobachtet hatte. Wenn es ihm ganz allein gelang, das Rätsel um den Tod des Hofbeamten zu lösen, würde sich der König ihm sicher erkenntlich zeigen. Ptolemaios konnte ein sehr großzügiger Mann sein, wenn...

»Und was meinst du dazu?«

Philippos schreckte aus seinen Gedanken auf. Der *Neue Dionysos* wirkte gereizt, und seine Stimme klang schrill. Worüber er wohl mit Samu gesprochen haben mochte? »Ich, ähm... Ich kann mich den Worten der ehrwürdigen Priesterin nur anschließen. Sie hat mit ihren Ausführungen vollkommen recht.«

»Möge die *Große Schlingerin* diesem nichtsnutzigen Mundschenk den zweiten Tod schenken«, fluchte der König leise vor sich hin. »Was fällt ihm ein, uns mit seinem Ableben solchen Ärger zu machen!«

Philippos atmete erleichtert auf. Offenbar hatte er die richtigen Worte gefunden. Mit einem stummen Gebet dankte er *Athene* für ihre Eingebung.

»Glaubst du, daß die Hohepriesterin und der *Protokures* zu demselben Ergebnis wie ihr kommen werdet?« Der König blickte jetzt wieder zu Samu.

»Ich muß Euch, Göttlicher, noch einmal darauf hinweisen, daß ich den Toten nicht im hellen Tageslicht untersuchen konnte. Vielleicht habe ich etwas übersehen. Sicher ist jedoch – und das wird auch unser kampferprobter Legionsarzt bestätigen können –, daß Buphagos keine auffälligen Verletzungen an den Augen hatte, obwohl er blutete.«

Philippos nickte zustimmend und warf Samu gleichzeitig einen bösen Blick zu. Er wurde nicht gerne an seine Vergangenheit als Legionsarzt erinnert. Die Chirurgen der römischen Armee standen in dem Ruf, bessere Metzger zu sein, und auch wenn er auf den Feldzügen einige hervorragende Wundärzte kennengelernt hatte, so war es alles andere als eine Empfehlung, als *kampferprobter Legionsarzt* bezeichnet zu werden.

»Und was wäre, wenn ihr dem Toten ein paar Wunden beibringt?«
»Ich bin Heilerin, Göttlicher«, entgegnete die Isispriesterin kühl. »Als Leichenschänderin besudele ich die Würde meines Priesterinnenamtes.«
Philippos verschlug es fast den Atem. Dieses verrückte Weib! Wie konnte sie wagen, so mit dem König zu sprechen. War sie lebensmüde? »Es gibt noch ein viel wesentlicheres Problem, Eure göttliche Majestät«, mischte sich der Arzt ein, bevor Ptolemaios Gelegenheit fand, auf Samus Unverschämtheit einzugehen. »Denkt an die beiden *Kureten,* die Batis begleitet haben, als er Buphagos weggetragen hat. Die zwei müssen den Toten genau gesehen haben. Sie würden es erkennen, wenn wir ihm nachträglich Wunden beibringen würden, die seinen plötzlichen Tod erklären. Auf diese Weise schaffen wir uns nur neue Probleme, denn dann müßten sich die Hohepriesterin und die anderen Leichenbeschauer fragen, wer den Buphagos verstümmelt hat und warum dies geschah.«
»Wenn wir deinen Worten folgen, dann werden die Hohepriesterin und der *Protokures* zu dem Schluß kommen, daß *Artemis* unseren Mundschenk getötet hat. Du bist dir darüber im klaren, was das bedeutet? Von da an wird sich jeder Priester die Frage stellen, ob der Tod des Mundschenks ein Zeichen der Göttin ist. Du weißt, daß wir nicht nur Freunde hier im Tempel haben. Unsere Feinde werden überall verbreiten, daß die Göttin mit der Tötung eines unserer Vertrauten ein Zeichen gegeben hat, daß sie gegen unsere Anwesenheit im Tempelbereich ist. Wir müßten also wieder fliehen!«
»Vielleicht solltet Ihr auf die Weisheit der Göttin und ihrer Priesterinnen vertrauen. *Artemis* wacht über dieses Land, so wie *Isis* über Ägypten wacht.«
Ptolemaios warf Samu einen bösen Blick zu. »Und hat *Isis* uns vor den Ränken unserer Tochter bewahrt? Nein, die Götter haben mit ihresgleichen mehr als genug zu tun, um sich um die Belange der...«
»Ihr seid ein Gott, *Neuer Osiris! Isis* ist Euer Weib, und sie wird Euch wieder zu sich führen.«

»Genug, Priesterin! Euch beiden ist es erlaubt, zu gehen!« Philippos hätte Samu erschlagen können! Wenn sie unbedingt den Zorn des *Pharao* auf sich herabbeschwören wollte, gut, aber wenn sie ihn in ihrer Verbohrtheit mit sich riß... Mit unterwürfiger Miene verbeugte sich der Grieche vor Ptolemaios und verließ rückwärtsgehend den Raum. In den letzten Monaten hatte er sogar schon gelernt, wie man dabei die Tür in den Blick bekam, ohne allzusehr den Kopf verdrehen zu müssen und dadurch eine schlechtere Figur zu machen als die im Palast geborenen, blasierten Speichellecker, mit denen der König sich umgab. Sollte all dies jetzt vorbei sein? Wegen einer Frau?

Diese Priesterin! Er mußte sich beherrschen, nicht vor Wut die Hände zu Fäusten zu ballen. Alles, was er wollte, war, sich mit ein paar Jahren, die er vor diesem feisten Möchtegerngott buckelte, einen ruhigen Lebensabend als reicher Mann zu sichern. Und sie? Sie machte mit ihrem törichten Gerede alles zunichte. *Sie* beleidigte den König, und *beide* wurden sie hinausgeworfen! Sollte *Zeus* sie doch in die finstersten Abgründe des *Hades* schleudern, diese eingebildete Priesterin!

Inzwischen hatten die beiden den Innenhof des kleinen Palastes erreicht, in dem Ptolemaios und sein Gefolge untergebracht waren. Die weitläufige Villa lag am Westhang eines kleinen, langgezogenen Hügels, der sich kaum zweihundert Schritt vom Artemistempel entfernt erhob.

»Dieser Narr, er sollte nicht glauben, daß er die Hohepriesterin täuschen kann! Er macht alles nur noch schlimmer«, grollte Samu leise.

»Und du?« Philippos war mit seiner Geduld am Ende. »Hast du eigentlich einmal darüber nachgedacht, was du mir gerade angetan hast? Ptolemaios hat mir vertraut! Jedenfalls bis heute abend. Es ist mir gleichgültig, wenn du deine Gunst bei ihm verspielst und er dir eines Nachts Batis schickt, um sich ein für alle Mal von deinen aufrührerischen Reden zu erlösen, aber zieh nicht mich in diese Sache hinein!«

Samu lächelte zynisch. »Wie sagtest du auch gleich? *Ich kann mich den Worten der ehrwürdigen Priesterin nur anschließen. Sie hat mit ihren Ausführungen vollkommen recht.* Was wundert es dich, wenn er dir nach solchen Reden unterstellt, daß du mit mir einer Meinung bist.«

»Was zum Henker hast du ihm erzählt?«

Die Priesterin zog eine spöttische Grimasse. »Was soll die Frage? Hast du mir vielleicht nicht zugehört?« Sie lachte. »Ich habe dem *Neuen Osiris* erklärt, daß ich es für durchaus möglich halte, daß *Artemis* Buphagos getötet hat. Doch wenn die Göttin ihn gerichtet hätte, dann hätte sie dafür auch einen Grund gehabt. Ich sagte, daß, wenn es gelänge, die Ursache für sein Ableben herauszufinden, wir mit Sicherheit auch die Priesterinnen der *Artemis* davon überzeugen können, daß unser göttlicher *Pharao* nichts mit den Freveln seines Mundschenks zu tun hat. Dem hast du zugestimmt.«

Philippos erbleichte. »Und wenn er doch etwas mit den Machenschaften des Buphagos zu tun hatte?«

»Dann war es, gelinde gesagt, undiplomatisch von dir, dich meiner Meinung anzuschließen, ohne mir auch nur zugehört zu haben. Doch diese Entscheidung hast du getroffen, und ich trage keine Verantwortung dafür. Ich wünsche dir nun eine gute Nacht, mein Freund. Du solltest auch lieber zur Ruhe gehen. Du machst keinen sehr gesunden und ausgeglichenen Eindruck auf mich.« Abrupt wandte sie sich ab und ging über den Hof davon, ohne sich noch einmal nach ihm umzudrehen.

Diese Hexe! Fassungslos starrte der Grieche der Priesterin hinterher. Er hätte schon vor einem halben Jahr in Rom zu einer etruskischen *Striga* gehen sollen, um sie verfluchen zu lassen. Mit diesem Weib würde es niemals Frieden in seinem Leben geben! Vielleicht sollte er das morgen nachholen. Außerhalb des Tempelgeländes gab es eine kleine Zeltstadt, in der Propheten, Hexen und Magier ihre Dienste anboten. Es würde nicht schwer sein, dort jemanden zu finden, der die Priesterin für ein paar Goldstücke mit einem machtvollen Fluch belegte!

Niedergeschlagen überquerte Philippos den kleinen Hof und ging zu seinem Zimmer. Er war müde, und doch hatte er das

Gefühl, daß er keinen Schlaf finden würde. Irgendwo in der Villa erklang melancholisches Flötenspiel. Auch der König war noch wach.

2. KAPITEL

Samu! Wach auf!«

Müde blinzelte die Isispriesterin den Schlaf aus den Augen und drehte sich auf der schmalen *Kline* herum. Neben ihr stand Kleopatra. Obwohl das graue Morgenlicht noch so schwach war, daß es kaum die Kammer zu erhellen vermochte, war die Prinzessin bereits vollständig angekleidet und geschminkt, ganz so, als sei sie schon seit mindestens einer Stunde auf den Beinen.

»Endlich wirst du wach. Du schläfst wie ein Stein, alte Frau.« Kleopatra lachte. »Sollst du nicht *Isis* jeden Morgen bei Sonnenaufgang mit einem Gebet begrüßen?«

»Die Göttin wird es mir nachsehen, denn ich habe bis tief in die Nacht in ihrem Dienst gewacht.« Die Priesterin streckte sich und schlug die dünne Leinendecke zur Seite. »Was treibt dich kleine Furie eigentlich so früh heraus. Hast du wieder einmal Liebeskummer?«

Die Prinzessin machte eine wegwerfende Geste. »Falls du auf Phrygius anspielst, das ist längst vorbei. Ich werde mich nie wieder in einen Sklaven verlieben. Richtige Männer sind wesentlich interessanter und... Doch darum geht es jetzt nicht. Du mußt unbedingt mit mir zum Tempel hinuntergehen!«

Samu musterte die Prinzessin besorgt. Kleopatras Bemerkung über *richtige Männer* gab ihr zu denken. Nicht, daß sie mit ihren vierzehn Jahren zu jung gewesen wäre, das Lager mit einem Liebsten zu teilen, doch zweifelte die Priesterin daran, daß die Prinzessin schon wußte, wie man sich vor den möglichen Konsequenzen eines solchen Abenteuers schützen konnte. Sie sollte dringend mit Kleopatra über die Wirkungen gewisser Kräuter reden! »Was erwartet mich denn am Tempel? Ist dein neuer Liebster vielleicht ein Priester?«
»Unsinn!« Die Prinzessin schüttelte energisch den Kopf. »Ich habe die Sklaven heute morgen in der Küche reden gehört. Irgend etwas Unheimliches muß beim Tempel geschehen sein. Man sagt, daß *Thanatos*, der Todesgott, aus einem der Marmorfriese gestiegen sei und einen Mann enthauptet habe.«
Samu war mit einem Schlag hellwach. »Was für einen Mann? Ist der Mord wirklich direkt vor dem Tempel geschehen?«
Kleopatra zuckte mit den Schultern. »Ich weiß es nicht. Die Sklaven haben nur behauptet, daß der Tote wie ein Ägypter gekleidet sei. Hassen uns die Götter dieser Stadt, Samu? Hat mein Vater ihnen ein Unrecht getan?«
Die Priesterin unterdrückte einen Fluch und schwang sich vollends von der *Kline*. Sie haßte den Moment, an dem sie morgens ihre nackten Füße auf den kalten Steinboden aufsetzte. Rasch schlüpfte sie in ihr langes weißes Priesterinnengewand, verknotete es kunstvoll vor der Brust und streifte dann ihre Sandalen über.
»Wirst du mich mitnehmen?«
»Ich weiß nicht, ob ein toter Mann der rechte Anblick für eine Prinzessin ist.«
»Aber mein Vater hat mir auch schon erlaubt, bei Hinrichtungen anwesend zu sein. Er meint, ich sollte den Anblick des Todes kennen, um auf den Tag vorbereitet zu sein, an dem ich einst als Herrscherin mein erstes Todesurteil fälle.«
Samu nickte nachdenklich. Sie war unsicher, ob die Entscheidung Ptolemaios' weise war oder ob er seiner Tochter so den Respekt vor einem Menschenleben genommen hatte. Doch jetzt war nicht die Zeit, um in philosophische Grübeleien zu

versinken. »Du darfst mich begleiten, Prinzessin. Aber wenn ich dir sage, daß du zurückgehen sollst, dann wirst du dich meinen Worten fügen und nicht lange mit mir über meine Entscheidung diskutieren.«
»Versprochen!«

Vor dem *Artemision* hatte sich ein ganzer Pulk von Schaulustigen eingefunden, um die lebendig gewordene Statue zu bestaunen. Einige Priester und Tempelwächter versuchten, die Neugierigen zurückzudrängen. Samu mußte energisch darauf pochen, eine Gesandte im Auftrag des Ptolemaios zu sein, um mit Kleopatra überhaupt bis zu den Stufen des Tempels vorgelassen zu werden. Vor dem Eingang zum *Pronaos*, der Vorhalle des *Artemisions*, erhoben sich drei Reihen riesiger Säulen, die über ihren Sockeln jeweils mit mannshohen Reliefs geschmückt waren. An der Säule links neben dem hohen Portal zur Tempelvorhalle, hatte sich eine kleine Gruppe von Männern und Frauen um eine am Boden liegende Gestalt geschart.
Nach den Gewändern zu schließen, mußte es sich bei dem Toten um Buphagos handeln. Doch wie, bei den Göttern, mochte er hierhergekommen sein?
Ein Mann in einem bunt bestickten Leinenpanzer löste sich aus der Gruppe und trat Samu in den Weg. »Seid Ihr im Auftrag Eures Königs hier?«
Samu nickte zögerlich. »Sozusagen...«
Der Fremde runzelte die Stirn. »Sozusagen?« Er mochte höchstens dreißig Sommer alt sein. Sein Gesicht war wettergegerbt und wurde von einer gewaltigen Adlernase beherrscht. »Wie darf ich das verstehen?«
»Wer fragt mich das? Ich stehe unter dem Schutz des Tempels und bin allein der Hohepriesterin Rechenschaft schuldig.«
Der Mann trat einen Schritt zurück und verbeugte sich mit übertriebener Geste. »Verzeiht, wenn ich Eure Würde verletzt haben sollte, ägyptische Prinzessin.« Samu hörte, wie Kleopatra hinter ihrem Rücken zu kichern begann. »Man nennt mich Orestes. Ich bin der *Eirenarkes* von Ephesos, der Beam-

te, der für die Sicherheit der Stadt zuständig ist. Die Hohepriesterin hat mich hierhergebeten, damit ich mir den Toten ansehe. In der Stadt hat es bereits einiges Gerede wegen des Vorfalls während der Prozession gestern gegeben. Kennst du diesen Mann?«

Samu nickte. »Es ist Buphagos, der Mundschenk des *Pharao*. Er war es, der gestern die Prozession störte.«

Orestes preßte die Lippen zu einem schmalen Strich zusammen und musterte Samu einen Augenblick lang. Dann stieß er einen leisen Seufzer aus. »Ihr habt gesehen, was mit dem Leichnam passiert ist?« Er trat zur Seite, so daß die Isispriesterin jetzt das Relief am Sockel der riesigen Säule betrachten konnte, vor der der Tote lag. Die Steinmetzarbeit zeigte den Todesgott als nackten, geflügelten Jüngling, der mit Mohn bekränzt war und ein Schwert an seiner Seite trug. Er hatte ein ebenso schönes wie unnahbares Gesicht, und ein unbekannter Künstler hatte den Marmor so vollkommen bemalt, daß der braungebrannte Körper glänzte wie der Leib eines Athleten, der sich gerade mit Öl eingerieben hatte. Daneben stand eine schöne Frau in einem langen, himmelblauen *Chitonion*, zu dem sie einen schön drapierten roten Mantel trug. Erschrocken hatte sie ihr bleiches Gesicht von *Thanatos* abgewandt und betrachtete den nackten Götterboten *Hermes*, der links von ihr stand.

»Ihr kennt die Geschichte von *Alkestis*, die ihr Leben für ihren Mann *Admetos* gegeben hat? Ich frage mich, ob es ein Zufall ist, daß *Thanatos* den Leichnam des Mundschenks ausgerechnet hier zurückgelassen hat? Oder ist es ein Zeichen dafür, daß dieser Mann sein Leben für einen anderen gegeben hat?«

»Was willst du damit andeuten?« fragte Samu gereizt.

»Die Priesterinnen sind davon überzeugt, daß *Thanatos* in die Gestalt des Marmorbildes gefahren ist und den Toten hierher brachte, um uns eine Botschaft zu übermitteln. Seht ihn Euch an! Seine rechte Hand ist noch blutig, ebenso das Schwert an seiner Seite.«

Samu trat über den Toten hinweg und betrachtete das manns-

hohe Relief. Tatsächlich war die rechte Hand des geflügelten Gottes mit getrocknetem Blut besudelt. Ebenso das Schwert an seiner Seite. Doch das war unmöglich!
Unschlüssig blickte sie auf den Toten hinab. Sein Kopf war mit einem glatten Schnitt abgetrennt worden. Der Schlag mußte mit großer Kraft geführt worden sein. Das sprach dafür, daß ein Gott den Leichnam enthauptet hatte. Aber wie hatte sich *Thanatos* mit Blut besudeln können? Buphagos war schon seit vielen Stunden tot, als der Gott kam, um ihn zu richten, und das Blut des Mundschenks mußte längst in seinen Adern erstarrt sein. Weder in der Nähe des Leichnams noch auf den hellen Marmorstufen des Tempels waren weitere Blutspuren zu sehen. Nachdenklich strich sich die Isispriesterin über ihr Kinn und versuchte sich vorzustellen, wie der Todesbote aus der Säule gestiegen war und was er dann getan haben mochte.
»Zweimal in nur zwei Tagen hat sich uns das Wirken der *Olympier* offenbart«, murmelte Orestes düster. »So etwas ist seit dem Zeitalter des *Herakles* nicht mehr geschehen. Die Hohepriesterin wünscht zur Mittagsstunde Euren König zu sehen, Ägypterin. Sie will mit ihm über die Vorkommnisse reden und darüber, daß beide Ereignisse in Verbindung mit ihm und seinem Hofstaat stehen.«
»Ptolemaios XII., der *Neue Osiris*, ist ebenfalls ein Gott, und kein Sterblicher kann ihm Befehle erteilen. Er wird die Hohepriesterin aufsuchen, wenn es ihm gefällt.«
Samu konnte sehen, wie dem *Eirenarkes* das Blut in den Kopf schoß. Einen Moment lang schien es, als würde er die Beherrschung verlieren. Seine Mundwinkel zuckten unruhig. »Ich hoffe, daß der Gott ein Einsehen in die Wünsche der Menschen hat, sonst könnte es sein, daß er allein im Olymp noch auf Asyl zu hoffen vermag.«
»Ich werde dem *Neuen Osiris* deine Botschaft ausrichten, Orestes«, entgegnete Samu ruhig. »Und ich werde ihm auch deinen Namen nennen, damit er weiß, wie du von ihm redest. Komm, Kleopatra, laß uns jetzt gehen.« Samu hatte sich halb zu der jungen Prinzessin umgewandt, die neugierig das Reli-

ef des blutbesudelten *Thanatos* musterte. Dann stieg sie mit Kleopatra an ihrer Seite stolz die Stufen des Tempels hinab. In der Menge der Schaulustigen bildete sich eine Gasse, so daß die beiden ungehindert passieren konnten. Deutlich hörte Samu das verärgerte Getuschel der Epheser. Sie nannten sie flüsternd eine ägyptische Hexe!

Die Priesterin und die Prinzessin hatten schon fast den Eingang der Villa erreicht, als Kleopatra stehenblieb, um noch einmal zu dem mächtigen Tempel zurückzublicken. »Warum sind die Götter der Griechen so wunderlich, Samu?«

Erstaunt blickte die Priesterin das Mädchen an. »Wie meinst du das?«

»*Thanatos* muß seine Schwertscheide benutzt haben, um Buphagos zu köpfen. Wollte er damit seine Stärke demonstrieren?«

»Wovon redest du?«

»Das Blut... Es war an der Schwertscheide. Hast du denn nicht genau hingesehen? *Thanatos* hat sich nicht die blanke Waffe umgegürtet. Sie steckte in einer Scheide.«

Samu mußte sich eingestehen, nicht so sehr auf diese Kleinigkeiten geachtet zu haben, weil sie sich über die arrogante Art des *Eirenarkes* geärgert hatte. Das Schwert des Gottes war blau angemalt gewesen. Mitunter wählten Künstler diese Farbe auch, um den Schimmer von poliertem Eisen nachzuahmen. Viel mehr hatte die Priesterin sich über die Tatsache gewundert, daß überhaupt Blut an der Waffe war. Doch auch diese Beobachtung paßte zu dem Bild, das sie sich von den nächtlichen Ereignissen gemacht hatte. Hoffentlich kamen nicht die Priesterinnen der *Artemis* zu demselben Schluß, zu dem sie gekommen war! Kleopatra würde sie auf keinen Fall in ihr Wissen einweihen.

»Wir Sterblichen werden das Wesen der Götter nie vollends erfassen können, Prinzessin. Auch wenn uns manchmal ihr Handeln sehr vertraut vorkommt, so tun sie doch schon im nächsten Augenblick wieder etwas, das uns völlig unbegreiflich ist. Betrachte nur *Zeus*, den Mächtigsten aller *Olympier*. Immer wieder gelüstet es ihn danach, das Lager mit Men-

schenfrauen zu teilen, doch kann er sie, obwohl er der erste aller Götter ist, nur selten vor dem Zorn seines eifersüchtigen Weibes, *Hera*, beschützen.«
»Kann es nicht auch sein, daß die Göttinnen in Wahrheit mächtiger sind als ihre Männer?«
Samu lächelte. »Ich denke, es wird nicht mehr lange dauern, bis du selbst die Erfahrung machst, welche Macht Frauen über Männer haben. Dann wird dir die Antwort auf diese Frage klar werden.«

Laute Stimmen im *Atrium* und ein ständiges Kommen und Gehen hatten Philippos aus dem Schlaf gerissen. Er konnte zwar nicht verstehen, worüber gesprochen wurde, doch ließ sich eine unbestimmte, nicht in Worte zu fassende Angst aus den Gesprächsfetzen heraushören, die zu ihm drangen. Offenbar beherrschte das rätselhafte Ende des Mundschenks am gestrigen Tage noch immer die Gemüter der Sklaven und Höflinge.
Eine Zeitlang blieb der Grieche unter seiner warmen Wolldecke liegen und lauschte auf die Geräusche in der großen Villa. An ihm hatte offenbar niemand Interesse. Keiner kam herein, um ihn zu wecken... Man brauchte ihn nicht! Ob dies schon die ersten Konsequenzen aus dem Gespräch mit dem König waren? Es hatte ihn bisher immer gewundert, wie schnell die sonst so oberflächlichen Höflinge bemerkten, wer in Ungnade gefallen war. Es war fast so, als sei man gestorben. Niemand nahm mehr Notiz von einem. Und wenn man hinging und einen der Hofbeamten ansprach oder auch nur mit einer der Tänzerinnen plauderte, mit denen sich der Herrscher gelegentlich vergnügte, dann schien es, als bereite es dem Gegenüber körperliche Qualen, mit einem zu reden. Jede Ausflucht war willkommen, um vor einem solchen Gespräch zu fliehen. Zweimal hatte Philippos in seiner kurzen Zeit am Hof des Königs erlebt, was es hieß, ausgestoßen zu sein. Er hatte es beobachtet und keine besondere Teilnahme für das Schicksal der Betroffenen gezeigt. Jetzt war es vorbei mit seiner Rolle als unbeteiligter Beobachter!

Beklommen blieb er liegen und beobachtete, wie der schmale Streifen Sonnenlicht, der durch ein kleines, hochgelegenes Fenster in sein Zimmer fiel, langsam über den Boden wanderte. Wenn das Licht seine Sandalen erreichte, dann würde er aufstehen. Er konnte sich nicht ewig unter seiner Decke verkriechen! Er durfte jetzt nicht den Kopf verlieren! Wenn er ein Geächteter war, dann würden sich auch daraus noch Vorteile für ihn ergeben! Er mußte nur lange genug darüber nachdenken. Fast jedes Problem ließ sich allein durch Nachdenken bewältigen!

Wenn die Epheser sich gegen Ptolemaios und die anderen ägyptischen Flüchtlinge erhoben, weil sie in dem Vorfall während der Prozession ein schreckliches Omen sahen, dann mochte es Philippos vielleicht sogar das Leben retten, wenn er beim König in Ungnade gefallen war. Geistesabwesend starrte der Grieche auf die kleinen Staubkörner, die in dem goldenen Sonnenstrahl auf und nieder tanzten, der das graue Zwielicht seiner Kammer durchschnitt. Nicht mehr lange, und der Lichtstreifen auf dem Boden hätte seine Sandalen erreicht. Dicht neben den Schuhen lag seine zerknüllte *Toga*. Er hätte sich gestern abend nicht so gehen lassen dürfen! Er hatte das Kleidungsstück einfach zusammengeknüllt und von sich geworfen. Sie war hoffnungslos zerknittert. In diesem Zustand war es unmöglich, die *Toga* noch einmal so zu drapieren, daß ihr Faltenwurf seinen Vorstellungen vom korrekten Sitz dieses unbequemen Kleidungsstücks entsprechen würde. Es blieb ihm nichts anderes übrig, als sie zum Waschen zu geben, damit das Leinentuch frisch gestärkt wurde. Er würde also heute eine *Tunica* statt des unbequemen Staatsgewandes tragen.

Im *Atrium* war lautes Reden und das Tappen vieler Füße zu hören. Offenbar verließ eine Abordnung den Palast. Ob Ptolemaios schon zu dem Gespräch mit der Hohepriesterin des *Artemisions* aufgebrochen war? Als der Lärm im Innenhof verklungen war, ließ sich auch im übrigen Haus kaum noch ein Geräusch vernehmen. Es war, als sei die riesige Villa ausgestorben. Nur ganz selten waren die leisen Schritte der Sklaven zu hören. Offenbar hatte fast der ganze Hofstaat das Gebäude verlassen. Das war die Gelegenheit, um den Plan, den er letzte Nacht geschmiedet hatte, in die Tat umzusetzen.

Einen Moment lang spähte Philippos von der säulengerahmten Loggia ins *Atrium.* Niemand ließ sich auf dem Innenhof sehen. Nicht, daß er etwas Verbotenes plante, doch war es ihm lieber, keine Zeugen zu haben. Mit einem Schritt war er an der Hauswand und stieß die Tür zum Zimmer des Mundschenks auf. Der Arzt huschte durch den schmalen Spalt in den Raum und schloß die rotbemalte Holztür sofort wieder hinter sich. Das Zimmer, das Buphagos bewohnt hatte, war auch nicht größer als seine eigene Kammer, stellte der Grieche zufrieden fest. Potheinos, der die Räume der weitläufigen Villa an die Mitglieder des Hofstaates aufgeteilt hatte, hatte sie beide also als gleichbedeutend eingeschätzt. Nun, Buphagos hatte nicht mehr viel von dieser Ehre.
Das kleine Zimmer war sauber und ordentlich aufgeräumt. Nirgends lag ein zerknülltes Wäschestück oder eine achtlos zur Seite gelegte Schriftrolle. Es gab keine Blumen oder versteckte Hinweise darauf, daß der Mundschenk hier einmal eine Frau empfangen hätte. Es war das Zimmer eines Langeweilers, dachte Philippos spöttisch. Genau das, was er vorzufinden erwartet hatte! Und doch mußte es um den Mundschenk ein Geheimnis geben, denn sonst würde er gewiß noch unter den Lebenden weilen.
Während er sich langsam um die eigene Achse drehte, musterte der Grieche das Zimmer. An der Wand, rechts neben der Tür, stand eine niedrige *Kline* und daneben ein kleines Tischchen auf schlanken Beinen. Neben einer Öllampe mit sorgsam zurückgestutztem Docht lag, in eine Lederhülle geschoben, eine Pergamentrolle. Was der Mundschenk wohl gelesen haben mochte? Neugierig nestelte Philippos am Verschluß der Hülle herum und zog das Pergament heraus. Aufgeregt überflog er die ersten Zeilen des Dokuments.
»Da bewaffnete sich Athene, legte den schimmernden Ägispanzer an, in dessen Mitte das Gorgonenhaupt mit den feurigen Schlangenhaaren starrte, und faßte eines der Geschosse des

Vaters. Dann ließ sie den Olymp von Donnerschlägen erheben, goß Wolken rings um die Berge und hüllte Meer und Land in Finsternis. Hierauf schickte sie ihre Botin Iris zu Aiolos hinab, dorthin, wo in den Abgründen der Erde die Höhle der Winde sich befindet, an welche die Wohnung des Aiolos stößt. Der Fürst der Stürme vernahm…«

Nachdenklich kratzte sich Philippos seinen kurzgeschorenen Bart. Er kannte diesen Text. Er stammte aus dem letzten Buch von *Homers Ilias*. Es war die Stelle, an der die heimkehrenden Griechen der Zorn der *Athene* traf, weil der *Lokrer Aias* die schöne troische Seherin *Kassandra* vom Altar der *Athene* hinweggezerrt hatte, um ihr Gewalt anzutun. Dabei war das Bildnis der Göttin zu Boden gestürzt. Es hieß, daß *Kassandra* in ihrer Jugend eine für ihre Keuschheit berühmte Priesterin des *Apollon* war. Gab es hier eine Verbindung zum Tod des Buphagos? Hatte der vorgeblich so langweilige Mundschenk vielleicht ein heimliches Verhältnis zu einer der Artemispriesterinnen unterhalten? Nachdenklich rollte der Arzt das Pergament zusammen und schob es sich in den Gürtel.

Würde ein Mann, der genau wußte, daß man ihn für den Umgang mit einer Priesterin mit dem Tod bestrafen würde, einen so verräterischen Text offen herumliegen lassen? So leichtfertig würde doch niemand sein, der seine Sinne noch beieinander hatte! Aber waren Verliebte noch bei Sinnen? Nachdenklich setzte der Arzt die Durchsuchung des Zimmers fort. An der Wand links von der Tür stand eine mit schönen Schnitzereien versehene Truhe. Der einzige Ort, an dem man in dieser winzigen, übersichtlichen Kammer etwas verstecken konnte. Der Deckel knirschte leise, als Philippos ihn öffnete, und ein Duft nach Zedern und Wacholder schlug ihm entgegen. In der Truhe lagen einige ordentlich gefaltete Gewänder, an denen noch der Geruch der Öle haftete, mit denen sich Buphagos zu Lebzeiten gesalbt hatte. Vorsichtig hob der Grieche die Gewänder aus der Truhe und stapelte sie neben sich auf dem Boden. Ganz zu unterst fand er einen Papyrusbogen, der um einen mit Löwenköpfen geschmückten Holzstab gewickelt war. Hatte er gefunden, was er suchte?

Vor Erregung zitterten die Finger des Arztes, als er die purpurne Wollschnur löste, die die Schriftrolle zusammenhielt. Um so größer war seine Enttäuschung, als er auf dem *Papyrus* nichts als eine Auflistung von Möbeln, Stoffen, Schmuck und Salbölen fand. Wieder nichts! Verdrossen rollte Philippos den *Papyrus* zusammen, legte ihn in die Truhe zurück und stapelte die Kleider wieder darüber. Was war das für ein Mann, dessen größtes Geheimnis eine langweilige Liste von Tributgeschenken an den *Pharao* war!
Ziellos schweiften die Blicke des Griechen durch das Zimmer. Dicht neben dem Fenster, an der Wand gegenüber der Tür, stand ein Tisch, auf dem ordentlich aufgereiht die Schminkutensilien des Toten verteilt waren. Philippos schlenderte hinüber und betrachtete kopfschüttelnd die kleinen Töpfchen und Tiegel. Was für merkwürdige Gefäße! Der Arzt griff nach einer kleinen Holzstatue, die einen knienden Sklaven im Lendenschurz zeigte. Auf dem Rücken trug der Mann einen riesigen Korb, der sich mit einem hölzernen Deckel verschließen ließ. Neugierig schob der Grieche den Deckel zur Seite. Eine schwarzsilberne Salbe glänzte darunter. Das Zeug, das sich diese ägyptischen Narren unter die Augen strichen. Philippos verschloß das Gefäß wieder und stellte es auf den Tisch zurück. Dicht daneben lag eine schwarze Schieferpalette, die mit Kranichköpfen verziert war. Ein kleiner Rest von grüner Paste klebte in einem Winkel der Palette. Hinter ihr stand ein geöffnetes Holzkästchen, aus dem drei schlanke Alabasterphiolen ragten. Vermutlich Behältnisse für Duftöl. In einer flachen Schale aus Bronze lagen zwei fingerdicke, rötliche Stifte. Sie waren aus Bienenwachs und rotem Ocker, der Farbe, die die Ägypter für Wangen und Lippen verwendeten. Daneben waren einige Spatel und langstielige Löffel aus Elfenbein sauber nebeneinander aufgereiht. Instrumente, die man zum Anrühren und Auftragen der Schminken brauchte. Alle Gefäße überragend stand mitten auf dem Tisch ein Handspiegel. Sein Griff, der in einen breiten Sockel mündete, zeigte eine fein modellierte Frauengestalt in einem langen, vor der Brust verknoteten, Gewand. Zwischen den langen Haaren

der Gestalt wuchsen seltsame Tierohren hervor, und ein Hörnerpaar umrahmte die große, leicht ovale Silberscheibe, die aus dem Haupt der Frau wuchs.
Philippos betrachtete sein Antlitz in dem polierten Silber. Die grauen Haare an seinen Schläfen waren dichter geworden, seit er zum letzten Mal in einen Spiegel geblickt hatte. Vielleicht sollte er sie färben? Sie machten einen alten Mann aus ihm. Der Metallgriff des Spiegels lag kalt in der Hand des Griechen. Diese Ägypter! Alle ihre Götter hatten irgend etwas von Tieren an sich. Was für ein merkwürdiges Volk! Philippos spreizte seinen Daumen zur Seite und blickte der Götterfigur ins Gesicht. Tierohren... Sein Atem stockte. Jetzt, von nahem, erkannte er, aus welchem Metall der Griff gefertigt war. Es war keine polierte Bronze, wie er zuerst angenommen hatte, sondern lauteres Gold! Erschrocken stellte er den Spiegel auf den Tisch zurück. Woher beim *Zeus* hatte Buphagos das Geld, sich einen solchen Spiegel zu leisten?
Ein Geräusch an der Tür ließ Philippos herumfahren. Eine schlanke, junge Frau war in das Zimmer getreten. Philippos kannte sie nur zu gut. Thais, die einflußreichste Dame am Hof des Ptolemaios. Auf Wunsch des Königs mußte sie mit allen Ehren behandelt werden, doch war sie in den Augen des Griechen nichts weiter als eine *Hetaire*. Niemand wußte, woher sie kam, und sie selbst hatte mindestens ein Dutzend widersprechender Gerüchte über ihre Herkunft verbreitet. Soweit Philippos wußte, war sie vor der Flucht aus Alexandria an den Hof des Königs gekommen und hatte mit ihrem kunstfertigen Flötenspiel seine Gunst errungen. Wie *Aspasia*, die einst das Herz des *Perikles* gewonnen hatte, so verstand sich auch Thais durchaus auf mehr als nur die Künste der Liebe. Trotz ihrer Jugend war sie erstaunlich gebildet, kannte die Schriften der Philosophen, beherrschte mehrere Sprachen und Instrumente und war ein steter Quell der Kurzweil. Doch obwohl sie nicht allein dem König ihre Zuneigung schenkte, hatte sie sich Philippos bislang immer verweigert.
Thais schien einen Augenblick lang nicht minder überrascht als er zu sein. Dann hoben sich drohend ihre Augenbrauen.

»Bist du hierhergekommen, um einen Toten zu bestehlen?«
»Du solltest nicht von dir auf andere schließen, schöne Tochter der Nacht«, entgegnete Philippos. »Darf ich erfahren, was mir die Ehre verschafft, dir hier zu begegnen?«
»Allein die Tatsache, daß ich nicht um deine Anwesenheit wußte, alter Bock. Ich hoffe für dich, daß du dich nicht zu irgendwelchen Dummheiten hinreißen läßt. Ich weiß sehr wohl, was Buphagos in seinem Zimmer verwahrte, und wie ich sehe, hast du seinen Homer bereits an dich genommen.«
Philippos räusperte sich. »Ich bin im Auftrag des Königs hier. Ich soll mich um die...«
»Im Auftrag des *Neuen Osiris?*« Thais lachte schallend. »Du solltest nicht Götter in deine Lügen verstricken, Grieche. Ich selbst habe den ganzen Morgen an der Seite des Göttlichen verbracht. Hätte er dir irgend etwas befohlen, ich wüßte es!«
»Meine Befehle sind von gestern abend.« Philippos spürte kalten Angstschweiß seinen Nacken hinunterrinnen. Es war wirklich nicht klug gewesen, sich auf Ptolemaios zu berufen. Dieses kleine Flittchen hatte zu viel Einfluß auf den Herrscher, und es wäre ihr ein leichtes, seine Lügen aufzudecken.
Die *Hetaire* lächelte böse. »Gestern abend? Wir werden sehen, ob der *Neue Osiris* sich erinnert. Er ist ein Gott, und Götter vergessen nichts!«
Der Arzt zuckte mit den Schultern und versuchte, möglichst gelassen zu wirken. »Frage ihn ruhig nach mir. Übrigens schätze ich, daß ihn deine Anwesenheit hier nicht minder interessieren wird als die meine. Was macht eine Frau mit deinem Ruf im Zimmer eines Toten? An einem Ort also, an den sich kaum jemand freiwillig begeben wird. Könnte es sein, daß schon bald noch jemand durch diese Türe treten wird? Einen ungestörteren Ort dürfte es innerhalb der Mauern dieser Villa kaum geben.«
»Du interessierst dich eindeutig zu sehr für Dinge, die nicht die Sache eines Arztes sind, Philippos! Wenn du darauf bestehst, können wir gerne hier warten, und du wirst sehen, wie wenig Wahrheit in deinen ehrlosen Unterstellungen liegt. Übrigens, stimmt es, was man sich von dir erzählt? Teilen Frauen

wirklich nur noch dann mit dir das Lager, wenn du ihnen Geld dafür bietest?«

Philippos errötete. Dieses Weib hatte eine Zunge wie ein *Gladius!* Er durfte sich jetzt keine Blöße geben! Mit Mühe zwang er sich zu einem Lächeln. »Ich denke, diese Geschichten sind genauso wahr wie das, was man sich über dich erzählt. Oder stimmt es etwa, daß du dich vor ein paar Tagen, auf Wunsch unseres göttlichen Königs, so wie Europa den Liebesbezeugungen eines Stieres hingegeben hast?« Natürlich war die Geschichte erfunden, doch war der Grieche sicher, daß man sie, in Anbetracht all der anderen Gerüchte, die um die *Hetaire* kursierten, bei Hof begierig aufnehmen würde.

»Hüte deine Zunge, du Bock! Wen mein Zorn trifft, den ereilt schon bald die Strafe des Gottes. Außerdem, wer sollte schon deinen verrückten Geschichten Glauben schenken?«

»Mag sein, daß man mir nicht glaubt. Vor allem der König wird wissen, was die Wahrheit ist und nicht. Doch womöglich bringe ich ihn mit meiner Geschichte auf eine Idee. Du weißt doch, wie aufgeschlossen er allem Neuen gegenüber ist? Vielleicht würde es ihm ja wirklich gefallen, dich in der Rolle der Europa zu sehen. Auch wenn man dir nachsagt, du seiest in deinen Künsten sehr bewandert, so bist du doch nur eine *Hetaire*, und Frauen wie dich findet ein König und Gott jederzeit aufs neue. Ich meine nur, falls du einen Unfall mit dem Stier erleiden solltest... Übrigens kannst du dich natürlich darauf verlassen, daß ich unseren Streit längst vergessen haben werde, wenn du nach deinem Abenteuer als Europa einen Arzt brauchen solltest.«

Thais erbleichte. Einen Augenblick lang herrschte beklommenes Schweigen zwischen ihnen. Dann warf sie ihm aus ihren großen, dunklen Augen einen Blick zu, als sei sie so rein und unschuldig wie die Artemispriesterinnen. »Ich denke, du bist der am meisten unterschätzte Mann am Hof des *Pharaos*. Es wäre töricht, wenn wir beide uns im Streit trennen würden. Vielleicht sollten wir erwägen, uns bei etwas gemeinsamer Zerstreuung besser kennenzulernen?«

Der Grieche räusperte sich. Dieser Blick! Ihm wurde ganz

anders. »Was mich angeht, so lege ich wesentlich mehr Wert darauf, mit dir in Freundschaft und *mehr* verbunden zu sein, als mit dir eine Fehde auszufechten, bei der wir nur beide verlieren können.«

»Du sprichst mit der Weisheit eines Philosophen. Gerne würde ich noch weiter mit dir plaudern, doch meine Pflicht ruft mich zurück in die Gemächer des *Pharaos*.« Mit einer knappen Verneigung verschwand Thais durch die Tür. Ob sie ihn wirklich in Frieden lassen würde? Sie hatte ihm nicht einmal gesagt, weshalb sie hierher gekommen war! Resignierend blickte sich Philippos noch einmal im Zimmer des Toten um. Es gab einfach nichts, was ihm weiterhelfen konnte. Das einzige, was nicht recht in das Bild des biederen Hofbeamten paßte, war die Tatsache, daß die *Hetaire* des Königs offenbar Interesse an den privaten Dingen des Mundschenks hatte. Oder war sie wirklich nur gekommen, um zu stehlen?

Noch einmal durchsuchte der Grieche gründlich das Zimmer, aber er entdeckte nichts Neues. Jetzt blieben nur noch die Haussklaven, die vielleicht gesehen haben mochten, was Buphagos getan hatte, als er am Vortag kurz vor dem Eintreffen der Prozession noch einmal in die Villa zurückgeeilt war. Außerdem sollte er Thais noch einmal befragen. Es waren gewiß nicht allein melancholische Gedanken an einen aufrechten Toten, die sie in das Zimmer des Mundschenks geführt hatten.

Samu sah den Vögeln zu, die im *Atrium* des Hauses der Hohepriesterin durch das flache Wasser des *Impluviums* hüpften. Fast wie spielende Kinder tollten sie herum und tauchten die Flügel ins Wasser, so daß es schien, als wollten sie sich gegenseitig naßspritzen.

»Ein Bild des Friedens, nicht wahr?«

Die Isispriesterin blickte ungläubig in das verhärmte Gesicht des Eunuchen Potheinos. Es war kein halbes Jahr her, daß er ihren Tod gewünscht hatte, und jetzt sprach er zu ihr von Bildern des Friedens. Potheinos hatte den Kopf auf seine Hände gestützt und schaute unverwandt zu dem Becken.

»Ich weiß, daß du mir nicht glauben wirst, Samu, doch ich habe mit dem Tod des Mundschenks nichts zu tun. Ich weiß so wenig wie du, und mein einziges Interesse ist es, Unheil vom *Neuen Osiris* und den Seinen abzuwenden.«
Die Priesterin wußte nicht, was sie sagen sollte. Schweigend blickten sie zu den Vögeln, die ihr nasses Gefieder der Sonne entgegen reckten. Wie es wohl wäre, ein Vogel zu sein und frei durch die endlosen Weiten des Himmels zu reisen. Samu legte den Kopf in den Nacken und blickte zu den breiten, dunklen Wolkenbänken, die sich vor die sengende Mittagssonne geschoben hatten. Frei! Als Vogel wäre ihre einzige Sorge der Falke, der vom Himmel herabstieß. Doch hier... Sie wußte nicht, wer in dieser fremden Stadt ihr Freund und wer ihr Feind war. Nicht einmal am Hofstaat vermochte sie, zwischen beidem zu unterscheiden. Wie konnte dieser Mann von Frieden sprechen? Sie wußte, daß er in die Intrigen der Verräterin Berenike eingeweiht war. Die Prinzessin war nicht davor zurückgeschreckt, ihren eigenen Vater vom Thron zu vertreiben und schon nach wenigen Monaten gemeinsamer Herrschaft ihre Schwester Kleopatra Tryphaina ermorden zu lassen. Und Potheinos? In Italien hatte er den Tod vieler Menschen in Kauf genommen, um es Ptolemaios unmöglich zu machen, mit Hilfe römischer Waffen wieder an die Macht zu kommen.
Nervös trommelten die Finger des Eunuchen auf die glatte Marmorbank. »Was sie wohl so lange besprechen? Sie müssen doch schon über eine Stunde dort drinnen sein. Meinst du, die Epheser wollen uns wegen dieser dummen Sache vertreiben?«
»Sprichst du von der dummen Sache mit dem Kopf des Mundschenks?«
»Wie meinst du das, Priesterin? Was weiß ich schon von den Bräuchen fremder Götter! Sie haben den Toten bestraft, so wie es auch die *Große Schlingerin* getan hätte.« Potheinos sah zu Samu herüber. Sein Blick war wie die glühenden Kohlen eines Feuerbeckens. Brennender Haß lag in seinen Augen. Ob er wohl glaubte, daß das, was ihm an Männlichkeit fehlte, durch Macht ersetzt werden könnte?
»Falls jemand anderer als *Thanatos* seine Hand an den Mund-

schenk gelegt hat, so könnte dies für uns alle schreckliche Folgen haben. Man muß kein Ränkeschmied bei Hof sein, um zu erkennen, wie gelegen das ungewöhnliche Eingreifen des Gottes dem *Neuen Osiris* gekommen ist.«
»Willst du damit andeuten...« Von einem Augenblick zum anderen war das Gesicht des Eunuchen zu einer leblosen Maske erstarrt. Er verneigte sich und murmelte unterwürfig: »Ich grüße Euch, Göttlicher.«
Ptolemaios war ins *Atrium* getreten, und auch Samu verbeugte sich jetzt vor dem *Pharao*. Hinter dem Herrscher war die zarte Gestalt der Hohepriesterin zu sehen. Sie war ungewöhnlich klein und wirkte zerbrechlich wie eine schlanke Statue. Sie mochte vielleicht fünfunddreißig Sommer gesehen haben und erschien Samu sehr jung für das wichtige Amt, das ihr die Göttin übertragen hatte.
Wortlos durchquerte der *Pharao* den Hof. Der Eunuch und die Priesterin folgten ihm. Erst als sie das Haus der Hohepriesterin verlassen hatten, machte der Herrscher schnaubend seiner Wut Luft. »Sie hat uns gewarnt! Uns, einen König und Gott! Wir sollen das Gelände des *Artemisions* nicht verlassen, weil sie sonst nicht für unsere Sicherheit garantieren kann. Das gleiche gilt auch für euch und alle anderen Mitglieder des Hofstaates. Bei *Serapis*, was hält das Schicksal noch für Schläge für uns bereit? Wir, der rechtmäßige Herrscher beider Ägypten, sind eingesperrt und der Gnade eines Weibes ausgeliefert! Dabei haben meine Ahnen einst sogar über diese stolze Stadt geherrscht.«
»Sollen wir Ephesos verlassen und an einem anderen Ort Asyl suchen, Göttlicher?«
Der Herrscher blieb stehen und hob seine Hände zum Himmel. »An einen anderen Ort gehen? Wohin denn? Wo sind wir denn vor den Meuchlern unserer treulosen Tochter sicher? Selbst die Götter haben sich doch gegen uns verschworen. So wie die Dinge stehen, wäre es sogar gefährlich, vom *Artemision* bis zum Hafen zu gehen. Die Hohepriesterin behauptet, das Volk der Stadt sei außer sich wegen des Frevels, den Buphagos began-

gen hat, als er die Prozession störte. Diese Priesterin hat die Orakel befragt und glaubt nicht, daß die Göttin es war, die den Mundschenk gerichtet hat. Zu guter Letzt glaubte uns dieses respektlose Weib sogar die Warnung mit auf den Weg geben zu müssen, dafür zu sorgen, daß die Machtkämpfe des Hofes nicht an diesem heiligen Ort ausgetragen werden sollen. Angeblich würden wir das Asylrecht der Göttin durch unser schändliches Treiben verhöhnen. Was denkst du dazu, Potheinos? Gibt es jemanden, der das Asylrecht verletzt und weitere Morde plant?« Die Stimme des *Pharao* hatte bei den letzten beiden Sätzen einen drohenden Ton angenommen.
»Nein, Göttlicher! Es war *Artemis*, die den Frevler gerichtet hat. Daran kann nicht der mindeste Zweifel bestehen.«
»Und *Thanatos?*« Samu blickte von einem zum anderen. Die beiden Männer schwiegen. Schließlich machte der *Pharao* eine wegwerfende Geste. »Was wissen wir schon von den Göttern dieses Landes. Du bist Priesterin, Samu. Es ist deine Aufgabe, dich um uns zu kümmern. Wenn du glaubst, wir sind durch *Thanatos* in Gefahr, dann rufe *Isis* zu unserem Schutz an!«
»Die Zauberreiche beschützt nur jene, die ihr Respekt erweisen. Einen Gott zu verhöhnen, ist eine gefährliche Sache. Ich hoffe, Ihr wißt dies, Göttlicher.«
Ptolemaios schnaubte verächtlich. »Wir sind selbst ein Gott, Sterbliche. Vergiß das nicht! Für uns gelten deine Gesetze nicht!«
Dunkle Wolken verfinsterten den Himmel. Es würde nicht mehr lange dauern, bis es zu regnen anfing. Die drei beschleunigten ihre Schritte, während von der See her Donnergrollen ertönte.

3. KAPITEL

Mit klammen Fingern hielt Philippos den warmen Wollumhang, den er um die Schultern geschlungen hatte. Er atmete tief die kühle Meeresluft ein. Es war leicht gewesen, die Tempelwachen zu täuschen. Das war bisher sein einziger Erfolg an diesem lausigen Tag. Sie hatten ihn für einen Römer oder Griechen gehalten. Jedenfalls wurde er nicht mit den Höflingen des Ptolemaios in Verbindung gebracht und hatte ungehindert den Asylbezirk des *Artemisions* verlassen können.
Den ganzen Tag über hatte eine gedrückte Stimmung auf der Villa gelastet. Die Sache mit der Enthauptung des Mundschenks machte den meisten Höflingen angst. Man hörte kein Lachen mehr im Palast. Die Sklaven schlichen mit gesenktem Haupt durch die langen Flure. Selbst das lautstarke Lärmen der Prinzessin und ihrer Brüder war verstummt. Philippos hätte nicht gedacht, daß er es eines Tages einmal vermissen würde. Die Nachforschungen über Buphagos hatten keinen Hinweis auf eine Verschwörung ergeben. Der eitle Kerl war nur deshalb in den Palast zurückgekehrt, um seine verwischte Schminke zu erneuern. Eine Sklavin hatte ihm dabei geholfen. Danach war er sofort wieder zu den Stufen des *Artemisions* zurückgeeilt.

Philippos trat gegen einen Stein, der ein Stück weit über die schlammige Straße hüpfte und dann leise platschend in einer Pfütze verschwand. Was hatte er auch von einem Langeweiler wie Buphagos anderes erwarten sollen? Es gab zwar Gerüchte, er habe eine Affäre mit Thais gehabt, doch ähnliche Geschichten erzählte man sich über jeden zweiten Mann bei Hof. Dem nachzugehen wäre reine Zeitverschwendung. Überhaupt war der Arzt froh, wenn er dieser arroganten, kleinen *Hetaire* in nächster Zeit nicht mehr begegnen mußte. Er hatte ihre Worte noch nicht vergessen, und sie brannten in seinem Herzen wie Salz in einer offenen Wunde. Heute nacht würde er sich beweisen, daß es noch mehr als genug Frauen gab, die mit Freuden sein Lager teilten.
Mit langen Schritten eilte er die Straße entlang, bis sich vor ihm der gewaltige Schatten des Koressischen Tores erhob. Auf dem Wehrgang neben der Toranlage flackerte das Licht einer einsamen Fackel. Die schweren, bronzebeschlagenen Flügel des Stadttores waren verschlossen. Philippos trat mit seinen genagelten *Caligae* gegen die dicken Holzbohlen. Dumpf hallte der Klang seiner Tritte im Torgewölbe wider.
Eine Böe traf den Arzt von hinten, zerrte an seinen Kleidern und brachte ihn fast aus dem Gleichgewicht. Gehetzt blickte Philippos über seine Schulter. In Nächten wie diesen waren die *Erinnyen* auf der Jagd. Das Wetter war viel zu schlecht für diese Jahreszeit. Die Götter zürnten!
Eine kleine Pforte öffnete sich im Tor, und undeutlich erkannte Philippos ein ovales, blasses Gesicht. »Was willst du hier nach Sonnenuntergang, Fremder?«
»Den Sold eines Torwächters aufbessern und ein paar Stunden dieser gräßlichen Nacht an die zarte, warme Haut einer jungen *Hetaire* geschmiegt verbringen.« Der Arzt zog eine Kupfermünze aus dem Geldbeutel an seinem Gürtel und reichte sie dem Soldaten. Das Gesicht verschwand. Hinter den dicken Torbohlen erklang ein knirschendes Geräusch. Dann öffnete sich eine kleine Mannpforte, und der Wächter winkte Philippos herein.
»Wenn du gehst, mußt du noch einmal zahlen.«

»Du willst wohl als reicher Mann sterben!«
Der blasse Soldat spuckte gegen die dunkle Wand des Torgewölbes. »Unsinn! Ich habe die Hälfte meiner Einnahmen an den Hauptmann der Wache abzuführen. Ein Kupferstück kann man schlecht teilen. Wenn du wiederkommst, wirst du noch einmal zahlen.«
»Und wenn ich bis zum Morgengrauen warte?«
Der Soldat lachte heiser. »Du kommst doch vom Tempel. Ich kenne deinesgleichen. Ihr wollt immer vor Morgengrauen wieder im Heiligtum sein, um so zu tun, als hättet ihr die ganze Nacht euer Lager nicht verlassen. Mach mir also nichts vor, Mann.« Das Gelächter des Wächters im Rücken machte Philippos sich davon. Dieser Bastard kannte seine Kunden!
Ärgerlich vor sich hinbrummend durchquerte er das Torgewölbe, folgte dem langen Bau des Stadions und bog dann nach links ab. Hier hatten die mächtigen Handelsherren der Stadt ihre Villen errichtet. Prächtige Häuser mit reich gegliederten, marmornen Fassaden, in denen jetzt Tausende unheilverkündender Schatten zu nisten schienen. Philippos mußte an die Geschichte des *Thanatos* denken, die man sich überall erzählte, wie er als Marmorbild zum Leichnam des Mundschenks geflogen war. Auch hier gab es überall marmornes Schmuckwerk. Flache Reliefs an Giebeln, die Götter und Heroen zeigten. Nervös blickte Philippos über seine Schultern. Der Wind fing sich an Säulenvorsprüngen und Schmuckgiebeln. Allenthalben war ein Pfeifen und Heulen zu hören, als hätten sich die Pforten des *Hades* geöffnet.
Der Grieche beschleunigte noch einmal seinen Schritt. Fast schon laufend eilte er die Straße entlang, bis er das große, aus dem Felsen gehauene Theater erreichte. Dort bog er auf die lange, gerade Hafenstraße ab. Hier waren Menschen! Gelbes Licht leuchtete durch die Ritzen hölzerner Fensterläden. Hier und da huschte ein später Gast dicht an die Häuserwände gedrückt von einer Taverne in die nächste.
Keuchend verharrte der Arzt, um wieder zu Atem zu kommen. Was für ein Bild wäre es auch, wenn er hechelnd in der Tür seiner Gespielin für diese Nacht auftauchen würde.

Als er sich wieder gefaßt hatte, schlenderte Philippos gelassen die Straße hinab. Es gab Dutzende Läden aller Art, die ihre Auslagen längst geräumt und mit Holzläden geschlossen hatten. Jedes dritte oder vierte Haus aber beherbergte eine Schenke oder ein Bordell. Zielsicher strebte der Grieche auf jenes große Haus in der Mitte der Straße zu, das er so gut kannte. Im Erdgeschoß gab es dort einen Bäcker, der sich auf die Herstellung sehr ausgefallener Köstlichkeiten spezialisiert hatte. Brote, die aussahen wie ein *Phallos*, oder auch Törtchen, die in ihrer Form weiblichen Brüsten nachempfunden waren. Eine schmale Holzstiege führte zum ersten Geschoß hinauf, wo entlang eines Säulenganges sechs Zimmerchen lagen, in denen erlesene *Hetairen* ihren Beruf ausübten. An warmen Tagen standen sie oft in ihren durchscheinenden, safranfarbenen Gewändern in den Türen, so daß man sie von der Straße aus gut sehen konnte. Jetzt jedoch waren alle Türen verschlossen.

Mit einem Stoßgebet zu *Dionysos* auf den Lippen, erklomm Philippos die Stiege. Hoffentlich hatte Neaira keinen Besuch. Sie und keine andere wollte er in dieser Nacht!

Über den Türen hingen kleine Laternen. Sie beleuchteten die Namen der Freudenmädchen, die in geschwungenen roten Buchstaben auf den Türsturz gemalt waren. Daneben standen auch jeweils die Preise, die von den Liebesdienerinnen für die Erfüllung der verschiedensten Wünsche verlangt wurden. Im Vorbeigehen las der Grieche die Namen. Aspasia, Phryne, Lais... Sie alle waren schöne Frauen, doch keine von ihnen reichte an Neaira heran.

Philippos dachte an den lauen Nachmittag vor ein paar Wochen, als er Neaira zum ersten Mal gesehen hatte. Es war wie eine Vision gewesen. Wie vom Schlag gerührt war er stehengeblieben und hatte zu ihr hinaufgestarrt, bis sie ihm schließlich zuwinkte. Die zarte Thrakerin erinnerte ihn an Daphne, die Tochter des Amphorenhändlers, die er seine ganze Jugend hindurch angebetet hatte. Doch als Sohn eines armen Töpfers war er bei ihrem Vater nie gerne gesehen gewesen. Der Arzt seufzte leise. Er hatte gemeint, daß Daphne seine Gefühle erwidert hatte. Trotzdem hatte sie den dicken Weinhändler geheiratet, den ihr Vater für sie aussuchte. Sie war der Grund dafür gewesen, daß er zur Legion gegangen war. Er hatte es in Athen nicht mehr ausgehalten. Sie in den Armen dieses geilen, fettbäuchigen *Silens* zu wissen, das war ihm unerträglich gewesen.

Mehr als zwanzig Jahre waren seitdem vergangen. Längst hatte er die Erinnerung an Daphne in seinem Herzen begraben, bis hin zu jenem Nachmittag, an dem er Neaira begegnet war. Sie war Daphne wie aus dem Gesicht geschnitten.

Zögernd lauschte der Arzt an der Tür der *Hetaire*. *Dionysos* schien ihn erhört zu haben! Es war still! Er klopfte und trat ein, ohne auf eine Antwort zu warten. Neaira kauerte mit angezogenen Beinen auf einem Stuhl, vor dem ein flaches Feuerbecken stand. Ein Windstoß wehte durch die offene Tür und ließ die Kohlen aufglühen.

»Sperr die Aiolosboten aus, mir ist kalt«, murmelte die Thrakerin verdrossen. Philippos gehorchte. Bewundernd glitt sein Blick über die schlanken Glieder der *Hetaire*. Sie trug einen safranfarbenen *Chiton*, dessen warmes Gelb das Licht des Sommers eingefangen zu haben schien. Um die Schultern hatte sie ein leuchtend rotes *Himation* geschlungen. Der Umhang war aus dicker Wolle gefertigt und reichte, so wie sie auf dem Stuhl kauerte, bis zum Boden hinab. Das gelbe Untergewand jedoch war knapp geschnitten, bedeckte kaum die Hälfte ihrer Schenkel und war so zart und durchscheinend, als sei es nicht aus Leinen, sondern aus Sonnenstrahlen gewoben.

Das schmale Gesicht der *Hetaire* war von dunklen, bis zu den Schultern herabfallenden Locken gerahmt. Das übrige Haar hatte sie kunstvoll hochgesteckt und mit roten Bändern umschlungen.

Überall im Zimmer waren kleine Öllämpchen aufgestellt. Gemeinsam mit der Feuerschale verbreiteten sie eine schwüle Hitze in dem kleinen Zimmer, dessen Wandmalereien ausschweifende Liebesszenen zwischen bocksbeinigen *Satyrn* und *Nymphen* zeigten.

Draußen rannte eine Sturmböe gegen das Haus an, und ein

eisiger Luftzug wehte durch den Spalt unter der Tür herein. Zitternd zog Neaira das *Himation* enger um die Schultern. »Du bist der erste, der mich in dieser Nacht besucht, Philippos. Man munkelt, daß die Götter wegen des ägyptischen Frevlers erzürnt seien und daß *Zeus* den Sturm geschickt hat, um uns zu warnen.«
Philippos ließ seinen Umhang von der Schulter gleiten und strich sich durch das zerzauste Haar. »Ich weiß nicht, vielleicht ist es auch einfach nur ein Sturm, und morgen scheint wieder die Sonne.«
Neaira nickte. »Hoffentlich hast du recht!« Ihre großen, dunklen Augen ruhten auf ihm. »Du begibst dich in Gefahr, wenn du mich besuchst. Die Gefolgsleute des Ptolemaios sind zur Zeit in der Stadt nicht gerne gesehen.«
Der Arzt lächelte. »Ich denke, ich sehe nicht gerade aus wie ein Ägypter. Du brauchst dir keine Sorgen um mich zu machen. Und was den Zorn der Götter angeht... Komm in meine Arme, und du wirst ihn vergessen.« Philippos trat an die breite, gut gepolsterte *Kline* der *Hetaire* und ließ sich darauf nieder. Er löste den Gürtel mit dem Geldbeutel daran und hängte ihn über das Lager.
»Hast du Zeit?«
Der Arzt lächelte. »Viel Zeit...«
»Gut.« Neaira warf ihm einen scheuen Blick zu. Vorsichtig schob sie das Kohlenbecken dichter an die *Kline* heran. »Ich möchte, daß du mich zuerst einfach nur in die Arme nimmst. Ich weiß, daß du nicht wirklich mich liebst, sondern daß du zu mir kommst, weil ich deiner Daphne ähnlich sehe. Sei in dieser Nacht so zu mir, wie du zu ihr gewesen wärst, wenn du sie hättest trösten wollen. Sei zärtlich und...«
Philippos legte den Finger auf seine Lippen und gebot ihr zu schweigen. Dann winkte er Neaira zu sich. Die *Hetaire* ließ das *Himation* von ihrer Schulter gleiten und erhob sich. Die Spitzen ihre Brüste zeichneten sich dunkel unter dem Stoff des *Chiton* ab. Anders als die Barbarenweiber und Sklavenmädchen der Legionsbordelle war sie rasiert. Kein dunkles Haar verunzierte ihre *Kteis*, wucherte unter ihren Achseln oder auf

ihren schlanken Beinen. »Komm zu mir, meine Geliebte.« Neaira streifte den *Chiton* ab. Sie trug jetzt nur noch ihre silbernen Armreife und ein schmales, rotes Lederband, das um ihren linken Oberschenkel geschlungen war. Daran baumelte ein flaches Elfenbeinamulett, halb so groß wie ein Frauenfinger, das einen erigierten *Phallos* zeigte. Philippos lächelte. Das Amulett würde den Segen der *Aphrodite* beschwören, wenn sie beieinanderlagen, und verhindern, daß seine Kraft vor der Zeit erlahmte.

Er schloß sie in seine Arme und zog Neaira zu sich auf das Lager herab. In ihren Armen konnte er die Welt vergessen. Es war, als hätte es die zwanzig Jahre bei der Legion nicht gegeben. Noch einmal war er der verliebte Jüngling, der die unerreichbare Tochter des Amphorenhändlers anbetete.

Neairas hochgesteckte Haare hatten sich gelöst und strichen ihm durchs Gesicht. Sie dufteten nach Myrte, dem Kräuteröl, das auch die Göttin *Aphrodite* bevorzugte. Philippos' Finger gruben sich in das lange Haar der *Hetaire*, streichelten ihre blassen Wangen und glitten dann tiefer zu ihren straffen Brüsten. Seine Lippen suchten die ihren. Sie waren rot wie frisch vergossenes Blut. Gierig tastete seine Zunge nach ihren Lippen. Sie schmeckten noch nach dem Maulbeersaft, den sie zum Färben benutzt hatte.

Ihre schlanken Finger fanden ihren Weg unter den Saum seiner *Tunica* und glitten über seine Schenkel langsam höher. Philippos stöhnte vor Lust. Ungeschickt mühte er sich, das lästige Kleidungsstück loszuwerden, bis Neaira ihm schließlich half, die *Tunica* über seinen Kopf zu streifen.

Sie ließ sich auf seinem Schoß nieder. Ihre Finger strichen ihm zärtlich durch den Bart, doch ihr Blick wirkte plötzlich traurig.

Philippos hielt inne. »Was ist mit dir, meine zarte *Nymphe?*« Sie lächelte verlegen. »Nichts. Ich dachte nur...« Sie schüttelte den Kopf. »Wirst du mir einen Wunsch erfüllen?«

»Was immer du willst! Du bist mein schönster Traum, das Licht meines Lebens... Was immer du wünschst, ich werde es dir erfüllen.«

»Dann nenne mich Daphne, solange ich in deinen Armen liege.«
»Aber, was soll...«
Neaira strich ihm über die Lippen. »Wirst du mir meinen Wunsch erfüllen?«
Philippos fing ihre Fingerspitzen mit den Lippen ein und hauchte leise: »Ja, meine Liebste... Daphne.«

Samu war schon fast eingeschlafen, als ein scharrendes Geräusch sie aufhorchen ließ. Draußen tobte der Sturm mit unverminderter Wut. Pfeifend strich der Wind um die prächtige Villa, und irgendwo in der Finsternis erklang das Schaben von dürren Ästen, die über einen der hölzernen Fensterläden schrammten. Hatte sie sich getäuscht? War es nur der Sturmwind gewesen, den sie gehört hatte?
Angestrengt versuchte sie, in der Dunkelheit etwas zu erkennen. Sie hätte das Öllämpchen neben ihrer *Kline* nicht löschen dürfen! Da war das Geräusch wieder, und jetzt wußte sie auch, was es war! Jemand hatte die Tür zu ihrem Zimmer geöffnet und nach einem Moment des Verharrens leise wieder geschlossen.
»Wer ist dort?« Samu versuchte, ihrer Stimme einen unerschrockenen, fordernden Klang zu geben, was kläglich mißlang. Es hörte sich mehr wie das heisere Krächzen eines Geiers an. Ihr Mund war staubtrocken.
»Ich, Batis«, ertönte es aus der Finsternis.
Der Priesterin schlug das Herz bis zum Hals. Der Leibwächter des *Pharaos!* Sollte Philippos mit seinen düsteren Prophezeiungen etwa recht behalten? War der Nubier gekommen, um sie auf Befehl des *Neuen Osiris* zu ermorden, weil ihre aufrührerischen Reden dem *Pharao* lästig geworden waren?
»Du mußt mir helfen, Priesterin.«
»Helfen?« Samu hatte sich halb auf ihrem Lager aufgerichtet und drückte sich ängstlich gegen die Wand. Sie traute dem Krieger nicht und überlegte fieberhaft, wie sie aus dem Zimmer entkommen könnte.
»Du bist die einzige...« Die Läden am Fenster des Zimmers

klapperten leise. Von draußen kratzten Äste über das Holz. »Er ist hier!« Batis' Stimme verstieg sich in schrille Höhen, so daß er jetzt fast wie ein aufgeregter Eunuch klang. »Hörst du es auch?«

»Wer ist hier?« Die Priesterin versuchte vergeblich, den Nubier in der Finsternis auszumachen, bis sich plötzlich etwas Schweres auf ihre *Kline* niederließ. Ein unangenehmer, süßlicher Geruch lag jetzt in der Luft. Leichengeruch! Eisige Schauer jagten Samu den Rücken hinunter. Was geschah hier?

»Nur du kannst mir noch helfen, Priesterin«, wimmerte der Krieger leise. »Ich weiß nicht, wie ich ihm entkommen soll!«

»Wem, verdammt nochmal! Von wem sprichst du?« Langsam hatten sich ihre Augen an die Dunkelheit gewöhnt, und sie erkannte die massige Gestalt des Nubiers. Batis beugte sich jetzt weiter zu ihr vor. Gleichzeitig wurde der Leichengeruch noch intensiver.

»Er«, flüsterte der Nubier leise, und die Priesterin spürte seinen warmen Atem auf ihrer Wange. »Der geflügelte Gott. *Thanatos!*«

Unter anderen Umständen hätte Samu die Furcht des Nubiers mit einer spöttischen Bemerkung abgetan. Warum hätten sich die Götter ausgerechnet für ihn interessieren sollen? Doch der süßliche Verwesungsgeruch, der schreckliche, nicht enden wollende Sturm... Waren all das nicht deutliche Zeichen dafür, daß etwas Unfaßbares geschah? Vielleicht stand der Todesgott schon unmittelbar hinter dem Leibwächter des *Pharaos?* Kalter Schweiß perlte von ihrer Stirn. »Hast du den Gott gesehen?«

»Ich kann ihn hören. Sein Flügelschlagen. Es kommt immer näher. Lausch nur!«

Samu hielt den Atem an und öffnete sich ganz den tausend Geräuschen der Nacht. Dem schrillen Pfeifen des Windes, der durch den Säulengang vor ihrem Zimmer toste. Dem Klappern der Fensterläden. Dem Rauschen der Bäume. Ganz schwach war sogar die Meeresbrandung zu hören. Das Geräusch der Wellen, die sich in weißen Gischtwolken donnernd an den Klippen brachen. Flügelschlagen jedoch konn-

te sie nicht vernehmen. Doch was hieß das schon? Wenn *Thanatos* wirklich Batis verfolgte, warum sollte er sich dann gleichzeitig auch ihr offenbaren? »Was hast du getan?«
»Ich habe den Befehl des Gottes befolgt. Ich... ich konnte nicht anders«, stammelte der Nubier heiser. »Ich hatte Angst, ...doch ich mußte es tun. Er ist doch ein Gott.«
»Und dafür verfolgt dich *Thanatos* nun?« Samu begriff nicht, was der Krieger ihr sagen wollte. Hatte die Angst seinen Verstand verwirrt?
»Nicht *Thanatos*! Der *Neue Osiris* hat mir den Befehl gegeben, den Kopf des Mundschenks abzuschlagen. Ich sollte ihn wegschaffen und das Ganze so aussehen lassen, als habe es der Totengott mit dem Schwert getan. Begreifst du? Sie wollten, daß ich den Kopf verschwinden lasse, damit die Priesterinnen sich nicht davon überzeugen konnten, daß *Artemis* Buphagos getötet hat..., daß ihre Pfeile ihn durchbohrten, ohne auch nur eine Wunde zu hinterlassen. Aber ich konnte den Befehl des Gottes nicht zu Ende führen. Ich konnte den Kopf nicht ins Meer werfen. Ich habe im Mondlicht gesehen, wie mich die Augen des Toten vorwurfsvoll anstarrten. Buphagos hat mich verflucht, und jetzt verfolgt mich dieser geflügelte Gott.«
»Und was hast du mit dem Kopf getan? Wo ist er jetzt?«
»Hier.« Der Nubier drückte ihr etwas in die Hände. Klebriger Leinenstoff streifte ihre Finger. Eine neue Welle von Verwesungsgeruch schlug Samu entgegen. Mit einem spitzen Schrei schob sie das unaussprechliche Bündel zu Batis zurück. Fassungslos rang die Priesterin nach Worten.
»Du... du hast es die ganze Zeit aufgehoben?«
»Ich habe den Kopf in meinem Zimmer versteckt. Ich habe einen Sack darüber gestülpt, aber es nutzt nichts. Er verfolgt mich, und seine Augen sehen mich durch das Leinen hindurch an. Ich... er will meinen Tod. Er hat den geflügelten Gott gerufen. Er ist immer in meiner Nähe. Aber ich habe doch nicht anders gekonnt... Verstehst du? Mir hat ein Gott befohlen, mich an einem Gott zu vergehen! Was sollte ich tun? Ich habe das Bildnis des Flügelmannes mit Hundeblut beschmiert, damit es so aussah, als habe er Buphagos enthauptet und den

Kopf des Mundschenks mit sich in sein Götterreich genommen. Ich hatte keine Wahl... Wie auch immer ich mich entschieden hätte, ich hätte auf jeden Fall einen der Götter beleidigt, und ich habe mein Leben dem *Neuen Osiris* geweiht. Ich mußte es tun... Bitte, Samu, du mußt mich beschützen! Wenn ich mit meinem Leben für meine Taten bezahlen muß, so sei es. Es ist nicht der Tod, den ich fürchte. Es ist die ewige Finsternis. Der Flügelmann wird kommen und mich hinwegzerren in seine dunkle Geisterwelt. Ich... Du bist Priesterin. Hilf mir, dem zu entgehen. Du bist der einzige Mensch, der mich noch retten kann.«

Fassungslos hatte Samu der wirren Geschichte des Nubiers gelauscht. Sie war nicht sicher, ob der Krieger wirklich vom Totengott verfolgt wurde, doch murmelte sie vorsichtshalber leise eine Schutzformel und schlug mit der Linken ein Zeichen, das böse Geister abwehrte. Sie mußte an die Ereignisse in Italien denken. Daran, daß sie sich geschworen hatte, dem Nubier nie mehr zu helfen. Doch konnte sie es riskieren, ihn jetzt einfach hinauszuwerfen? Der Krieger war kurz davor, den Verstand zu verlieren. Was würde geschehen, wenn sie ihn aus ihrem Zimmer vertrieb? Womöglich würde Batis durch irgendeine unbedachte Handlung den ganzen Hofstaat in Gefahr bringen. Nicht daß ihr soviel an Ptolemaios und seinen Speichelleckern gelegen war, doch Kleopatra galt es um jeden Preis zu schützen. Die junge Prinzessin war etwas Besonderes! Sie würde vielleicht einmal eine Herrscherin werden, wie Ägypten seit Jahrhunderten keine mehr gehabt hatte.

»Ich werde sehen, was ich für dich tun kann, Batis. Doch du solltest wissen, daß ein langer, beschwerlicher Weg vor dir liegt. Du wirst dich von den Übeln reinigen müssen. Deine Taten haben dich besudelt. Es ist ein Schmutz, der nicht an deinem Körper haftet, von dem du dich reinigen mußt. Er zieht die bösen Geister an, die dich quälen. Du hast das Unsterbliche in dir besudelt. Ich kann dir nicht versprechen, daß ich dich vor dem Zorn eines fremden Gottes retten kann. Doch ich werde versuchen, was in meiner Macht steht. Zunächst einmal brauchen wir jetzt Licht.«

»Danke, Herrin. Ich hatte kaum zu hoffen gewagt…« Er versuchte, ihre Beine zu umklammern und ihr die Füße zu küssen, doch Samu entwand sich seiner Zudringlichkeit.
»Kannst du etwas sehen?«
»Kaum.«
»Neben meiner *Kline* steht ein kleiner Tisch. Dort findest du Feuerstein und Stahl. Es steht auch eine Öllampe auf dem Tisch. Entzünde sie. Ich werde mich inzwischen ankleiden.«
Samu stand auf und tastete sich mit vorgestreckten Armen durch das Zimmer. Hinter sich konnte sie Batis herumhantieren hören. Um in ihr Priesterinnengewand zu schlüpfen und es vor der Brust zu verknoten, brauchte sie kein Licht. Durch ihre jahrelange Übung fand sie sich blind zurecht.
Als sie sich umdrehte, sah sie einen winzigen Funken in der Dunkelheit, der binnen eines Atemzugs zu einer kleinen Flamme anwuchs, die den Docht der Öllampe hinaufleckte. Jetzt endlich konnte sie den Nubier sehen. Er trug ein Leopardenfell um die Hüften, das von einem Gürtel gehalten wurde, in dem ein langes Messer steckte. Halb im Schatten verborgen erkannte sie den in Leinentücher eingeschlagenen Kopf, der hinter dem Krieger auf der *Kline* lag.
»Glaubst du, dich damit gegen einen Gott verteidigen zu können?« Sie zeigte auf die gebogene Klinge des Messers, die golden im Lampenlicht glänzte.
»Ich weiß, daß kein Mensch gegen einen Gott bestehen kann. Doch bin ich auch Krieger. Ich würde nie aufgeben, ohne gekämpft zu haben. So wie der Löwe in der Wüste, der sich trotz aller…«
»Schon gut.« Samu kannte die Angewohnheit des Nubiers, sich in seltsame Metaphern zu versteigen. Dazu war jetzt keine Zeit. »Komm mit der Öllampe hier zum Tisch herüber.«
Stumm gehorchte der Krieger. Seine mit Öl eingeriebenen Muskeln glänzten matt im Schein des Lämpchens. Er roch nach Nüssen und säuerlichem Angstschweiß. Ihn so dicht neben sich zu haben, weckte in der Priesterin längst verdrängte Erinnerungen. Sie biß sich auf die Lippen. Es war vorbei! Er hatte sie betrogen und war ein Mörder.

Nervös kramte Samu in einer kleinen Schmuckschatulle. Endlich hatte sie gefunden, was sie suchte. Sie zog ein kleines Amulett aus Karneol hervor, das an einem Lederband hing. Es zeigte das *Udjat*, das Auge des *Horus*. Angeblich war das Amulett sehr alt. Samu hatte es von einem *Osiris*-Priester geschenkt bekommen. Wenn es überhaupt eine Macht gab, die Batis vor dem Zorn des *Thanatos* schützen konnte, dann war es der falkenköpfige *Horus*, der Bezwinger des *Seth*.
»Beuge dein Haupt, Batis.« Der Nubier gehorchte und blickte zweifelnd auf das Amulett.

»Möge der Blick des Horus auf dir ruhen!
Möge der Herr der Harpunierstätte
deine Feinde mit seinem Speer durchbohren.«

Feierlich legte die Priesterin dem Krieger das *Udjat* um den Hals und gab ihm ein Zeichen, ihr zu folgen.
»Was willst du jetzt tun, Herrin?«
»Wir werden dafür sorgen, daß Buphagos seinen Frieden findet und dich nicht weiter mit seinem zornigen Blick verfolgt, weil du seinen Leichnam geschändet hast. Knie vor dem Haupt des Toten nieder und bitte ihn um Verzeihung für deine Untat. Bete zu ihm und versprich ihm ein Opfer. Wenn du den Mundschenk ehrst und in Zukunft, wenn du den Göttern opferst, auch ihm eine Gabe darbringst, dann wird sein erzürnter Geist vielleicht von dir ablassen. Ich erwarte dich draußen im Säulengang. Bring den Kopf mit, denn wir werden gemeinsam bis an die Grenze des Totenreiches reisen.«
Der Nubier schluckte. »Ist es nicht besser, wenn du an meiner Seite bleibst, bis...«
Samu schüttelte verärgert den Kopf. »Du bist hingegangen und hast den Leichnam geschändet. Es ist ganz allein deine Sache, den Toten dafür um Vergebung zu bitten.« Die Priesterin nahm sich ihren Wollumhang und ging zur Tür.

Es schien eine Ewigkeit zu vergehen, bis sich die Tür zum *Porticus* öffnete und Batis den Säulengang betrat. Unter sei-

nen linken Arm hatte er das Bündel aus Leinentüchern geklemmt. In der Rechten hielt er das Öllämpchen, dessen kleine Flamme er sorgsam gegen den Wind abschirmte.
»Und?« Samu musterte den Nubier gespannt.
»Ich... ich glaube, er wird mir vergeben. Ich habe seine Augen geschlossen. Sein Blick verfolgt mich nicht mehr.«
»Gut, dann werden wir ihm jetzt den Weg zu *Osiris* weisen. Folge mir!«
Die Priesterin verließ die Villa und führte den Nubier über das Gelände des Tempels nach Osten. Noch immer wütete der Sturm, und obwohl außer ihnen niemand zwischen den niedrigen Häusern des Tempelgeländes zu sehen war, blickte Batis immer wieder ängstlich über seine Schulter. Schaudernd überlegte Samu, ob *Thanatos* oder die *Erinnyen* ihnen folgten. Es war nicht weise, sich in die Angelegenheiten fremder Götter einzumischen. Was mit Batis geschehen würde, kümmerte sie nicht, doch war sie fest entschlossen, Buphagos auf den Weg in das Reich des *Osiris* zu geleiten.
Der Sturmwind hatte die dunklen Wolkenbänder am Himmel zerpflückt, so daß das silberne Licht des *Horusauges* ihnen für eine Zeitlang den Weg wies.
Bald erreichten sie den Fuß des Hügels, der hinter dem *Artemision* lag. Dort stand ein kleiner Schrein, der der Göttin *Kybele* geweiht war. Dicht daneben erhob sich ein niedriges Haus, in dem die Weihegaben des Schreins verwahrt wurden. Samu wußte, daß die Priesterinnen des *Artemisions* den Leichnam des Mundschenks dorthin gebracht hatten. Er sollte am nächsten Abend auf einem Scheiterhaufen verbrannt werden. So hatte es die Hohepriesterin angeordnet.
Samu schauderte bei der Vorstellung an diese barbarische Sitte. Einen Körper den Flammen zu übergeben, hieß, ihn für alle Freuden, die das Jenseits bereithalten mochte, unempfänglich zu machen. Er wäre dort wenig mehr als ein Geist. Doch die Totenverbrennung war Brauch bei den Griechen. Vielleicht reisten ihre Toten ja an einen anderen Ort. Auch viele der ptolemaischen *Pharaonen* hatten an dieser alten Sitte festgehalten und ihre Körper den Flammen übergeben las-

sen. Hätte Buphagos noch die Zeit gehabt, einen Wunsch zu seiner Totenfeier zu äußern, so hätte auch er wahrscheinlich nach alter Sitte verbrannt werden wollen. Im Grunde kam diese Art der Bestattung ihnen sogar entgegen.
»Gib mir jetzt das Licht und hole den Toten dort vorne aus dem Haus. Ich werde hier auf dich warten.«
Batis warf Samu einen zweifelnden Blick zu. »Bist du sicher, daß wir das Richtige tun, Herrin?«
Natürlich war sie nicht sicher, dachte Samu ärgerlich. Sie taten das Notwendige, aber ob es richtig war, wußte sie nicht.
»Geh jetzt dort hinein!« herrschte sie den Krieger an.
»Oder hast du etwa Angst? Vertraue dem *Udjat*. Es wird dich beschützen!«
Batis zögerte einen Moment. Dann gab er ihr die Lampe und legte das Leinenbündel mit dem Kopf des Mundschenks auf den Boden. Vorsichtig schlich er zur Tür. Sie war nicht verschlossen. Kurz spähte der Nubier ins Innere des Hauses, dann verschwand er durch den Türspalt.
Ob die Priesterinnen Wachen aufgestellt hatten? Samu fluchte leise. Warum hatte sie nicht früher daran gedacht? Es war üblich, einen Toten bei Nacht nicht alleine zu lassen. Zögernd blickte sie zur Tür hinüber, hinter der der Nubier verschwunden war. Sollte sie ihm folgen? Es wäre ohnehin zu spät, um ihn noch zu warnen. Vielleicht wäre es das klügste, sich davonzustehlen?
Ein merkwürdiger Schrei erklang hoch über ihr in der Luft. War es ein Vogel? Die Priesterin mußte an die *Erinnyen* denken, die blutdurstigen Rachegöttinnen der Griechen. Sie brachten Wahnsinn und Tod über ihre Opfer. Ob sie wohl irgendwo hier draußen in der Finsternis lauerten? Samu wünschte, sie hätte selbst ein Schutzamulett angelegt. Mit zitternder Stimme flüsterte sie einen Bannspruch gegen böse Geister.
Endlich öffnete sich wieder die Tür. Undeutlich konnte die Priesterin den Nubier erkennen. Er trug ein großes Bündel über der Schulter, doch hatte er auch irgend etwas unter den Arm geklemmt. Er schleppte eine riesige Amphore mit sich

herum! Wahrscheinlich war sie voller Öl. Wenn das Holz feucht war, würde sie es brauchen, um den Scheiterhaufen überhaupt entzünden zu können.

Schnaufend erreichte der hünenhafte Krieger Samu.

»Waren keine Wachen bei dem Toten?«

»Oh, doch.« Batis nickte. »Eine hübsche junge Priesterin.«

Samu blickte zu dem Dolch am Gürtel des Kriegers. »Du... du hast sie doch nicht etwa...«

Der Nubier grinste. »Das war nicht notwendig. Sie war eingeschlafen. Sie hat mich nicht bemerkt.«

Die Isispriesterin hatte nicht den geringsten Zweifel daran, daß Batis die junge Frau, ohne großes Aufheben zu machen, ermordet hätte, wäre sie wach gewesen. War es das Richtige, was sie taten? Quälende Zweifel plagten Samu. Hätte sie den Krieger fortschicken sollen, als er zu ihr gekommen war und sie um Hilfe zu bat? Machte sie nicht alles nur noch schlimmer?

Mißmutig blickte sie zu dem blutigen Bündel am Boden. Batis konnte unmöglich noch mehr tragen. Es war nun an ihr, den Kopf des Mundschenks mitzunehmen. Wenigstens vertrieb der Sturmwind den Leichengeruch! Mit spitzen Fingern hob sie das Bündel auf und hielt es so weit wie nur möglich von sich gestreckt. Dann gab sie Batis ein Zeichen, ihr zu folgen.

Ein gewundener Weg führte sie bis zur Mitte des Hügels hinter dem Tempel. Dort war an einer windgeschützten Stelle, auf einem schmalen Plateau, das sich dicht an den Fels schmiegte, ein Scheiterhaufen errichtet worden.

Samu legte den Kopf des Mundschenks auf den Holzstoß und untersuchte den Scheiterhaufen im zitternden Licht der Öllampe. Er war sorgfältig aus langen Bohlen geschichtet, zwischen die man Lagen aus Reisig und Stroh gebettet hatte. Der Scheiterhaufen würde lange brennen, und wenn die Priesterinnen der *Artemis* später die spärlichen Reste des Toten aus der kalten Asche heraussuchten, würde niemand mehr erkennen können, daß Kopf und Körper zuletzt wieder vereint waren.

»Leg ihn ab!« kommandierte Samu harsch. Sie wäre froh, wenn alles vorbei wäre. Der Nubier gehorchte ihr stumm. Gemeinsam drapierten sie das Gewand des Verstorbenen. Auf seiner letzten Reise sollte er so ordentlich aussehen, wie er es stets zu Lebzeiten gewesen war. Ein unauffälliger Höfling in gestärkten und gebleichten Leinengewändern. Sorgfältig geschminkt und stets eine tadellos sitzende Perücke auf dem Kopf.

Der Kopf! Es kostete Samu einige Überwindung, ihn aus den besudelten Leinentüchern zu wickeln. Die Perücke des Toten war halb von seinem glattrasierten Schädel gerutscht. Vorsichtig richtete Samu sie und strich dem Toten das strähnige Haar aus dem Gesicht. Was bei den Göttern mochte er nur getan haben, daß die Unsterblichen ihm ein so unwürdiges Ende beschert hatten?

Batis hatte inzwischen das Öl aus der Amphore, die er mitgebracht hatte, über den Scheiterhaufen geschüttet. Ein Funken würde jetzt ausreichen, das Holz wie eine pechgetränkte Fackel auflodern zu lassen.

»Glaubst du, er wird nicht mehr zurückkehren?« flüsterte Batis.

Samu zuckte mit den Schultern. »Wer weiß?« Unschlüssig blickte sie auf die kleine Flamme der Öllampe. Was würde geschehen, wenn Buphagos der Weg in den *Hades* verstellt bliebe, weil Batis *Thanatos* verärgert hatte? Würde womöglich der Geist des Toten zurückkehren und dann auch sie quälen? Immerhin hatte der Nubier sie tief in diese Angelegenheit hineingezogen. Hätte man den Mundschenk nach den alten, überlieferten Ritualen einbalsamiert und in einem prächtigen Sarg beigesetzt, so wie es früher am Hof der *Pharaonen* üblich war, dann könnte sie sicher sein, daß er nicht wiederkehren würde. Aber so? Es war besser, einen der mächtigen Zauber des Totenbuches über Buphagos zu sprechen. Sie streckte ihre Hand aus und legte die gespreizten Finger auf das kalte Gesicht.

»Schwalben wecken dich auf, der du schläfst,
sie heben dein Haupt empor zum Horizont.
Richte dich auf, damit du über das triumphierst,
was dir angetan wurde!

Ptath hat deine Feinde zu Fall gebracht,
und es soll gegen den vorgegangen werden,
der gegen dich vorging.
Du bist Horus, Sohn der Hathor,
der Feurigen, die zum Feuer gehört,
dem sein Kopf zurückgegeben wurde,
nachdem er abgeschnitten war.
Fortan kann dir dein Kopf nicht mehr genommen werden,
dein Kopf bleibt bei dir bis in Ewigkeit!«

Samu blickte ein letztes Mal in das Gesicht des Toten, dann trat sie ein Stück vom Scheiterhaufen zurück und hielt mit ausgestrecktem Arm die Flamme der Lampe an einen der ölgetränkten Balken. Langsam züngelte die kleine gelbe Flamme das Holz hinauf und tanzte unsicher auf dem grobbehauenen Balken, so als wolle sie zum Docht der Öllampe zurückspringen. Erst als sie Reisig und Stroh erreichte, begann sie sich schneller auszubreiten und auch nach den Kleidern des Toten zu greifen.

Samu blickte zu Batis hinüber. Der Nubier war leise murmelnd in ein Gebet versunken. Er hatte den Kopf geneigt und wirkte plötzlich kleiner, als er ihr früher erschienen war. Vom selbstbewußten, überheblichen Krieger schien nichts mehr übriggeblieben zu sein. Jedenfalls für den Moment nicht. Sie streckte die Hand nach ihm aus und berührte ihn sanft am Oberarm. Erschrocken zuckte er hoch und blickte sie dann verstört mit seinen großen Augen an.

»Komm, laß uns gehen! Buphagos weilt jetzt nicht mehr in dieser Welt, und wir sollten besser nicht neben dem Scheiterhaufen gesehen werden.«

4. KAPITEL

Philippos schreckte aus dem Schlaf auf und tastete unruhig neben sich. Er war allein. Dunkel erinnerte er sich, wie er Neaira verlassen hatte und zum Tempel zurückgekehrt war. Den ganzen Rückweg über hatte er das Gefühl gehabt, verfolgt zu werden. Selbst im Traum hatte man ihn noch gejagt. Er war auf einem weiten Feld gewesen. Es war Nacht, und der Sturmwind fegte vom Meer heran. Auf dem Wind reitend waren Frauen mit Vogelschwingen und Adlerkrallen statt Füßen gekommen. *Harpien!* Sie wollten ihn vom Boden reißen, mit sich in die Lüfte heben und davontragen. Der Nachthimmel war von ihren schrecklichen, heiseren Schreien erfüllt gewesen. Diese Schreie waren es, die ihn hatten aufwachen lassen. Unmenschlich und…
Im hinteren Flügel der Villa ertönte ein langgezogenes Kreischen. Immer höher und schriller wurde das Geschrei. Philippos preßte sich die Hände auf die Ohren. Er träumte doch nicht mehr! Er war wach… In Sicherheit, in seiner Kammer und im Bett. Er hatte hier keine *Harpien* zu fürchten! Was immer dort vor sich ging, er hatte nichts damit zu tun! Er würde sich jetzt hinlegen, die Wolldecke über den Kopf ziehen, sich die Ohren zuhalten und wieder schlafen.

Das Geschrei war zu einem Wimmern geworden, das fast völlig vom Wüten des Sturms überlagert wurde. Aus dem *Atrium* erklang das Geräusch von Sandalen. Es kam näher... Bis zu seiner Tür!

Ein junger Sklave mit einer Fackel in der Hand trat ins Zimmer! »Schnell, Herr, der *Pharao* befiehlt, daß Ihr zu ihm kommt. Es ist wichtig!«

Wieder erklang das unmenschliche Schreien. Es war wie auf den Schlachtfeldern, wo Männer mit abgebrochenen Speerschäften im Bauch jämmerlich verreckten. Dutzende hatte er so sterben sehen. Man konnte ihnen nicht mehr helfen. Manche schrien sich schier die Lunge aus dem Leib, bis sie schließlich in sich zusammensanken, andere wimmerten leise vor sich hin. So ein Tod konnte Stunden dauern. Es hing ganz davon ab, wie stark man war und wie verbissen man sich an sein Leben klammerte. Gewonnen hatte diesen Kampf jedoch nie jemand.

Das Kreischen verebbte erneut. Der Sklave trat unruhig von einem Fuß auf den anderen. »Herr, bitte... Der *Neue Osiris* will Euch sehen. Es eilt!«

»Was ist denn los?«

»Keiner weiß es! Der *Pharao* läßt niemanden in seine Gemächer. Von dort kommen die schrecklichen Schreie. Er hat mir durch die verschlossene Tür befohlen, Euch zu holen.«

Philippos fluchte leise. Was mochte dort unten vor sich gehen? Schon zweimal war er mitten in der Nacht aus dem Schlaf gerissen worden, damit er sich um Verletzungen kümmerte, die sich Frauen zugezogen hatten, die an den wilden Orgien des Herrschers teilnahmen. Je geringer die Aussichten wurden, noch einmal nach Ägypten zurückzukehren, desto ausschweifender wurden die Feste des Königs. Ptolemaios gab sich manchmal recht eigenartigen Gelüsten hin. Aber solche Schreie wie heute...

Wie zur Antwort auf seine Gedanken erklang erneut das unheimliche Kreischen. Was zum Henker mochte da vorgefallen sein?

»Bitte, Herr. Der *Neue Osiris* haßt es zu warten...«

»Ja, ja!« Philippos schob die Wolldecke zur Seite, schlüpfte hastig in eine *Tunica* und griff nach der Ledertasche mit seinen chirurgischen Instrumenten und dem Verbandszeug.
Der Sklave führte den Arzt durch das *Atrium* in den hinteren Teil der großen Villa. Vor den Gemächern des Königs drängten sich einige Sklaven und Höflinge. Auch Samu war dort. Die Priesterin hatte tiefe Ränder unter den Augen und war so bleich wie eine *Toga candida*. Allem Anschein nach hatte sie diese Nacht nicht allein in *Morpheus* Armen verbracht.
Der Sklave klopfte energisch gegen die rot gestrichene Tür, hinter der jetzt leises Schluchzen erklang. »Göttlicher *Pharao*, ich bringe den Arzt!«
Die Tür öffnete sich einen Spalt, und das Gesicht von Potheinos erschien. »Schick ihn rein!« Der Blick des Eunuchen fiel auf Samu, und er zeigte mit ausgestrecktem Arm auf die Priesterin. »Du kommst am besten auch gleich!«
Philippos schob sich durch die Tür und achtete instinktiv darauf, daß er den Spalt mit seinem Körper so weit ausfüllte, daß die Höflinge nicht hineinschauen konnten. Was auch immer in den Gemächern des Königs geschehen sein mochte, es war offensichtlich, daß der Hofstaat davon zumindest zunächst nichts wissen sollte.
Potheinos führte sie beide durch den kleinen Raum, in dem sie sich erst am vorigen Abend mit dem Herrscher beraten hatten, und ging weiter bis in das Schlafgemach des Königs. Ptolemaios saß bleich und zitternd auf einem Lager aus Kissen und Decken. Mit beiden Händen hielt er eine Flöte umklammert, so als wolle er sich an dem zierlichen Instrument festhalten. Er war fast völlig nackt. Ein Kranz aus Weinlaub hing schief in seinem strähnigen Haar, und sein Gesicht war auf seltsame Art geschminkt. Vor ihm auf dem Boden lag Thais. Sie krümmte sich vor Schmerzen und hielt die Hände auf ihr Gesicht gepreßt. Einen Augenblick lang war Philippos versucht, den Herrscher zu fragen, was bei den Göttern er mit der *Hetaire* gemacht hatte, doch der Arzt beherrschte sich. Es stand ihm nicht zu, einen König und Gott nach seinen Vorlieben im Liebesspiel zu fragen.

Samu kniete schon an der Seite der Frau. Sie versuchte, die Arme der *Hetaire* zur Seite zu drücken, um ihr ins Gesicht zu sehen. Philippos kam ihr zur Hilfe. Er legte seine lederne Tasche in Griffweite und flüsterte leise. »Es wird wieder gut. Wir werden dir helfen, Thais. Du...« Die Worte blieben dem Arzt im Hals stecken. Erst jetzt erkannte er, wie die *Hetaire* gekleidet war. Sie trug den kurzen *Chiton* einer Artemispriesterin und dazu flache Sandalen. Sie hatte sogar deren Art, sich zu schminken und die Haare zu frisieren, nachgeahmt. Wenn man sie nicht kannte, mochte man sie durchaus für eine Priesterin des Heiligtums halten.

Erschrocken blickte der Arzt zu Samu. »Hast du gesehen, wie...«

»Ja.« Die Isispriesterin nickte knapp. »Wir haben jetzt anderes zu tun.« Sie hatte diese Worte geflüstert, doch jetzt hob sie ihre Stimme. »Sieh dir ihr Gesicht an!« So wie Buphagos liefen auch der *Hetaire* blutige Tränen aus den Augen.

»Was ist... mit mir?« Thais Stimme war kaum mehr als ein Hauch.

Philippos beugte sich zu ihr hinab und strich ihr sanft über die Stirn. »Die Priesterin meint nur, daß deine Schminke verlaufen ist. Du brauchst dir keine Sorgen zu machen. Wir werden dir helfen und dir...«

»Es tut... so weh...«

»Ich werde dir etwas geben, das die Schmerzen vertreibt.« Philippos griff nach seiner Tasche und holte ein kleines Gefäß aus Alabaster hervor.

»Was willst du ihr geben?«

Der Arzt warf der Isispriesterin einen zornigen Blick zu. Sie sollte endlich aufhören, sich in seine Therapien einzumischen. »*Mondtränen*. Ein Kügelchen, so groß wie eine Erbse. Es wird ihre Schmerzen vertreiben. Sie wird einschlafen.«

»Du weißt...« Ausnahmsweise lag kein Vorwurf in der Stimme der Priesterin. Sie klang traurig und müde.

»Ja.« Philippos wußte sehr gut, daß Thais wahrscheinlich nicht mehr erwachen würde. Im Schlaf würde ihr *Thanatos* begegnen und sie mit sanftem Flügelschlag in den *Hades* hin-

abgeleiten. Die *Maekonos-Pflanze*, deren milchigweißen Saft man die Tränen des Mondes nannte, war dem Todesgott geweiht. Er würde Thais freundlich empfangen.
Mit einem Schrei bäumte sich die *Hetaire* auf und riß sich los. Wieder preßte sie beide Hände auf die Augen. In Krämpfen zuckend wand sie sich hin und her.
»Hilf uns und halt sie fest!« herrschte Samu Potheinos an, der untätig neben ihnen stand. Die Priesterin versuchte, Thais zu fassen zu bekommen.
Philippos hatte inzwischen aus dem geronnenen und mit Honig versetzten *Maekonos-Saft*, den er in dem Alabaster-Tiegel verwahrte, ein kleines Kügelchen gedreht.
Potheinos und Samu war es gelungen, die *Hetaire* wieder zu Boden zu drücken. Vorsichtig öffnete der Arzt dem Mädchen den Mund und schob ihr die Kugel unter die Zunge. Schwarzrote Tränen aus Blut und Augenschminke rannen ihr zwischen den Fingern hindurch.
»Es tut so... weh...«
»Gleich wirst du schlafen. *Isis*, die Zauberreiche, wird den Schmerz von dir nehmen und dir schöne Träume schenken.« Samus Stimme klang sanft und vertrauenerweckend, so als sei jedes Wort wahr, das sie sprach. Ein wenig beneidete Philippos sie darum. Ihm fehlte die Gabe, Sterbenden mit schönen Lügen ihren letzten Weg zu erleichtern. Aber vielleicht glaubte die Priesterin ja wirklich, was sie sagte?
Ein Zittern durchlief den Körper der *Hetaire*. Ihre Hände glitten ihr vom Gesicht. »Es ist... so kalt...« Philippos nahm ihre Rechte und rieb den Handrücken. Die Finger des Mädchens waren tatsächlich kalt. Das Rot unter ihren Nägeln hatte sich dunkel verfärbt. Es würde nicht mehr lange dauern...
»Ich will... noch nicht... sterben... Bitte... jagt sie weg. Sie sollen nicht... näher kommen...«
Thais Finger verkrampften sich. Sie hatte die Augen jetzt weit aufgerissen und sah Philippos direkt ins Gesicht. Der Arzt konnte ihrem Blick nicht standhalten. Er hatte die überhebliche *Hetaire* nie gemocht, doch ein solches Ende hatte sie nicht verdient.

Er war zu weich! Er hatte schon Hunderte Männer sterben sehen, und doch hatte er nie gelernt, den Tod hinzunehmen. »Philip... pos... bitte...« Die Stimme des Mädchens war kaum noch zu hören. Ihr Griff löste sich. Sie sank zurück. Fassungslos starrte der Arzt in ihr blasses Gesicht. Was hatte sie getan? War es, weil sie ein Priesterinnengewand angelegt hatte, um ihren König zu erfreuen? War das Grund genug für *Artemis* gewesen, sie mit ihren unsichtbaren Pfeilen niederzustrecken? Thais war jung und dumm gewesen. Kannte die Göttin denn keine Gnade?
»*Anubis* hat sich jetzt ihrer angenommen. Du kannst ihr nicht mehr helfen.« Samu löste sanft die Hand der Toten aus seinem Griff.
Philippos schluckte. Er wollte etwas sagen, doch brachte er kein Wort über die Lippen.

Samu war überrascht, wie betroffen der Grieche vom Tod der *Hetaire* war. Es herrschte bedrückende Stille in dem Raum. Schließlich war Ptolemaios der erste, der die Sprache wiederfand. »Woran ist Thais gestorben, Priesterin?«
»An Eurem Hochmut, göttliche Majestät. Sie hat *Artemis* herausgefordert, um Euch zu gefallen. Seht sie Euch an! So wie Buphagos hat sie keine sichtbaren Wunden davongetragen. Die grausame Göttin von Ephesos hat Thais gerichtet, und ich...«
»Genug, Weib!« fiel ihr Potheinos ins Wort. »Wie kannst du es wagen, dem *Pharao* Vorhaltungen zu machen. Wir müssen nun besonnen vorgehen! Dieser Todesfall kann uns allen zum Verhängnis werden. Wir müssen um jeden Preis verhindern, daß bekannt wird, wie Thais gestorben ist und welche Kleider sie dabei getragen hat. Zieh sie aus, Philippos! Und du, Samu, wasch ihr das Gesicht! Sie soll aussehen, als würde sie schlafen.«
Ptolemaios räusperte sich leise. »Es ist nicht nötig, daß du an unserer Stelle eine aufsässige Priesterin maßregelst, Potheinos. Und was dich angeht, Samu, so befehlen wir dir, bis zur Mittagsstunde einen Weg zu ersinnen, wie wir den Tod dieser *Hetaire* erklären können. Schaffst du dies nicht, so werden wir

dich noch heute vom Hof verbannen und nach Ägypten zurückschicken. Wir werden dafür sorgen, daß du nie wieder auch nur in die Nähe unserer Tochter Kleopatra gelangst. Wir wissen sehr gut, wieviel sie dir bedeutet. Also sei klug, Priesterin, und füge dich!«

»Ich werde...«

»Es wird nicht schwierig sein, einen Selbstmord bei Thais vorzutäuschen«, unterbrach sie Philippos. »Laßt uns nur machen, Eure göttliche Majestät. Wir beide werden alles zu Eurer Zufriedenheit erledigen. Als Heiler wird jeder unserem Wort glauben, und was wirklich geschehen ist, bleibt ein Geheimnis.«

»Wir sind erfreut zu sehen, daß du ein Mann bist, dem unser aller Sicherheit wichtiger als irgendwelche verdrehten Moralvorstellungen ist. Männer wie du sind eine Bereicherung für unseren Hof, Grieche.«

Samu biß sich auf die Lippen. Sie hatte begriffen, daß jedes Wort, das sie noch gegen den tyrannischen *Pharao* richtete, sie ihr Leben kosten konnte. Und sie mußte leben, wenn sich die Dinge in Ägypten einmal ändern sollten. Sie hatte Einfluß auf Kleopatra, und die junge Prinzessin würde einst herrschen. Das Mädchen war auf einem guten Weg. Nach Generationen würde sie die erste Herrscherin auf dem Thron von Alexandria sein, die ihr Volk kannte. Die Ptolemaier hatten bislang nicht einmal die Sprache ihres Landes gelernt. Im Palast wurde nur griechisch gesprochen, und die *Pharaonen* maßten sich die Namen von Göttern an, deren Wesen sie nicht einmal begriffen hatten. Kleopatra jedoch war anders! Sie sprach fließend die Sprache Ägyptens und noch ein halbes Dutzend anderer dazu. Mit Samus Hilfe würde sie in die Mysterien der *Isis* eingeweiht werden. Schon jetzt, mit ihren vierzehn Jahren hatte Kleopatra tieferen Einblick in die Geheimnisse der Priester, als ihr Vater ihn jemals erlangen würde. Das einzige, was Samu Sorge bereitete, war die Tatsache, daß die Prinzessin auch einen Teil der Verschlagenheit ihres intriganten Vaters geerbt hatte. Sicher würde ihr das nutzen, wenn sie eines Tages Herrscherin war, doch mit all ihrem anderen

Wissen mochte sie auch eine Königin werden, die grausamer war als alle Herren, die Ägypten bisher gesehen hatte. Es galt, sie auf den richtigen Weg zu bringen! Und das war ihre Aufgabe, dachte Samu. Diesem Ziel war alles andere unterzuordnen, auch wenn sie sich dafür vor dem *Pharao* demütigen mußte... Sollte sie vom Hof verbannt werden, dann würden Männer wie Potheinos versuchen, Kleopatra nach ihrem Bild zu formen. Die Prinzessin war jung und der Eunuch klug...
Widerwillig half Samu Philippos dabei, die *Hetaire* zu entkleiden. Sie hatte Thais nie gemocht, und doch schmerzte es sie, ihren toten Körper in den Armen zu halten. Sie war fast noch ein Mädchen. Die Priesterin betrachtete die zarten, flachen Brüste der *Hetaire*. Wahrscheinlich hatte Thais nicht einmal siebzehn Sommer gesehen. Samu konnte sich nicht vorstellen, daß es die Idee des Mädchens gewesen war, in den Gewändern einer Artemispriesterin zum *Pharao* zu kommen. Es mußte der Flötenspieler gewesen sein, der sie dazu verführt hatte! Doch warum hatte der Zorn der Göttin dann nicht auch ihn getroffen? Warum hatte *Artemis* das Mädchen mit ihren Pfeilen gerichtet?
Potheinos brachte eine flache Schale mit Wasser, und wortlos nahm Samu das zarte Kleid, das Thais getragen hatte, um es anzufeuchten und der Toten die blutigen Tränen und die Schminke aus dem Gesicht zu wischen. Sanft schloß sie dem Mädchen die Augen. Der Schmerz und die Angst des Todeskampfes spiegelten sich nicht mehr in ihren Zügen. Es sah fast so aus, als würde sie schlafen.
»Bringt sie auf ihr Zimmer! Wir wollen sie nicht mehr sehen. Nie mehr!«
Philippos nahm das tote Mädchen auf den Arm. Das Gesicht des Griechen erschien der Priesterin grau. Welche Sorgen ihn wohl in dieser Nacht wach gehalten hatten? Ob auch er sich vor dem Zorn der Göttin fürchtete? Würde es noch weitere Tote geben? Schweigend folgte sie dem Arzt.
Potheinos öffnete ihnen die Tür, die auf den Flur vor den Gemächern des *Pharao* führte. Die dort versammelten Höflinge verstummten sofort.

»Der göttliche *Pharao* hat Thais verstoßen«, verkündete Potheinos mit fester Stimme. »Sie hat sein Mißfallen erregt und muß bis Sonnenuntergang den Hof verlassen. Der Zorn des göttlichen Herrschers hat sie ihrer Sinne beraubt, denn kein Sterblicher kann den Unwillen eines Gottes ertragen.«
Samu zuckte bei den Worten des Eunuchen zusammen. *Kein Sterblicher kann den Unwillen eines Gottes ertragen.* Mit ihren Lügen verärgerten der *Pharao* und er *Artemis* nur noch mehr. Ob wohl Potheinos der nächste sein würde, den die Pfeile der Jägerin trafen?
Unter den Höflingen erhob sich besorgtes Gemurmel, während sie eine Gasse öffneten, um Philippos und Samu hindurchzulassen.

Mit einem Seufzer legte der Grieche die tote *Hetaire* auf ihre mit Seide bezogene *Kline.* Leise fauchend sprang eine kleine Katze zwischen den Laken hervor und verschwand in einem dunklen Winkel des Zimmers. Thais hatte neben ihrem Nachtlager eine Öllampe brennen lassen, ganz so, als habe sie sich wie ein Kind vor der Dunkelheit gefürchtet.
Müde ließ der Arzt seinen Blick durch das Gemach schweifen. Es war größer als sein eigenes und luxuriöser eingerichtet. Unverkennbar war Thais dem *Pharao* sehr wichtig gewesen. Bis heute abend jedenfalls... Traurig blickte er zu dem toten Mädchen. »Was sollen wir sagen? Wie werden wir bei Hof ihren Tod erklären?«
»Der Zorn des göttlichen *Pharao* hat sie das Leben gekostet. Potheinos hat uns doch schon einen Weg gewiesen«, erklärte die Priesterin zynisch.
Philippos schüttelte den Kopf. »So leicht können wir es uns nicht machen. Sie muß Wundmale aufweisen, oder es wird wieder zu Gerede über die Pfeile der *Artemis* kommen.«
»Ich bin Heilerin, Arzt! Wann wirst du begreifen, daß ich keine Leichen verstümmele?«
Der Grieche blickte wütend zur Pristerin. »Du mußt nicht glauben, daß es mir Freude bereitet. Aber wenn wir nichts unternehmen, kann das den ganzen Königshof den Kopf

kosten. Ich war diese Nacht in der Stadt, und ich kann dir sagen, daß Ptolemaios und die seinen dort nicht gerade beliebt sind! Gib mir meine Tasche!« Halb riß er Samu die lederne Tasche aus der Hand. Sie machte es sich zu einfach mit ihrem schlichten Bild von Gut und Böse. Verfluchte Priesterin! Er öffnete die Schnallen am Verschluß und zog eines der Messer heraus. Dann ließ er sich neben der Toten auf der *Kline* nieder und nahm ihren rechten Arm. Seine Hand zitterte leicht, als er die Klinge an Thais Handgelenk ansetzte. Mit einem kurzen Schnitt durchtrennte er ihre Schlagadern. Anschließend nahm er sich den anderen Arm und wiederholte dort die Prozedur.
Mürrisch wischte er die Klinge am Laken sauber und steckte sie in die Ledertasche zurück. Nur wenig Blut tröpfelte aus den Wunden der *Hetaire*, doch das spielte keine Rolle. Wenn er am Hof erklärte, sie habe sich aus Verzweiflung über die Verbannung das Leben genommen, dann würde man ihm schon glauben. Und sollte es zu einer Untersuchung durch die Priesterinnen der *Artemis* kommen, so waren die beiden Schnittwunden Beweis genug, um seine Aussage zu untermauern. Niemand würde sich darum kümmern, daß fast kein Blut ins Bettlaken gelaufen war.
Samu hatte die Öllampe neben der *Kline* aufgenommen und hielt sie dicht über das Gesicht der Toten. »Wie friedlich sie aussieht.«
Auch Philippos musterte das Antlitz der *Hetaire*. Man konnte meinen, daß sie schlief. Nur ihre Augenlider waren ein wenig gerötet und geschwollen. Der Arzt mußte an die gräßlichen, schwarzroten Tränen denken, die das Mädchen im Todeskampf vergossen hatte. Mehr als fünfzehn Jahre war er nun schon Arzt, doch so etwas hatte er noch nie gesehen. War das allein nicht schon Zeichen genug, daß hier eine Göttin am Werk war? Schaudernd wandte er sich ab. Vielleicht war es nicht klug, noch länger am Hof des Ptolemaios zu verweilen.
»Hast du Angst vor dem Sterben?« Die Frage der Priesterin kam für Philippos völlig überraschend. Verlegen räusperte er sich. Seitdem er die Legionen verlassen hatte, hatte er sich

nicht mehr viele Gedanken über den Tod gemacht. Irgendwie war er immer davon ausgegangen, daß er alt werden würde. Schließlich war er ein Arzt! »Wie kommst du darauf?«
»Ich hatte den Eindruck, daß du über den Tod nachdenkst. Jedenfalls ging es mir so, als ich Thais gerade ins Gesicht gesehen habe. Ich fürchte den Tod nicht, doch ich hätte Angst, so qualvoll wie sie sterben zu müssen. Glaubst du auch, daß es die Göttin war, die Thais gerichtet hat?«
Philippos zuckte mit den Schultern. »Wer sollte es sonst gewesen sein? Wer tötet, ohne Wunden zu hinterlassen?«
»Und wenn sie vergiftet worden sind? Denk nur an die Krämpfe, die das Mädchen vor seinem Tod hatte. Hast du schon einmal jemanden an Gift sterben sehen?«
Philippos schüttelte den Kopf. Das war nicht die Art, in der man im Krieg tötete. Er hatte alle Arten von Hieb- und Stichwunden behandelt und hatte mitangesehen, wie die Soldaten zu Dutzenden an irgendwelchen Seuchen krepierten, doch mit Giftmorden hatte er sich nicht einmal in der Theorie beschäftigt. So etwas hatte keinen Platz in seinem Leben!
»Ich habe zweimal erlebt, wie jemand vergiftet wurde.« Samus Stimme war kaum mehr als ein Flüstern. »Im Palast ist das keine seltene Art, aus dem Leben zu scheiden. Meistens haben die Opfer große Schmerzen, bevor der Tod sie erlöst.«
»Und wer sollte ein Interesse am Tod der Kleinen haben?«
Samu zog eine Grimasse. »Sie war jung, und der *Pharao* war völlig verrückt nach ihr. Was glaubst du, wie viele Hofdamen eine Träne um sie vergießen werden? Ptolemaios hatte nur noch Augen für sie! Vielleicht war sogar Potheinos eifersüchtig auf sie, weil sie mehr Einfluß auf den *Neuen Osiris* hatte als er.«
»Unsinn!« Philippos schüttelte den Kopf. »Buphagos ist auf die gleiche Art gestorben wie sie. Wo besteht der Zusammenhang? Welche Hofdame könnte ein Interesse daran haben, daß dieser Langweiler in den *Hades* geht?«
»Man erzählt sich, daß *dieser Langweiler*, wie du ihn nennst, eine Affäre mit Thais hatte.«
Philippos lachte laut auf. »Thais und Buphagos? Niemals!

Was sollte er gehabt haben, das die Kleine interessieren könnte.«
»Beziehungen! Ich erinnere mich, daß er es war, der Thais an den Hof geholt hat. Das geschah, kurz bevor Ptolemaios aus Alexandria vertrieben wurde. Eigentlich war sie eine Tänzerin und Flötenspielerin. Ohne die Hilfe des Mundschenks wäre sie wohl nie auch nur in die Nähe des *Pharao* gelangt.«
Der Grieche strich sich nachdenklich über den Bart. Das alles ergab für ihn keinen rechten Sinn. »Nehmen wir einmal an, Thais wäre ihr alter Fürsprecher lästig geworden, weil sie inzwischen höher in der Gunst des *Pharaos* stand als ihr früherer Schutzherr. Wenn Buphagos ihr lästig geworden wäre, hätte sie vielleicht ein Interesse daran gehabt, ihn zu töten. Doch warum sollte sie sich anschließend auf die gleiche Weise umbringen?«
»Und wenn es einen Dritten gibt?«
»Wer sollte das sein? Ich glaube, du verrennst dich in...« Ein Geräusch ließ Philippos herumfahren. Etwas auf dem Tisch am Fenster war umgestürzt.
Samu hielt die Öllampe hoch. Ein Schatten huschte vom Tisch auf den Boden und verschwand unter der *Kline*. »Die Katze!«
Philippos nickte. Noch immer starrte er auf den Schminktisch. Zwei Spiegel reflektierten das Licht des Lämpchens. »Kommst du mal herüber?«
Die Priesterin blickte ihn fragend an. »Was ist denn?«
»Der Tisch... ich möchte ihn mir gerne näher ansehen. Ich glaube, Thais war eine Diebin!«
Im Licht der Öllampe erkannte der Grieche den Spiegel, den er in der Kammer des Buphagos gesehen hatte. Daneben lag umgestürzt das hölzerne Salbgefäß, das wie ein Lastkorb auf dem Rücken eines knienden Sklaven angebracht war. Philippos richtete die kleine Skulptur wieder auf und verschloß den Deckel des Gefäßes. »Die Katze muß das Ochsenfett in der Salbe gerochen haben. Sie wollte wohl davon naschen und hat es dabei umgestoßen.«
»Wie nachlässig von Thais, das Töpfchen nicht zu schließen.«
Samu griff nach dem kostbaren Kleinod und betrachtete es

bewundernd. »Was für eine prächtige Arbeit! Es sieht aus, als sei es für einen *Pharao* gemacht.«
»Und doch gehörte es nur einem Mundschenk... Ich habe es gestern in Buphagos' Zimmer gesehen. Auch der Spiegel dort vorne mit der tierohrigen Frauengestalt und die beiden Schminktiegel daneben haben einmal dem Mundschenk gehört. Thais hat das alles gestohlen.«
»Vielleicht hat Buphagos sie auch zu seiner Erbin ernannt. Du weißt doch, daß sie auch seine Geliebte war.«
»Eine solche Angelegenheit wäre niemals ohne Potheinos abgewickelt worden. Als höchster Beamter bei Hofe wäre er dafür zuständig gewesen.«
Samu lächelte. »Und was hätte er getan? Einen Teil des Erbes für seine Mühen behalten. Vermutlich ein oder zwei der schönsten Stücke. Und es wäre nichts weiter geschehen, als daß man die Habe des Toten unter seiner Aufsicht von einem Zimmer in ein anderes getragen hätte. Ich kann schon verstehen, wenn Thais diese Angelegenheit lieber ohne die Hilfe dieses Geiers erledigt hat.«
»Und was wird jetzt mit den Sachen geschehen?« Philippos blickte auf den kostbaren Spiegel aus Gold und Silber. Wahrscheinlich wußte noch niemand, daß er zum Besitz der *Hetaire* gehörte. Folglich würde ihn auch niemand vermissen...
»Du denkst doch nicht etwa daran, etwas mitgehen zu lassen?«
Philippos verzog beleidigt das Gesicht. »Was denkst du von mir, Priesterin? Ich bin ein Mann von Ehre!«
Samu lächelte. »Ich kenne dich lange genug, um darüber keine Diskussion mit dir zu beginnen. Doch solltest du dir abgewöhnen, *Hathor*, die goldene Himmelsgöttin und Herrin des Fremdlandes, eine tierohrige Frau zu nennen. Sollte Ptolemaios tatsächlich eines Tages wieder in Alexandria herrschen, dann wirst du dir mit solchen Bemerkungen unter den Ägyptern im Palast keine Freunde machen.«
»Ich werde es mir merken«, entgegnete der Arzt verärgert. Diese Priesterin war kaum zu ertragen! Wen hätte es schon gestört, wenn er den Spiegel an sich genommen hätte. Jetzt

würde ihn jemand anderes stehlen! Kurz überlegte Philippos, ob er vielleicht noch einmal zurückkommen sollte, wenn Samu gegangen war. Doch dann verwarf er den Gedanken wieder. Er würde sich nicht die Blöße geben, daß die Priesterin vielleicht eines Tages Diebesgut unter seinem Besitz fand.
»Wollen wir gehen?« Samu hatte sich vom Schminktisch abgewandt und stand bereits neben der Tür.
Philippos folgte ihr. Noch einmal betrachtete er die schöne Thais. Im gelben Licht der Öllampe wirkte sie nicht einmal blaß. Unter ihren Handgelenken hatte sich das Seidentuch, das über ihre *Kline* gebreitet war, dunkel verfärbt. Was für eine Verschwendung! Sie hätten sie auf den Stuhl setzen sollen. Die Blutflecken würde man nie wieder aus der Seide herauswaschen können, und das Tuch war mindestens sein Gewicht in Gold wert! Dicht neben dem Kopf der Toten kauerte die kleine graue Katze. Sie leckte Thais die Wange, so als wollte sie ihre Herrin wecken. Schließlich gab sie auf, rollte sich neben der Toten zusammen und legte ihren Kopf auf die rechte Schulter der *Hetaire*.
»Was sollen wir mit ihr machen?«
Samu zuckte mit den Schultern. »Lassen wir sie hier. Soll sie die Totenwache halten. Wir können nicht mehr bleiben. Falls irgendwelche neugierigen Sklaven das Zimmer beobachten, machen wir uns verdächtig, wenn wir noch länger verweilen.«
»Die Totenwache!« Philippos biß sich auf die Lippen, um nicht laut zu fluchen. »Wir können Thais doch nicht einfach so liegen lassen! Du bist Priesterin, Samu! Du weißt, was geschehen kann, wenn man die Toten ohne Ehrenwache sich selbst überläßt!«
Die Priesterin zögerte einen Moment, dann nickte sie. »Du hast recht!« Mit flinken Schritten durchquerte Samu das Zimmer, kramte kurz zwischen den Schminktiegeln herum und kam dann mit einem kleinen Töpfchen aus rotem Stein zurück.
»Was hast du vor?«
»Wenn unsere Toten in das Reich des Westens gehen, dann ist es üblich, sie mit Amuletten gegen all die Widrigkeiten zu

schützen, die ihnen auf diesem Weg begegnen können. Eines der wichtigsten Amulette ist das *Tet*, das auch das Isis-Blut genannt wird. Es wird normalerweise aus Jaspis oder Karneol gefertigt, doch ich hoffe, ein wenig rote Schminke wird ausnahmsweise denselben Zweck erfüllen.« Die Priesterin tauchte ihren Zeigefinger in das Schminktöpfchen und malte dann ein seltsames Zeichen zwischen die Brüste der Toten.

»Dein Blut gehört Dir, Isis,
Deine Zaubermacht gehört Dir, Isis,
Deine Zauberkraft gehört Dir, Isis.
Das Amulett ist der Schutz dieser Großen
und behütet sie vor dem, der Verbrechen an ihr begeht.«

Einen Moment noch verharrte die Priesterin schweigend, dann endlich gab sie ein Zeichen zu gehen, und Philippos war froh, sich auf sein Zimmer zurückziehen zu können. Es war ihm unheimlich mitanzusehen, wie Samu ihre Magie ausübte, und in Momenten wie diesen fragte er sich, ob er überhaupt nach Ägypten wollte, denn dort in der Heimat dieser seltsamen tierköpfigen Götter würde die Priesterin gewiß noch viel mächtiger sein.
Im *Atrium* trennten sich die beiden. Es würde nicht mehr lange bis zum Morgengrauen dauern, und als Philippos sich endlich auf seiner *Kline* ausstreckte, schlief er fast sofort ein. Das letzte, woran er dachte, war der prächtige Spiegel aus Gold und Silber. Hätte er ihn nur schon im Zimmer von Buphagos an sich genommen! Mochten die Götter wissen, wer sich dies kostbare Kleinod jetzt aneignete.

5. KAPITEL

Heller Rauch wand sich in Spiralen aus dem Feuerbecken der Decke entgegen. Breite Bahnen aus goldenem Licht durchschnitten das große Zimmer der *Hetaire*. Kein Lüftchen regte sich draußen, und dumpfe, brütende Hitze lag über dem Land. Der Himmel war klar und wolkenlos. Selbst die sonst allgegenwärtigen Möwen waren verschwunden und hatten irgendwo Schutz vor der Sonne gesucht. Der Rauch der Kräuter, die in der kleinen Kohlenpfanne schwelten, war zwar würzig und angenehm, doch hatte er in der Hitze des Nachmittags auch etwas Erstickendes. Samu atmete schwer. Die Lichtbalken, die durch die Fenster schossen, schienen wie goldene Speere um sie herumzutanzen. Heißer Schweiß tropfte ihr von den Achseln. Die weiße Fläche der Wand ihr gegenüber veränderte sich. Es schien, als würde sie kippen und zu einer Ebene werden. Die Priesterin hatte gehört, daß es irgendwo, weit im Westen, eine Wüste geben sollte, wo der Sand so weiß war, daß es schmerzte, ihn im hellen Sonnenlicht anzusehen. So erschien ihr jetzt auch die weiße Ebene, die sich in der Wand geöffnet hatte. Samu blinzelte die Tränen fort, die ihr in die Augen getreten waren. Kleine Punkte bewegten sich in dem Weiß. Sie kamen ihr entgegen.

Einer der Flecken zog sich in die Länge. Die Konturen wurden schärfer... Schließlich erkannte sie eine Frauengestalt. Sie war hochgewachsen und schön. Sieben kleine Katzen waren um sie herum. Die Tiere wirkten ernst, so als hätten sie eine wichtige Aufgabe. Wachsam blickten sie in alle Richtungen, fast so wie Krieger, die ihren *Pharao* in der Schlacht beschützen sollten.

Plötzlich begannen die Katzen zu maunzen. Ein riesiger, schwarzer Schatten war auf die Ebene gefallen. Er sah ein wenig aus wie ein großer Hundekopf. Die Katzen stürzten tot zu Boden. Drohend erhob die Frauengestalt ihre Faust zum Himmel, dorthin, wo irgendwo das Ungeheuer sein mußte, das seinen Schatten auf die Ebene warf. Die Bilder verschwommen Samu vor den Augen. Die Frau löste sich... Der Schatten verlor seine Form. Sie sah nur noch schwarz und weiß, schwarz und weiß... Hell und dunkel schienen wie in Spiralen miteinander verwoben.

Wieder hörte sie eine Katze maunzen. Die Vision war verflogen. Die kleine, graue Katze, die Thais gehört hatte, kauerte neben dem Leichnam ihrer toten Herrin und blickte Samu mit großen, grünen Augen an. Wieder miaute das Tier, als wolle es der Priesterin etwas sagen.

»Was ist denn, meine Kleine?« Samu wollte sich vorbeugen, doch richtete sie sich sofort wieder auf. Ihr war übel, und mit jeder Bewegung wurde es schlimmer. Was mochte die Vision bedeutet haben? Die Priesterin war sicher, daß die Frauengestalt *Isis* gewesen war. Doch die Katzen... Es gab eine Geschichte, in der die Göttin von sieben Skorpionen begleitet in die Wüste floh und sich vor *Seth* versteckte, der ihren Gefährten *Osiris* getötet hatte. Doch Katzen hatten mit dieser Geschichte nichts zu tun! Es gab keine Erzählung von sieben Katzen. Der Schatten des Hundekopfes, das mochte vielleicht *Seth* gewesen sein oder auch der schakalköpfige *Anubis*, doch Katzen...

Traurig blickte die Priesterin auf die nackte Tote hinab. Sie würden sie verbrennen! Samu hatte um Thais gekämpft und hatte verloren. Wieder einmal war es Potheinos gewesen, der sich durchgesetzt hatte. Die Vernunft war auf seiner Seite. Manchmal hatte die Priesterin das Gefühl, daß diese Vernunft etwas zutiefst Griechisches war. Der Eunuch war für all ihre Einwände taub gewesen. Samu war sicher, daß Thais gewünscht hätte, nach dem alten Ritus einbalsamiert und in ein Felsgrab gelegt zu werden. Es wäre auch möglich gewesen, ein Felsgrab zu bekommen. Berge gab es genug um Ephesos, und wenn Ptolemaios Thais tatsächlich so geliebt hatte, wie er behauptete, dann wären die Kosten für ein solches Grab mit Sicherheit kein Hinderungsgrund gewesen. Er hatte so viele Schulden bei den Römern und selbst bei dem *Megabyzos*, dem Verwalter der Schätze des *Artemisions*, gemacht, daß das Gold für ein Grab nicht ins Gewicht gefallen wäre.

Potheinos war taktvoll oder verschlagen genug gewesen, in seiner Argumentation nicht von Gold zu sprechen. Er sagte, die Priesterinnen der *Artemis* würden die Kunst des Einbalsamierens nicht gutheißen. Also konnte man von ihnen auch nicht erwarten, daß sie diesbezüglich Schritte unternahmen. Da es aber dem gesamten Hofstaat des *Pharaos* verboten war, das Gelände des Tempels zu verlassen, gab es auch niemanden, den man in die Stadt schicken konnte, um einen Einbalsamierer zu suchen. Nicht einmal einen Sklaven konnte man als Boten senden, denn die Tempelsklaven, die Ptolemaios zu Diensten standen, ließen sich nicht dazu überreden, eine solche Aufgabe zu übernehmen.

Samu hatte vorgeschlagen, einen der Besucher des Heiligtums mit einer Botschaft in die Stadt zu schicken, doch war Potheinos zu stolz, diesen Weg zu gehen. Nach seinen Worten durfte ein Gott nicht zu einem Bittsteller vor einem dahergelaufenen Bauern werden.

Für Samu war all dies nur leeres Gerede. In ihren Augen unterwarf sich der *Neue Osiris* der Jägerin *Artemis*. Indem der *Pharao* duldete, daß Thais verbrannt wurde, brachte er der Göttin ein Opfer und hoffte vielleicht, auch sie vergessen zu machen, zu welchem Anlaß die Liebesdienerin das Gewand einer jungfräulichen Priesterin angelegt hatte. Er verdammte Thais auf diese Weise dazu, im jenseitigen Leben ohne Kör-

per zu sein. Ja, er zerstörte das, was er an ihr am meisten geliebt hatte! Ob er sich wohl schuldig am Tod der Tänzerin fühlte? Wollte er, daß sie auf immer vernichtet wurde, damit er ihr auch im Reich des Westens nicht mehr begegnen mußte? Man würde sie auch bei Hof schneller vergessen, wenn Thais morgen verbrannt würde. Die Einbalsamierung hätte neunzig Tage gedauert, und erst nach dieser Frist wäre die Tote feierlich in ihr Grab gebettet worden.
Natürlich hatte Potheinos auch für die schnelle Verbrennung einen ganz pragmatischen Grund nennen können. Es war die Hitze. Seiner Meinung nach war es nicht schicklich, einen Toten bei diesen Temperaturen länger als zwei Tage unbestattet zu lassen. Samu schnaubte verächtlich. Sie wußte, daß der erste Eunuch schon vor einigen Jahren ein prächtiges Grabmal für sich errichtet hatte. Es lag in der *Nekropole* östlich von Alexandria. Er wollte nicht, daß man seinen Leib verbrannte!
Samu stellte den Tiegel auf den Boden, den sie die ganze Zeit über in der Hand gehalten hatte, und musterte den nackten Leichnam der Tänzerin. Sie hatte all die Amulette auf den Körper aufgemalt, die man unter anderen Bedingungen beim Einbalsamieren zwischen den Leinenbinden angebracht hätte. Samu war entschlossen, jene Zauber, die der Totenritus vorschrieb, zu wirken, jedenfalls soweit sie diese kannte. Vielleicht hatten die Götter Ägyptens ja auch hier genügend Macht, um ein Wunder geschehen zu lassen. Womöglich würden sie den Leib der Toten vor den Flammen schützen oder ihn entrücken. Jeder Teil des menschlichen Körpers hatte seinen eigenen Schutzgott, und Samu würde sie alle beim Namen nennen und um Hilfe bitten. Sie schloß die Augen und versuchte, sich an den Wortlaut des langen und komplizierten Zauberspruches zu erinnern.
Neben der *Kline* stand das niedrige Feuerbecken, in dem Samu Weihrauch und anderes Räucherwerk verbrannt hatte. Die Wohlgerüche sollten ihr helfen, ihren Geist für die Kraft der Magie zu öffnen.

»Dein rechtes Auge ist die Nachtbarke,
dein linkes Auge ist die Tagesbarke,
und deine Augenbrauen sind die Götterneunheit.
Dein Scheitel ist Anubis,
dein Hinterkopf ist Horus,
deine Finger sind Thot,
deine Haarlocke ist ...«

Die Tür zur Kammer der Toten wurde aufgestoßen. Wütend drehte Samu sich um. Es war Potheinos, der die Zeremonie störte. Schon lag der Priesterin ein Fluch auf der Zunge, als hinter dem Eunuchen noch ein zweiter Mann eintrat: Orestes, der *Eirenarkes* von Ephesos.
Potheinos schien zu ahnen, was sie dachte. Jedenfalls sah sie ihn rasch ein Schutzzeichen schlagen. »Verzeih, wenn wir dich stören, Dienerin der Zauberreichen«, murmelte der Eunuch verlegen. »Der *Eirenarkes* wünscht die Tote zu betrachten.«
»Auch wenn Thais dir keinen Dienst erweisen konnte, Verschnittener, solltest du ihr doch die Ehre erweisen, sie bei ihrem Namen zu nennen.«
Potheinos funkelte Samu böse an. Dann trat er zur Seite, um Orestes an die *Kline* zu lassen. »Auf welche Weise, glaubst du, ist... Thais gestorben?«
Zu gerne hätte Samu dem *Eirenarkes* die Wahrheit gesagt, doch galt es jetzt, an Kleopatra und die Zukunft der Prinzessin zu denken. Würde sie die Wahrheit sagen, mochten allein die Götter wissen, was aus der Kleinen werden würde. »Wie unschwer zu sehen ist, hat sie sich dicht über der Handwurzel die Arme aufgeschnitten. Sie ist verblutet. Eine Sklavin hat sie so heute morgen gefunden.«
Orestes beugte sich vor, um die Verletzungen in Augenschein zu nehmen. In dieser seltsamen Stellung erinnerte er die Priesterin an einen Jagdhund, der Witterung aufnahm.
»Hat man Thais auf dieser *Kline* gefunden?«
»So ist es«, antwortete Potheinos eifrig. »Wie die Priesterin sagte, hat eine Sklavin Thais heute morgen entdeckt.«

»Merkwürdig. Ich sehe hier gar kein Blut. Man sollte doch denken, daß man eine Frau, die sich auf diese Weise das Leben nimmt, inmitten einer Blutlache finden würde.«
»Ich habe die blutbesudelten Tücher entfernen und verbrennen lassen«, entgegnete Samu. »Sie war eine große Dame bei Hof und hat Anspruch auf ein würdiges Totenlager.«
»Eine große Dame...« Orestes tauschte mit Potheinos einen kurzen Blick. »Vielleicht kann man das wirklich so nennen. Aber warum sollte sich eine große Dame das Leben nehmen?«
Dieser Grieche wollte ihr eine Falle stellen, dessen war sich Samu mittlerweile sicher. Aber so leicht würde sie es ihm nicht machen. »Es hat in der letzten Nacht einen Streit zwischen Thais und dem *Neuen Osiris* gegeben und...«
»Neuer Osiris?« Der *Eirenarkes* runzelte die Stirn.
»Das ist der Name unseres göttlichen *Pharaos*«, mischte sich Potheinos ein. »Er ist nicht allein ein Herrscher, er ist auch ein Gott.«
»So.« Dem Griechen genügte dies eine Wort, um deutlich zu machen, was er von Gottkönigen hielt. »Und weswegen wurde gestritten? Ich hoffe, meine Frage ist nicht zu vermessen. Doch soll ich der Hohepriesterin Bericht über diesen Todesfall erstatten und auch dem Rat der Stadt. Es ist also keine Neugier, sondern allein meine Pflicht, die mich zwingt, so taktlos zu fragen.«
Samu glaubte dem *Eirenarkes* kein Wort. So wie er aussah, machte es ihm Freude, seine übergroße Nase in die Angelegenheiten anderer zu stecken. »Soweit ich weiß, ging es darum, daß der *Neue Osiris* dachte, die Dienste von Thais in Zukunft nicht mehr in Anspruch zu nehmen. Dieser plötzliche Stimmungswandel des *Pharaos* hat sie so erschreckt, daß sie die Sinne verlor. Gemeinsam mit dem griechischen Arzt Philippos habe ich sie aus den Gemächern des *Neuen Osiris* hierher gebracht. Als sie erwachte, scheint sie sich dann das Leben genommen zu haben.«
»Und mit diesen Zauberzeichen hast du sie danach bemalt, Priesterin?« Orestes zeigte auf die nachgezeichneten Amulette auf der Brust der Toten. »Was haben sie zu bedeuten?«

Samu zeigte auf ein längliches Symbol, das ein wenig an den Stößel erinnerte, der zu einem Mörser gehört. »Das hier ist der *Djed-Pfeiler.* Für gewöhnlich wird er aus Gold gefertigt. Er schützt das Rückgrat der Verstorbenen, so wie das *Tet,* der *Isis-Knoten* dort zwischen den Brüsten, das Blut und die Zauberkraft von Thais erhalten wird, und...«
»Wie kann das Blut erhalten werden, wenn sie sich die Adern an den Handgelenken aufgeschnitten hat?« Orestes grinste triumphierend und tauschte mit Potheinos einen kurzen Blick. »Webe nur deinen Zauber, Priesterin. Ich glaube nicht, daß ich deine Götter und Rituale verstehen werde. Ich will der *Artemis* opfern. Es erscheint mir sinnvoller, die Gnade der mächtigen Göttin anzurufen.« Der Grieche wandte sich ab und hatte schon die Tür erreicht, als er noch einmal stehenblieb. »Wer ist eigentlich die neue Favoritin des Herrschers?« Potheinos hüstelte leise, dann warf er dem *Eirenarkes* einen verschwörerischen Blick zu. »Es gibt viele schöne Frauen in unserem Gefolge. Was uns vor allem von euch Griechen unterscheidet, ist, daß unsere Priesterinnen größere Freiheiten haben, was den Umgang mit Göttern angeht.«
Orestes bedachte Samu mit einem anzüglichen Blick. »Ich denke, ich habe verstanden, was ihr mir sagen wolltet, Potheinos.« Samu errötete. Dieser Bastard! Was sollte diese Lüge? Wollte der Eunuch sie vor dem Fremden demütigen? Warum hatte er sie zur Buhlin des *Pharao* gemacht? Sie würde sich das nicht einfach so bieten lassen! »Sagt, Orestes, wie kommt es, daß der Scheiterhaufen des Buphagos schon in der Nacht in Flammen aufgegangen ist? Sollte er nicht erst heute abend nach einer feierlichen Totenzeremonie entzündet werden?«
Der *Eirenarkes* räusperte sich wichtigtuerisch. »Es war der Wille der Götter. In der Nacht hat sich *Thanatos* der Priesterin offenbart, die mit der Totenwache beauftragt war! Der Gott selbst ist noch einmal gekommen, um nun auch den Leichnam an sich zu nehmen. Die Priesterin beobachtete, wie *Thanatos* den Toten zum Scheiterhaufen hinauftrug. Kaum hatte er euren Mundschenk niedergelgt, da fuhr aus den Sturmwolken ein Blitz hinab und entzündete das Holz. So waren es die Göt-

ter selbst, die entschieden haben, das Totenfest zu feiern.« Das Gesicht des Orestes war so ausdruckslos wie eine Maske. Samu hätte nur zu gerne gewußt, ob der Grieche das, was er erzählte, auch selbst glaubte.
»Jedenfalls«, so fuhr Orestes fort, »wird damit wieder Frieden in den Tempelbezirk einkehren. Dennoch bleibt das Verbot bestehen, daß Mitglieder des Hofstaates des Ptolemaios das Tempelgelände verlassen dürfen Es wird wohl noch ein paar Tage dauern, bis das Volk von Ephesos sich so weit beruhigt hat, daß ihr wieder völlig sicher seid.«
Samu verneigte sich leicht. »Es ist gut zu wissen, unter dem Schutz so aufrichtiger Dienerinnen der Göttin zu stehen. Mir selbst ist meine Herrin noch nie erschienen, doch sagt man euch Griechen ja nach, daß kein Volk seinen Göttern so nahe steht wie ihr.« Samu fragte sich, ob die Priesterin in der vergangenen Nacht Batis gesehen hatte und jetzt wirklich glaubte, dem *Thanatos* begegnet zu sein, oder ob sie diese Geschichte erfunden hatte, nachdem der Leichnam, den sie bewachen sollte, plötzlich verschwunden war.
Orestes hatte den ironischen Unterton ihrer Worte bemerkt. Er wirkte verwirrt und schien nicht sicher zu sein, wie er darauf reagieren sollte. Er legte den Kopf schief und musterte Samu nachdenklich. Schließlich murmelte er leise: »Der Blick der *Olympier* ruht auf uns in diesen Tagen. Ich hoffe, daß sie keinen Anlaß mehr haben werden, einen Frevel zu sühnen, und daß die Tage, die da kommen, friedlicher sein werden als jene, die vergangen sind.«

6. KAPITEL

Zwei Tage waren seit dem Tod der *Hetaire* vergangen. Die Lage bei Hof hatte sich entspannt, und es schien, als sei der Zorn der Göttin verflogen. Philippos war noch einmal in das Zimmer von Buphagos zurückgekehrt und hatte dort die versteckte Papyrusrolle geholt, denn er brauchte Schreibmaterial, und das war teuer.

Den Spiegel, den Schmuck und die anderen Schätze der Thais hatte Potheinos mit großer Geste der kleinen Kleopatra geschenkt. Der Eunuch dachte an seine Zukunft. Ptolemaios wurde seit dem Tod der *Hetaire* von Verstopfung geplagt. Der König wurde immer dicker, und seine Gesundheit war alles andere als gut. Es war nur eine Frage von Zeit, bis *Thanatos* auch ihn besuchen würde. Wahrscheinlich war er sich darüber im klaren. Jedenfalls hatte Ptolemaios in den letzten Tagen ungewöhnlich viel Zeit mit Kleopatra verbracht. Samu gegenüber blieb der Herrscher mißtrauisch. Philippos wußte, daß die Priesterin dem *Pharao* mehrfach angeboten hatte, ihm einen abführenden Trunk zu mischen, doch der König hatte abgelehnt. Er legte sein Wohl ganz in die Hände des Arztes, und Philippos war so zufrieden wie schon lange nicht mehr. Wenn der König immer kränker wurde, dann würde die

Bedeutung seines Leibarztes bei Hof schlagartig zunehmen. In Gedanken sah er sich schon als Berater des dicken Flötenspielers bei seinen Staatsgeschäften. Es gab keinen Zweifel, daß er noch eine große Zukunft vor sich hatte. Nur von Samu sollte er sich fernhalten. Ihr Stern würde bald verblassen. Philippos war sicher, daß ein einziges falsches Wort von der Priesterin im Moment ausreichen mochte, um zu ihrer Verbannung oder gar zu Schlimmerem zu führen.
Der Arzt blickte zu dem Nubier, der neben ihm auf einem Stein saß und nachdenklich zum Meer hinabschaute. Wenn der König oder Potheinos wünschten, daß jemand verschwinden sollte, dann wäre er der Vollstrecker ihrer Befehle. Philippos mochte den Mann nicht sonderlich. Zu frisch war seine Erinnerung daran, daß der hünenhafte Leibwächter ihn in Italien ganz oben auf seiner Todesliste stehen hatte. Trotzdem wäre es klug, wenn er diese Zeit einfach vergessen würde. Es war wichtig, Batis zum Freund zu haben, zu wissen, was er dachte, wen er mochte und wen nicht.
Die Kommentare einiger Hofdamen hatten Philippos auf die Idee gebracht, sich an diesem Nachmittag mit dem Nubier zu treffen. Angeblich verfügte er über ganz akzeptabele Qualitäten als Dichter. Natürlich war sich der Grieche im klaren darüber, daß Batis die Damen wahrscheinlich vor allem auf anderem Gebiet beeindruckt hatte, denn die Geschichten über seine Liebesaffären bei Hof waren Legion. Selbst zu Samu sollte der Leibwächter angeblich einmal ein mehr als nur freundschaftliches Verhältnis unterhalten haben. Philippos konnte sich allerdings nicht vorstellen, daß an diesen Gerüchten auch nur ein Körnchen Wahrheit war. Die Isispriesterin war viel zu kalt und unnahbar, um sich auf so etwas wie eine Romanze einlassen zu können. Auch wenn sie, zugegebenermaßen, recht hübsch war...
Philippos musterte den Nubier verstohlen. Schmunzelnd überlegte er, daß durch die zahlreichen Liebschaften des Kriegers das Wort Leibwächter eine völlig neue Bedeutung bekam.
»Du mußt mir mehr über sie erzählen, wenn ich dir helfen soll«, murmelte Batis nachdenklich. »Ich bekomme kein rich-

tiges Bild von ihr. Vielleicht wäre es auch klug, wenn du nicht auf Daphne anspielst, aber das mußt du wissen.«
Philippos räusperte sich verlegen. Er sollte sich wieder auf den eigentlichen Grund ihres Treffens konzentrieren. Er hatte Batis gefragt, ob er ihm nicht helfen könne, ein Gedicht für Neaira zu verfassen. In den letzten beiden Tagen war er nicht dazu gekommen, sich davonzustehlen, um der *Hetaire* seine Aufwartung zu machen, und doch beherrschte die schöne Thrakerin jeden seiner Gedanken. Der Arzt hatte die Papyrusrolle aus dem Gemach von Buphagos gestohlen, um darauf seine Liebesschwüre niederzuschreiben, doch wollte es ihm einfach nicht gelingen, das, was er dachte, auch in Worte zu fassen.
»Weißt du, ihr Körper ist wie eine süße Frucht, Batis. Je mehr ich ihn genieße, desto mehr verlangt es mich auch nach ihm. Ihr zartes Haar, ihre süßen Lippen, ihre Haut so...«
Der Krieger klopfte sich ausgelassen auf die Schenkel. »Na, das hört sich doch schon ganz gut an. Warum schreibst du ihr das nicht?«
Philippos seufzte. »Das geht nicht. Es ist ohne Anmut! Meinen Gedanken fehlt die Form. Ich muß sie in ein Versmaß bringen. Hast du denn nie die Dichter Alexandriens gelesen? Gerade die Poeten der Königsstadt sind berühmt dafür, ihren Versen ein wunderbares Gleichmaß zu geben, ohne daß dadurch der anmutige Fluß der Worte gehemmt würde.«
»Das ist doch Unsinn! Wie kannst du deiner Liebe solche Fesseln auflegen? Deine Worte müssen auf direktem Wege in ihr Herz gelangen. So betört man eine Frau! Du machst es dir zu schwer. Finde Bilder, die ihr schmeicheln! Vergleiche ihre Brüste mit Äpfeln, nenne ihren Mund eine Rose, besinge den Liebesquell, der zwischen ihren Schenkeln liegt, und sprich von den tausend Wonnen, die du in ihren Armen erlebt hast. Das gefällt jeder Frau.«
Philippos schüttelte den Kopf. »Ich weiß nicht, ob das der rechte Weg ist. Ich meine... Diese Worte sind doch schon tausendmal gesagt. Ich möchte ihr etwas Neues schenken. Etwas, worin sie sich wiedererkennt und das sich nicht nach billiger Tavernenlyrik anhört. Verstehst du das?«

Batis kratzte sich am Kopf und gähnte gelangweilt. »Etwas Neues soll es also sein! Was hältst du von der Form des lyrischen Zwiegespräches? Erst schreibst du, was du deiner Angebeteten gerne sagen möchtest, und dann bringst du auch noch die Antwort, die dir dazu am liebsten wäre, in Versform. Das ist eine Methode, mit der ich schon große Erfolge hatte. Vor allen Dingen bei jenen verwöhnten und gebildeten Frauen, die sich für etwas Besseres halten.«
»Neaira ist nicht so! Ihr Geist ist nicht weniger schön als ihr Körper, und es fehlt ihr jede Eitelkeit. Überhaupt begreife ich nicht, was das für Gedichte sein sollen. Kannst du mir vielleicht ein Beispiel geben.«
»Nichts leichter als das!« Batis sprang auf und warf sich in Pose, so als sei er ein Schauspieler in einer Komödie.

»Mit hohem Hals und strahlender Brust
Hat sie echtes Lapislazuli zum Haar.
Ihre Arme übertreffen das Gold,
ihre Finger sind wie Lotoskelche.«

Der Nubier schmunzelte. »Das war noch harmlos. Jetzt paß einmal auf, wie die Antwort der Frau lautet. Ich hoffe, du bist nicht prüde, mein Freund.«
»Willst du mich verschaukeln? Ich habe schon Frauen geliebt, als du noch an der Brust deiner Mutter gelegen hast. Ich und prüde... So ein Unsinn!«
»Na, dann ist es ja gut.« Batis grinste breit.

»Mögest du meine Höhle erreichen,
ehe deine Hand viermal geküßt werden kann.
Du suchst die Liebe der Geliebten,
denn die Goldene befiehlt es dir, mein Freund.«

Philippos war nicht sicher, ob das die Art von Lyrik war, die Neaira gefallen würde. Natürlich, sie war eine *Hetaire*, und ihre Liebe war käuflich, doch würde sie sich gerade deshalb nicht viel eher nach sanften Liebesschwüren sehnen als nach solch derben Worten, die keinen Zweifel am Ansinnen des Dichters ließen.

»Was schaust du so, als hätte ich dir einen faulen Fisch serviert? Liegt in diesen Versen nicht eine Sinnlichkeit, die einem das Blut aufwallen läßt, so wie die streichelnde Hand einer kundigen Liebesdienerin?«

»Gewiß«, versicherte Philippos schnell, denn er wollte den Krieger auf keinen Fall verärgern. »Auf mich verfehlen deine Worte ihre Wirkung nicht. Allein, ich weiß nicht, ob ich damit den richtigen Ton für meine Liebste treffen würde.«

»Warum? Sie ist doch eine *Hetaire*. Sie wird schon keine roten Wangen bekommen, wenn du ihr gegenüber eine deutliche Sprache sprichst.«

»Du hast sicher recht, Batis. Doch gerade weil sie so derbe Worte jeden Tag zu hören bekommt, möchte ich nicht diese Form wählen, um von meiner Liebe zu sprechen. Es sollte romantischer klingen. Ich möchte nicht das Blut in ihrer *Kteis* pochen lassen, sondern ihr Herz berühren.«

»Du glaubst doch nicht etwa im Ernst, eine *Hetaire* könnte sich verlieben? Du bist ein kluger Mann, und jeder bei Hof sagt, daß du ein großer Arzt bist. Eine Hure kann nicht mehr von Herzen lieben. Nach ihrer Unschuld ist dies das erste, was sie in ihrem Gewerbe aufgibt. Sie liebt deinen Geldbeutel, vielleicht hofft sie auch, durch dich zu Macht und Ansehen zu kommen. Wenn du Glück hast, versteht sie ihre Kunst so gut, daß du es nicht merkst, daß sie dich ohne ihr Herz liebt, wenn du in ihren Armen liegst, doch täusche dich nicht. Einer Hure ist Liebe so fremd wie dir die Berge meiner Heimat.«

»Das ist dein Standpunkt«, entgegnete Philippos schmollend. »Erlaube, daß ich anderer Meinung bin.« Er hätte den Nubier nicht um Rat fragen sollen. Was verstand ein Barbar schon von der Liebe! Es war töricht gewesen, zu glauben, daß er die Frauen auch auf andere Weise als nur durch seinen ansehnlichen Körper zu beeindrucken verstand.

»Dich hat es ja schlimmer erwischt, als ich gedacht hätte.« Batis verpaßte ihm einen freundschaftlichen Knuff. »Ich habe da noch ein paar Verse, die dir vielleicht besser gefallen werden.

Deines Gesichtes Schönheit glänzt und leuchtet.
Du bist vollkommen.
Von deinem Anblick wird man trunken
wie von edlem Wein.
Mit schweren Lenden und schmalen Hüften,
du, deren Schenkel um ihre Schönheit streitet,
edlen Ganges; wenn du auf die Erde tritts,
raubst du mein Herz mit deinem Gruß.

Das klingt romantischer, nicht wahr? Und trotzdem ist es sinnlich. Du liebst doch ihre Schenkel, oder? Sprich davon! Sie wäre sicher enttäuscht, wenn du ihr nicht auch sagen würdest, wie sehr du dich an ihr zu berauschen vermagst.«

»Na ja, das klingt auf jeden Fall schon besser als dein letzter Vorschlag. Wenn ich nur nicht so unsicher wäre. Weißt du, ich habe so etwas noch nie getan... einer Frau ein Liebesgedicht schreiben.«

»Das merkt man. Beim nächsten Mal wird es dir leichter fallen. Übrigens, was die Frauen in meiner Heimat gerne mögen, ist, wenn man sie mit wilden Tieren vergleicht. So wie man von einem Krieger sagen kann, er sei mutig wie ein Löwe, nennt man dann ihre schlanken Fesseln gazellengleich oder deutet an, daß ihr ausladendes Becken so üppig und so fruchtbar wie die Lenden eines Flußpferdes seien.«

Philippos runzelte die Stirn. »Wie ein Flußpferd? Es gibt Frauen, die so etwas gerne hören?«

»Natürlich! Die Fruchtbarkeit einer Frau zu rühmen, ist immer schmeichelhaft!«

»Bleiben wir lieber bei den Versen von vorhin. Ich fürchte, einen Vergleich mit einem Flußpferd würde Neaira nicht als Kompliment auffassen.« Der Grieche zog die Schriftrolle aus ihrer Lederhülle, rollte sie ein Stück weit auf und legte sie auf einen flachen Felsen. Dann nahm er Tintenfaß und Pinsel zur Hand. »Also, wie war das? Am Anfang kam doch etwas über die Schönheit ihres Gesichtes.«

»Deines Gesichtes Schönheit...«, rezitierte der Nubier langsam. »Sag mal, was ist denn das für ein *Papyrus*, auf den du

da schreibst. Darf ich den mal sehen? Der ist ja auf der Rückseite beschriftet.«

»Das ist nichts Besonderes. Nur eine alte Liste.«

»Ich kenne dieses Schriftstück. Die Löwenköpfchen dort oben an den Enden der Holzstange... Das Dokument ist doch nicht alt! Lies mal vor, was daraufsteht. Vielleicht fällt mir dann wieder ein, wo ich es gesehen habe.«

Philippos seufzte resigniert. »Wenn ich das Ding jetzt umdrehe, dann verwische ich die Tinte. Du siehst doch, daß ich gerade erst angefangen habe, zu schreiben. Das Ganze ist nichts weiter als eine Inventarliste des Palastes. Ich glaube, zu oberst stand etwas von einem Tischchen, das mit gelbem Elfenbein aus *Punt* verziert war.«

»Elfenbein aus *Punt?* Wo hast du diese Liste her, sie ist keine zehn Tage alt.«

»Das kann nicht sein«, protestierte Philippos. »Sie lag zu unterst in der Kleidertruhe des Mundschenks, so als sei sie völlig unwichtig und...«

»Oder so, als sei sie dort versteckt!« Der Nubier musterte den Griechen jetzt auf eine Art, daß es Philippos kalt den Rücken herunterlief.

»Darauf wäre ich nie gekommen«, log der Arzt. »Was sollte an dieser Liste schon so wichtig sein?«

»Nichts, außer daß sie in die Hände von Potheinos gehört. Buphagos hat die Geschenke an Stelle des ersten Eunuchen angenommen. An dem Mittag, als sie zur Villa gebracht wurden, waren der göttliche *Pharao* und Potheinos zu einem Gastmahl bei dem *Megabyzos* des Tempels. Deshalb hat Buphagos die Geschenke in Empfang genommen. Ich war dabei, als ihm diese Liste überreicht wurde. Wenn ich mich richtig erinnere, waren es Kaufleute aus Tyros, die Ptolemaios mit den Kleinodien ihre Verbundenheit beweisen wollten. Ich verstehe nicht, wieso Buphagos diese Liste noch besessen hat. Er müßte sie eigentlich zusammen mit den Geschenken an Potheinos weitergeleitet haben. Es ist üblich, genau aufzuzeichnen, was für Gaben der Göttliche erhält. Es wäre dem Eunuchen sicher aufgefallen, wenn die Liste gefehlt hätte.«

»Vielleicht hat der Mundschenk auch eine Kopie angefertigt. Ich finde diese Angelegenheit ziemlich unwesentlich. Wollen wir nicht lieber an dem Gedicht weiterarbeiten?«
»Du wirst kein einziges Zeichen mehr auf diesen Papyrus malen!« Batis packte den Arzt bei der *Tunica* und zog ihn von der Schriftrolle weg. »Das ist Eigentum des göttlichen *Pharaos*. Sie zu behalten ist so, als würdest du ein Weihegeschenk aus einem Tempel stehlen! Wir werden diese Schriftrolle jetzt zu Potheinos bringen, und er wird entscheiden, was mit ihr geschehen soll. Nichts, was dem Göttlichen geschenkt wurde, ist für die Hände Sterblicher bestimmt. Es sei denn, er überläßt es ihnen in seiner unendlichen Großmut. Ich werde auf keinen Fall dulden, daß auf dieses Dokument ein Liebesbrief an eine *Hetaire* geschrieben wird! Wir warten, bis die Tinte getrocknet ist, dann rollst du es auf, und wir suchen Potheinos.«
Philippos wand sich aus dem Griff des Nubiers. Er hätte sich niemals mit diesem Barbaren treffen sollen! Daß dieser Kerl sich pedantischer als ein Hofschreiber benahm... Wie konnte man sich nur so wegen einem Stück *Papyrus* anstellen? Wahrscheinlich war Batis auf irgendeine Art verrückt! Diese Orientalen und ihr Aufhebens um dieses erfundene Gottkönigtum würde er niemals begreifen. Für ihn gab es einfach nichts Göttliches an Ptolemaios. Wer hatte schließlich schon einmal von einem Gott gehört, der unter Verstopfung litt!

»Sag, was ist denn in dich gefahren, als du das hier geschrieben hast?« Ärgerlich blickte Samu von der Wachstafel auf, in die Kleopatra eine Formel mit einem Zauberspruch geritzt hatte, der über das *Tet*-Amulett zu sprechen war, wenn es seinen magischen Schutz entfalten sollte.
»Was meinst du?« Die Prinzessin saß an ihrem Schminktisch und ließ sich von einer Sklavin die Haare frisieren, während sie auf einer Schiefertafel mit einem kleinen Holzspachtel grünes *Shesmet*-Pulver mit einigen Tropfen Palmöl vermengte.
»Ich meine, daß du hier völligen Unsinn aufgeschrieben hast. Fast keines der Worte stimmt mehr! Hast du denn alles vergessen, was ich dir beigebracht habe.«

»Gar nichts habe ich vergessen! Ich habe mich nur an deine Anweisungen gehalten!« Die Prinzessin beugte sich auf ihrem Hocker vor und begann, mit einem Elfenbeinstift einen Teil der Paste auf ihre Augenlider aufzutragen.
»Dann komm doch mal her und erklär mir, was das zu bedeuten hat, was du hier aufgeschrieben hast.«
»Das geht jetzt nicht. Siehst du nicht, daß ich alle Hände voll zu tun habe? In einer Stunde muß ich fertig sein. Du weißt doch, daß ich meinen Vater zum *Megabyzos* begleiten soll. Er will, daß ich lerne, wie man Staatsgeschäfte erledigt.«
Samu schnaubte verächtlich. »Du meinst wohl, daß dein Vater dir beibringen will, wie man jemanden dazu überredet, einem Geld zu leihen, obwohl die Aussichten, es jemals zurückzubekommen, gelinde gesagt gering sind.«
»Was du da sagst, ist Hochverrat, Samu! Wenn der *Neue Osiris* das hören würde, dann würde er dich dafür vom Hof verbannen.«
»Und wenn du den Unsinn, den du hier niedergeschrieben hast, jemals laut über einem *Tet*-Amulett aussprichst, dann wird *Isis* dir eines Nachts einen Skorpion unter diese Decke schicken, um dich für deine Ignoranz zu strafen.«
»Puh!« Kleopatra legte den dünnen Elfenbeinstift zur Seite und betrachtete sich in ihrem neuen Spiegel, um zu sehen, ob sie die Schminke auch gleichmäßig auf die Augenlider aufgetragen hatte. »Mit solchen Reden kannst du vielleicht kleine Kinder erschrecken. Mir jagst du damit keine Angst ein! Ich bin die Tochter der *Isis*, die Zauberreiche würde mir niemals etwas zuleide tun.«
»Vielleicht würde ich diese Bürde der Göttin gerne auf mich nehmen!«
Die Prinzessin wischte den Elfenbeinstift in aller Seelenruhe mit einem kleinen Tuch sauber und öffnete dann ein anderes Gefäß. Es war die Skulptur des knienden Nubiers, der auf seinem Rücken einen Korb trug. Gelassen rührte Kleopatra durch die zähe schwarze Paste. »Du weißt genau, daß du mir nichts tun darfst, Samu. Mein Vater hat allen Lehrern untersagt, mich körperlich zu züchtigen. Und du weißt hoffentlich

auch, daß du dir keinen Fehler mehr erlauben darfst. Er überlegt ernsthaft, dich vom Hof zu verbannen.«
»Vielleicht wird er vorher an seiner Verstopfung verrecken, wenn er sich noch weiter von diesem Griechen behandeln läßt, statt auf mich zu hören. Und was dich angeht, meine Kleine, was glaubst du wohl, was der *Neue Osiris* sagt, wenn er erfährt, daß du dich heimlich mit einem der *Tetrarchen* der Tempelwache triffst.«
»Du spionierst mir nach!« Kleopatra ließ den Elfenbeinstift fallen und drehte sich so plötzlich um, daß sie der Sklavin ihr Haar aus den Händen riß und ihre Frisur hoffnungslos durcheinander geriet.
»Ich bin damit beauftragt, auf dein Wohl zu achten. Da bei Hof ohnehin niemand mehr mit mir spricht, habe ich dafür in den letzten beiden Tagen noch mehr Zeit als sonst gefunden.«
»Du meinst, du hast alles gesehen?«
Samu schluckte. Sie war durch Zufall Zeugin geworden, wie sich die Prinzessin und ein hochgewachsener Wachoffizier in der Dämmerung getroffen hatten und ein paar scheue Küsse tauschten. Sollte etwa noch mehr geschehen sein? Die Priesterin lächelte. »Natürlich weiß ich alles, und ich denke, du solltest etwas weniger aufsässig sein, denn schließlich habe ich bisher geschwiegen.«
»Du darfst jetzt gehen«, herrschte Kleopatra die Sklavin an, die verzweifelt versuchte, die durcheinandergeratenen Zöpfe der Prinzessin zu richten. »Ich rufe dich, wenn ich deine Dienste noch einmal nötig haben sollte.« Nervös mit den Fingern auf den Schminktisch trommelnd, wartete Kleopatra, bis die Sklavin das Gemach verlassen hatte.
»Du bist uns also bis auf den Hügel hinauf gefolgt, Priesterin?« Ein lauernder Unterton lag in der Stimme der Prinzessin. Samu meinte, förmlich riechen zu können, daß die Kleine versuchte, ihr eine Falle zu stellen. »Laß diese Spielchen! Geh einfach davon aus, daß ich alles weiß, was zwischen euch geschehen ist. Und versuche nicht, mich auf so billige Art hereinzulegen.«
»Verzeih mir, Samu, ich wollte dich nicht täuschen!« Die Prin-

zessin drehte sich jetzt ganz auf ihrem Stuhl herum und blickte betreten zu Boden. »Ich dachte nur... Es war dumm von mir! Bitte, verzeih mir.«

»Wenn du die Güte hättest, jetzt herüberzukommen und dir dein sinnloses Geschreibsel anzusehen, dann würde ich vielleicht darüber nachdenken, unser gemeinsames Geheimnis für mich zu behalten. Anderenfalls könnte es deinen *Tetrarchen* den Kopf kosten, wenn herauskommt, daß er einer Prinzessin nachstellt.«

»Aber es ist doch nichts Schlimmes passiert!«

»Erzähl mir nichts, Kleine! Ich hab von meinem Versteck aus alles genau beobachten können. Sei gewiß, daß das, was du *nichts Schlimmes* nennst, ausreichen würde, um den Kerl vierteilen zu lassen!«

»Das ist nicht gerecht, Samu. So etwas würdest du nicht tun. Er hat meine Brüste geküßt... gut, aber mehr ist nicht gewesen! Ich war bei einigen der Orgien meines Vaters zugegen. Ich weiß, was sonst noch hätte sein können... Eskander hat sich wie ein Ehrenmann verhalten.«

»Könnte es sein, daß wir unterschiedliche Vorstellungen von einem Ehrenmann haben? Aber reden wir nicht weiter darüber. Drohe mir nie mehr damit, daß du vor deinem Vater schlecht von mir sprechen wirst. Dann werde auch ich mein Wissen für mich behalten. Und jetzt sieh dir diesen Text an! Was soll das?« Die Priesterin hielt Kleopatra die beiden Wachstafeln hin, auf der die Prinzessin den Zauberspruch niedergeschrieben hatte.

Kleopatra warf einen kurzen Blick darauf und zuckte dann mit den Achseln. »Was soll daran nicht in Ordnung sein? Ich finde, das Schriftbild sieht sogar besonders schön aus. Stell dir vor, wie es auf eine Tempelwand aufgemalt wirken würde. Ich bin sehr zufrieden damit. Ich weiß gar nicht, was du hast.«

»Zum einen halte ich es nicht gerade für taktvoll, den Namen deiner Schwester Berenike in einer Formel einzufügen, die über ein Amulett gesprochen werden soll, das einen Toten auf seiner Reise zu *Osiris* schützt. Es steht völlig außer Frage, daß sie deinen Vater zu Unrecht vom Thron vertrieben hat und daß sie eine grausame Tyrannin ist... Trotzdem solltest du wissen, daß man mit der Zauberei niemals seinen Spaß treiben darf. Solche Leichtfertigkeiten fallen nur auf einen selbst zurück. Um so schlimmer sind deshalb die merkwürdig verdrehten Worte, die du in der zweiten Hälfte der Zauberformel verwendest. Um den ursprünglichen Wortlaut überhaupt noch erraten zu können, muß einem der Text schon vorher geläufig sein. Was soll das?«

Die Prinzessin hatte einen Schmollmund aufgesetzt. »Wie kannst du mir vorwerfen, wenn ich tue, was du mir selbst einmal geraten hast? Du warst es doch, die mir erklärt hat, wie wichtig es ist, bei der alten Bilderschrift des Tempels die Zeichen stimmig zueinander zu setzen. Nicht allein das Wort zählt, sondern auch, wie es geschrieben ist. Ja, du hast mir sogar gesagt, daß man die Grammatik und auch die übliche Schreibform vernachlässigen darf, wenn man dafür erreicht, daß das Schriftbild in seiner Gesamtheit schöner aussieht.«

»Aber das gilt doch nicht für eine Zauberformel! Es sind die Worte, denen die Kraft innewohnt. Schon sie falsch zu betonen, kann ein Ritual scheitern lassen. Sei gewarnt, wann immer du einen Zauberspruch wirkst, öffnest du dich auch ein Stück weit Kräften, die dir übel gesinnt sind. Sie stellen einen Teil der Macht dar, die du bei diesem Ritual in das *Tet*-Amulett leitest. Die Worte der Beschwörung sind uralt und genau festgelegt. Schon eine leichte Abweichung von ihnen kann dein Verderben bedeuten.«

»Das habe ich nicht gewußt... «, stammelte Kleopatra ängstlich.

»Ich hoffe, du hast die Worte nicht leise vor dich hingesprochen, während du sie niedergeschrieben hast.«

Die Prinzessin schüttelte energisch den Kopf. »Ich habe nichts dergleichen getan. Glaubst du, daß mir etwas passieren wird... Ich meine, es war doch nur eine Übung. Ich hatte nicht einmal ein Amulett und...«

»Und du hättest nicht den Namen deiner Schwester Berenike verwenden sollen. Du weißt, daß sie auf die Macht des grausamen *Seth* vertrauen kann und daß es viele Priester gibt, die sie als Herrscherin unterstützen, weil sie sich nicht so bedingungslos den Römern unterwirft, wie es dein Vater getan hat. Viele hoffen, daß sie Ägypten noch einmal zu seinem alten Glanz führen wird. Wenn du einen Zauberspruch wirkst, so stellst du ein Band her, das zwischen dir und ihr besteht. Ein mächtiger Priestermagier kann dieses Band zurückverfolgen und die Wirkung des Spruches gegen dich umkehren. Deshalb hüte dich stets, einen Fluch auszusprechen, denn er kann auch auf dich zurückfallen.«

»Werde ich jemals so viel über die geheimen Künste wissen wie du, Samu?«

Die Priesterin schüttelte den Kopf. »Das ist nicht deine Aufgabe. Du wirst herrschen. Und nimm mich nicht zu deinem Vorbild. Ich bin nicht weise. Von der Magie weiß ich soviel, wie ein Staubkorn von der wahren Größe der Wüste weiß. Es ist...« Ein Geräusch auf dem Schminktisch ließ Samu herumfahren. Die kleine graue Katze, die Kleopatra zusammen mit dem anderen Besitz der toten *Hetaire* von Potheinos geschenkt bekommen hatte, huschte vom Tisch und verkroch sich unter der *Kline* der Prinzessin. »Du solltest die Salben und Öle nicht offen herumstehen lassen. Die Katze scheint Gefallen an ihnen zu haben. Außerdem verfliegen die Düfte, die in den Ölen gebunden sind, wenn du die Gefäße nicht sorgfältig verschließt.«

»Ich werde mir deine Worte zu Herzen nehmen«, erwiderte Kleopatra leise. »Aber um noch einmal auf Eskander zu sprechen zu kommen... Du wirst uns doch nicht verraten, oder?«

Die Priesterin seufzte. »Zumindest nicht in nächster Zeit. Wir müssen allerdings über ein paar andere Dinge miteinander sprechen.«

»Wegen Eskander?« Die Prinzessin blickte sie mit großen Augen an.

»Ja, wegen Eskander oder vielleicht wegen eines anderen Mannes, den du treffen wirst, wenn ich nicht mehr an diesem Hof bin.«

»Du willst weggehen?«

»Ich fürchte, man wird mich nicht unbedingt fragen, ob ich

will. Doch davon genug jetzt. Ich erwarte von dir, daß du den Text der Formel bis Sonnenuntergang noch einmal schreibst. Und diesmal richtig!«

Samu beeilte sich, das Zimmer der Prinzessin zu verlassen. Der Gedanke, sie vielleicht bald nicht mehr um sich zu haben, stimmte sie melancholisch. In den Monaten, die sie in Pompeji geblieben war, um die Einbalsamierung und schließlich das Begräbnis des Rechmire zu überwachen, hatte sie die kleine Prinzessin vermissen gelernt. Was hieß hier kleine Prinzessin! Kleopatra war fast schon eine Frau! Es würde nicht mehr lange dauern, bis sie zum ersten Mal eine Nacht in den Armen eines Mannes verbrachte. Und sie würde dann vielleicht nicht mehr da sein, dachte die Priesterin traurig. Sie durfte es nicht hinausschieben, mit Kleopatra darüber zu sprechen, wie man verhinderte, daß man ein Kind empfing. Vielleicht war heute abend ja Gelegenheit, wenn die Prinzessin wieder mit den Wachstäfelchen zu ihr kam.

Samu trat in das sonnendurchflutete *Atrium*. Wie lange ihr wohl noch blieb? Fast niemand bei Hof redete noch mit ihr. Es hatte sich herumgesprochen, daß sie Streit mit dem *Pharao* hatte. Dieser fette Ignorant! Hätte er auf sie gehört und einige Früchte der *Kiki*-Pflanze gekaut und mit Bier hinuntergespült, dann würde es ihm jetzt mit Sicherheit besser gehen. Aber er vertraute ja lieber diesem griechischen Legionsarzt. Es mochte ja sein, daß Philippos sehr erfahren in der Behandlung offener Wunden war, doch was den Umgang mit Heilkräutern anging, war er alles andere als kundig.

Samu ließ sich auf einer der Marmorbänke im *Atrium* nieder und blickte zum Himmel. Sie sollte sich den Launen des Herrschers fügen! Vielleicht würde Ptolemaios mit der Zeit begreifen... Und selbst wenn nicht, war es besser, hier bei Hof zu sein, statt allein einer ungewissen Zukunft entgegenzusehen. Es war doch im Grunde so leicht, den *Pharao* zufriedenzustellen! Sie müßte nur so unterwürfig wie all die anderen Höflinge sein und sich seinen Launen fügen. Vor allem sollte sie in Zukunft darauf verzichten, in seiner Gegenwart auszusprechen, was sie über ihn dachte.

Kleopatras kleine Katze trottete über den Hof und legte sich auf eine sonnenbeschienene Marmorbank. So sorglos wie eine Katze müßte man sein.

»Dieser Bastard ist ein Dieb gewesen! Seht euch das hier an! *Ein silberner Spiegel mit goldenem Griff, der die Göttin Hathor zeigt.* Auf meiner Liste ist dieser Spiegel nicht zu finden. Oder das hier! *Ein Schminkgefäß mit* Kohl, *geformt wie ein nubischer Lastenträger.* Das existiert auch nicht auf meiner Liste.« Potheinos war außer sich vor Wut. »Gut, daß dieser treulose Verräter schon tot ist. Ich würde ihm sonst mit glühenden Zangen die Haut vom Leib reißen lassen.«
»Ich habe die gestohlenen Sachen auf seinem Zimmer gesehen. Thais hat sie sich nach seinem Tod genommen. Du mußt sie bei ihr gefunden haben, Potheinos. Hat es dich nicht gewundert, daß eine einfache *Hetaire* so kostbares Schminkgerät besaß?«
»Sie war die Auserwählte des *Pharaos*. Ich wußte nicht, ob es nicht vielleicht Geschenke des *Neuen Osiris* waren. Wir müssen Ptolemaios sofort die frohe Kunde überbringen. Dadurch, daß du diesen Diebstahl aufgeklärt hast, Philippos, erscheinen die Todesfälle der letzten Tage jetzt in einem völlig neuen Licht. *Artemis* hat nicht Frevler, sondern Diebe bestraft! Ja, in ihrer unendlichen Weisheit hat sie das Schicksal sogar so gelenkt, daß die gestohlenen Schätze zuletzt wieder in den Besitz der Königsfamilie gelangten. Wir sollten der Göttin ein Dankopfer dafür bringen, daß sie so unnachgiebig die Ungetreuen ausgemerzt hat!«
Philippos kratzte sich am Kopf. Die Lösung erschien ihm zu einfach. Auf der anderen Seite würde sein Ansehen bei Ptolemaios wachsen, wenn der Herrscher von Potheinos über die glückliche Wendung unterrichtet wurde. Der Arzt räusperte sich verlegen. »Du solltest nicht vergessen, zu erwähnen, daß Batis mir bei der Lösung dieses Mysteriums geholfen hat. Nur mit seiner Hilfe habe ich die Hintergründe dieses Verbrechens an seiner göttlichen Majestät aufklären können. Ohne deine scharfsinnigen Schlußfolgerungen in Frage zu stellen, möchte ich jedoch anmerken, daß es mir ein wenig selt-

sam erscheint, daß ein Mann wie Buphagos ausgerechnet Schminkutensilien gestohlen hat. Was wollte er damit?«

»Du weißt doch, wie sehr er stets auf sein Äußeres bedacht war. Er hat sicher viel Geld für Schminkutensilien und Salben ausgegeben. Vielleicht hatte er auch überlegt, sich mit den Kleinodien die Gunst der Thais zurückzukaufen. Seit der Herrscher sie fast allabendlich in seine Gemächer gerufen hat, unterhielt sie nur noch sehr sporadischen Kontakt zu Buphagos. Aber wen wundert das? Schließlich hatte sie nun mehr Macht und Einfluß als ihr einstiger Gönner.«

»Ich bewundere deine Klugheit, Potheinos. Nichts bleibt deinem klaren Blick für die Tatsachen verborgen. Ich wünschte, ich könnte es dir darin gleichtun.«

Der Eunuch lächelte zufrieden. »Wenn du erst einmal so lange bei Hof überlebt hast wie ich, dann wird auch dein Blick für das Wesentliche geschärft sein. Doch nun laß uns den göttlichen *Pharao* aufsuchen. Er soll nicht länger auf die frohe Kunde warten müssen.«

Verwundert beobachtete Samu die Katze auf der Marmorbank. Das Tier hatte sich zu schütteln begonnen. Mit steifen Gliedern stand es dort und würgte, als habe es sich an seinem Fressen verschluckt. Dann erbrach die Katze sich, doch schien ihr dies keine Erleichterung zu verschaffen. Wieder begann sie zu würgen. Ihr Schwanz stand so steif wie ein Stock von ihrem Körper ab.

Die Priesterin überquerte den Hof, um nach dem Tier zu sehen. Fast hatte sie die Katze erreicht, als diese das Gleichgewicht verlor und von der Bank auf die Marmorplatten stürzte. Zu schwach, die Pfoten vorzustrecken, schlug sie mit dem Kopf zuerst auf den Boden auf und wand sich in immer heftiger werdenden Krämpfen. Wieder erbrach sie sich. Es war schwarzer Auswurf, der mit frischem Blut durchsetzt war.

Die Priesterin mußte an die schwarzroten Tränen der sterbenden *Hetaire* denken und dann an die Vision mit den sieben Katzen. Sie hatten ihr Leben für die Herrin *Isis* gegeben. Das hieß...

Mit einem Schreckensschrei auf den Lippen sprang Samu auf. Kleopatra war die Tochter der *Isis*! Sie hatte die Vision bisher falsch gedeutet. Nicht für die Göttin, sondern für die Prinzessin hatten die Katzen ihr Leben gegeben! Wie von *Furien* gehetzt rannte die Priesterin über den Hof zum Gemach der Prinzessin. All die Ereignisse der letzten Tage ordneten sich in ihrem Kopf zu einem klaren Muster. Nicht dem Zorn der Göttin waren Buphagos und Thais zum Opfer gefallen. Sie waren ermordet worden. Samu wußte nicht, warum dies geschehen war, und sie hatte auch keine Vorstellung, wer für diese Taten verantwortlich sein mochte, doch eines war ihr klar. Das nächste Opfer würde Kleopatra sein!
Die Priesterin stieß die Tür zum Gemach der Prinzessin so heftig auf, daß sie krachend gegen die Wand schlug. Kleopatra und die Sklavin, die erneut begonnen hatte, die Frisur ihrer Herrin zu richten, drehten sich erschrocken um.
»Was...«
Samu wies auf den Elfenbeinstift in der Hand der Prinzessin.
»Wirf das weg! Laß mich deine Augen sehen! Hast du das *Kohl* schon aufgetragen?«
»Was soll das?«
Samu stürmte durch das Zimmer und schlug der Prinzessin auf die Hand, so daß der mit schwarzer Schminke verschmierte Elfenbeinstift zu Boden fiel. »Deine Augen!« Entsetzt starrte die Priesterin dem Mädchen ins Gesicht. Sie hatte die Augenbrauen, Wimpern und Lidränder mit schwarzem *Kohl* geschminkt und, so wie es zur Zeit der großen *Pharaonen* üblich war, die Linien der Lidränder mit einem Strich verlängert, der über die Schläfen bis fast zu den Ohren reichte.
»Wisch das ab. Sofort!« schrie die Priesterin und begann, nach einem Tuch zu suchen.
»Was! Was ist mit dir los, Samu? Was soll das?«
Statt zu antworten, griff die Priesterin nach einem Gefäß mit Salböl, benetzte einen Zipfel ihres Gewandes damit und begann, Kleopatra die Schminke von den Lidern zu wischen.
»Bist du verrückt geworden?« Die Prinzessin versuchte, sich der Priesterin zu entwinden, die sie mit eisernem Griff gepackt

hatte. »Es hat eine Ewigkeit gedauert, die Schminke aufzutragen. Ich werde zu spät zum Empfang kommen, wenn du jetzt alles wieder verwischst. Bitte hör auf! Was ist denn nur in dich gefahren?«
»Du wirst sterben«, keuchte die Priesterin, während sie weiter mit dem öligen Stoff über die Augenlider der Prinzessin wischte. »Das *Kohl* war vergiftet. Auf diese Weise sind Buphagos und Thais gestorben. Das Gift dringt durch die Haut in den Körper und tötet dann. Wann hast du angefangen, die schwarze Schminke aufzutragen?«
»Sofort, nachdem du gegangen bist.«
Samu versuchte, abzuschätzen, wieviel Zeit seither vergangen war und wieviel Zeit der *Hetaire* und dem Mundschenk verblieben war, nachdem sie die Schminke aufgelegt hatten. Dann dachte die Priesterin an die Katze. Das Tier hatte, kurz bevor sie die Prinzessin verlassen hatte, von dem mit Ochsenfett versetzten *Kohl* genascht. Wieviel Zeit mocht Kleopatra noch bleiben, bis das Gift zu wirken begann? Samu dachte mit Schrecken an die Nacht, in der Thais in ihren Armen gestorben war. Wenn das Gift erst einmal zu wirken begonnen hatte, gab es keine Hilfe mehr!
»Los, schaff eine Schale mit Wasser heran«, schnauzte sie die Sklavin an, die untätig neben ihr stand und sie erschrocken anstarrte. »Du mußt dein Gesicht waschen, Kleopatra. Reib dir die Augen ab! Es darf nichts von dem *Kohl* haften bleiben!«
Samu nahm einen anderen Zipfel ihres Kleides und begann, die vom Öl glänzende Haut rund um die Augen der Prinzessin trocken zu reiben. Nur in den Augenwinkeln hafteten noch grünschwarze Reste von *Shesmet* und *Kohl.*
»Was ist das für ein Gift, von dem du sprichst?« Kleopatra kämpfte mit den Tränen. »Wer will mich denn töten?«
Samu strich dem Mädchen beruhigend über die Haare. Dann entfernte sie vorsichtig die letzten Reste der Schminke. »Niemand will dich ermorden. Es ist ein Unfall. Die Schminke, die Buphagos besessen hat, war vergiftet. Ihn wollte man töten, nicht dich. Thais ist nur deshalb gestorben, weil sie die Schminke des Mundschenks benutzt hat. Genauso wäre es dir ergan-

gen. Aber jetzt wird alles wieder gut! Das Schminktöpfchen, das der kauernde Nubier trägt... Darin ist das Gift. Die Katze hat davon genascht. Sie ist tot. Daher wußte ich, daß Gift in der Augenschminke ist.«

»Das Töpfchen mit dem Nubier?« Kleopatra blickte die Priesterin verwundert an. Dann begann sie, hysterisch zu lachen. »Es ist nichts passiert! Mir ist nichts geschehen!«

»Was...«

»Ich habe die Schminke nicht benutzt.« Die Prinzessin griff nach der hölzernen Skulptur und öffnete den Deckel des Schminktöpfchens. »Sieh dir das *Kohl* doch an! Die Farbe. Sie stimmt nicht! Es ist zu dunkel und zu körnig. Das ist Schminke für Männer. Ich habe das auch erst bemerkt, als ich schon etwas davon auf dem Elfenbeinstift hatte. Statt der Schminke von Buphagos, habe ich dann mein eigenes *Kohl* benutzt. Sieh her!« Die Prinzessin nahm ein Fläschchen aus dunklem Serpentin und stieß einen Holzspachtel hinein, um ein wenig von der Augenschminke herauszuholen. »Es ist feinkörniger und hat einen leicht silbergrauen Schimmer.«

»Die Herrin *Isis* hat ihre schützende Hand über dich gehalten, meine Kleine.« Samu schloß die Prinzessin in die Arme und preßte sie fest gegen ihre Brust. Sie war überzeugt, daß es kein glücklicher Zufall, sondern eine Fügung der Göttin war, daß Kleopatra noch lebte.

7. KAPITEL

Was für ein Tag, dachte Philippos, während er sorgfältig das gekrümmte Kupferrohr mit Fett einrieb. Samu, gestern noch geächtet und verachtet, war zur Heldin geworden. Die Priesterin hatte Kleopatra das Leben gerettet. Der erste Eunuch hatte einem Hund von der Schminke zu fressen gegeben, um zu überprüfen, ob die Behauptung der Priesterin stimmte, daß die Augenschminke, die Buphagos von Geschenken für den König unterschlagen hatte, tatsächlich vergiftet war. Der Hund war innerhalb einer halben Stunde jämmerlich verreckt!

Die Erkenntnis, daß die Schminke, die den Mundschenk und Thais das Leben gekostet hatte, eigentlich für ihn bestimmt gewesen war, hatte Ptolemaios einigermaßen aus der Fassung gebracht. Der König hatte sein Treffen mit dem *Megabyzos* kurzfristig absagen lassen. Den ganzen Abend über hatte er sich mit Potheinos beraten, und heute morgen schließlich ging es ihm so schlecht, daß er nicht einmal Einwände erhoben hatte, als Philippos vorschlug, ihm einen Katheder zu legen, um auf radikale Art gegen seine Verstopfung vorzugehen.

Der Arzt schüttelte den Kopf. Ein Mann, der sich freiwillig darauf einließ, daß man ihm ein Metallrohr in den Anus schob,

mußte schon ziemlich verzweifelt sein! Er war mit Ptolemaios allein in seinem Schlafgemach. Der Herrscher hatte es vorgezogen, bei dieser Behandlung keine weiteren Zeugen um sich zu haben.
»Wird es lange dauern?« Die Stimme des Königs klang gefaßt.
»Nicht sehr. Entscheidend ist, daß die Tinktur, die ich in Euere Innereien leiten werde, dort möglichst lange bleibt, um ihre volle Wirkung entfalten zu können. Nur so ist gewährleistet, daß Ihr von Euren Leiden erlöst werdet, Eure göttliche Majestät.«
»Du willst mir damit sagen, ich soll nicht sofort zu dem Eimer dort drüben laufen, wenn ich das Gefühl habe, daß ich mich erleichtern könnte?«
»So ist es, Erhabenster.« Philippos fand die Vorstellung, daß der Mann, den er behandelte, in Ägypten als ein Gott galt, geradezu grotesk. Götter hatten keine Leibkrämpfe! Er mußte sich bemühen, den nötigen Ernst und Respekt gegenüber dem Herrscher zu bewahren, denn soviel war gewiß, auch wenn Ptolemaios kein Gott war, so konnte es sehr unangenehm werden, sich seinen Zorn zuzuziehen.
Einen Moment lang betrachtete Philippos zögernd das rosige Hinterteil des Monarchen. Ptolemaios hatte sich nackt auf seiner *Kline* ausgestreckt und wartete geduldig darauf, daß er begann. Wenn der König sich falsch verhielt, konnte der Eingriff durchaus schmerzhaft werden. »Wollt Ihr nicht noch einen Becher Wein zu Euch nehmen, Eure göttliche Majestät? Es ist wichtig, daß Ihr ganz entspannt seid, wenn ich beginne.«
»Hast du etwa Angst vor dem, was du zu tun gedenkst?« In der Stimme des Monarchen schwang mehr als nur ein Hauch von Mißtrauen.
Philippos räusperte sich. »Ich habe diesen Eingriff schon hunderte Male durchgeführt. Es besteht überhaupt kein Anlaß zur Beunruhigung, Eure Erhabenheit. In dem Moment, in dem ich das Rohr einführe, solltet Ihr am besten pressen, so als wolltet Ihr...«
»Man nennt uns nicht ohne Grund den *Neuen Dionysos*, Arzt! So wie der Gott lieben auch wir Feste und Ausschweifungen

jeder Art. Es ist nicht das erste Mal, daß man uns etwas in den Hintern schiebt. Also fangt jetzt endlich an!«

»Jawohl, Eure Majestät!« Philippos rieb das Hinterteil des Herrschers sorgfältig mit feinem Lammfett ein und griff dann nach dem Kupferrohr. »Wenn Ihr jetzt, bitte...«

»Ja!«

Ptolemaios stöhnte leicht, als der Ansatz des Metallrohrs in seinem rosigen Hinterteil verschwand. Aus Angst, den Darm des Herrschers zu verletzen, wagte der Arzt es nicht, das Rohr allzu weit einzuführen. Dann griff er nach dem Krug, in dem sich die vorbereitete Tinktur aus Salzen und Gerbsäuren befand. Ein Mittel, das unfehlbar helfen würde! Mit Hilfe eines Trichters füllte er die Flüssigkeit langsam in das Rohr.

»Verdammter Mist! Das fühlt sich ja schrecklich an«, lamentierte der Herrscher. »Hättest du das Zeug nicht wenigstens anwärmen können. Das ist ja kalt wie der Tod!«

»Nur so vermag es seine volle Wirkung zu entfalten, Eure Erhabenheit. Ich werde nun das Rohr entfernen. Bitte bemüht Euch, die Tinktur jetzt so lange wie...«

»Ja, wir haben es begriffen. Wir müssen sagen, die Methoden der Isis-Priesterin, unsere Verstopfung zu behandeln, waren wesentlich angenehmer. Wenn sie nur nicht so ein aufsässiges Wesen hätte... Eigentlich wollten wir sie wegen ihrer Impertinenz vom Hof entfernen. Doch nun, wo sie unserer Tochter das Leben gerettet hat, können wir uns schlecht als undankbar erweisen.«

»Und wenn Ihr Euch als dankbar erweisen würdet, Eure allergöttlichste Vollkommenheit?«

»Wie meint er das?« Ptolemaios drehte sich grunzend zur Seite und musterte Philippos mit seinen kleinen, braunen Schweinsäuglein. »Will er sich etwa über uns lustig machen?«

»Nichts läge mir ferner, *Neuer Dionysos*«, entgegnete der Arzt hastig. »Was ich meine, ist, wenn Ihr die Priesterin belohnt, dann könnte dies doch auch zur Folge haben, daß sie den Hof verlassen muß. Schickt sie nach Tyros! Von dort kamen die Geschenke und das Gift. Laßt Ihr die Ehre zuteil werden, herauszufinden, wer Euch vergiften wollte, göttliche Majestät. Sie hat ein besonderes Talent in diesen Dingen. Ihr erinnert Euch doch gewiß noch, wie geschickt sie die Hintergründe um die Morde an den ägyptischen Gesandten aufgedeckt hat. Es würde Euch gleich auf zweifache Weise zum Vorteil gereichen, wenn Ihr sie mit dieser wichtigen Aufgabe betraut. Zum einen könntet Ihr mit Samus Hilfe herausfinden, wer Euch nach dem Leben trachtet, und zum anderen müßt Ihr diese impertinente Person nicht länger in Eurer Nähe dulden.«

»Ein feiner Plan«, brummelte der König. »Wenn du gestattest, werden wir uns jetzt erheben und...«

»Bitte, Eure Majestät! Wartet noch ein wenig. Es ist besser für Euch.«

»Wir haben aber das Gefühl, daß es uns gleich zerreißen wird. Das kann doch nicht gesund sein!«

»Vertraut mir, Majestät. Es ist besser.«

»In dir steckt das Zeug zu einem trefflichen Intriganten, Arzt. Wenn wir die Dinge richtig einschätzen, dann ist es doch auch dir ganz recht, wenn die Priesterin den Hof wieder verläßt. Immerhin ist sie eine begabte Heilerin und könnte dir deine Stellung streitig machen.«

Philippos lachte leise. »Aber, Majestät! Ihr wollt doch nicht dieses Kräuterweib mit einem erfahrenen Arzt vergleichen. Sie mag eine gute Priesterin sein, und vielleicht besitzt sie sogar magische Kräfte, aber eine Heilkundige ist sie mit Sicherheit nicht. Solche Dinge erfordern eine lange Ausbildung und viel Erfahrung.«

»Versuche uns nicht zu täuschen, Grieche! Wir riechen eine Intrige, noch bevor andere sich darüber im klaren sind, daß sie überhaupt existiert. Was glaubst du, wie wir so lange herrschen konnten, obwohl jeder römische *Proconsul* in Syrien gierig auf die Reichtümer Ägyptens starrt. Trotzdem gefällt uns dein Plan. Wir werden darüber nachdenken. Vielleicht werden wir dich in Zukunft auch in ein oder zwei andere Probleme einweihen. Womöglich kannst du uns ja noch anders als nur als Arzt zu Diensten sein. Doch genug geredet. Wir werden uns nun an einen Ort zurückziehen, an dem wir deiner Begleitung nicht weiter bedürfen. Schick uns Potheinos herein.«

Philippos verneigte sich ergeben, obwohl er am liebsten einen Luftsprung gemacht hätte. Der König erwog, ihn in den Kreis seiner Berater aufzunehmen! Im Geiste sah der Arzt sich schon in einem eigenen Palast im fernen Alexandria leben und die Staatsgeschäfte des Herrschers manipulieren.

Die letzten Töne der Harfe waren verklungen, und allein das Rauschen des Meeres störte die Stille der Nacht. Erwartungsvoll blickten die Flötenspielerin und die Harfnerin zu Samu. Mehr als eine Stunde hatten die beiden für die Priesterin und Kleopatra musiziert. Samu hatte entschieden, welche Lieder gespielt werden sollten. Doch statt sie zu trösten, hatten die altvertrauten Melodien die Priesterin noch trauriger gestimmt. Noch immer hatte sie nicht die Kraft gefunden, Kleopatra zu sagen, was der *Pharao* entschieden hatte.
Samu blickte zum *Osirisauge* am Himmel. Es war rund und sah ein wenig aus wie eine alte Silbermünze, die schon durch so viele Hände gegangen war, daß man das Prägebild nicht mehr erkennen konnte. Das Licht des *Osirisauges* brach sich in Tausenden von tanzenden Lichtpunkten auf der weiten See. Das Meer war ruhig in dieser Nacht, die Dünung sanft, und es schien, als wolle die Göttin ihr eine sichere Reise versprechen.
Endlich riß sich die Priesterin vom Anblick der See los und drehte sich wieder zu Kleopatra und den beiden Musikerinnen um. Sie hatten einige Decken und Kissen zum Strand mitgenommen und auch etwas Wein, Brot und Käse. Es sollte ein schöner Abend werden! Ein Abschied, an den sie sich in der Fremde gerne erinnern würde, wenn die Einsamkeit mit eisigen Fingern nach ihrem Herzen griff.
»Laßt mich jetzt mit der Prinzessin allein.« Die Musikantinnen verbeugten sich kurz und zogen sich schweigend zurück.
»Was ist mit dir, Samu? Du bist so seltsam heute abend.«
Mit einem Seufzer ließ die Priesterin sich auf der Decke nieder. Sie wußte nicht, wie sie anfangen sollte. Mit der flachen Hand strich sie über den hellen Sand, so als sei er etwas Lebendiges. »Ich habe dir heute mittag gesagt, daß ich noch über ein

paar Dinge mit dir reden müßte, Kleopatra... Nun ist die Zeit gekommen. Schneller, als ich es erwartet hatte.«
»Wie meinst du das?«
»Es geht um Eskander und all die anderen Männer, die du noch kennenlernen wirst. Du mußt wissen, wie du dich vor Unannehmlichkeiten schützen kannst, ohne deshalb auf gewisse Freuden der Liebe verzichten zu müssen.«
Kleopatra lächelte. »Du willst mir erklären, was geschieht, wenn ich zum ersten Mal in den Armen eines Mannes liegen werde? Das hat Thais mir schon längst verraten. Sie war noch jünger als ich, als sie die Liebe kennenlernte. Von ihr weiß ich, was die Männer von einem Mädchen wollen und welche Macht man über sie erlangen kann. Ja, sie hat mir sogar erklärt, wie man vortäuschen kann, noch eine Jungfrau zu sein, falls dies aus irgendeinem Grund jemals erforderlich werden sollte.«
Samu schluckte. Daß die *Hetaire* und die Prinzessin so vertraut miteinander waren, hatte sie nicht geahnt.
»Weißt du, Samu, viele haben Thais nicht gemocht, weil sie durch ihre Schönheit so schnell so viel Einfluß auf meinen Vater gewonnen hat. Sie konnte arrogant und abweisend sein, wenn Männer ihr nicht gefielen, und manchmal hat sie sich einen Spaß daraus gemacht, einer Hofdame ihren Liebsten abzujagen, nur um ihn nach einer Nacht wieder zu vergessen. Wenige haben um Thais getrauert, als sie gestorben ist. Zu mir ist die Gespielin meines Vaters immer wie eine Schwester gewesen. Ich konnte mit ihr über alles reden, und sie hat mich vor allem viele Dinge über die Liebe gelehrt. Ich vermisse sie.«
»Hat sie dich auch gelehrt, wie du verhinderst, die Frucht des Mannes zu empfangen? Du weißt, so lange du nicht verheiratet bist, darfst du auf keinen Fall schwanger werden. Später spielt es dann keine Rolle mehr, ob du deinem Gatten das Kind eines Liebhabers als sein eigenes verkaufst.«
Kleopatra lächelte verlegen. »Mein Vater möchte, daß ich meinen jüngeren Bruder heirate. Er ist der Meinung, daß sich göttliches Blut nicht mit dem normaler Sterblicher vermischen sollte. Aber ich frage dich, was soll ich mit einem Siebenjährigen anfangen?«

Auch Samu lächelte jetzt. »Er ist doch ein Gott. Zum einen wird sicher noch einige Zeit vergehen, bis dein Vater euch verheiratet, zum anderen... Wunder geschehen. Dein Bruder gilt als Gott, wenn er *Pharao* wird. Niemand wird in Frage stellen, daß er dazu in der Lage ist, auch in jungen Jahren schon ein Kind zu zeugen. Wahrscheinlicher jedoch ist, daß dein eigener Vater sich dieser Aufgabe widmen wird. Hat er schon einmal versucht, dich zu verführen?«
Kleopatra war schlagartig ernst geworden. »Einmal«, flüsterte sie leise. »Doch war er zu betrunken, als daß etwas daraus geworden wäre. Sein *Phallos* wollte nicht hart werden und schließlich...« Die Prinzessin stockte. Sie suchte nach Worten.
Samu beugte sich vor und schloß Kleopatra in die Arme. »Es ist schon gut, meine Kleine.« Sie saßen lange still und lauschten auf der Meeresbrandung, bis Kleopatra schließlich leise fragte. »Er wird es wieder tun, nicht wahr, Samu?«
Die Priesterin nickte.
»Es ist nicht so, daß ich ihn hasse. Er war immer gut zu mir. Er ist großzügig und... Aber er ist so alt... Sein Atem stinkt, und er ist so... Ich weiß, daß ich ihm nicht immer entgehen werde. Es ist nur eine Frage der Zeit, bis... Aber ich möchte nicht gleich beim ersten Mal in seinen Armen liegen. Kannst du das verstehen? Ich möchte mich ihm nicht schenken. Es soll ein junger Mann sein. Jemand, der zärtlich und leidenschaftlich ist. Ein Mann, der mich liebt und an mir nicht nur seine Lust befriedigen will.«
»Ich werde dir keine Vorhaltungen mehr machen, wenn du die Liebe eines anderen Mannes suchst. Doch Ptolemaios wird dich fragen, was geschehen ist. Er wird es bemerken, wenn du...«
»Thais hat mir gezeigt, was zu tun ist. Es gibt bei Fischen eine kleine Blase voller Blut. Wenn mein Vater mich rufen läßt, dann... In der Küche ist eine alte Sklavin, die ich ins Vertrauen gezogen habe. Sie sorgt dafür, daß immer ein frischer Fisch bereit liegt. Ich muß diese Blase in meine *Kteis* einführen. Es wird dann genauso aussehen, als hätte ich ihm meine Jung-

fräulichkeit geschenkt. Er wird nichts bemerken. Mein Vater ist ohnehin meistens betrunken, wenn er sich mit seinen Hofdamen und *Hetairen* vergnügt.«

»Was wirst du tun, wenn du keine Zeit mehr hast, in die Küche zu gehen?«

Kleopatra zuckte mit den Schultern. »Das darf nicht geschehen. Ich muß ihn hinhalten. Ich würde ihm erzählen, ich wolle noch einmal auf mein Zimmer, um meine Brustwarzen und meine *Kteis* mit Maulbeersaft zu bestreichen.«

»Du weißt, daß es Kräuter gibt, die die Kraft des Mannes vermehren. Andere Kräuter hingegen nehmen ihm die Kraft zur Liebe und lassen seinen *Phallos* schlaff wie einen leeren Weinschlauch herabhängen, ganz egal, wie groß seine Lust zur Liebe ist. Du mußt ihm Samen von der Pflanze, die man das *Blut des Ibis* nennt, ins Essen geben. Doch sei dabei vorsichtig, er könnte sie an ihrem verräterischen Duft erkennen. Gibst du ihm ein wenig Öl von *Systhamna*-Samen zu trinken, dann wird er nicht zum Beischlaf kommen, weil es ihn immer wieder vom Lager treibt, um sich zu erleichtern. Sehr wirksam, wenn auch gefährlich, ist das *Apemphin.* Zu viel davon ist ein tödliches Gift. Du mußt die Dolden der Pflanze abschneiden, bevor der Samen in ihnen getrocknet ist, den Saft aus ihnen herauspressen und im Licht des *Horusauges* eindicken lassen. Gibst du das Mittel zu oft, so werden die Hoden des Mannes verkümmern. Mehr als ein Tropfen davon ist ein tödliches Gift. Streichst du den Saft auf deine Brüste, so verhinderst du, daß sie weiter wachsen. Verwende diese Mittel mit Bedacht. Oft ist es leichter, die Kraft des Mannes durch Wein oder berauschende Kräuter zu lähmen. Sollte es aber geschehen, daß du durch Unvorsichtigkeit ein Kind empfängst, so kannst du die Leibesfrucht absterben lassen, wenn du von den bitteren Blättern des *Peganon* ißt. Ähnliches bewirkst du, wenn du eine *Helix*-Knospe nimmst, sie mit Honig bestreichst und tief in deine *Kteis* einführst. Der Saft und die Frucht des schwarzen *Helix* lassen dich eine Zeitlang unfruchtbar werden, wenn du sie nach den Tagen des Blutes zu dir nimmst.«

»Warum erzählst du mir das alles, Samu? Du hast mir doch heute mittag erst gesagt, ich sei zum Herrschen bestimmt und keine Zauberin. Ich habe doch dich, was muß ich da über Kräuter und ihre magischen Kräfte wissen!«
»Dein Vater hat mir bestimmt, den Hof zu verlassen. Schon morgen werde ich ein Schiff nehmen müssen, das mich nach Tyros bringen wird.«
Kleopatra schüttelte ungläubig den Kopf. »Das kann nicht sein! Wie kann mein Vater das tun? Du hast mein Leben gerettet, und er verbannt dich vom Hof...«
»Er verbannt mich nicht, er belohnt mich«, entgegnete Samu bitter. »Er will, daß ich nach Tyros reise, um herauszufinden, welche Handelsherren ihm das vergiftete *Kohl* geschickt haben. Mich hat er für diese Ehre auserwählt, weil ich in Italien die Mörder Dions und seiner Gesandten ausfindig machen konnte. Ptolemaios sagt, ich hätte ein besonderes Talent darin, das Verborgene zu erkennen. Außerdem weiß er, daß mir Aulus Gabinius, der *Proconsul* von Syrien, freundschaftlich verbunden ist. Er glaubt, es würde mir deshalb leichtfallen, die Unterstützung der Römer zu erhalten, um die Giftmörder ausfindig zu machen und zu strafen, denn Tyros gehört zur Provinz *Syria*.«
»Aber das ist nicht gerecht! Ich brauche dich, Samu! Du bist nicht nur meine Lehrerin, du bist mir auch eine Freundin...«
»Der Lehrer deiner jüngeren Brüder, Theodotos von Chios, wird dich in Zukunft unterrichten. Ich kann nicht sagen, daß ich diesen Mann mag. Er ist sicherlich klug und wird dich vieles lehren können, doch er ist nicht weise. Er strebt nach Macht. Bedenke das bei allem, was er dir sagt. Er will mehr als nur ein Lehrer sein. Ich bin sicher, daß er davon träumt, eines Tages, wenn du und dein Bruder herrschen, zu euren Beratern zu gehören. Vergiß nicht, was ich dir beigebracht habe. Bete zu den Göttern Ägyptens und übe dich zumindest manchmal in der alten Tempelschrift, die ich dich gelehrt habe. Befolgst du meinen Rat, so wird es dir leichtfallen, die Unterstützung der Priester zu finden, wenn du dereinst herrschst. Du mußt sie davon überzeugen können, daß du wirk-

lich die *Neue Isis* bist. Hast du die Priester auf deiner Seite, so wird dich auch das Volk verehren, denn niemand hat so viel Einfluß auf die einfachen Menschen wie sie.«
»Aber du wirst doch wiederkommen, Samu!«
»Gewiß!« Die Priesterin strich der Prinzessin eine Locke aus der Stirn und lächelte zuversichtlich. In Wahrheit jedoch hatte sie Angst, denn die Verschwörer in Tyros würden sicher nicht zögern, sie töten zu lassen, wenn sie ahnten, warum sie in die alte Hafenstadt reiste.

Diesmal hatte Philippos es gewagt. Er hielt es einfach nicht mehr in der Villa aus. Heimlich hatte er sich in der Nacht davongestohlen und Neaira besucht. Er brauchte jemanden, mit dem er seinen Triumph feiern konnte. Der König hatte tatsächlich auf seinen Rat gehört! Schon morgen würde Samu die Stadt verlassen! Sie würde nach Tyros segeln, und er war wieder der einzige Heilkundige am Königshof. Es war ein Festtag, und er hatte einen Schlauch voller Wein zu Neaira mitgebracht. Zufrieden lag er in den Armen der jungen *Hetaire*. Es war, als hätte ihn *Aphrodite* geliebt. Dreimal war er in dieser Nacht gekommen, und wieder spielte sie mit ihren schlanken Fingern an seinem *Phallos*.
»Nicht einmal *Eros* könnte eine Frau glücklicher machen als du«, schmeichelte die *Hetaire* mit gurrender Stimme. »Selten habe ich einen Mann mit einem so stetig sprudelnden Quell zwischen den Schenkeln erlebt.«
»Was hältst du davon, in Zukunft ganz auf die Gesellschaft anderer Männer zu verzichten? Ich werde reich und mächtig sein. Möchtest du nicht als Weib an meiner Seite leben und meinen Ruhm mit mir teilen? Ich könnte dir jeden deiner Wünsche erfüllen. Und wenn Ptolemaios erst einmal nach Alexandrien zurückgekehrt ist, dann könntest du ein Leben wie eine Prinzessin führen.«
»Du meinst, du würdest mir ein Haus einrichten und mir eine eigene Zofe schenken.« Neaira seufzte. »Deine Worte klingen besser als selbst meine kühnsten Träume.«
»Was heißt hier ein Haus? Du würdest mit mir in einem Palast

leben. Du bist zu bescheiden. Ganze Heerscharen von Sklaven werden wir unser eigen nennen. Und wenn du auf den Markt willst, dann wirst du von acht nubischen Sklaven in einer Sänfte getragen werden.« Der Arzt räkelte sich genüßlich und stellte sich vor, daß all diese Sklaven wie Batis aussahen. Jetzt, wo es ihm gelungen war, Samu zu verdrängen, würde er vielleicht auch den nubischen Leibwächter um die Gunst des Königs bringen. Eine kleine Verleumdung hier, eine Indiskretion da... So lange Ptolemaios auf ihn hörte, hatte er Macht, überlegte der Arzt. Es wäre leicht, alle alten Feinde vom Hof zu vertreiben. Nach Batis wäre Potheinos an der Reihe. Der Eunuch ging über Leichen. Ein Mann wie er durfte keine Macht mehr haben, wenn Philippos seine Position sichern wollte.

Jemand klopfte energisch mit der Faust gegen die Tür zur Kammer der *Hetaire*. »Ich empfange in dieser Nacht niemanden mehr! Kommt morgen wieder, mein Freund.« Neairas Stimme war schwer vom Wein. Zufrieden lächelte sie Philippos an. »Vielleicht empfange ich wirklich nie wieder jemand anderen als dich.«

»Im Namen des *Eirenarkes* von Ephesos, öffne Weib, oder wir werden dir die Tür eintreten!«

»Was wollen die hier?« zischte Philippos leise.

»Keine Ahnung.« Neaira erhob sich von der *Kline* und griff nach ihrem Kleid, um es sich lose um die Hüfte zu wickeln.

Auch der Arzt war jetzt auf den Beinen. »Sie dürfen mich hier auf gar keinen Fall finden. Wenn sie herausbekommen, daß ich trotz des Verbotes den Tempelbezirk verlassen habe, dann mögen mir die Götter gnädig sein.«

»Aber was willst du denn tun? Es gibt keinen zweiten Ausgang. Du kannst nur durch die Tür!«

»Laß mich. Es ist nicht das erste Mal, daß ich auf der Flucht bin. Die *Pallas* wird mich schützen.«

»Mach auf, Weib! Das ist die letzte Warnung!« Wieder erbebte die Tür unter schweren Schlägen.

»Moment noch! Ich kann euch doch nicht nackt wie die Schaumgeborene entgegentreten!«

Von draußen ertönte Gelächter. »Wir hätten nichts dagegen!« Neaira trat an die Tür und zog den hölzernen Sperriegel zurück. Philippos hatte seine *Tunica*, den Mantel und seine Sandalen zusammengerafft. Die Kleider in den Händen, preßte er sich dicht an die Wand, so daß ihm die Tür Deckung geben würde, sobald sie sich öffnete.
»Was wollt ihr *beiden* von mir?«
»Wir sind nicht gekommen, um mit dir ein Spielchen zu treiben, meine entzückende *Nereide*. Wo steckt der Grieche, der dich besucht hat?«
Philippos schluckte. Woher wußten die beiden von ihm? Er mußte etwas unternehmen! Wahrscheinlich würde Neaira ihn verraten. Sie mußte hier in Ephesos ihr Auskommen finden. Sie konnte es sich nicht leisten, die Soldaten des *Eirenarkes* zu belügen. Wenigstens hatte sie ihm verraten, wie viele gekommen waren, um ihn zu holen. Mit zweien mochte er wohl fertig werden, wenn es ihm gelang, sie zu überraschen.
»Der Grieche? Der ist schon wieder gegangen. Es tut mir leid, aber ihr seht doch, daß meine Kammer leer ist. Ihr habt ihn nur knapp verpaßt.«
Philippos traute seinen Ohren kaum. Sie ging tatsächlich das Risiko ein, für ihn zu lügen! Sie meinte es wirklich ernst mit ihm!
»Erzähl keine Geschichten, Weib! Wir haben die ganze Zeit unten auf der Straße gestanden. Er kann uns nicht entwischt sein.«
»Wenn ich es mir recht überlege, so ist schon ein wenig Zeit vergangen, seit mein Liebhaber mich verlassen hat. Ihr müßt wissen, wir haben viel Wein getrunken. Die Stunden vergehen einem dann wie ihm Fluge und...«
»Die Decken sind noch warm«, ertönte eine zweite Männerstimme.
»Ich habe auf der *Kline* gelegen, als ihr gekommen seid und...« Das Klatschen einer Ohrfeige war zu hören. »Mach uns nichts vor, Weib! Ich habe genug von deinen Geschichten. Wir haben die ganze Zeit unten auf der Straße gestanden. Dein Grieche ist hier hereingekommen und hat das Zimmer nicht mehr ver-

lassen. Also sag mir jetzt, wo er steckt, oder ich werde mit meinem Dolch die Wahrheit aus dir herauskitzeln, hörst...«
Philippos gab der Tür einen Tritt. Es gab ein dumpfes Krachen und einen kurzen Aufschrei, als sie in den Raum hineinschwang und einem der beiden Soldaten in den Rücken schlug. Mit einem Satz war der Arzt aus seinem Versteck. Der zweite Krieger hatte die Hand schon auf dem Griff seines *Gladius* liegen, als Philippos ihn mit einem Faustschlag niederstreckte. Sein Kumpan, der Neaira geschlagen hatte, lag noch halb benommen am Boden und versuchte, sich wieder aufzurappeln.
»Komm, wir müssen hier fort!« Der Arzt streckte der *Hetaire* die Hand entgegen. »Die beiden werden gleich wieder auf den Beinen sein.«
»Ich kann nicht.« Neaira standen die Tränen in den Augen. »Wo sollte ich hingehen? Man wird mich am Hof deines Königs nur verspotten.«
»Das ist nicht wahr. Niemand würde es wagen, über mein Weib schlecht zu reden und...«
»Rette dich, mein Freund. Es war schön mit dir zusammen zu träumen. Mit dir leben könnte ich nicht. Jetzt beeile dich. Ich werde versuchen, die zwei noch ein wenig hinzuhalten.«
»Ich kann dich doch jetzt nicht alleine lassen!«
»Und wie willst du mir helfen? Indem du dich von den Stadtwachen ergreifen läßt? Du kannst nichts mehr für mich tun. Ich habe für dich gelogen. Sie werden mich bestrafen. Aber das werde ich schon durchstehen. Ich kenne einen *Tetrarchen* der Wache. Er wird mich schützen, aber dir wird er keinen Gefallen tun. Also nimm deine Sachen und lauf...«
Ein Geräusch ließ Philippos herumfahren. Der bärtige Wortführer der beiden Wachen hatte sich halb aufgerichtet und einen Dolch gezogen. Der Arzt warf ihm seine Kleider entgegen, und in dem Moment, in dem der Soldat die Arme hochriß, versetzte der Grieche ihm einen Tritt. Die Wucht des Treffers riß den Krieger zurück, so daß er mit dem Kopf gegen die Wand schlug. Philippos setzte nach und trat dem zusammengesunkenen Wächter wieder und wieder in den Leib. Am

liebsten hätte er den Mann in Stücke gerissen. Es war, als hätten die *Furien* seinen Geist verwirrt. Dieser Mistkerl und sein Kumpan hatten sein Glück zerstört! Wieder verpaßte Philippos dem Krieger einen Tritt. Ihretwegen mußte er fliehen, und nur ihretwegen würde Neaira leiden! Was hatte er getan, daß ihm die Götter einen so grausamen Streich spielten!
»Hör auf!« Die *Hetaire* packte den Arzt beim Arm und zog ihn zurück. Auf der Treppe, die zu den Kammern der Huren führte, waren schwere Tritte zu hören. »Lauf endlich, mein Liebster, und vergiß mich nicht. Das ist das einzige, was ich mir von dir wünsche...« Neaira drückte ihm sein Kleiderbündel in die Hand und schob ihn zur Türe hinaus. Direkt vor dem Griechen löste sich der Schatten eines großgewachsenen Kriegers aus dem Dunkel der Nacht. Der Mann streckte die Arme nach ihm aus. Philippos sprang vor und rammte dem Hünen seinen Kopf in den Leib. Im gleichen Augenblick schlossen sich die Hände des Kriegers wie eiserne Fesseln um die Arme des Arztes. Einen Moment lang taumelte der Soldat... Dann stürzte er nach hinten. Krachend zerbarst das hölzerne Geländer der Galerie, an der die Zimmer der Huren lagen.
Schreiend stürzten die beiden in die Tiefe. Der Aufschlag auf dem Pflaster der Hafenstraße trieb dem Griechen die Luft aus den Lungen. Einen Moment lang hatte er das Gefühl, keinen Atem mehr schöpfen zu können. Benommen rollte er sich vom Leib des Kriegers. Der Soldat rührte sich nicht mehr.
Lang verdrängte Bilder von den Kämpfen in *Hispania ulterior* kamen Philippos wieder in den Sinn. Jene Nacht, in der die Rebellen des Sertorius seine *Centurie* in einem kleinen Bergdorf in eine Falle gelockt hatten. Der Arzt hörte über sich Rufe und Waffenklirren. Seine Hände tasteten nach dem *Gladius* des Hünen, der noch immer reglos neben ihm lag.
Es war genau wie damals in dem Dorf. Seine Kameraden waren tot. Er war auf sich allein gestellt. Das kurze Schwert in seiner Hand war der letzte Freund, der ihm noch geblieben war.
Vor Schmerzen stöhnend, kam Philippos auf die Beine. Er hatte sich ein Knie aufgeschlagen, und die Knöchel seiner

rechten Hand waren von dem Faustschlag blutig, den er dem Krieger oben in der Kammer versetzt hatte. Jetzt wünschte er, den großen, schweren Holzschild bei sich zu haben, den er als Legionär so oft verflucht hatte. Sein Kopf summte. Etwas Warmes lief ihm die Schläfe hinab. Er würde das Kleiderbündel wie einen Schild benutzen!
Zitternd vor Schwäche lief er auf eine Gasse zu, die dunkel zwischen den hohen Häusern der Hafenstraße klaffte. Hinter sich hörte er Schritte. Befehle wurden in die Nacht gerufen. Etwas schlug dicht neben ihm klirrend gegen eine Hauswand. Ein Speer! Sie wollten ihn umbringen!
Philippos beschleunigte sein Tempo. Die Barbaren würden keine Gnade walten lassen. Er kannte diese *Iberer.* Elendes Pack! Sie hatten alle seine Kameraden ermordet. Auf den Dächern der Häuser waren sie verborgen gewesen. Mit Karren hatten sie die engen Straßen des Dorfes versperrt, und dann begann das Massaker. Aber er würde ihnen entkommen. Es gab immer einen Weg!
Keuchend preßte sich Philippos in einen Hauseingang. Die Tür gab nach. Vielleicht fand er hier ein Versteck? Geduckt schlich er durch den Eingang, immer dicht an der Wand vorbei. Silbernes Mondlicht leuchtete das kleine, unscheinbare *Atrium* aus. Der Boden zeigte ein Mosaik mit einem schlichten, geometrischen Muster. Noch immer gegen die Wand gepreßt, umrundete Philippos den Innenhof. Er war ihnen entkommen! Hier würden sie ihn nicht mehr finden. Draußen auf der Straße konnte er lautes Rufen und die Geräusche genagelter Soldatenstiefel auf dem Pflaster hören. Warum trugen die *Iberer Caligae?* Hatten sie seinen toten Kameraden etwa schon die Stiefel gestohlen?
Philippos preßte sich die Hände gegen den Kopf. Ein stechender Schmerz pochte hinter seinen Schläfen. Ihm war übel. Das geometrische Muster auf dem Boden verschwamm zu tanzenden Linien. Nicht jetzt! Er biß sich auf die Lippen. Irgend etwas stimmte hier nicht. Er durfte der Schwäche jetzt noch nicht nachgeben! In diesem Hof war er noch nicht sicher. Der Arzt mußte sich jetzt mit einer Hand an der Wand abstüt-

zen. Daphne! Er würde sie nicht mehr wiedersehen. Er hätte nicht in die Legion gehen dürfen! Wer würde über sie wachen, wenn ihrem fetten, alten Ehemann etwas geschah?
Philippos betrat einen schmalen Gang, der tiefer in das Haus führte. Der *Iberer* mußte ein reicher Mann sein. Das Gebäude sah fast aus wie die Villa eines römischen Patriziers. Der Gang machte eine Biegung. Die Wände waren mit einer dunklen Farbe gestrichen, auf die man hier und dort falsche Säulen aufgemalt hatte. Irgendwo war Lärm. Das Rufen klang entfernt! Er hatte seine Verfolger abgeschüttelt!
Der Grieche stand vor einer Treppe. Es wäre eine gute Idee, das Erdgeschoß zu verlassen. Hinter einem Fenster verborgen könnte er dann beobachten, was auf der Straße vor sich ging. Oder sollte er zurück zu seinen Kameraden? Vielleicht könnte er jemanden retten? Nein! Es war aussichtslos. Draußen lebte bestimmt keiner mehr. Jetzt war sich jeder selbst der Nächste. Wenn nur diese Kopfschmerzen nicht wären! Philippos preßte sich erneut die Hände auf die Schläfen und stolperte. Das Kurzschwert glitt ihm aus der Hand und fiel polternd ein paar der hölzernen Stufen hinab. Der Arzt kauerte sich in den Schatten des Geländers und fluchte leise. Das hätte nicht passieren dürfen! Er würde die Bewohner töten müssen, wenn sie ihn bemerkten. Er durfte die Sicherheit seines Verstecks nicht aufgeben.
Irgendwo über ihm öffnete sich knarrend eine Tür. »Ist dort jemand?«
Philippos lächelte. Der Kerl versuchte, ihn hereinzulegen. Er sprach griechisch und noch dazu mit einem starken ionischen Akzent. Aber von einem *Iberer* würde er sich nicht täuschen lassen. Philippos beugte sich vor und griff nach dem *Gladius*. Der Stimme nach zu urteilen, war der Kerl dort oben nicht mehr der jüngste. Vielleicht würde er ihn doch nicht töten müssen. Der Arzt umklammerte den Griff der Waffe fester. Er sollte ihn sich packen, bevor er noch weiter herumkrakeelte. Mit drei großen Sätzen war er die Treppe hinauf. Er hatte recht gehabt. Vor einem der Zimmer stand ein Mann, dessen Haar weiß im Mondlicht glänzte. »Sei still, dann wird dir

nichts geschehen!« Die Sprache der Römer ging Philippos noch immer schwer über die Lippen. Ihr fehlte die Eleganz… der schöne Klang. Es war die Sprache eines Bauern- und Soldatenvolkes.
Der Mann trat erschrocken einen Schritt zurück. Philippos setzte ihm nach und stieß ihn in das Zimmer, aus dem er gekommen war. Unten im *Atrium* erklang der Tritt von Soldatenstiefeln. Fackelschein fiel auf die Wände des Hofs.
Vorsichtig schloß der Arzt die Tür hinter sich. Vermutlich sahen die *Iberer* nur sicherheitshalber in die Höfe der Häuser, die an jene Straße angrenzten, in der seine Kameraden ermordet worden waren. Erschöpft lehnte sich Philippos mit dem Rücken gegen die Tür. Ein muffiger Geruch lag in der Luft. Es roch nach verschwitzten Decken und nach Urin.
Der Alte murmelte etwas. Er schien mit einer Frau zu sprechen. Der Arzt konnte in der Dunkelheit nicht erkennen, wer noch in dem Raum war. Auf jeden Fall sprachen die beiden griechisch. Der Alte versuchte, ihn noch immer zu täuschen. Ob er wohl dachte, er würde ihn am Ende für einen griechischen Händler halten?
»Ruhig ihr beiden«, zischte Philippos ärgerlich. Eine neue Welle des Schmerzes flutete durch seinen Kopf. Helle Lichtpunkte tanzten durch den dunklen Raum, und es schien plötzlich kälter zu werden. »Eure Freunde haben meine Kameraden umgebracht. Aber wenn ihr still seid, werde ich euch am Leben lassen.«
»Wir haben mit den Morden an den römischen Bürgern nichts zu tun. Das alles ist doch schon so viele Jahre her«, entgegnete der alte Mann in holprigem Latein. »Es tut uns leid, wenn damals einige Eurer Freunde ums Leben gekommen sind. Aber wir sind unschuldig! Wir waren nicht einmal in der Stadt, als es geschah. Ich bin Kaufmann und war mit einem meiner Schiffe auf Reisen.«
Philippos lächelte zynisch. Er hatte es gewußt! Der Kerl versuchte, sich darauf herauszureden, ein griechischer Händler zu sein. Er würde ihn… Auf der Holztreppe waren leise Schritte zu hören. Der Arzt hielt den Atem an und lauschte. Hatten

sie etwa seine Spur gefunden? Wie war das möglich? Vorsichtig trat er ein paar Schritt von der Tür zurück. Unstetes Licht war durch die Ritzen der Tür zu erkennen. Dort draußen mußten Fackelträger sein. Wie zum Henker hatten sie ihn aufgespürt? Philippos faßte sein Kurzschwert fester. Er würde sein Leben so teuer wie möglich verkaufen. Wenn ihm nur nicht so kalt wäre. Und diese Kopfschmerzen...
Krachend flog die Tür ins Zimmer. Das Fackellicht schien so hell wie die Mittagssonne zu sein. Bärtige Männer mit Bronzehelmen und hellen Leinenpanzern stürmten herein. Warum trugen die *Iberer* griechische Rüstungen? Sie glaubten wohl, sie könnten ihn täuschen! Und wie hatten sie ihn gefunden?
»Ergib dich, oder wir werden dich töten! Es gibt kein Entkommen mehr für dich. Das Haus ist von meinen Männern umstellt.«
Irgendwie kam Philippos das Gesicht des Mannes bekannt vor. Er hatte eine Nase, die so krumm war wie der Schnabel eines Raubvogels. Auch die schmalen Lippen...
Auf dem Holzboden des Zimmers waren dunkle Flecken. Wie eine Spur führten sie auf ihn zu. Philippos sah an sich herab. Er war ja nackt! War er vielleicht schon tot? Sein Bein war ganz mit Blut verschmiert. Hände packten ihn... Das Zimmer begann plötzlich zu tanzen... Der Boden stürzte ihm entgegen... Es war so kalt...

8. KAPITEL

Als Philippos die Augen aufschlug, sah er das Meer. Der Himmel war strahlend blau und ohne Wolken. Der Boden unter ihm schwankte leicht. Er war an Bord eines Schiffes. Verwirrt versuchte er, den Kopf zu drehen und sich umzusehen, doch ein stechender Schmerz in seinem Nacken ließ ihn innehalten.
»Du hast also doch beschlossen, noch einmal wach zu werden.« Samu beugte sich über ihn und lächelte. »Willst du etwas trinken?«
Philippos fuhr sich mit der Zunge über die trockenen Lippen. »Ja, danke.« Der Grieche versuchte, sich zu erinnern, wie er an Bord des Schiffes gekommen war. Vergebens! Er wußte, daß er bei Neaira gewesen war. Sie hatten eine wunderbare Liebesnacht gehabt und seinen Erfolg gefeiert und dann... Nichts. Er entsann sich, in den Armen der *Hetaire* gelegen zu haben, doch konnte er beim besten Willen nicht mehr sagen, wann und unter welchen Umständen er sie verlassen hatte. Es war, als sei er betrunken gewesen. Mißtrauisch blickte er zu der Isispriesterin. Ob sie vielleicht einen Zauber auf ihn gelegt hatte?
»Wie bin ich hierher gekommen?«
»Der *Pharao* mußte dich von seinem Hof verbannen.«

»Mußte mich verbannen?« Ungläubig wiederholte der Arzt ihre Worte. Wie konnte das sein? Am Morgen hatte er doch noch die Gunst des Königs genossen.
»Was ist geschehen?«
»Du erinnerst dich an nichts?« Mißtrauisch musterte der Grieche Samu. Da war mehr als nur Betroffenheit in ihrer Stimme gewesen. Sein Schicksal schien sie nicht gerade zu betrüben. »Du weißt doch wohl noch, daß du das Gelände des *Artemisions* verlassen hast.«
Philippos nickte. Wieder jagte ein stechender Schmerz durch seinen Nacken. Er sollte sich nicht mehr bewegen. Was bei den Göttern hatte man ihm nur angetan?
»Du mußt ja einmal ein Soldat mit erstaunlichen Fähigkeiten gewesen sein.«
»Ich war nie gerne Soldat«, knurrte Philippos verärgert. »Erinnere mich nicht an diese Zeit. Ich bin Arzt, kein Soldat.«
»Was soll man nur von einem Arzt halten, der drei Krieger so übel zurichtet, daß sie für viele Tage nicht mehr diensttauglich sind. Der *Eirenarkes* sprach von gebrochenen Knochen, verrenkten Gliedern und Platzwunden. Möge *Isis* mich davor bewahren, jemals auf die *Heilkunst* eines solchen Arztes angewiesen zu sein.«
»Wovon redest du, Weib?«
»Davon, daß die Wachen des *Eirenarkes* dich in der letzten Nacht im Haus einer *Hetaire* aufgestöbert haben und du dich aufgeführt haben mußt wie *Herakles* am Hof der *Hippolyte*. Mit sieben Kriegern hat Orestes dich durch das Hafenviertel verfolgt und schließlich im Schlafgemach eines zu Tode erschrockenen Handelsherren aufgespürt. Du hast also nicht nur das Gebot der Priesterinnen mißachtet, indem du heimlich das Tempelgelände verlassen hast, sondern auch noch den Frieden der Stadt Ephesos gestört. Der *Eirenarkes* hat sehr energisch auf deine Auslieferung bestanden. Ich glaube, er hatte vor, dich für deine Missetaten in die Steinbrüche zu schicken, aus denen der Marmor der Epheser kommt. Ich weiß zwar nicht, warum, aber aus irgendeinem Grund war der *Neue Osiris* sehr von dir eingenommen. Jedenfalls hat er all

seinen Einfluß bei der Hohepriesterin geltend gemacht, um dafür zu sorgen, daß du nur vom Hof verbannt wirst. Der *Pharao* wünscht, daß du mich nach Tyros begleitest, um mit mir zusammen nach den Kaufleuten zu suchen, die ihm die vergiftete Schminke geschickt haben. Ich habe allerdings meine Zweifel, ob du in drei Tagen überhaupt wieder aus eigener Kraft stehen kannst. Man hat mir erzählt, daß du von einem Häuserdach auf eine gepflasterte Straße gestürzt bist. *Asklepios* persönlich scheint seine schützende Hand über dich gehalten zu haben. Es ist ein Wunder, daß du dir nicht den Schädelknochen zertrümmert hast und nicht einmal die Schwellung aufgeplatzt ist. Außerdem hast du dir irgendwo dein Knie und das linke Bein aufgeschnitten. Du hast eine Menge Blut verloren.«

»Sprich nicht wie mit einem Kind mit mir!« zischte der Arzt wütend. Er mußte zurück, mußte den Irrtum klarstellen und... Philippos versuchte sich aufzurichten, doch ihm wurde so schwindlig, daß er wieder auf sein Lager zurücksank. »Woher wußte der *Eirenarkes*, daß ich bei Neaira war?« Der Stimme des Arztes fehlte jetzt jede Kraft. Ihm war schlecht, und er hatte das Gefühl, sich gleich erbrechen zu müssen.

»Du hast nicht nur Freunde bei Hof, Philippos.«

»Ich muß zurück. Ich muß wissen, wer...«

Die Priesterin lachte laut. »Zurück! Du bist seit drei Tagen an Bord dieses Schiffes, und ich glaube nicht, daß du den Kapitän dazu bewegen könntest, noch einmal umzukehren. Er hat strikte Anweisungen, uns nirgendwo anders als in Tyros an Land gehen zu lassen. Dort sollen wir uns nach einem Kaufmann umhören, den man Simon den Judäer nennt. Er hat sein Haus irgendwo in der Nähe des Hafens. Simon wird uns bei sich aufnehmen und uns helfen. Ich glaube, auch er gehört zu den Leuten, bei denen der Göttliche Schulden hat.«

»Ich muß wissen, wer mich verraten hat... und was ist mit Neaira? Weißt du, was der *Eirenarkes* mit ihr gemacht hat?«

»Wenn du den Verräter suchst, dann überlege doch einfach, vor wem du großsprecherisch mit deiner Geliebten geprahlt hast. Ich weiß es von Batis. Unser nubischer Freund ist nicht

gerade verschwiegen, was diese Dinge angeht. Deine Neaira hat man aus der Stadt vertrieben. Orestes hat seinen Zorn an ihr ausgelassen. Man sagt, sie sei gegeißelt worden, und der Pöbel habe sie vor die Tore der Stadt geprügelt. Wenn du sie wirklich geliebt hättest, dann wärest du in jener Nacht nicht zu ihr gegangen. Du hast sie ins Unglück gestürzt.«
»Wie kannst du so reden, du hartherziges Weib. Du weißt doch nicht einmal, was Liebe ist, ägyptische Hexe! Gegeißelt...«
Philippos schluchzte leise. Wie konnten sie das nur tun? Die *Hetaire* traf doch keine Schuld. Wenn er sich nur erinnern könnte, was in jener Nacht geschehen war? Warum hatte er sie verlassen? Wie war es zu dem Kampf gekommen? Mißtrauisch blickte der Arzt zu der Priesterin auf. Es war sehr wahrscheinlich, daß sie wußte, wie es dazu gekommen war, daß der König sie für die Mission in Tyros ausgewählt hatte. »Batis hat dir also von meiner Liebe zu Neaira erzählt?«
Samu nickte. »Mir und jedem anderen, der es hören wollte...«
»Ich glaube nicht, daß es noch viele andere gab. Du sagst, man haßt mich bei Hof. Mir fällt nur eine Person ein, die mich hassen könnte und kaltherzig genug wäre, das Glück Unschuldiger ihrer Rachsucht zu opfern. Das bist du, Samu.«
Die Priesterin funkelte ihn wütend an. »Du glaubst...« Sie versetzte ihm eine schallende Ohrfeige.
Philippos biß die Zähne zusammen. »Du schlägst Verletzte, Heilerin? Nun, wenn du schon nicht lieben kannst, dann bist du doch wohl wenigstens in der Lage, zu hassen.«
»Ich passe mich deinem Stil an, Grieche. Du verstehst es, in jedem Menschen das Schlechte zum Vorschein zu bringen. Glaube nicht, ich hätte mir gewünscht, dich auf dieser Reise als Begleitung zu haben.«

Wie ein riesiges steinernes Schiff erhob sich Tyros am Horizont aus dem Meer. Die Stadt war auf einem flachen Felsriff einige hundert Schritt vor der syrischen Küste errichtet worden. Die Mauer, die sie umgab, war höher als die Masten der Galeeren, die Samu von Ferne im Hafen erkennen konnte. Dies also war die Stadt, die es dem großen Alexander verwehrt hatte, in ihren Toren den Tempel des *Herakles* zu besuchen und die viele Monate lang seiner Belagerung widerstanden hatte. Die Priesterin hatte viele Geschichten über das prächtige Tyros gehört, und doch war sie ein wenig enttäuscht, denn von der Stadt selbst war zumindest jetzt noch nichts zu sehen. Sie verschwand hinter ihren gewaltigen Mauern, Türmen und Bastionen.

»Es tut gut, die Heimat wiederzusehen.« Abdoubast, der bärtige Kapitän des Handelschiffes, war neben die Priesterin getreten und blickte zur Stadt am Horizont. »Es ist nur ein nackter Felsen im Meer, und es gibt dort nicht einmal Wasser, dennoch liebe ich keinen Ort so wie diesen. Niemals haben Piraten den Hafen von Tyros betreten. Dort zu ankern heißt, den Schrecken des Meeres entkommen zu sein.«

»Den Schrecken des Meeres?« Samu drehte sich um und blickte den Kapitän an. Er war breitschultrig, und seine Haut war von Wind und Wetter gegerbt. Abdoubasts schwarzer Bart war von weißen Strähnen durchsetzt, und sein langes, lockiges Haar war durch ein Lederband gebändigt, so daß es ihm nicht in den Nacken fiel. »Liebst du das Meer denn nicht?«

Der Kapitän schüttelte bedächtig den Kopf. »Kein Schiffer liebt die See. Er respektiert und achtet sie, so wie man einen übermächtigen Feind respektiert und achtet. Jedesmal, wenn ich einen Hafen verlasse, weiß ich nicht, ob ich auf der Reise nicht Schiff und Leben verlieren werde. Ich habe mit angesehen, wie turmhohe Wellen Freunde von mir über Bord gerissen haben, so als wollten die zornigen Götter des Meeres mit einem Menschenopfer beschwichtigt werden… Kennst du die Geschichte des Odysseus, Ägypterin?«

Samu nickte.

»Glaubst du, er hätte des Meer geliebt? Zehn Jahre ist er über die See geirrt. Jeden Vers aus dem Epos Homers kenne ich auswendig. Nicht einer besingt die Schönheit der See. Es sind die sicheren Häfen, die der Seemann liebt.« Abdoubast schirmte mit der Hand die Augen gegen die Sonne ab und brummte etwas Unverständliches. »Dieser makedonische Bastard, Alex-

ander, hat uns einen unserer drei Häfen genommen. Die Seefahrt war ihm immer egal. Schiffe sind für ihn nur Transportmittel gewesen.« Der Kapitän streckte die Hand aus und zeigte zur Insel hinüber. »Siehst du dort vorne hinter den Wellenbrechern die Mauer? An ihrem östlichen Ende steht ein Turm, auf dem bei Nacht ein Leuchtfeuer brennt. Neben diesem Turm liegt die Einfahrt in den sidonischen Hafen. Noch weiter im Osten kannst du Palaetyros erkennen. Das ist der Teil von Tyros, der auf dem Festland liegt. Dort gibt es einen zweiten Hafen, der nach *Ashtoreth*, der Himmelkönigin, benannt ist. Doch den werden wir nicht anlaufen, denn unsere Fracht ist zu kostbar, um in die Lagerhäuser auf dem Festland gebracht zu werden.« Der Kapitän strich sich lächelnd durch den Bart, und Samu war sicher, daß er an den Gewinn dachte, den ihm seine Waren einbringen würde.
»Und der dritte Hafen?«
Das Gesicht des Seemanns verfinsterte sich. »Den dritten Hafen hat uns Alexander gestohlen. Er hat eine sechzig Schritt breite Rampe quer durch das Meer bis zur Insel gebaut, um seine Belagerungsmaschinen vor die Mauern der Stadt schieben zu können. Dadurch haben sich die Strömungen in der Bucht verändert. Der ägyptische Hafen, wie er genannt wurde, lag auf der Südseite der Insel und ist heute unter einer dicken Schicht aus Schlick und Sand begraben. Nur kleine Fischerboote können dort noch verkehren.«
»Und wenn man die Rampe einreißen würde?«
Der Tyrener schnaubte verächtlich. »Sag das den Handelsherren, die über das Schicksal unserer Stadt bestimmen! Sie sind bequem geworden... Du weißt, es gibt kein Wasser auf der Insel. Jeder Schluck Wasser, der getrunken wird, jeder Eimer voll, den die Tuchfärber brauchen, um ihr Handwerk auszuüben, wird vom Festland herangebracht. Es macht sehr viel weniger Mühe, das Wasser in Karren über den breiten Damm heranschaffen zu lassen. Man sagt sogar, daß die Römer ein *Aquaeduct* bauen wollen, das von den Bergen im Hinterland bis nach Tyros reichen soll. Viele Bürger glauben, daß wir endgültig die Gunst des *Baal Melkart* verlieren werden, wenn

sprudelndes Quellwasser auf den Felsen seiner Insel tropft. Der Gott hat nicht gewollt, daß es dort eine Quelle gibt! Er hat auch nicht gewollt, daß wir die Insel mit dem Festland verbinden lassen. Was ist aus dem mächtigen Tyros geworden, seit Alexander den Damm gebaut hat?« Der Kapitän hieb wütend mit der Faust auf die Reling. »Einst waren wir die bedeutendste Hafenstadt der Welt. Unsere Schiffe fuhren bis zu den *Säulen des Herakles* und weiter noch in das schreckliche Nordmeer, wo schwimmende Inseln auf dem Wasser treiben. Unsere Ahnen haben Karthago gegründet und etliche andere mächtige Handelsstädte. All dies ist dahin, seit wir von Alexander heimgesucht wurden und er unsere Insel ans feste Land gefesselt hat. Wenn die Römer nun auch noch eine Quelle in ihr *Aquaeduct* umleiten und Wasser nach Tyros bringen, dann wird damit unser Untergang besiegelt sein! *Baal Melkart* wird seine Stadt verlassen, und schon bald wird es von Tyros nichts als ein paar Ruinen geben, durch die das Wasser sickert, das uns die Römer geschenkt haben. Aber vielleicht...« Der Seemann blickte Samu an. »Was erzähle ich dir von den Römern und unserer Stadt, Priesterin! Du wirst doch sicher nur kurz zu Gast sein? Kommst du, um im Tempel des *Melkart* für deinen König zu opfern?«

»So ist es«, antwortete Samu einsilbig. Da sie nicht wußte, wer in dieser fremden Stadt ihr Feind sein würde, hielt sie es für klüger, die wahren Beweggründe der Reise zu verschweigen. »Ich soll auch Nachrichten aus Ägypten für den *Pharao* einholen. Es gibt einige Kaufleute, die dem Göttlichen als Spione dienen und die mir Bericht über die Herrschaft Berenikes erstatten sollen.«

Abdoubast lächelte breit und entblößte dabei seine makellosen, weißen Zähne. »Nachrichten? Es gibt wohl kein Geschäft, das die Tyrener Kaufleute nicht betreiben würden. Man sagt, Berenike hat viele Gäste aus den Königreichen im Osten. Sie machten dem römischen *Proconsul* einigen Ärger. Angeblich bemüht Berenike sich um ein Bündnis mit den Parthern. Mir wäre es nur recht, wenn sie die Römer wieder aus dem Land werfen würden. Wußtest du, daß eine Wölfin die beiden

Stammväter des römischen Volkes gesäugt hat? Wie Wölfe verhalten sich die Römer auch heute noch! Sie reißen alles an sich, mischen sich in jedes Geschäft ein und können kein Volk in Frieden leben lassen. Kein Tyrener würde jemals einem Römer eine Träne nachweinen. Doch ich rede zu viel, Priesterin. Ich muß mich um das Schiff kümmern. Vor dem Hafen liegen ein paar gefährliche Riffe.« Abdoubast wandte sich um und rief seinen Seeleuten einige Kommandos zu. Dann eilte er zum Heck des Lastseglers, um sich persönlich an das lange Seitenruder zu stellen und das Handelsschiff sicher in den Hafen zu bringen.

Nachdenklich musterte Samu den Kapitän. Er hatte die Stirn gerunzelt und beobachtete aufmerksam das Meer. So wie er sprach, mochte Abdoubast vielleicht selbst ein Verschwörer sein. Sie sollte vorsichtig sein, wenn sie die Spur der Giftmörder aufnahm! Offenbar war Berenike hier wesentlich beliebter als Ptolemaios, den jeder als einen Freund der Römer kannte.

9. KAPITEL

Hier ist es!« Der kleine Junge, der sie vom Hafen in die Stadt geführt hatte, wies auf eine grün gestrichene Tür. »Hier wohnt Simon der Judäer.«
Samu dankte ihm und gab dem Jungen ein Kupferstück, während Philippos gegen die Tür klopfte. Die Seeluft war ihm gut bekommen. Sie hatte den dumpfen Schmerz aus seinem Kopf vertrieben und ihm neue Kraft gegeben.
Mißmutig blickte sich der Arzt um. Das Haus des Judäers lag in einer engen Gasse unweit des Hafens. Die Häuser hier waren zwei oder drei Stockwerke hoch. Ihr weißer Putz war von braunen Flecken übersät.
Eine junge Frau öffnete die Tür und blickte Philippos fragend an. Sie trug eine schmucklose blaue *Tunica*, und ein Mantel aus grober Wolle war um ihre Schultern geschlungen. Ihr Haar bedeckte ein langer, blauer Schleier, der mit einer roten Schmuckborte abgesetzt war.
»Wir kommen aus Ephesos und möchten Simon sprechen. Wir haben dringende Nachrichten für ihn.«
Die Frau nickte kurz und trat dann zur Seite. »Seid willkommen im Haus meines Vaters. Der Herr ist in Geschäften unterwegs, doch wird er bald wieder zurückkehren.«

Philippos trat ein und musterte den Innenhof. Anders als das *Atrium* bei römischen Häusern war dieser Hof nicht teilweise überdacht, und es gab auch kein *Impluvium*. Die Wände zum Innenhof waren ordentlich verputzt und strahlten in so hellem Weiß, als seien sie erst vor wenigen Wochen frisch gekalkt worden.
Die junge Frau rief etwas in einer fremden Sprache zum Haus hinüber und blickte dann schüchtern zu Philippos und Samu. »Erlaubt, daß ich Euren Lastenträger entlohne. Wenn ich um Euren Besuch gewußt hätte, dann wäre selbstverständlich dafür gesorgt gewesen, daß Ihr am Hafen erwartet werdet.«
Die junge Frau tauschte ein paar Worte mit dem Phönizier, der sich im Hafen angeboten hatte, ihr Gepäck zu tragen, und drückte ihm einige Kupfermünzen in die Hand. Inzwischen war eine Dienerin mit einer Wasserschale und einem Krug im Hof erschienen.
Nachdem der Lastenträger gegangen war, wandte sich die Frau erneut Philippos und Samu zu und bat sie, auf einer niedrigen Bank im Hof Platz zu nehmen. »Erlaubt, daß ich Euch die Füße und Hände wasche, verehrte Gäste. Ihr sollt wissen, daß Ihr im Haus und an der Tafel Simons willkommen seid und wir gerne unsere Güter mit Euch teilen. Mein Name ist Isebel.«
»Man nennt uns Samu und Philippos«, erwiderte die Priesterin einsilbig, wobei sie kurz zu dem Griechen hinübernickte.
»Du brauchst mir nicht die Füße zu waschen, Isebel.« Philippos lächelte der jungen Frau freundlich zu. »Das ist die Aufgabe einer Dienerin und kein Dienst, den eine Hausherrin verrichten sollte.«
»Wollt Ihr die Ehre meines Vaters kränken? Warum weist Ihr mich zurück? Habe ich Euch in irgendeiner Weise beleidigt?«
»Nein, ich dachte nur... Nun, ich bin es nicht gewohnt, auf diese Weise empfangen zu werden und...«
Isebel war vor Philippos niedergekniet und blickte ihn mit ihren dunklen Augen fast flehend an. »Bitte, weist mich nicht zurück. Es würde große Schande für das Haus meines Vaters bedeuten, wenn Ihr die Euch gebührenden Ehren nicht annehmt.«

»Laß sie machen«, flüsterte Samu in lateinischer Sprache. »Die Judäer sind ein seltsames Volk, und man hat sie schnell beleidigt. Wir werden Simon noch brauchen, wenn wir unsere Mission erfüllen wollen. Er ist der einzige Mensch in der Stadt, dem wir uns anvertrauen können.«
»Es ist mir eine große Ehre, mit solcher Freundlichkeit empfangen zu werden, und ich werde die Gastfreundschaft, die ich im Hause Simons erfahren habe, stets loben«, erklärte Philippos auf griechisch und nickte Isebel zu.
Die Frau lächelte den Arzt erleichtert an, dann löste sie die Riemen seiner Sandalen und wusch seine Füße mit kaltem Wasser, das sie aus dem Krug in die Schale goß. Anschließend benetzte sie seine Hände und trocknete sie mit einem Tuch aus weißem Leinen, das ihr die Dienerin reichte.
Als sie auch Samu auf diese Weise geehrt hatte, bat Isebel sie beide, ihr in das Haus zu folgen. Sie führte sie durch einen kleinen Flur in einen weitem Empfangsraum, der ein wenig an das *Tablinum* römischer Häuser erinnerte, jenes Gemach, in dem der Hausherr seine Gäste empfing. Auch hier waren die Wände weiß gekalkt, und der Boden war mit schmucklosen, grauen Steinplatten ausgelegt. In der Mitte des Zimmers stand ein kleiner Tisch, auf den man eine Schale mit Fladenbrot gestellt hatte. Isebel nahm einen der Fladen, brach zwei Stücke davon ab und reichte sie Philippos und Samu. Dann bot sie ihnen eine flache Schüssel mit Salz an.
»Mögen Frieden und Wohlstand Euch so beständig folgen wie der Schatten, der an Euren Fersen haftet.«
Die Judäerin schob sich ihr Stück Brot in den Mund, und Philippos folgte ihrem Beispiel. Dann nahm er ein wenig von dem Salz und leckte es sich aus der Hand. Anschließend reichte Isebel ihm einen Becher mit frischem Brunnenwasser.
»Seid Ihr es gewohnt, gemeinsam in einem Zimmer zu übernachten?« Die junge Frau lächelte scheu, so als sei ihr die Frage ein wenig peinlich.
»Wir teilen nicht das Lager miteinander«, antwortete Samu schnell.
Lieber würde ich eine Schlange unter meine Decke einladen als

dich, dachte Philippos und blickte kurz zur Priesterin hinüber. Er war noch immer davon überzeugt, daß sie ihm die Wachen auf den Hals gehetzt hatte. Sie ganz allein war Schuld daran, daß man Neaira aus der Stadt gejagt hatte! Der Grieche ballte seine Hände zu Fäusten. Er war froh, mit ihr nicht im selben Zimmer übernachten zu müssen. Lieber wäre ihm sogar noch, wenn sie sich nicht einmal im gleichen Haus aufhalten würden.

»So erlaubt nun, daß ich Euch zu Euren Gemächern begleite. Mein Herr und Vater hält immer drei kleine Kammern für Gäste bereit. Dort mögt Ihr Euch von den Anstrengungen Eurer Reise erholen. Falls Ihr lieber ein warmes Bad nehmen würdet oder es eine andere Art gibt, auf die ich Euch zu Diensten sein kann, so laßt es mich wissen.«

»Ein kleiner Krug mit Wein wäre schön«, brummte Philippos. Auf dem Schiff hatte er nichts außer Wasser zu trinken bekommen. Vielleicht würden ihm ein paar Becher Wein helfen, seinen Zorn auf Samu zu vergessen.

»Ich kann mir nicht vorstellen, daß Tyrener hinter dem Giftanschlag auf den *Pharao* stecken.« Simon kratzte sich nachdenklich an der Stirn und schüttelte dann den Kopf. »Wirklich nicht. Ich glaube nicht, daß irgend jemand so dumm gewesen wäre, Ptolemaios das Gift mit einem Schiff aus Tyros zu schicken. Damit wäre eine zu offensichtliche Spur gelegt.«

»Wäre es denn nicht möglich, daß es einen Fremden in der Stadt gibt, der den Verdacht auf Tyros lenken will, um die Spur zu sich und seinen Auftraggebern zu verwischen«? fragte Samu.

Simon überging den Einwurf der Priesterin. Er beugte sich ein Stück vor, um noch eine Heuschrecke aus der Schale auf dem Tisch zu nehmen und mit der anderen Hand nach seinem tönernen Weinpokal zu greifen. Dann lehnte er sich auf sein Lager aus Kissen zurück, blickte zum Himmel empor und seufzte. »Tyros ist eine unruhige Stadt. Die Phoenizier haben begriffen, daß die Zeit ihrer Größe vergangen ist und ihre Götzen sie nicht mehr retten können. Dennoch gibt es viele, die sich gegen die neuen Herren auflehnen möchten. Sie glauben, sie würden wieder so bedeutend wie einst. Den Legaten, den Pompeius geschickt hat, Marcus Aemilius Scaurus, den hat er noch gemocht, der *Demoz*, der Oberste des Rates, und die *Boyie*, die Hohen Herren, die an seiner Seite sitzen, doch den neuen *Proconsul* Aulus Gabinius verachten sie. Er mag es gut meinen, wenn er Tyros ein *Aquaeduct* schenken will, doch verkennt er den sturen Aberglauben der Götzenanbeter. Sie werden sich gegen die Römer auflehnen, und dann wird sich der Spruch des Propheten *Ezechiel* erfüllen, dem *Jahwe* den Untergang der stolzen Stadt kündete.

Sie plündern deinen Besitz
und rauben dir deine Waren.
Deine Mauern reißen sie ein.
Sie zerstören die prächtigen Bauten.
Deine Steine, deine Balken, deinen ganzen Schutt
werfen sie mitten ins Meer.
So mache ich deinen lärmenden Liedern ein Ende,
vom Klang deiner Zithern ist nichts mehr zu hören.
Zum nackten Felsen mache ich dich.
Du wirst ein Platz zum Trocknen der Netze.
Man baut dich nie wieder auf;
denn ich, der Herr, habe gesprochen.

So verkünden es die alten Schriften, die da berichten vom Propheten *Ezechiel*, und so wird es sein.« Es war still auf dem Dach geworden, auf dem Philippos, Samu und Simon ihr Abendmahl eingenommen hatten. Selbst das Lärmen der Stadt schien für einen Augenblick verstummt zu sein.
Philippos wußte nicht recht, was er von diesem Judäer halten sollte. Es war ihm sympathisch, daß Simon Samu wie Luft behandelte. Offenbar war er der Meinung, daß eine Frau bei einem Gespräch unter Männern nichts zu sagen hatte, und allein sie am selben Tisch zu dulden, schien ihm schon schwer zu fallen. Jedenfalls hatte Simon den ganzen Abend über auf keine ihrer Fragen geantwortet und allein ihm, Philippos,

seine ganze Aufmerksamkeit gewidmet. Der Grieche war gespannt, wie lange Samu sich diese Behandlung gefallen lassen würde.
Simon nahm eine weitere der Heuschrecken aus der Schale vom Tisch, knipste ihr mit dem Daumennagel die Beine und Fühler ab und schob sie sich dann in den Mund. Das leise Knirschen, mit dem er den Panzer des Insekts zwischen seinen Zähnen zermahlte, jagte Philippos einen Schauer über den Rücken. Er würde niemals begreifen, wie man diese ekelhaften Insekten als wohlschmeckenden Leckerbissen betrachten konnte.
»Sagt, Herr Simon«, erhob Samu ihre Stimme. »Ich mag mich ja irren, doch soweit ich mich an die Bücher der Propheten erinnere, hat *Ezechiel* doch prophezeit, daß *Nabucodonosor*, der König der Könige und Herrscher über Babylon, Tyros zerstören würde. So müßten wir jetzt also auf einem nackten Felsen sitzen, auf dem Fischernetze zum Trocknen ausgebreitet wären, wenn die Worte des Propheten der Wahrheit entsprochen hätten.«
Simon zerdrückte die Heuschrecke, die er gerade genommen hatte, in seiner Faust und drehte sich zum ersten Mal an diesem Abend zu Samu um. »Höre mir jetzt gut zu, Götzenpriesterin. Ich schulde dem *Pharao* einen Gefallen, deshalb dulde ich dich in meinem Hause, doch erhebe nie wieder deine Zunge gegen das Wort *Jahwes*. Keinem Menschen steht es zu, an der Weisheit des einen Gottes zu zweifeln. Wenn du tatsächlich unsere heiligen Bücher kennst, wie du behauptest, dann solltest du gerade als Ägypterin um die Macht *Jahwes* wissen. War er es nicht, der die Heerscharen des *Pharaos* in den Fluten des Meeres ertränkt hat? Wer sagt, daß es nur einen Herrscher mit Namen *Nabucodonosor* geben wird? Vielleicht ist der, der Tyros zerstören wird, gerade erst in den Städten der Parther geboren worden, und die Römer werden Tyros nur schwächen, damit einst ein Partherkönig aus Babylon kommt, um aus dem ruchlosen Tyros einen nackten Felsen im Meer zu machen. Wenn deine Klugheit so groß ist, wie du mit deinen Worten glauben machen willst, dann müßtest du doch wis-

sen, daß das Wort *Jahwes* für die Menschen immer ein Rätsel sein wird. Seine Weisheit ist der unseren so weit überlegen, daß wir sie oft erst im nachhinein zu begreifen vermögen. Wenn du also weiterhin das Gastrecht in meinem Hause genießen möchtest, dann bitte ich dich, dich auch den Sitten dieses Hauses anzupassen. Unterbrich kein Gespräch zwischen Männern, und entweihe diesen Ort nicht, indem du hier zu deiner Götzin *Isis* betest. Ich habe mich überwunden und dich hier aufgenommen. Ich erwarte, daß auch du dir Mühe gibst und das Gastrecht nicht mißbrauchst.«
Philippos konnte sehen, wie der Priesterin im Laufe von Simons Ausführungen erst die Zornesröte ins Gesicht stieg und sie dann wieder erbleichte. Ein wenig bewunderte er den Judäer für seine Offenheit, immerhin riskierte er durch sein Verhalten, daß die Priesterin ihn verfluchen würde. Trotzdem war es an der Zeit, die beiden auseinander zu bringen. Wenn Samu ihm auf diese Beleidigungen antwortete, dann würden sie sich am Ende vielleicht noch beide in dieser Nacht auf der Straße wiederfinden. Philippos räusperte sich. »Nachdem du uns freundlicherweise deinen Standpunkt dargelegt hast, sollten wir uns vielleicht wieder den Geschäften zuwenden. Du weißt, daß uns Ptolemaios geschickt hat, um nach den Giftmischern zu fahnden. Je schneller wir diese Aufgabe erledigt haben, desto früher können wir dein Haus auch wieder verlassen. Was hat er dir in den Briefen geschrieben, die er uns für dich mitgegeben hat? Kennt er noch andere Kaufleute in Tyros, auf deren Hilfe wir rechnen können?«
Simon schüttelte sein bärtiges Haupt. »Im wesentlichen ging es um euch beide. Er hat euch vorgestellt und eure Aufgabe dargelegt. Ich denke, daß du ein durchaus tauglicher Spitzel sein wirst, Philippos. Was mit der Priesterin zu tun ist, weiß ich nicht. Vielleicht versteht sie es ja, sich auch ohne Anweisungen nützlich zu machen? Kannst du schwimmen?«
Der Grieche lachte leise. »Ich komme aus Athen. Die Schiffe meiner Stadt haben auf Jahrhunderte die See beherrscht. Meine halbe Kindheit habe ich im Hafen verbracht. Natürlich kann ich schwimmen!«

»Verstehst du dich auch darauf, unter dem Wasser zu schwimmen und bis auf den Grund des Meeres zu gelangen?«
»Was sollen diese Fragen? Worauf willst du hinaus?«
»Nun, du bist zwar kein ganz junger Mann mehr, doch weiß ich von einem der Purpurhändler, daß er erst vor kurzem ein Boot mit vielen Tauchern auf See verloren hat. Er sucht gute neue Männer, und es sollte nicht schwer sein, dich bei ihm unterzubringen. Du kannst ruhig sagen, daß du lange Zeit in deinem Leben Söldner warst und daß du dich ein wenig auf die Heilkunde verstehst. Das wird dich interessanter machen. Doch begehe nicht den Fehler, dich einen Arzt zu nennen. Keiner würde glauben, daß ein erfahrener Heiler darauf angewiesen sein könnte, sein Brot durch Schneckentauchen zu verdienen.«
»Schneckentauchen!« Philippos starrte den Judäer entsetzt an. »Du willst mich auf die Boote der Purpurfischer schicken, und ich soll in die finsteren Tiefen des Meeres hinabtauchen? Nein, Simon, das werde ich nicht tun. Lieber würde ich mich wieder zu den Legionen melden! Ich bin doch nicht verrückt und riskiere, von den Wellen an den Klippen zerschmettert oder von irgendeinem Meeresungeheuer gefressen zu werden. Vergiß das wieder! Warum willst du denn, daß ich unbedingt zu den Purpurhändlern gehe? Es gibt doch auch ausgezeichnete Schmiede und Glasbläser in der Stadt. Warum sollte ich nicht bei denen nach dem Giftmischer suchen? Ist da nicht ein Handelsherr so gut wie der andere?«
»Nein! Die Purpurhändler unterhalten gute Handelsverbindungen nach Alexandria. Nach dem, was in den Briefen des Ptolemaios steht, ist damit zu rechnen, daß die eigentlichen Mörder dort zu suchen sind. Er ist sicher, daß seine Tochter Berenike ihm dieses Gift hat schicken lassen. Auch sind die Purpurhändler in den letzten beiden Jahren sehr viel reicher und mächtiger geworden. Sie unterhalten eine große Flotte und transportieren auf ihren Schiffen neben dem Purpur auch viele andere Waren. Vielleicht kommt ein Teil ihres Goldes ja aus Ägypten? Wenn ein Tyrener in diese Angelegenheit verwickelt war, dann ist er unter ihnen zu suchen. Deshalb sollst

du dich unter ihre Männer mischen, Philippos, und deine Ohren offenhalten. Vielleicht kannst du ja etwas erfahren. Die Schneckentaucher reden viel, wenn sie in ihren Booten sitzen. Ich werde indessen versuchen, herauszufinden, wessen Schiff die tückischen Geschenke nach Ephesos gebracht hat. Womöglich waren die Mörder vom Erfolg ihres Anschlages ja so überzeugt, daß sie unvorsichtig waren, weil sie glaubten, es würde keinen *Pharao* mehr geben, der seine Getreuen damit beauftragt, die Spur zurückzuverfolgen!«

»Die Taucher werden einen so alten Mann wie mich sicher nicht mehr nehmen wollen«, wandte Philippos ein, der immer noch hoffte, er könne sich aus dieser Misere wieder herausreden.

»Meine Tochter wird morgen deine Haare schwärzen. Ich werde einfach behaupten, daß du gerade mal dreißig Sommer gesehen hast. Du bist doch ein kräftig gebauter Mann. Ich bin zuversichtlich, daß sie dich akzeptieren werden. Doch nun genug. Gestatte, daß ich mich zurückziehe. Es ist spät geworden, und morgen liegt ein ereignisreicher Tag vor uns beiden.« Simon erhob sich und verneigte sich dabei knapp vor Philippos. Samu ignorierte der Judäer.

»Du wirst doch nicht etwa tun, was er sagt?« fragte Samu, nachdem ihr Gastgeber das Dach verlassen hatte. Philippos zuckte mit den Schultern. »Seine Argumente hören sich vernünftig an. Ich will damit nicht sagen, daß mir der Gedanke daran, ins finstere Meer hinabzutauchen, Freude bereitet. Doch so wie die Dinge stehen, ist das wohl der einzige Weg.«

»Wir haben uns doch noch gar nicht nach anderen Möglichkeiten umgesehen. Wissen wir überhaupt, ob wir Simon trauen können? Vielleicht mißbraucht er das Vertrauen des *Pharao*? Womöglich steht er sogar heimlich in den Diensten von Berenike?«

»Glaubst du nicht, daß es dein Zorn auf ihn ist, der dir diese Gedanken eingibt, Samu? Welchen Anlaß haben wir, anzunehmen, daß er Ptolemaios verraten wird?«

»Bist du denn taub und blind?« Die Priesterin schnaubte verächtlich. »Du bist doch sonst nicht so leichtgläubig! Siehst du nicht, daß er dich in den Tod schickt? Was glaubst du, wie lange du unter den Tauchern überleben wirst? Du bist ein Mann von vierzig Jahren! Wenn du mit einem Steingewicht in der Hand aus einem Boot springst, um zum Meeresgrund hinabzutauchen, dann wirst du ertrinken! Ob Simon sich bei mir überhaupt die Mühe machen wird, meinen Tod wie einen Unfall aussehen zu lassen, wage ich zu bezweifeln.«

»Du bist verrückt, Priesterin«, grollte Philippos. »Dir hat dein Ärger ja die Sinne verwirrt. Warum sollte Simon so etwas tun? Er ist vielleicht ein wenig naiv mit seinem Glauben an diesen einen Gott und den Untergang von Tyros, und zugegeben, er scheint dich nicht zu mögen. Aber warum sollte er darum gleich ein Mörder sein?«

»Du vergißt die Briefe! Unterstellen wir Simon einmal, daß er ein treuer Diener des Ptolemaios ist. Ich könnte mir zwar kaum vorstellen, warum er dies sein sollte, aber nehmen wir es ruhig einmal an. Wir beide wissen nicht, was in den versiegelten Papyri stand, die wir Simon überreicht haben. Ist dir aufgefallen, wie ausweichend er geantwortet hat, als du ihn auf den Inhalt der Schreiben angesprochen hast? Womöglich hat Ptolemaios ihn ja sogar beauftragt, uns zu ermorden!«

»Der König?« Philippos lachte laut auf. »Warum sollte er das tun? Du bist verrückt, Samu!«

»Denk doch einmal nach! Nach den beiden Toten und dem Aufsehen, das die Giftmorde erregt haben, konnte Ptolemaios es sich nicht leisten, ein weiteres Mitglied des Hofstaates ermorden zu lassen. Er mußte fürchten, aus dem Schutz des *Artemisions* verbannt zu werden. Wir aber haben ihm Anlaß zu Ärger bereitet. Du hast die Sicherheit des Hofes gefährdet, indem du dich über die Gebote der Priesterinnen hinweggesetzt hast. Mich aber haßt er, weil ich zu offen von seinen Fehlern gesprochen habe. Das mag ihm als Grund reichen, über unseren Tod nachzusinnen.«

»Aber mich hätte er doch nur Orestes überlassen müssen. Es wäre dem *Eirenarkes* und seinen Soldaten sicher eine Freude gewesen, für meinen Tod zu sorgen.«

»Das ist nicht der Stil des *Pharaos*. Du kennst ihn schlecht.

Du bist ein Mitglied des Hofstaates. Er mußte dich in Schutz nehmen. Das muß ihn aber nicht davon abgehalten haben, noch in derselben Nacht ein Schreiben für Simon zu verfassen, in dem er den Judäer damit beauftragt, dich zu ermorden. In dieser Stadt gibt es außer Simon niemanden, der uns kennt. Keiner wird uns vermissen.«

»Ich werde deine Ängste nicht mit dir teilen, Samu. Wenn du glaubst, in jedem einen hinterhältigen Intriganten sehen zu müssen, dann ist das deine Sache. Ich jedenfalls habe jetzt genug von diesem fruchtlosen Gerede.« Philippos griff nach einer der Öllampen auf dem Tisch und erhob sich. »Ich wünsche dir eine ruhige Nacht, Priesterin.«

Ohne ein weiteres Wort erhob sich der Grieche und ging zur Treppe hinüber. Innerlich verfluchte er die Ägypterin und hoffte, daß ihre düsteren Prophezeiungen ihn nicht noch bis in den Schlaf verfolgen würden. Ihre Worte waren durchaus klug und durchdacht gewesen. Aber waren sie deshalb wahr? Philippos wünschte sich, er hätte mit dem Judäer zusammen den Tisch verlassen und erst gar nichts von diesen möglichen Intrigen gehört. Im Geiste sah er sich schon von den Tauchern gemeuchelt werden. Er schüttelte den Kopf. Am besten wäre es, sich noch ein wenig Wein von einer Dienerin bringen zu lassen. Er mußte diese düsteren Gedanken verscheuchen, bevor er einschlief!

10. KAPITEL

Samu hatte früh am nächsten Morgen das Haus Simons verlassen und sich mit ihrem Gepäck in einer Herberge in der Nähe des Hafens eingemietet. Mochte Philippos in seinem blinden Vertrauen nur in sein Verderben laufen. *Sie* hatte ihn gewarnt. Mehr konnte sie nicht für ihn tun. Sie würde es dem Judäer jedenfalls nicht so leicht machen.

Die Priesterin hatte überlegt, ob sie sich einen Leibwächter mieten sollte. Irgendeinen Söldner, der sie in Zukunft begleiten würde. Geld genug hatte sie. Es wäre auch besser, wenn sie nicht allein im Hafenviertel unterwegs war. Sie trug zwar das Gewand einer Priesterin, doch war sie nicht sicher, ob sie das vor betrunkenen Seeleuten und Schlimmeren schützen mochte.

Die ganze Nacht lang hatte sie nicht schlafen können und überlegt, wie sie der tödlichen Falle, in die sie geraten war, entgehen mochte. Es waren ihr Gerüchte zu Ohren gekommen, daß Marcus Antonius auf dem Weg nach Tyros war. Wenn sich der junge *Praefectus equitum* noch an sie erinnerte, würde er sie sicher unterstützen. Er war ein Gefolgsmann des Aulus Gabinius und gehörte somit in das Lager des Pompeius. Der mächtige römische Feldherr war ein Freund des *Pharaos* und woll-

te Ptolemaios wieder auf seinem Thron in Ägypten sehen. Den Römern würde sie trauen können, und bei ihnen konnte sie auch sicher sein, daß sie ein Interesse daran hätten, denjenigen aufzuspüren, der Ptolemaios das vergiftete *Kohl* geschickt hatte. Gemächlich schlenderte Samu über den Markt. Sie war zuversichtlich, auch ohne die Hilfe Simons auskommen zu können. Zunächst würde sie *Melkart*, dem Gott der Stadt, ein Opfer bringen und ihn um seine Unterstützung bitten. Unentschlossen blickte sie sich um. Ein Lamm oder ein Zicklein wäre ihr zu teuer. Es kam auf die Geste an und nicht darauf, daß sie vor dem Gott mit einem Reichtum prahlte, den sie nicht besaß. Ihr Blick fiel auf einen Stand, an dem sich Dutzende hölzerner Käfige stapelten. Ein Huhn oder eine Taube – das war es, was sie brauchte! Ein altes Weib mit wettergegerbter Haut und schlohweißem Haar hockte zwischen den Käfigen. Sie trug ein schlichtes, braunes Kleid, das mit bunten Flicken besetzt war. Als Samu vor ihr stehenblieb, hob die Alte den Kopf und musterte die Priesterin eindringlich. Eines ihrer Augen war mit einem milchigweißen Film überzogen.
»Du bist Ägypterin, nicht wahr?«
Samu nickte. »Verkaufst du auch weiße Tauben, Alte?«
»Weiße Tauben? Was willst du damit? Wenn du sie auf die Tafel bringst, ist es doch egal, welche Farbe die Taube hatte. Ich habe wunderbare Tauben. Weiß sind sie nicht, aber so zart, daß sie dir auf der Zunge zerfallen. In einer Soße aus Wein und Kräutern geben sie ein Mahl ab, das der Tafel eines Königs würdig wäre!«
»Ich beabsichtige aber nicht, einen König zu beköstigen. Wenn du keine Taube hast, dann gib mir ein weißes Huhn.«
Die Alte legte den Kopf schief und schnitt eine Grimasse. »Du willst wohl in den Tempel, Kindchen. Bist eine Priesterin, nicht wahr! Weißt du denn nicht, daß man dem *Melkart* keine Tauben und Hühner opfert? Du willst den Gott doch nicht erzürnen.«
Samu überlegte, ob die Alte sie vielleicht belügen wollte, um sie an ihrem Stand zu halten, obwohl sie offenbar keine angemessenen Opfertiere hatte.

»Dem großen *Melkart* mußt du Wachteln opfern, wenn du die Gunst des Gottes erringen willst. Einst hat *Typhon* den mächtigen *Melkart* im Kampf getötet. Der Heilkundige *Eshmun* aber hat den Gott durch eine Wachtel wieder zum Leben erweckt. Darum sind *Melkart* die Wachteln besonders liebe Opfertiere. Wenn du also die Gunst des Gottes erringen willst, so opfere ihm Wachteln! Ich habe einige besonders schöne, mein Kind.«
Samu musterte die Alte mißtrauisch. Die Priesterin hatte noch nie von diesem Mythos gehört, doch wußte sie auch nur sehr wenig über die verschiedenen phönizischen Stadtgötter. »Wie teuer sollen deine Wachteln denn sein?«
»Nun, normalerweise überlasse ich sie Fremden überhaupt nicht. Es sind nicht irgendwelche Wachteln, die du bei mir kaufen kannst. Gehe ruhig zu den anderen Vogelhändlern und sieh dich um. Nirgends wirst du so fette Tiere bekommen wie bei mir. Fünf silberne *Shekel* mußt du mir für einen Vogel geben. Das ist ein guter Preis.«
»Fünf *Shekel* für eine kleine Wachtel? Glaubst du, ich bin so reich wie ein pontischer König? Für fünf *Shekel* kannst du deine Wachteln behalten!«
»Kindchen, reg dich nicht auf! Du hast meine Wachteln gesehen, du weißt, wie gut sie sind. Fünf *Shekel* kostet es dich, wenn du dir eine Wachtel nimmst und sie in einem Holzkäfig trägst. Läßt du mir den Käfig hier, dann kann ich sie dir auch für vier *Shekel* überlassen. Billiger wirst du so schöne Vögel nirgendwo anders bekommen. Bedenke, du gehst zum Herrn dieser Stadt, um ihm zu opfern. Du wirst doch nicht etwa um Kupferstücke mit mir feilschen wollen. Dein Geiz würde den Gott erzürnen!«
Samu zögerte einen Augenblick, doch dann öffnete sie den Geldbeutel an ihrem Gürtel und nahm vier ephesische Silberstücke heraus. Die Alte begutachtete die Münzen kritisch. Sie zeigten auf der Vorderseite die Front des *Artemisions* und auf der Rückseite eine Palme. »Woher kommt dieses Geld? Solche Münzen habe ich noch nicht gesehen. Was ist das für ein Tempel?«

»Es ist das Haus, in dem die mächtige Göttin *Artemis* wohnt.« Die Alte grunzte etwas Unverständliches, dann biß sie in eine der Münzen und versuchte, sie zu biegen. Anschließend ließ sie jedes der Geldstücke vor sich auf den gepflasterten Boden des Marktplatzes fallen und lauschte dabei auf den Klang. Endlich grinste sie zufrieden und ließ die Silberstücke in einer Falte ihres Gewandes verschwinden. »Ich kenne die Münzen zwar nicht, doch sie sind aus gutem Silber geschlagen. Welche der Wachteln möchtest du mitnehmen? Such dir eine aus, Priesterin!«

»Gib mir deine Schönste. Du kennst deine Vögel am besten, Alte, und bedenke dabei, was es dich kosten mag, eine ägyptische Zauberpriesterin zu verärgern.«

»Dienst du der *Isis*? Du wirst mir doch nicht etwa zürnen, weil ich einen gerechten Preis für meine Ware gefordert habe? Du wirst sehen, daß ich dich nicht übervorteilt habe.« Die Händlerin schob ihre Käfige auseinander und holte eine besonders große Wachtel hervor. »Sieh dir nur dieses Vögelchen an. Hast du je ein prächtigeres Exemplar gesehen?« Mit den Flügeln schlagend versuchte sich die Wachtel dem Griff der Alten zu entwinden. Mit geübter Geste klemmte sich das Marktweib den Vogel unter die rechte Achsel, packte einen der Flügel und verdrehte ihn, so daß Samu deutlich das Knacken der dünnen Flügelknochen hören konnte. Das Rufen der Wachtel wurde immer schriller und klagender. Gleichzeitig erhob sich in den Käfigen rundherum ein infernalisches Schnattern und Gackern. Davon ungerührt brach die Marktfrau der Wachtel auch noch den zweiten Flügel. Dann packte sie den Vogel bei den Füßen und reichte ihn Samu. »Du mußt das Tierchen an den Füßen festhalten und mit dem Kopf nach unten tragen. Dann wird es sich ruhig verhalten und dir keinen Ärger machen, Priesterin. Mögen die Götter deinen Weg segnen!«

»Möge *Isis* jedes Unheil von deinem Haus fernhalten.«

Der Tempel des *Melkart* war so alt wie die Stadt, ein gedrungener Bau aus bunt glasierten Ziegeln, die Bilder von geflügelten Ungeheuern zeigten, über die der mächtige Stadtgott triumphierte. Im Inneren des Tempels waren die Wände mit prächtigen Alabastereliefs geschmückt, die von den Taten des Gottes erzählten und Gesandte aus allen Völkern der Welt zeigten, die dem mächtigen *Baal Melkart* Geschenke brachten.

Die Türrahmen waren von riesigen Vogeldämonen flankiert, die jeden Eindringling mit kalten, steinernen Augen musterten. Der Duft von Weihrauch und Myrrhe zog durch den Tempel, und irgendwo erklang das metallische Klappern von Gebetsrasseln. Schließlich trat Samu in einen Raum, an dessen Ende sich eine riesige, ganz mit Goldblech beschlagene Tür erhob. Zwei Säulen flankierten das Tor. Die eine schien ganz aus lauterem Gold zu bestehen, und ein Bildfries mit Schiffen zog sich in Spiralen um ihren schimmernden Leib. Die andere Säule war von tiefem Grün, als sei sie aus Smaragd geschnitten, und von ihrem Inneren ging ein unstetes Leuchten aus, ganz so, als habe man eine Flamme in ihr eingefangen.

Voll ehrfürchtigem Staunen betrachtete Samu die Smaragdsäule, als ein Priester an ihre Seite trat. Der Mann war von schwer zu schätzendem Alter. Sein Kopf war kahlgeschoren, und selbst die Augenbrauen hatte man ihm abrasiert. Schwarze Lidstriche umrandeten seine Augen. Er trug ein langes, weißes Gewand und darüber einen mit purpurnen Fransen geschmückten Umhang. »Ich sehe, du bist gekommen, dem Gott zu opfern, Tochter. Welche Bitte soll ich dem Mächtigen in deinem Namen vortragen?«

»Ich flehe den Lichtbringer an, daß er meinem Aufenthalt in dieser Stadt wohl gesonnen sein möge und daß er seine schützende Hand über mich halte. Möge er wie das Licht der Fackel den Schleier der Dunkelheit um jenes Geheimnis zerreißen, das zu ergründen mir bestimmt ist.« Samu reichte dem Priester die Wachtel, und er trat zu einem der Altäre, die in den Nischen an den Seitenwänden des Heiligtums standen.

Einige Augenblicke vergingen, bis der Priester wieder zu ihr zurückkehrte und ihr seine blutbefleckten Hände entgegenstreckte. »Der Himmelswanderer hat deine Bitten günstig auf-

genommen, Tochter. Er wird den Schatten des Geheimnisses vertreiben, doch wird dunkle Trauer über deinem Herzen liegen, wenn du unsere Stadt verläßt.«
Samu verneigte sich vor dem Priester. »Ich danke dir für deinen Dienst. Möge das Licht des *Melkart* hell über deinen Wegen leuchten.«
Nachdenklich verließ sie den Tempel. Was mochte der eigentümliche Orakelspruch zu bedeuten haben? Worüber würde sie trauern, wenn sie die Stadt verließ und den Giftmischer aufgespürt hatte? Sie sollte Philippos warnen! Womöglich würde ihm ein Unglück widerfahren. Er durfte nicht mit den Muscheltauchern aufs Meer hinausfahren!
Samu machte sich auf den Weg zum Hafen.

11. KAPITEL

Der Arzt musterte die Phönizier in dem kleinen Segelboot voller Mißtrauen. Es waren ausnahmslos junge Kerle. Simon hatte mit ihnen in der fremden Sprache der Syrer darüber debattiert, ob sie Philippos mit in ihr Boot nehmen würden. Das Gespräch hatte lange gedauert und war alles andere als ruhig verlaufen. Endlich hatte der junge Mann, der das Kommando über das Segelboot führte, eingeschlagen und Philippos einen Wink gegeben, an Bord zu kommen. Wie Simon zu diesem Ergebnis gekommen war, blieb dem Griechen ein Rätsel. Ganz offenkundig war er allerdings nicht sonderlich willkommen auf dem Boot. Vermutlich hatte der Kapitän irgendeine alte Schuld damit beglichen, daß er ihn in seine Mannschaft aufnahm, mutmaßte der Arzt.
Schon als sie aus dem Hafen ausliefen, hatte sich gezeigt, wie wenig Philippos zum Seemann taugte. Die hohen Mauern der Kais und ein ungünstiger Wind machten es notwendig, das schlanke, kleine Segelboot durch die enge Hafenausfahrt zu rudern. Während die anderen Phönizier schnell in einen regelmäßigen Takt fanden, hatte der Grieche alle Mühe gehabt, mit ihnen mitzuhalten, und immer wieder die Ruderer an der Steuerbordseite durcheinandergebracht. Schließlich hatte

man ihn unter allerlei Flüchen von seiner Ruderbank vertrieben und ihm einen Platz nahe dem Mast zugewiesen, wo er niemanden störte.
Außerhalb des Hafens hatten die Phönizier das kleine Segel gehißt und waren vor dem Wind bis zu einem Riff gefahren, das nur zwei *Stadien* vom Hafen entfernt lag. Dort warfen sie zwei schwere Anker aus und holten das Segel nieder. Während die anderen noch damit beschäftigt waren, das Segeltuch als Sonnenschutz über das Deck zu spannen, trat Abimilku, der Kapitän des Bootes, an Philippos heran.
»Du wirst nun Gelegenheit haben, uns zu beweisen, ob du als Taucher geschickter bist als am Ruder. Besitzt du ein Messer?«
Philippos schüttelte den Kopf. »Ich besitze zwar eins, doch trage ich es nicht bei mir.«
»Wie ungewöhnlich für einen Söldner. Du kannst meines geliehen haben.« Abimilku zog eine breite und sehr dicke Klinge aus der Lederscheide an seinem Gürtel und drückte sie dem Arzt in die Hand. »Mit den langen Lederriemen am Griff bindest du dir das Messer am Handgelenk fest. So kannst du es im Wasser nicht verlieren, und es behindert dich nicht zu sehr beim Schwimmen. Du mußt am Riff hinabtauchen und nach großen Muscheln Ausschau halten. Wir brauchen sie als Köder für die Purpurschnecken, die wir später fangen wollen. Du mußt darauf achten, daß du die Muscheln vom Felsen löst, ohne sie zu zerbrechen. Sie müssen noch leben, sonst haben sie keinen Wert für uns. Du wirst ein Netz mitbekommen, in dem du die Muscheln verstauen kannst. Und paß auf, daß du nicht zu dicht bei den Klippen bist, wenn du auftauchst. Die Meeresdünung könnte dich gegen die scharfen Felskanten drücken.«
Philippos nickte. Mit mulmigem Gefühl starrte er erst auf das Messer und dann auf das Meer. Es mochten mehr als zwanzig Jahre vergangen sein, seit er zum letzten Mal getaucht war.
Abimilku schien seine Gedanken erraten zu haben. Der Phönizier setzte ein schiefes Lächeln auf und blickte ihn mit seinen dunklen Augen triumphierend an. »Du mußt dort nicht hinunter. Ein Wort von dir genügt... Wir werden dich den Tag

über im Boot behalten und heute abend wieder im Hafen absetzen. Ich habe Simon gegenüber meine Schuldigkeit getan, und du... Du wirst leben. Du weißt doch wohl, wie gefährlich es ist, in das dunkle Reich *Poseidons* hinabzusteigen.«
Philippos nahm dem Kapitän das Messer aus der Hand. »Ich weiß. Wann fangen wir an?« Kaum waren die Worte über seine Lippen, da verfluchte der Arzt sich schon innerlich für seinen Stolz. War er denn wahnsinnig? Der junge Mann hatte ihm ein Angebot gemacht, sich halbwegs glimpflich aus dieser Angelegenheit wieder herauszubringen, und was tat er? Es war nicht zu fassen! Welcher *Daimon* schlummerte nur in ihm, der ihn immer wieder in solche Schwierigkeiten brachte? War er denn von einem bösen Geist besessen, der ihn vernichten wollte? Abimilku nickte. »Gut, du hast es so gewollt. Du wirst als dritter hinuntergehen. Tauche hier beim Boot hinab und schwimm dann zu den Klippen hinüber. In der Tiefe spürst du die Meeresdünung kaum noch. Sie kann dir unten am Fuß der Klippen nicht gefährlich werden. Ich werde als zweiter tauchen. Du folgst mir, Grieche.«
Der Phönizier ließ seinen Gürtel zu Boden gleiten und streifte seine *Tunica* über den Kopf. Philippos schluckte. Abimilku hatte einen Körper wie jene Athleten, nach denen die Bildhauer ihre Statuen fertigten. Einer der Männer reichte ihm ein neues Messer, das er an seinem Handgelenk befestigte. Dann begann der Kapitän, systematisch seine Lungen zu füllen und wieder zu leeren. Er atmete so tief ein, wie er nur konnte, und machte dabei pfeifende Geräusche wie ein Blasebalg neben der Esse eines Schmiedes. Philippos konnte beobachten, wie erstaunlich weit sich die Rippen des Phöniziers bei jedem seiner Atemzüge dehnten. Einer der anderen Purpurtaucher nahm einen der großen Steine auf, die im Boot lagen, und gab ihn Abimilku, der ihn mit beiden Händen gegen seine nackte Brust drückte. Dann ließ der Kapitän sich so plötzlich über die niedrige Bordwand fallen, daß das kleine Segelboot heftig ins Schlingern geriet.
Mit einem mulmigen Gefühl blickte Philippos ihm nach, wie er in den blauen Fluten versank. Jemand tippte ihm auf die

Schultern. Ein bärtiger Mann mit einer breiten Narbe über der rechten Augenbraue grinste ihn an. »Du bist dran, Grieche.« Mit steifen Fingern tastete der Arzt nach seiner Gürtelschnalle und löste sie. Dann knüpfte er die Riemen seiner Sandalen auf und streifte sich die *Tunica* über den Kopf. Zweifelnd blickte er an sich herab. Er war nicht gerade schwächlich gebaut. Die Jahre in der Legion hatten seinen Körper gestählt, doch im Vergleich zu den jungen Tauchern war er ein Nichts. Ein alter Narr, der auf dem Weg war, sich lächerlich zu machen oder – schlimmer noch – sich umzubringen.
Prustend und schnaufend tauchte Abimilku neben dem Boot auf. Seine Gefährten zogen ihn über die niedrige Bordwand und begannen, ihn mit groben Wolltüchern abzureiben. Im Netz, das am linken Handgelenk des Tauchers hing, waren drei große gelbbraune Muscheln.
Der Kapitän schüttelte seine langen, nassen Haare. »Es ist schwierig, dort unten noch brauchbare Muscheln zu finden. Wir waren schon zu oft hier. Viel Glück, Grieche.« Philippos schluckte. Alle Augen waren nun auf ihn gerichtet. Einer der Männer trat herüber und legte vor ihm einen Felsklotz hin. »Willst nicht doch lieber aufgeben, alter Mann?«
Der Arzt band sich die Lederriemen des Messers am Handgelenk fest. »Ich werde vielleicht keine drei Muscheln finden, aber ich werde nicht mit leeren Händen zurückkehren.« Er griff nach dem Netz und begann, rhythmisch ein- und auszuatmen. Ihm war ein wenig schwindelig, als er nach dem Felsblock vor seinen Füßen griff und sich aufrichtete. Entschlossen setzte er den rechten Fuß auf die Reling und blickte auf das Meer. Jetzt gab es kein Zurück mehr! Ein letztes Mal pumpte er seine Lungen voll Luft, dann ließ er sich fallen. Kalt umfingen ihn die Arme der See. Der Stein riß ihn in die Tiefe hinab. Ein dumpfes Pochen hallte in seinen Ohren. Der Arzt blickte nach oben und versuchte, abzuschätzen, wie tief er schon gesunken war. Wie ein riesiger Fisch hing der Rumpf des Bootes über ihm im Wasser. Gleich goldenen Speeren stach das Sonnenlicht durch die Fluten. Philippos ließ den Stein los. Das Riff lag rechts von ihm. Mit einigen kräftigen Stößen gelang-

te er zu dem dunklen Felsen, der mit allerlei wunderlichen Meerespflanzen bedeckt war. Seltsame Blumen mit fadenförmigen Blättern, die in den Blütenkelchen verschwanden, wenn man sich ihnen näherte. Daneben klammerten sich kleine rote oder weiße Büsche mit feinen Ästen an das Riff. Silberne Fische tanzten mit der Strömung durch diesen Garten *Poseidons*, ohne auf den Eindringling zu achten.
Philippos spürte, wie der Druck in seiner Brust größer wurde. Nervös sah er nach oben. Er war nicht sehr tief. Es blieb ihm noch etwas Zeit. Sein Blick glitt suchend über das Dickicht aus Farben. Er entdeckte eine kleine Kolonie von grauschwarzen, unregelmäßig geformten Muscheln. Einen Moment lang überlegte er, ob er nicht einige von ihnen nehmen sollte. Doch die Phönizier würden ihn auslachen. Er hatte genau gesehen, was für Muscheln man zum Purpurschneckenfang brauchte.
Mit zwei kurzen Stößen glitt er höher. Der Druck in seinen Lungen wurde immer unerträglicher. Verzweifelt huschten seine Blicke über den Felsen. Da endlich entdeckte er eine der großen, gelbweißen Muscheln. Er packte das Messer und schwamm dichter an den Felsen heran. Vor Anspannung zitterten ihm die Hände, als er versuchte, die Muschel vom Riff zu lösen. Sie schien mit dem dunklen Felsgestein regelrecht verwachsen zu sein. Vor Anstrengung atmete er aus. Große, glasige Blasen strichen über sein Gesicht. Endlich löste sich das Tier. Ohne es näher anzusehen, steckte er es in das Netz. Er mußte hier weg. Nach oben! Atmen!
Mit einem Stoß drückte er sich vom Felsen ab. Etwas schrammte schmerzhaft über seine Füße. Der dunkle Bootsschatten schien ihm unendlich weit entfernt. Noch einmal atmete er aus. Das Bedürfnis, Luft zu holen, war fast unerträglich. Die schimmernde Wasseroberfläche schien so nah, und doch konnte er sie nicht erreichen. Verzweifelt stieß Philippos die Arme nach oben und paddelte mit den Fußen. Er hatte verloren... Hätte er nur auf Samu gehört! Er würde sterben. Und alles nur, weil er zu stolz gewesen war, auf die Priesterin zu hören. Das Gesicht Daphnes schimmerte zwischen den Lichtstrahlen, die durch das Wasser brachen. Er würde jetzt einatmen...

Seine Lungen mit brennendem Salzwasser füllen und sich sinken lassen. Der Kampf war verloren.
Der Kopf des Griechen schoß durch die Wellen. Keuchend hechelte er nach Luft. Bei den Göttern, er lebte! Ein heftiger Schlag ließ ihn pfeifend ausatmen. Er war zu dicht an den Klippen. Die Dünung warf ihn gegen den scharfkantigen Felsen. Verzweifelt versuchte er, sich an dem muschelverkrusteten Riff festzuklammern. Die dünnen Schalen schnitten ihm in die Finger. Wieder schleuderte ihn eine Woge gegen den Felsen.
Aus dem Boot war lautes Rufen zu hören. Philippos' Augen brannten vom Salzwasser. Er konnte kaum noch sehen. Jemand packte ihn bei der Schulter. Seine Brust schrammte über die Muschelsplitter. Dann wurde er nach hinten gerissen. Er ließ sich treiben. Ein zweites Paar Hände griff nach seinen Armen. Blinzelnd sah er, wie der Felsen sich entfernte.
Endlich wurde er über die Reling ins Boot gezogen. Jemand rieb ihn mit einer groben Wolldecke ab. Einer der Männer reichte ihm einen Tonbecher mit kaltem Wasser.
»Du wirst nicht mehr tauchen. Wir haben gesehen, daß du Mut hast, Grieche. Du brauchst uns nichts mehr zu beweisen. In deinem Alter taugt man nicht mehr als Schneckentaucher.«
»Meine Muschel«, stammelte der Arzt erschöpft.
»Sie ist zerbrochen. Begreifst du, Grieche? Du hast dein Leben für eine Muschel eingesetzt, die fast nichts wert ist! Wir können sie höchstens noch als Köderfleisch verwerten. Auf meinem Boot wirst du nicht noch einmal dein Leben für eine Muschel riskieren«, schnaubte Abimilku wütend.
Philippos war zu erschöpft, um dem Tyrener noch zu widersprechen.

Der Mittag war schon weit vorangeschritten, und die Eimer mit Meerwasser im Boot waren fast bis an den Rand mit lebenden Muscheln gefüllt, als ein gellender Schrei das Geräusch der Brandung übertönte. Der Kopf Abimilkus tauchte zwischen den Wellen auf. Einen Moment lang winkte der Schiffer mit einem blutüberströmten Arm, dann war er wieder zwischen den Wogen verschwunden.

Sofort sprangen zwei der Taucher ins Wasser und schwammen zu der Stelle, wo ihr Kapitän verschwunden war. Ein etwas älterer Seemann hob einen langen Speer auf und stellte sich nach vorne in den Bug des Bootes, um von dort aufmerksam die Wellen zu beobachten. Keiner sprach an Bord. Alle Blicke waren gespannt auf das Meer gerichtet.

Auch Philippos hatte sich zur Reling gewandt und starrte auf das schimmernde dunkle Wasser. Einen Moment lang glaubte er, bei den Klippen eine Wolke von Blut dicht unter der Wasseroberfläche zu erkennen, doch mochte es auch nur ein Schatten gewesen sein.

Eine Ewigkeit schien vergangen zu sein, bis die beiden Taucher endlich wieder zu sehen waren. Zwischen ihnen trieb der leblos wirkende Körper des Kapitäns.

»Unser Boot ist verflucht«, murmelte der Bärtige mit dem Speer und spuckte in die See. »Das ist jetzt schon der dritte in diesem Jahr. Keinen Fuß werde ich mehr auf diesen Kahn setzen.«

»Still!« zischte ein anderer. Der älteste unter den Männern hatte einen Korb an das Ende eines Seils gebunden und schleuderte ihn den beiden Tauchern entgegen. Dankbar griffen sie nach dem Korb und wurden dann an Bord gezogen.

»Was ist passiert?«

»Ein... Schlangenfisch...«, stammelte Abimilku und preßte seine Rechte auf eine klaffende Wunde am linken Unterarm. »Ich muß... seiner Höhle... zu nahe... gekommen...«

»Wickelt ihm ein Leinentuch um den Arm. Seht nur, wie er blutet!« Die Taucher legten den Kapitän zwischen den Körben nieder.

Philippos konnte sehen, wie das Blut pulsend in kleinen Fontänen aus der Wunde schoß. Ein einfacher Leinenverband würde hier nicht mehr helfen! »Laßt mich an ihn heran. Ich kenne mich mit so etwas aus!«

»Warum solltest wir dir trauen, Fremder?« Der Bärtige hatte sich vor Philippos aufgebaut. »Du hast doch keinen Grund, Abimilku zu helfen. Er hätte dich mit Schimpf von seinem Boot gejagt, wenn wir im Hafen angekommen wären.«

»*Thanatos* wird euren Kapitän in den *Hades* hinabtragen, bevor wir den Hafen überhaupt erreichen, wenn ich ihm jetzt nicht helfen. Ich war Söldner. Ich habe mehr Wunden geschlagen und auch verbunden, als du in deinem ganzen Leben zu sehen bekommen wirst. Ich weiß, was zu tun ist. Also laß mich zu ihm!«

Der Bärtige tauschte einen Blick mit den anderen Männern. Dann nickte der Alte, der den Tauchern das Seil zugeworfen hatte, und Philippos wurde an die Seite des Kapitäns gelassen. Die Wunde am Unterarm sah übel aus. Eine der großen Adern war durchtrennt. Er brauchte eine Klemme oder Presse. Hätte er nur sein Arztbesteck dabei, dachte Philippos verzweifelt. Er blickte zu dem Bärtigen, der sich zum Wortführer im Boot aufgeschwungen hatte.

»Wenn Abimilku stirbt, dann wirst du nicht mehr lebend in die Stadt zurückkehren.«

»Gib mir dein Stirnband!«

»Was willst du damit?«

»Dein Stirnband, beim Zeus! Jetzt ist keine Zeit zu reden. Und ein Messer brauche ich!«

Widerwillig streifte der Bärtige sein ledernes Stirnband ab. Einer der anderen Männer gab Philippos ein Messer. Der Arzt knüpfte aus dem dünnen Band eine Schlinge und zog sie über den Arm des Verletzten. Dann schob er das Messer durch die Schlinge und drehte sie zu, bis das Leder tief ins Fleisch des Kapitäns einschnitt und die Wunde zu bluten aufhörte.

»Habt ihr Honig an Bord?« Philippos blickte sich fragend unter den Seeleuten um.

»Wozu sollte das nutzen? Wir nehmen nur das mit aufs Meer, was wir auch brauchen.«

Resignierend zuckte der Arzt mit den Schultern. »Dann gebt mir einen Eimer mit Salzwasser und ein helles Leinentuch. Ich muß die Wunde säubern, oder sie wird böse Säfte anziehen.«

Der älteste unter den Tauchern schüttelte den Kopf. »Das wirst du nicht verhindern können. Er ist von einem Schlangenfisch gebissen worden. Ihre Zähne sind so giftig wie die der Schlangen, die du in der Wüste findest. Er wird bei lebendi-

gem Leib verfaulen, wenn wir ihn an Land nicht sofort in den *Eshmun*-Tempel bringen. Die heilkundigen Zauberpriester werden Abimilku vielleicht noch helfen können. Sie müssen ihm den Arm abschneiden, bevor das Gift tiefer in den Körper eindringt und beginnt, ihn von innen zu zerfressen. Glaube mir, Grieche, ich habe schon oft gesehen, was mit den Männern geschieht, die vom Schlangenfisch gebissen werden. Er ist der Wächter der Klippen. Er hat entschieden, daß Abimilku nie wieder tauchen soll.«
Philippos hörte sich schweigend die Rede des Tauchers an. Er wußte nicht, wie stark das Gift dieses seltsamen Fisches sein mochte, doch war der Arzt der Überzeugung, daß die Wunde allein eine Amputation nicht rechtfertigen würde. Jedenfalls nicht, solange sich das Fleisch nicht entzündete und dunkler Eiter begann, den ganzen Körper zu vergiften. Er sollte mit den Fischern zum Tempel gehen und versuchen, mit den Heilkundigen zu reden. Wenn es ihm gelingen sollte, Abimilkus Arm zu retten, dann wäre der Kapitän ihm zu Dank verpflichtet. Vielleicht würde er dann doch noch unter den Purpurfischern aufgenommen. Auf jeden Fall würde sein Wort in Zukunft unter diesen Männern Gewicht haben, und es würde ihm leichter fallen, sie nach den Handelsverbindungen der Purpurhändler auszuhorchen.

Den ganzen Nachmittag über hatte Samu im Schatten einer der Hafenmauern gesessen und auf die heimkehrenden Boote der Purpurfischer gewartet. Auch wenn sie Philippos nicht sonderlich leiden konnte, so hatte sie doch zu *Isis* gebetet und die Göttin angefleht, den Griechen zu verschonen. Ganz auf sich allein gestellt, würde sie es in dieser fremden Stadt schwer haben. Sie dachte daran, wie der Arzt sie in Italien gepflegt hatte, als ein schweres Fieber sie zu verzehren drohte. Wenn man wußte, wie er zu nehmen war, dann konnte man mit ihm auskommen. Er gierte nach Macht und Gold. Das hieß im Grunde, daß ihre Interessen sich nicht kreuzten. Wenn er das erst einmal begriffen hätte, dann ließe sich sicherlich besser mit ihm zurechtkommen. Hoffentlich war es nicht schon zu

spät! Wie hatte Philippos dem Judäer nur trauen können? Welche Beweise gab es schon, daß Simon tatsächlich treu zum göttlichen *Pharao* stand? Irgendwo in dieser Stadt lauerte ein feiger Giftmörder, und so wie die Dinge lagen, war jeder Bewohner von Tyros verdächtig, der ein Interesse daran haben konnte, sich in die Intrigenspiele der Mächtigen einzumischen.
Während sie ihren düsteren Gedanken nachgehangen hatte, war ein kleines Segelboot in den Hafen eingelaufen. Es steuerte auf die Anlegestellen zu, die von den Purpurfischern genutzt wurden. Ein langer Kai, auf dem sich hölzerne Reusen und Netze türmten. Auch Dutzende von Eimern standen dort, in denen Muscheln und kleinere Fische in Meerwasser gehalten wurden. Das ganze Dock war mit einer Schicht aus zertretenen Schneckenhäusern und Muschelschalen bedeckt, so daß es bei jedem Schritt, den man machte, leise unter den Sohlen der Sandalen knirschte. Vor allem aber stank es nach fauligem Fisch.
Hin und wieder versuchte eine besonders freche Möwe, zwischen den Eimern zu landen, um einen Fisch zu stehlen, doch eine Schar kleiner, mit Lederschleudern bewaffneter Jungen bewachte den Fang und vertrieb die meisten der diebischen Vögel umgehend mit gezielten Steinwürfen.
Die Seeleute an Bord des Bootes warfen dem alten Mann, der die Kinderschar kommandierte, ein Seil zu, und dieser schlang es um einen der großen Holzpfeiler, die in regelmäßigen Abständen den Kai säumten.
Samu stand auf und ging langsam zur Anlegestelle hinab. Irgend etwas stimmte mit dem Boot nicht! Jetzt hoben sie jemanden in einem Leintuch über die Bordwand. Neugierig vernachlässigten die Kinder ihren Wachdienst und drängten sich um die Taucher.
Die Priesterin schluckte. Sollten ihre Gebete nicht erhört worden sein? Brachten sie den toten Griechen zurück? Sie mußte sich beherrschen, um nicht in Laufschritt zu verfallen und so auf sich aufmerksam zu machen. Die Schiffer kletterten aus dem Boot auf den Kai und scharten sich um den Mann, der auf dem Boden lag. Unter ihnen erkannte die Priesterin

Philippos. Der Arzt sprach mit einem älteren Mann. Zwei kräftige Kerle nahmen das Segeltuch wieder auf. Jetzt konnte Samu erkennen, daß der Mann, der getragen wurde, offenbar nur verletzt war. Ein heller Verband war um seinen linken Arm geschlungen. Die Priesterin verlangsamte ihren Schritt und tat so, als würde sie sich für den Fang interessieren, der in den Holzeimern ausgestellt war.

Der kleine Trupp aus Fischern setzte sich in ihre Richtung in Bewegung. Einen kurzen Moment kreuzten sich die Blicke der Priesterin mit denen des Griechen, und er schüttelte fast unmerklich den Kopf. Samu nickte. Sie hatte verstanden. Irgendwie schien es dem Arzt gelungen zu sein, unter den Tauchern aufgenommen zu werden. Unter diesem Umständen war es besser, wenn sie beide so taten, als würden sie einander nicht kennen.

Nachdenklich blickte sie den Männern hinterher. Wie mochte Philippos das nur geschafft haben? Offenbar hatte er recht gehabt und war nicht in Gefahr gewesen. Hatte ihr Zorn auf den Judäer tatsächlich so sehr ihren Verstand getrübt, daß sie ihn völlig zu Unrecht als Intriganten verdächtigte? Sollte sie zurückkehren und sich bei ihm entschuldigen?

Nein! Simon würde sie auch weiterhin nicht ernst nehmen. Für ihn war sie nur eine Götzenpriesterin. Er würde sich niemals dazu herablassen, ihr zuzuhören und ihrem Wort Gewicht beizumessen. Sie kannte diese Sorte von Männern!

Es war klüger, wenn sie weiterhin ihre eigenen Ziele verfolgen würde! Nur ein paar Tage noch, und Marcus Antonius würde in die Stadt kommen. Mit seiner Hilfe wäre es ein leichtes, den…

»Seid Ihr im Purpurgeschäft tätig, schöne Fremde?«

Erschrocken fuhr Samu herum. Vor ihr stand ein fülliger, junger Mann, der in kostbare Gewänder gehüllt war. Er trug einen *Chiton,* der mit bunten Stickereien geschmückt war. Um seine Schultern und seinen Leib war ein *Himation* aus purpurn gefärbter Seide geschlungen, das von goldenen Fibeln gehalten wurde. Ein Sklave mit einem safranfarbenen Sonnenschirm begleitete ihn, ebenso ein Krieger, der einen weißen Lei-

nenpanzer und einen polierten Bronzehelm mit weißem Federbusch trug.
»Man sagte mir, daß der Reichtum dieser Stadt von seltsamen Schneckentieren herrührt, die aus dem Meer gefischt werden. Ich war neugierig, diese Wundertiere zu sehen, deshalb kam ich in den Hafen und betrachtete den Fang Eurer Fischer.«
»Und ist Eure Neugier befriedigt worden?«
»Nun, ich muß ganz ehrlich sagen, daß ich nicht begreifen kann, wie Ihr aus diesen wimmelnden Krebsen und Schnecken einen Farbstoff gewinnt, der so unvergleichlich ist, daß man ihn nur in Eurer Stadt zu fertigen vermag.«
Der junge Mann grinste. »Unser Reichtum begründet sich darauf, daß wir dieses Geheimnis zu wahren wissen. Ich muß allerdings sagen, daß selbst der kostbarste Purpur neben Eurer Schönheit verblaßt, und wüßte ich um die Kunstfertigkeit unserer Färber, so wäre ihr Geheimnis bei mir schlecht verwahrt, denn ich würde es jederzeit gegen Eure Gunst eintauschen.«
Samu blickte verlegen zu Boden und wünschte sich, ebenfalls einen Leibwächter an ihrer Seite zu haben, um nicht allein auf die Höflichkeit dieses aufdringlichen Fremden vertrauen zu müssen.
»Eure Worte sind so süß wie Honig. Ihr seid es sicher gewohnt, Frauen Komplimente zu machen. Doch täuscht Euch in mir nicht. Ich bin keine, die sich mit Worten oder Reichtum einfangen läßt. Wie Ihr seht, trage ich das Gewand der *Isis*, und mein Herz gehört allein der Göttin.«
»Was denkt Ihr von mir?« Der Jüngling wedelte affektiert mit seiner Hand hin und her. »Es ist allein aufrichtiges Interesse, das mich dazu trieb, Euch anzusprechen. Immerhin ist es doch verwunderlich, wenn sich eine Frau wie Ihr stundenlang ohne männliche Begleitung im Hafen aufhält. Habt Ihr denn gar keine Sorge, daß Euch etwas geschehen könnte? Seht Euch doch nur die Männer an, die hier verkehren. Hier findet Ihr alles nur erdenkliche Gesindel. Grobschlächtige Gesellen, die sich im Zweifelsfall einfach nehmen, was sie begehren. Wenn

Ihr gestattet, würde ich Euch gerne bis zu Eurem Quartier zurückbegleiten. So hätte ich die Gewißheit, daß Euch nichts geschehen wird. Zugleich würde ich Eurem pflichtvergessenen Gastgeber rügen, daß er Euch so ganz ohne Schutz auf den Straßen der Stadt wandeln läßt.«

»Eure Sorge um mich rührt mich zutiefst.« Samu musterte den Söldner, der wie versteinert hinter seinem Herren stand. Irgend etwas an ihm kam ihr vertraut vor, ohne daß sie mit Sicherheit zu sagen wußte, was es war. Er trug einen thrakischen Helm, dessen ausladende, wie ein Vollbart geformte Wangenklappen, mit Ausnahme von Mund und Augen, das ganze Gesicht verbargen. So konnte sie allein die stechenden braunen Augen und die schmalen Lippen des Söldners erkennen. Die Haut seiner Arme war ungewöhnlich dunkel, so wie bei Kriegern aus dem fernen *Baktrien* oder bei jenen Ägyptern, die tief im Süden nahe der Grenze zu *Numidien* lebten. Sie hatte einmal jemanden gekannt, der... Samu lächelte. Es war Unsinn, ihre Gedanken an eine längst begrabene Vergangenheit zu vergeuden.

»Wie schön, Euch lächeln zu sehen. Darf ich dies so auslegen, daß Ihr meinem Vorschlag, Euch zu begleiten, wohl geneigt seid?«

»Ihr dürft. Doch glaubt nicht, ich sei mir nicht darüber im klaren, daß Euch auch daran gelegen ist, auf diese Weise zu erfahren, wo ich wohne. Täusche ich mich, oder könnte es sein, daß Ihr darüber nachdenkt, mir vielleicht in nächster Zeit Eure Aufwartung zu machen?«

Wieder wedelte der Jüngling mit seiner Rechten. »Welch intrigante Hintergedanken Ihr mir unterstellt! Ganz so, als sei ich ein persischer *Satrap*. Mir ging es einzig und allein um Eure Sicherheit.«

Samu lächelte breit. »Was soll ich zu so viel Offenheit noch sagen? Ich bin froh, einem Mann wie Euch begegnet zu sein. Wie Ihr schon ganz richtig erkannt habt, bin ich fremd in der Stadt. Viele Dinge erscheinen mir rätselhaft und undurchschaubar. Vielleicht könntet Ihr mir eine Hilfe sein, Eure geheimnisvolle Heimatstadt besser kennenzulernen. Es gibt

wohl hundert und mehr Fragen, die Euch wahrscheinlich allesamt sehr töricht erscheinen werden, die mir als Fremde aber unerklärlich bleiben.«
»Seid gewiß, daß es mir eine Ehre und ein Vergnügen sein wird, Euch in jeder nur erdenklichen Weise zur Verfügung zu stehen.«
Samu lächelte kokett. »So erweist mir die Ehre, mir Euren Namen zu nennen.«
Der Phönizier deutete eine Verbeugung an. »Elagabal werde ich geheißen. Ich bin Kaufmann und Mitglied in der *Boyie*, dem Rat der Hundert.«
»Ihr schmeichelt mir, indem Ihr mir Eure Gunst erweist. Ich bin es nicht gewohnt, die Aufmerksamkeit so bedeutender Männer zu genießen. Man nennt mich Samu. Ich bin Priesterin der *Isis*, doch bekleide ich keinen besonderen Rang. Wollt Ihr, da Ihr dies nun wißt, mich immer noch bis zu meiner Unterkunft geleiten?«
Elagabal hob in pathetischer Geste seine Hände. »Welche Bedeutung haben Titel? Schon als ich Euch zum ersten Mal sah, begriff ich, was Schönheit bedeutet. Liebreiz und Anmut haben durch Euch einen neuen Namen bekommen. Samu!«

12. KAPITEL

Philippos saß erschöpft im Hof des Tempels. Neben ihm kauerte der *Eshmun*-Priester, der geholfen hatte, die Wunde von Abimilku zu versorgen. Er reichte dem Griechen einen kleinen, tönernen Wasserkrug, aus dem er getrunken hatte. Dankbar lächelnd nahm der Arzt ihn an. Seine Kehle war wie ausgedörrt. Es war Stunden her, seit er zum letzten Mal etwas getrunken hatte.

»Man sagte mir, du seist Söldner...« Der Priester blinzelte Philippos freundlich an. Sein Gesicht wirkte offen, und er schien ein aufrechter Mann zu sein. Wie alle Priester im Tempel hatte auch er seinen Kopf kahlrasiert. Seine Augen waren mit dunkler Schminke umrandet. Er trug ein mit dicken Fransen geschmücktes Wickelgewand, das ganz ähnlich wie eine *Toga* geschnitten war.

Der Grieche nickte. »Das stimmt. Doch ich habe genug Tod und Unheil gesehen. Ich bin auf der Flucht vor dem Krieg und suche nach einer Heimat, in der ich ein Leben in Frieden führen kann.«

Der Priester wiegte den Kopf hin und her. »Ich habe schon viele Soldaten gesehen, doch bei dir scheint es mir, als könntest du besser Wunden verbinden, als sie schlagen. Das ist eine ungewöhnliche Begabung für einen Söldner. Nicht nur, daß du vorhin wußtest, daß man eine Blutung mit einem Brandeisen stillt, du wußtest auch genau, wo es anzusetzen war, um die Brandwunde möglichst klein zu halten. Du bist ein würdiger Gast im Haus des *Eshmun*. Manch ein Priester hier versteht sein Handwerk schlechter als du.«

Philippos musterte sein Gegenüber verstohlen. Was wollte der Priester? Wozu diese Fragen?

Der *Eshmun*-Priester lächelte, ganz so, als habe er Philippos' Gedanken gelesen. »Mich interessiert es nicht, warum du dich als Söldner ausgibst. Vielleicht verstehst du ja auch etwas vom Kriegshandwerk, doch vor mir brauchst du dich nicht zu verstellen. Du bist ein Heilkundiger, Grieche, und als solcher bist du immer willkommen in diesem Tempel. Wußtest du, daß manche Gelehrte *Eshmun* mit dem griechischen Gott *Asklepios* gleichsetzen? Du bist hier unter Gleichgesinnten, und ich würde mich glücklich schätzen, einen Mann wie dich im Tempel zu Gast zu haben. Wenn du also jemals eine Zuflucht brauchst oder einfach nur jemanden suchst, mit dem du reden kannst, dann komm' hierher und frage nach Chelbes. Deine Kunst macht dich zu meinem Bruder, und ich schwöre vor dem Angesicht *Eshmuns*, daß ich niemals einen Verrat an dir begehen würde.«

»Dein Angebot ehrt mich, Chelbes, doch fürchte ich, daß du mein Können überschätzt. Auch wenn du Zweifel haben magst, so kann ich bei *Zeus* schwören, daß ich zwanzig Jahre lang Soldat gewesen bin.« Das war ja auch nicht gelogen, dachte Philippos bei sich. Er war in der Legion gewesen und hatte als Soldat lediglich eine besondere Aufgabe erfüllt, wenn er als Arzt gedient hatte. Trotzdem war er oft genug in Kämpfe verwickelt gewesen und hatte das Handwerk des Kriegers gelernt, noch bevor seine Begabung als Heilkundiger aufgefallen war.

Chelbes musterte ihn mit gerunzelter Stirn und schüttelte den Kopf. »Sollte ich mich in dir so getäuscht haben? Wie dem auch sei, vor den Toren des Tempels wartet ein bärtiger Taucher auf dich. Er soll dich zum Haus von Abimilku bringen. Den Kapitän haben seine Freunde schon nach Hause gebracht.

Sorge dafür, daß man sich dort gut um seine Wunde kümmert. Du sollst wissen, daß der Biß des Schlangenfisches sehr gefährlich ist. Meistens zieht eine solche Verletzung üble Säfte an. Die Wunde kann brandig werden und zum Tode führen. Deshalb ziehen meine Brüder es vor, bei einer Verletzung durch diesen Fisch das betroffene Körperglied zu amputieren. Ich habe mich von dir überreden lassen. Nun sorge dafür, daß die Angelegenheit auch gut ausgeht.«

»Ich werde meine ganze Kunstfertigkeit in den Dienst des Schiffers stellen.«

»Ich habe nichts anderes von dir erwartet, Philippos. Möge *Eshmun* seine Kraft in deine geschickten Hände legen.« Der Priester verneigte sich und verließ dann den Tempelhof.

Besorgt blickte Philippos ihm nach. Ein falsches Wort des Priesters, und keiner würde die Geschichte über seine Vergangenheit als Söldner mehr glauben. Aber hätte er zulassen sollen, daß die Priester Abimilku den Arm amputierten? Er war Heilkundiger und hatte einmal geschworen, sein Wissen immer zum Besten der Menschen einzusetzen und Leid zu mildern, wo es in seiner Macht stand. Abimilku war noch ein junger Mann. Philippos hatte einfach nicht zulassen können, daß ein paar übereifrige Priester ihn zum Krüppel machten. Falls sich üble Säfte in der Wunde bildeten, konnte man den Arm immer noch amputieren. Doch seiner Meinung nach waren die Aussichten gut, daß dem Kapitän dieses Schicksal erspart bleiben würde.

Mit einem Seufzer erhob sich der Grieche. Wenn er sich durch seine Hilfe verraten hatte, dann war es der Wille der Götter! Die Unsterblichen hatten ihn in diese schwierige Lage gebracht! Warum nur konnte sein Leben niemals einfach sein? Er dachte an Neaira. Wie es ihr wohl ergangen war? Ob sie jetzt Hunger und Not litt? Philippos hatte ein Gefühl, als wolle eine unsichtbare Faust ihm den Hals zudrücken. Er wünschte, er wäre jetzt an ihrer Seite. Alles Gold des *Pharaos* würde er dafür geben! Voll hilfloser Wut ballte er die Fäuste. Er sollte besser in das Haus des Kapitäns gehen. Jetzt würden ihm die Fischer freundlich gesonnen sein! Es würde kein Problem sein, sie über die Purpurhändler auszuhorchen. Wenn er Abimilkus Arm rettete, dann würden sie ihn als einen der ihren aufnehmen. Und er, er würden sie hintergehen und benutzen, grübelte Philippos. Doch das war ihm gleichgültig! Alles, was zählte, war so schnell wie möglich den Giftmörder zu finden und dann nach Ephesos zurückzukehren. Wenn nicht zu viel Zeit bis zu seiner Rückkehr verging, dann mochte es ihm vielleicht gelingen, herauszufinden, wohin Neaira gegangen war, nachdem man sie aus der Stadt vertrieben hatte. Sie war ihm wichtiger als ein Posten als Hofarzt! Warum hatte er das nicht schon vor zwei Wochen begreifen können? Dann wäre alles ganz anders gekommen!

Als Philippos durch das Tempelportal trat, wurde er bereits vom bärtigen Taucher erwartet. Der große Mann lachte ihn an und schloß ihn übermütig in die Arme. »Du hast meinem Schwager das Leben gerettet. Ich weiß, daß er sich umgebracht hätte, wenn sie ihm den Arm abgeschnitten hätten. Man sagt, daß die Priester es nur deinetwegen nicht getan haben, Grieche.«

»Gerede.« Philippos befreite sich aus der Umklammerung des Hünen und winkte müde ab. »Wäre der Priester Chelbes nicht im Grunde derselben Meinung gewesen wie ich, dann hätte ich einen ganzen Tag reden können, ohne daß es etwas genutzt hätte.«

»Du hast sogar den Hohepriester des *Eshmun* überzeugen können?« Der Taucher pfiff durch die Zähne und schlug dem Griechen auf die Schulter. »Bei *Melkart*, du tauchst zwar so schlecht wie eine alte Katze, aber die Götter scheinen dir eine goldene Zunge geschenkt zu haben, wenn du sogar Chelbes überzeugen konntest.«

»Ich habe mit keinem Hohepriester gesprochen«, entgegnete der Arzt ärgerlich. »Chelbes hat nicht anders ausgesehen als die anderen Priester auch.«

»Du kannst mir erzählen, was du willst, Grieche! Sei doch nicht so bescheiden! Es gibt nur einen Priester im Tempel des *Eshmun*, der Chelbes heißt, und das ist der Hohepriester.« Philippos schluckte. Das durfte nicht wahr sein! Warum zum

Zeus hatte er ausgerechnet an den Hohepriester des Tempels geraten müssen? Als Vorsteher des Tempels mußte Chelbes zu den einflußreichsten Männern in der Stadt zählen. Vielleicht gehörte er am Ende gar zu den Verschwörern, die Ptolemaios das Gift geschickt hatten. Als Hohepriester des Gottes der Heilkunst kannte er sich vermutlich besser als jeder andere Tyrener in Giften aus. Wer immer sich mit der Heilkunde befaßte, der lernte auch von den verderblichen Kräften der Pflanzen und Mineralien. Wenn Chelbes seinem Gott wirklich so treu ergeben war, wie es den Anschein hatte, würde er sich dann dazu hinreißen lassen, auf so heimtückische Weise ein Leben zu zerstören? Philippos wußte nichts über den Kult des *Eshmun*, doch konnte er sich nicht vorstellen, daß ein Gott der Heilkunde einen Giftmord billigen würde.
»Was ziehst du nur für ein Gesicht, Grieche! Du hast meinen Schwager gerettet. Heute ist ein Festtag! Komm mit mir, es wird Wein geben, und wir werden ein Lamm schlachten. Wir werden feiern wie die persischen *Satrapen!*«
Der Arzt nickte müde. Vielleicht war es das beste, *Dionysos* zu huldigen und alle Sorgen im Weinrausch zu ertränken. Für die Purpurtaucher war er heute ein Held. Er sollte das genießen! *Zeus* allein wußte, wie viele Feste er noch feiern konnte, wenn Chelbes tatsächlich zu den Verschwörern gehörte und ihn verdächtigte, ein Spitzel zu sein.

Das Haus des Elagabal lag inmitten eines kleinen Gartens, den jahrelange Sklavenarbeit dem felsigen Boden der Insel abgetrotzt haben mußte. Der Kaufmann hatte Samu am Abend eine Sänfte geschickt und sie zu einem Festmahl eingeladen. Einige Augenblicke lang hatte die Priesterin gezögert, die Einladung anzunehmen. Die Nachstellungen des jungen Mannes machten sie verlegen. Zugleich fand sie seine aufdringliche Art abstoßend. Doch war das Festmahl bei Elagabal nicht ein Geschenk der Göttin? Auf diese Weise wurde sie unter den Handelsherren der Stadt eingeführt und hätte vielleicht sogar Gelegenheit, den einen oder anderen unter ihnen auszuhorchen, überlegte Samu.

Obwohl die Träger auf sie warteten, nahm sich die Priesterin eine ganze Stunde Zeit, um sich zu schminken, ihr Haar kunstvoll zu flechten und ihr bestes Kleid anzulegen. Auch trug sie die wenigen Schmuckstücke, die sie besaß. Die prächtige, breite Halskette aus roten Karneol und himmelblauen Lapislazuli und den goldenen Schlangenarmreif, den ihr einst ihr Liebster geschenkt hatte, bevor er zur unsicheren Nabatäergrenze im Osten abkommandiert worden war. Was aus Hophra wohl geworden sein mochte? Gedanken, von dunklen Schwingen getragen, zogen ihr durch den Sinn. Ob Hophra tot war? Und konnte sie Elagabal trauen? War es ein Zufall, daß sie sich getroffen hatten, oder hatte der reiche Kaufmann nach ihr gesucht? Vielleicht hatte er durch Abdoubast, den Kapitän des Lastenseglers, mit dem sie nach Tyros gekommen war, erfahren, daß eine Gesandte des Ptolemaios in der Stadt weilte. Falls Elagabal in den Anschlag auf den *Pharao* verwickelt war, würde es ihm kaum schwerfallen, zu erraten, weshalb sie gekommen war.
Samu bekämpfte die aufsteigende Angst. Wenn sie herausfinden wollte, wer das Gift geschickt hatte, mußte sie zwangsläufig mit den Kaufleuten verkehren. Einem von ihnen hatte das Schiff gehört, mit dem die falschen Geschenke nach Ephesos gekommen waren. Es nutzte also nichts, davonzulaufen!
Schließlich war sie in die Sänfte gestiegen und hatte sich zum Haus des Handelsherren bringen lassen. Im Garten erwartete sie ein prächtig gewandeter Diener, der sie durch das Haus auf einen Innenhof führte, dessen Wände mit bunt glasierten Ziegeln geschmückt waren. Die Ziegelreliefs zeigten stilisierte Palmen und Blumen, so daß man, obwohl in diesem Hof nichts wuchs, die Illusion haben mochte, erneut in einem Garten zu stehen.
»Ah, meine schöne Priesterin! Mein Herz geht über vor Freude, Euch in meinem bescheidenen Haus zu sehen.« Elagabal war durch eine der gegenüberliegenden Türen auf den Hof getreten. »Darf ich Euch zu meinen anderen Gästen geleiten?«
Mit beschwingtem Schritt führte der Kaufmann sie durch sein

großes Haus, zeigte ihr Wandreliefs, die er aus verfallenen syrischen Palästen mitgebracht hatte, kostbare, rotfigurige Amphoren aus Athen und Korinth sowie Elfenbeinschnitzereien aus dem fernen Indien. Endlich betraten sie das *Triclinum*, wo sich die anderen Gäste des Kaufmanns aufhielten. Es war ein Saal, dessen nördliche Seite von Säulen getragen wurde und sich zum Garten hin öffnete. Mehr als zwanzig Gäste, die es sich auf *Klinen* an niedrigen Tischen bequem gemacht hatten, waren zu dem Fest gekommen. Es waren allesamt Männer. Die meisten von ihnen starrten die Priesterin mehr oder weniger unverhohlen an, als sie mit Elagabal eintrat.

»Ihr werdet den Ehrenplatz an meiner Seite erhalten«, erklärte der Kaufmann lächelnd, führte sie zu einem Tisch, der ein wenig abseits stand, und ließ sich auf der breiten *Kline* nieder. So blieb Samu nichts anderes übrig, als sich zu dem feisten jungen Mann zu legen. Auf den linken Arm aufgestützt, streckte sie sich auf die mit purpurnem Stoff bezogene Liege. Elagabal lag leicht versetzt hinter ihr, so daß er mit seiner Rechten ihren linken Arm streifte, als er zum ersten Mal nach den Datteln auf dem Tisch vor der *Kline* griff. Er war ihr so nah, daß Samu trotz des schweren Parfüms, das der Phönizier benutzte, den sauren Schweiß unter seinen Achseln riechen konnte.

»Meine Liebe, darf ich Euch unsere Tischgefährten vorstellen?« Elagabal wedelte wieder auf die ihm eigene, affektierte Art mit seiner Rechten und wies dann auf den Mann, der ihnen gegenüber lag. »Dies ist der ehrwürdige Archelaos, der Hohepriester der Theokratie von Comana und ein besonderer Freund des Gnaeus Pompeius.« Archelaos runzelte verärgert die Stirn, doch Elagabal fuhr ungerührt fort. »Eigentlich ist er der Gast meines Rivalen Iubal, aber für diesen Abend hat er sich dazu durchringen können, mir die Ehre zu erweisen. Zu seiner Rechten liegt Iubal, der mich eigentlich nicht leiden mag. Doch offenbar mochte er seinen erlauchten Gast nicht allein an meiner Tafel speisen lassen. Man sagt, er sei der reichste Kaufmann in Tyros, doch ich habe meine Zweifel.«

Iubal, ein kleiner, schlaksiger Mann von vielleicht vierzig Jahren, hob seinen Weinpokal, so als wolle er Elagabal zuprosten. »Aber, aber, mein Freund! Du kennst doch meinen Wahlspruch. Wer wirklich reich ist, hat es nicht nötig, darüber zu reden. Lassen wir dieses leidige Thema doch für den Abend.«
»Wie man hört, ist er einer der geschicktesten Rhetoriker in der *Boyie*, dem Rat der Hundert, der über das Schicksal unserer Stadt bestimmt.« Die Stimme des Gastgebers war einen Moment lang kühler geworden, doch dann verfiel er wieder in seinen frechen Plauderton. »Der unverschämt gutaussehende junge Mann dort vorne ist Oiagros, mein bester Kapitän. Er behauptet, daß seine Urahnin eine *Nymphe* gewesen sei und daß er vom ältesten thrakischen Königsgeschlecht abstamme, doch ich bin eher der Meinung, daß seine Stammutter eine *Nereide* gewesen sein muß, denn kein Sturm vermag ihm etwas anzuhaben, und selbst bei widrigster See hat er meine Schiffe bisher stets unbeschadet in den Hafen gebracht. Der ehrwürdige Greis an seiner Seite aber ist Azemilkos, der Hohepriester des *Melkart*, des Schutzgottes unserer Stadt. Wo so viele Priester um einen Tisch versammelt sind, werden die Götter unserem kleinen Fest heute abend sicher wohl gesonnen sein.« Elagabal lachte als einziger über seinen Scherz und griff nach den Datteln auf dem Tisch.
»Mir scheint, Ihr habt schon reichlich getrunken«, entgegnete der greise Priester eisig. »Sonst würdet Ihr wohl nicht auf diese respektlose Art von den Göttern sprechen. Ich hoffe, Ihr habt dem *Melkart* ein Opfer gebracht, bevor Ihr Euer Haus den Gästen geöffnet habt.« Das Gesicht des Alten sah zum Fürchten aus. Sein Schädel war kahlgeschoren, und seine welke Haut spannte sich so straff über die Knochen, daß sein Antlitz Samu an die Züge alter Mumien erinnerte. Anstelle von Augen klafften zwei rote, vernarbte Höhlen in seinem Kopf.
»Seid Ihr die Priesterin, die heute morgen im Tempel war, um dem *Melkart* eine Wachtel zu opfern?«
»So ist es«, entgegnete Samu und hoffte, daß er ihrer Stimme nicht den Ekel anhörte, den sie vor ihm empfand. »Ich sehe, daß Eure Priester Euch wohl unterrichten, Eure Erhabenheit.«

»Nur weil ich blind bin, heißt das nicht, daß ich nicht wüßte, was um mich herum geschieht. Ich selbst habe mir mit einem Opferdolch das Augenlicht genommen, um meinem Gott näher zu sein und nicht durch all das schnöde Blendwerk, das geschaffen ward, die Sinne der Sterblichen zu verwirren, von der Erkenntnis des wahrhaft Göttlichen abgelenkt zu werden. Doch genug davon! Im übrigen würde ich vorschlagen, daß wir darauf verzichten, einander mit Ehrennamen und Titeln anzusprechen, denn auch dies sind nur leere Hüllen, die fast nichts über das Wesen der vermeintlichen Würdenträger aussagen. Oder sollte es jemanden in dieser Runde geben, der darauf beharrt, daß wir die Förmlichkeiten beibehalten?«

Samu musterte die Gesichter der Anwesenden verstohlen, während sie sich vorbeugte, um nach den Datteln auf dem Tisch zu greifen. Iubal und der Priesterkönig Archelaos tauschten Blicke aus. Offenbar war der Hohepriester und Herrscher von Comana von der Rede des Alten einigermaßen verblüfft. Für das hohe Amt, das Archelaos bekleidete, war er noch sehr jung. Er hatte dunkle Haut, und ein kurzgeschorener Bart rahmte sein Gesicht. Sein schwarzes Haar war leicht gelockt und fiel ihm bis weit über die Schultern hinab. Fast jeden seiner Finger schmückte ein Ring, und um seinen Hals hing eine schwere goldene Kette. Sein Gewand bedeckte seine Arme nicht, so daß man erkennen konnte, wie erstaunlich muskulös er für einen Priester war. Wahrscheinlich stand er dem wettergegerbten Oiagros kaum an Kraft nach.

»Nun, da mir keiner widerspricht, gehe ich davon aus, daß es keine Einwände gegen meinen Vorschlag gibt.« Azemilkos lächelte, was seinem Gesicht eine erstaunliche Ähnlichkeit mit einem grinsenden Totenschädel verlieh. »Würdest du mir die Ehre erweisen, mir deine rechte Hand zu reichen, Priesterin?«

Samu blickte verblüfft zu Elagabal, doch dieser schien genauso verwundert zu sein wie sie. Mit einem unguten Gefühl folgte sie der Aufforderung des Hohepriesters. Wie die Kralle eines Raubvogels schnappte seine Hand nach ihr. Azemilkos

hatte lange, gelbe Fingernägel. Mit ihnen strich er Samu über den Handrücken.
»Wende deine Hand bitte, so daß ihre Innenfläche zur Decke weist, sonst kann ich nicht in ihr lesen.«
Stumm gehorchte Samu. Sie hatte das Gefühl, als krieche ihr eine große Spinne über die Hand, als Azemilkos über ihre Finger tastete.
Der Hohepriester lachte leise. »Hast du Angst vor mir, Priesterin? Deine Hand ist ganz feucht.«
»Sollte ich das?« Samu starrte in seine vernarbten Augenhöhlen und betete stumm zu *Isis*, daß die Zauberreiche sie vor der Macht des Hohepriesters schützen möge.
»Die Göttin ist stark in dir, Samu. Da ist ein Schatten, den das Licht des *Melkart* nicht zu durchdringen vermag. Ich sehe eine Frau in einem weißen Gewand und einen Mann, der einen Kopf ein Schakal hat. Sie beide ringen um dich, Samu! Ein ...«
Mit einem Aufschrei riß Azemilkos seine Hand zurück.
»Was ist geschehen?« Elagabal war aufgesprungen und kniete neben der *Kline* des Hohepriesters. Die anderen in der Runde starrten mit schreckensweiten Augen auf Samu.
Auch die Priesterin konnte sich nicht erklären, was der alte Mann hatte. Sie hatte weder etwas Ungewöhnliches gespürt noch einen Schutzzauber gegen ihn gewirkt. Spielte er womöglich nur mit ihr? Sein Atem ging keuchend, doch das konnte vorgetäuscht sein. Sie sollte vor ihm auf der Hut sein!
»Laß mich in Frieden, Elagabal. Mir fehlt nichts!« krächzte Azemilkos wütend, dann wandte er sich Samu zu. »Sag mir, woher kommst du, Priesterin!«
»Aus Ägypten. Ich bin Priesterin im Tempel von...«
»Wie sahen die Ohren des hundeköpfigen Mannes aus?« unterbrach sie Archelaos. »Welche Form hatten sie?«
»Was fällt dir ein, ihr ins Wort zu fallen«, giftete Azemilkos ihn an. »Wozu ist das überhaupt von Bedeutung?«
»Sag mir, wie die Ohren aussahen, und ich sage dir, was es damit für eine Bewandtnis hat, alter Mann«, entgegnete der Priesterfürst arrogant.
Azemilkos runzelte die Stirn. Eine dicke Ader schwoll an sei-

ner Schläfe an. »Seine Ohren waren in der Tat ungewöhnlich. Sie waren nicht spitz, sondern eckig, so als hätte man sie abgeschnitten. Ich hoffe für dich, daß du jetzt eine Geschichte zu erzählen hast, die mich deine hochfahrende Rede vergessen läßt.«

Archelaos lächelte triumphierend. »Hätte der Gott, von dem du sprachst, spitze Ohren gehabt, so wäre es *Anubis* gewesen. Er hat den Kopf eines Schakals und geleitet die Toten hinab in das Reich des *Osiris*. Die seltsamen Ohren aber, die du beschrieben hast, gehören zu *Seth*, dem Gott der Zerstörung, dem Wächter in der Barke der Millionen Jahre und dem Mörder des *Osiris*. *Seth* ist der Schutzherr Berenikes. Wenn du ihn in deiner Vision gesehen hast, dann erübrigen sich alle anderen Fragen an die Priesterin, Azemilkos. Sie steht auf seiten der neuen Herrscherin, und wir können ihr trauen.«

Verwundert blickte Samu zu dem jungen Priesterfürsten. »Du kennst dich erstaunlich gut mit den Göttern meines Landes aus.«

Archelaos setzte ein überhebliches Lächeln auf. »Sagen wir, ich habe vor einiger Zeit meine Leidenschaft für Ägypten entdeckt und...«

»Was hältst du eigentlich von den Römern, Priesterin?« Iubal, der schmächtige Kaufmann an der Seite des Priesterfürsten, war Archelaos unvermittelt ins Wort gefallen, so als wolle er ihn daran hindern, weiterzureden.

»Bei Hof betrachtet man die Entwicklung in Rom mit großer Sorge. Wie ihr vielleicht wißt, hat die Königin Berenike vor einigen Monaten eine große Gesandtschaft nach Italien geschickt, um vor dem Senat ihr Anrecht auf den Thron zu rechtfertigen. Doch die Römer haben geduldet, daß man die Gesandten ermordete. Man sagt, daß Pompeius und der geflohene *Pharao* Ptolemaios für diese schändliche Bluttat verantwortlich seien. Pompeius war begierig darauf, mit seinen Legionen den Flüchtling auf den Thron zurückzuführen. Doch geht es ihm dabei nicht um Gerechtigkeit, sondern es ist allein das Gold Ägyptens, das ihn lockt. Ganz ähnlich sieht es mit dem zweiten mächtigen Mann aus, Crassus. Man sagt, daß er den Aulus Gabinius als *Proconsul* von Syrien ablösen soll. Angeblich hat Crassus schon jetzt begonnen, neue Legionen auszuheben. Man munkelt, er plane einen Krieg gegen die Parther, doch vielleicht ist auch er versucht, sich zunächst einmal das Gold Ägyptens anzueignen, um damit seine weiteren Feldzüge zu finanzieren.«

»Deine Einschätzung der Lage deckt sich exakt mit unserer Auffassung über die Pläne Roms, Samu.« Elagabal war ein wenig dichter an sie herangerückt, so daß die Priesterin jetzt die Wärme seines Körpers im Rücken spüren konnte. Als er nach einer der gerösteten Tauben griff, die eine Sklavin an Stelle der Datteln auf den Tisch gestellt hatte, schmiegte er sich eng an ihren Rücken, so daß sie seinen erigierten *Phallos* spüren konnte. »Wir beobachten diese Entwicklung mit großer Sorge, mußt du wissen. Erst vor ein paar Tagen ist Oiagros mit einem meiner Schiffe aus Ephesos zurückgekehrt. Er hat dort in Erfahrung gebracht, daß man am Hof des Ptolemaios offenbar guten Mutes ist, schon bald nach Ägypten zurückzukehren.«

Samu stockte der Atem. Der Kapitän Elagabals war also erst vor kurzem in Ephesos gewesen! War er etwa derjenige, der das Gift gebracht hatte? Und war dieser schwitzende junge Mann in ihrem Rücken der Mörder, den sie suchte? Trieb Elagabal vielleicht nur ein Spiel mit ihr? Sie durfte sich jetzt nichts anmerken lassen!

»Du vergißt, daß Aulus Gabinius im Moment mit den aufsässigen Judäern beschäftigt ist«, wandte Iubal ein. »Wer außer ihm sollte dem *Pharao* zu seinem Thron verhelfen? Nach allem, was wir aus Italien wissen, hat Pompeius seine Legionen auflösen müssen, und die Truppen des Crassus sind noch nicht zum Kampf bereit.«

»Die Judäer werden Gabinius nicht lange aufhalten«, brummte Azemilkos. »Er hat sie schon einmal besiegt und wird es wieder tun. Man müßte ihn dazu verleiten, die Parther anzugreifen. Das wäre sein Untergang.«

»Unterschätze die Judäer nicht!« Archelaos warf einen Hühnerknochen hinter sich auf den Boden und wischte sich die

Hände an einem der Leinentücher ab, die auf dem Tisch lagen. »Sie sind wie die *Hydra*, die *Herakles* einst bekämpfte. Ihr wißt ja, daß für jedes Haupt, das er dem Ungeheuer abschlug, sofort zwei neue nachgewachsen sind. Mit den Judäern ist es ganz ähnlich. Hat Gabinius sie in einer Schlacht besiegt, dann erheben sie sich sofort an zwei anderen Orten aufs neue. Sie haben den Heldenmut, der uns verlorengegangen ist. Selbst wenn die Römer ihnen drei zu eins überlegen sind, scheuen sie es nicht, den Kampf mit ihnen aufzunehmen. Ihr werdet sehen, daß sie zuletzt triumphieren werden!«

»Du kennst diesen Römer schlecht«, wandte Elagabal auf beiden Backen kauend ein. »Er wird das Problem so wie *Herakles* lösen. Der Held hat die Stümpfe der *Hydra* mit Hilfe seines Wagenlenkers ausgebrannt, so daß keine Köpfe mehr nachwachsen konnten. Genauso wird es Gabinius machen. Er wird die Städte der Judäer niederbrennen und selbst vor einer Belagerung Jerusalems nicht zurückschrecken, wenn dies notwendig ist. Ihr Widerstand ist ihm doch nur willkommen. So hat er einen Vorwand, plündernd durch das Land zu ziehen und sich zu bereichern. Man kann diese Metapher sogar noch weiterführen. Sein Wagenlenker, in übertragenem Sinne, ist der Reitergeneral Marcus Antonius. Nach allem, was man hört, ist er der fähigste Offizier in der Armee des Gabinius.«

»Und der größte Säufer und Hurenbock ist er auch«, meldete sich Oiagros, der Kapitän, zu Wort. »Ich habe im letzten Jahr in Ostia einige Seeleute über ihn reden hören, die steif und fest behaupteten, sie seien mit diesem Kriegshelden im gleichen Bordell gewesen. Angeblich hat er dort ein großes Wetttrinken veranstaltet und es auch gewonnen.«

Samu dachte an ihre Begegnung mit Marcus Antonius. Kleopatra hatte für ihr Dafürhalten zu viel Interesse an dem jungen Soldaten gezeigt, doch er hatte sich tadellos verhalten. Während ihrer gemeinsamen Reise nach Misenum hatte sie Antonius nicht ein einziges Mal betrunken erlebt.

»Vielleicht ist das gerade sein Geheimnis«, wandte Elagabal ein. »Er hurt und säuft wie ein gemeiner Soldat. Seine Krieger betrachten ihn als einen der ihren und nicht als irgendein

Patriziersöhnchen, das eine Weile Soldat spielen muß, um in seiner politischen Karriere weiterzukommen.«

»Was hat das für uns für eine Bedeutung?« schnaubte Archelaos verächtlich. »Ein Soldat ist so gut wie der andere.«

»Ich glaube, du hast die Lage nicht ganz begriffen, mein junger Freund.« Azemilkos hatte sich ein wenig aufgrichtet und wandte sich zu dem Priesterfürsten. »Mit einem anderen Mann hätte man vielleicht reden können, oder es wäre möglich gewesen, ihn einzuschüchtern. Bei Marcus Antonius wird das nichts nutzen. Er wird kommen und seinen Befehl ausführen. Nichts wird ihn daran hindern, die Grundsteinlegung zu dem *Aquaeduct* vorzunehmen, notfalls wird er seinen Auftrag mit Waffengewalt durchführen.«

»Wir sind weit gekommen, wenn wir nicht einmal mehr selbst darüber bestimmen können, ob wir ein *Aquaeduct* in unserer Stadt haben wollen.«

»Das liegt daran, daß den Römern der rechte Glaube an die Götter fehlt«, ereiferte sich der Blinde. »Sie lassen uns unsere Tempel und unsere Götter, sie geben sich großzügig, doch im Zweifelsfall tun sie das, was sie für richtig halten und ignorieren unsere Wünsche!«

»Und wenn ihr diesem Römer den Zugang zu eurer Stadt verwehrt«, fragte Archelaos. »Tyros ist doch eine fast uneinnehmbare Festung.«

»Die leider von einer römischen Garnison besetzt ist. Außerdem haben wir keine Soldaten. Nur mit ein paar aufgebrachten Bürgern werden wir keine römischen Legionäre vertreiben«, entgegnete Elagabal nüchtern. »Machen wir uns nichts vor, meine Freunde, wir allein werden uns der Römer nicht erwehren können.« Der Kaufmann wandte sich an Samu. »Du mußt wissen, daß es eine Prophezeiung gibt, daß *Melkart* unsere Stadt verlassen wird und von Tyros nichts bleibt als ein Felsen voller Ruinen, wenn eines Tages sprudelndes Quellwasser auf der Insel entspringt. Genau das werden uns die Römer antun, wenn sie ihr *Aquaeduct* bauen. Zweimal haben wir Gesandtschaften zu Aulus Gabinius geschickt, doch der *Proconsul* war so sehr mit seinen Kriegen beschäftigt, daß er

die Gesandten nicht einmal empfangen hat. Aber genug jetzt von der Politik. Erzähle uns vom Hof der Berenike. Wir alle sind gespannt darauf, Neuigkeiten aus Ägypten zu hören.«
»Aber ich sagte doch schon, daß ich nicht mehr zum Hofstaat gehöre. Vor zwei Jahren noch war ich die Lehrerin der Prinzessinnen Arsinoe und Kleopatra. Doch zur Zeit der Nilschwemme, noch vor der Flucht des Ptolemaios, bin ich in meinen Tempel zurückgekehrt. Seitdem höre auch ich nur noch Gerüchte über das, was bei Hof geschieht.«
»Nur Gerüchte...«
Die Männer auf den *Klinen* blickten einander an, und Samu spürte ihr Herz wie rasend schlagen. Was hatten sie von ihr erwartet? Dachten sie etwa, sie sei eine Gesandte Berenikes? Oder hielten sie sie jetzt sogar tatsächlich für das, was sie war? Ein Spitzel in Diensten des Ptolemaios!
»Was führt dich denn in unsere Stadt, Priesterin? Du bist doch sicher nicht allein gekommen, um dir im Hafen Purpurschnecken anzusehen.« Der schlacksige Iubal hatte ihr diese Frage gestellt. Sein spitzes Gesicht erinnerte Samu jetzt ein wenig an eine Ratte.
»Ich bin im Dienste meines Tempels hier. *Isis* hat meiner Hohepriesterin eine Vision geschickt. Sie sah ein weißes Schiff in euren Hafen fahren, an dessen Bug eine Frauengestalt aus Licht stand. Die Hohepriesterin war nicht sicher, ob die Göttin selbst auf dem Schiff stand oder eine Herrscherin, die unter dem Schutz der Zauberreichen steht. Wegen dieser Vision wurde ich beauftragt, in den Hafen eurer Stadt zu kommen und auf ein weißes Schiff zu warten.« Samu hoffte, daß die Männer ihr die Geschichte glaubten und daß *Isis* ihr diese Lüge nachsah.
»Ein weißes Schiff, an dessen Bug eine Frauengestalt aus Licht steht!« Azemilkos wiederholte nachdenklich ihre Worte. »Was für eine verheißungsvolle Vision! Vielleicht ist ihr *Ashtoreth*, die Königin des Himmels, erschienen?«
»Ich fürchte, dieses Rätsel wird nur die Zeit lösen, mein werter Freund. Laßt uns jetzt die Politik und die Omen vergessen. Wir sind gekommen, ein Fest zu feiern.« Elagabal klatschte

laut in die Hände. »Musikantinnen, kommt näher zu uns und spielt uns auf. Schickt auch die Tänzerinnen herein und laßt den gebratenen Ochsen auftragen. Es soll in der Stadt nicht heißen, daß dieses Haus ein Ort der Traurigkeit sei und der Hausherr mit den Köstlichkeiten geize, die die Götter uns zum Genusse geschenkt haben.«
Erleichtert ließ Samu sich zurücksinken. Ihr war sogar egal, daß sie sich dabei an Elagabal anlehnte. Offenbar hatten die Männer ihr geglaubt, und die Gefahr, als ein Spitzel zu gelten, war gebannt.

13. KAPITEL

Samu stieg aus der Sänfte aus und blickte die enge Gasse hinauf, an der das Gasthaus lag, in dem sie Quartier genommen hatte. Vom Hafen her trieb Nebel in die Stadt. Hier und dort tauchten Öllampen hinter Fenstern die weißen Schleier in goldenes Licht. Irgendwo verhallten Schritte. Samu war fast sicher, daß ihr jemand gefolgt war.
»Ist etwas?« Die Träger hatten die Sänfte abgestellt, und einer der jungen Männer war an ihre Seite getreten. Samu schüttelte den Kopf. »Es ist gut. Ich dachte nur...« Die Priesterin lächelte. »Ich danke euch für euren Dienst. Es ist spät...«
Der Mann verneigte sich kurz und gab seinen Gefährten dann ein Zeichen, die Sänfte wieder aufzunehmen. Samu sah ihnen nach, bis die Sänfte im Nebel verschwunden war. Sie dachte an den Haß, den Elagabal und seine Freunde gegen die Römer hegten. Wie weit sie wohl gehen würden? Und hatten sie ihr geglaubt, daß sie auf Seiten von Berenike stand?
Samu stieß die Tür zur Schenke auf. Der Gastraum war fast leer. Mit raschen Schritten durchquerte sie ihn, ohne auf die verlorenen Gestalten zu achten, die an den niedrigen Tischen kauerten. Immer zwei Stufen auf einmal nehmend, eilte sie die schmale Holztreppe hinauf, die zu den Gästezimmern über

dem Schankraum führte. Oben angekommen, blickte sie noch einmal zur Tür der Schenke hinunter. Niemand war nach ihr eingetreten. Wahrscheinlich bildete sie sich alles nur ein. Sie war einfach zu vorsichtig!
Samu schob den Vorhang zur Seite, der ihr kleines Zimmer von der Galerie trennte. Eine Türe wäre ihr lieber gewesen! Jemand hatte ihr eine kleine Öllampe auf den Tisch neben dem Bett gestellt. Der Docht der Lampe war so weit heruntergeschnitten, daß die Flamme kaum mehr als ein winziger Funke in der Finsternis war. Erschöpft ließ sich die Priesterin auf ihrem Lager nieder. Sie spürte, wie ihr Herz so heftig schlug. Sie mußte ihre Angst besiegen! Es gab keinen Grund! Morgen schon würde sie einen Söldner anmieten, der sie bewachte.
Sie löste die Bänder, die ihr Haar zusammenhielten, und legte sie auf den Tisch. Langsam wurde sie ruhiger. Unten im Schankraum ertönte das Gröhlen eines Betrunkenen. Samu erhob sich von der Bettstatt und öffnete den kunstvollen Knoten, der ihr Gewand zusammenhielt. Dann trat sie an das Fenster und spähte in die Finsternis. Der Nebel war noch dichter geworden. Fast alle Lichter in den Häusern ringsherum waren verloschen, und die wenigen, die noch brannten, schienen so fern wie die Sterne am Himmelsgewölbe. Vom Hafen her hörte man das sanfte Plätschern der Wellen. Samu legte ihr Gewand auf den Tisch. Im Halbdunkel suchte sie nach einem Tuch, mit dem sie sich die Schminke aus dem Gesicht wischen konnte. Wahrscheinlich sah sie aus wie die *Gorgo*. Die Priesterin lächelte. Eitelkeit war ein neuer Zug an ihr. Ob sie das von Kleopatra hatte? Wie es der Kleinen jetzt wohl ging? Hoffentlich ließ Ptolemaios sie in Ruhe.
Samu warf das ölgetränkte Tuch zur Seite und streckte sich auf das Bett. Die Decke war aus einem groben Wollstoff und kratzte fürchterlich. Wenn sie sich ein wenig mehr auf das Werben Elagabals eingelassen hätte, dann würde sie jetzt zwischen Decken aus feinem Leinen liegen. Vielleicht sollte sie ausloten, wie weit sie gehen konnte, ohne ihm in einer Art entgegenkommen zu müssen, die ihr nicht behagte. Er konnte ihr sicher ein besseres Quartier verschaffen.

Und wenn er der Giftmörder war? Sie dachte daran, wie freimütig er erzählt hatte, daß sein Kapitän Oiagros erst vor kurzem in Ephesos war. Ob es wohl Aufzeichnungen darüber gab, was er auf seinem Schiff transportiert hatte? Auch das würde sie leichter herausfinden, wenn sie dem Werben des Kaufmanns ein wenig entgegenkäme. Wenn sie in einem der Gästezimmer in seinem Haus unterkam, dann würde sie vielleicht auch unauffällig den einen oder anderen Schreiber des Handelskontors aushorchen können.
Samu hörte, wie der Wirt unten den schweren hölzernen Riegel vor die Tür legte. Offenbar war der letzte Gast gegangen. Sie konnte nun beruhigt schlafen. Jedenfalls, so weit man das in einem Gemach tun konnte, das keine Tür besaß.

Samu war davon erwacht, daß sie plötzlich, fast krampfartig, zusammengezuckt war. Benommen blinzelte sie in die Finsternis. Draußen war es noch immer dunkel. Sie wußte nicht, ob sie nur wenige Augenblicke oder schon mehrere Stunden geschlafen hatte. Noch immer brannte die winzige Flamme auf dem gestutzten Docht der Lampe. Am anderen Ende der Kammer, dicht beim Fenster, knirschten die hölzernen Bodendielen.
Jetzt wußte Samu, was sie geweckt hatte. Sie war nicht mehr allein in der Kammer. Angestrengt spähte sie ins Dunkel. Jetzt war es wieder still. Spielten ihr ihre Sinne einen Streich? Vorsichtig tastete sie nach dem Dolch, den sie neben dem Bett auf den Tisch gelegt hatte.
Wieder knarrten die Bodenbretter. Ein Schatten löste sich aus der Finsternis neben dem Fenster.
»Du wirst dein Messer nicht brauchen, Samu«, erklang eine dunkle Männerstimme.
Die Priesterin schluckte. Der Fremde kannte ihren Namen, und er sprach ägyptisch! »Wer bist du? Und was willst du von mir?«
»Kennst du mich denn nicht mehr?« Die Gestalt trat jetzt dicht vor den Tisch. Der Mann war nur mittelgroß und wirkte ehér drahtig als muskulös. Sein Gesicht war noch immer im

Schatten verborgen. Auf unheimliche Weise schien er Samu vertraut. Seine Stimme… Sie kannte ihn!
»Nun, schöne Priesterin! Ich erinnere mich an Zeiten, in denen du mich freundlicher empfangen hast.«
Das konnte nicht sein! Diese Stimme! »Wenn du freundlicher empfangen sein willst, dann nimm die Lampe und halte sie hoch, damit ich dein Gesicht sehen kann. Ich gehöre nicht zu den Frauen, die sich so einfach mit jedem Mann einlassen.«
»Heute mittag am Hafen hatte ich einen anderen Eindruck von dir, Priesterin.« Der Fremde griff nach der Lampe und hielt sich die Flamme dicht vor das Gesicht. Es war bartlos, mit hohen Wangenknochen und ein wenig spöttisch wirkenden, schmalen Lippen.
»Hophra!« Samu brachte das Wort kaum über die Lippen. Es waren Jahre vergangen, seit sie den Krieger zum letzten Mal gesehen hatte. »Du bist Elagabals Leibwächter!«
»Jeder tut halt das, was er am besten kann. Was mich angeht, bin ich mir treu geblieben, doch über dich, meine Liebe, muß ich mich wundern. Nicht, daß deine Schönheit mit den Jahren gelitten hätte, doch seit wann interessierst du dich für fette Handelsherren?«
»Ich glaube nicht, daß ich dir Rechenschaft schuldig bin! Was maßt du dir überhaupt an, mir Vorhaltungen zu machen? Du hast einmal zur Palastwache des *Pharaos* gehört. Und was bist du jetzt? Der Leibwächter eines aufgeblasenen Phöniziers!«
Der Krieger grinste unverschämt und setzte sich neben sie aufs Bett. »Ich habe es vermißt, mich mit dir zu streiten, Samu.« Er griff nach ihrer Hand und drückte sie sanft. »Es ist schön, dich wieder zu spüren.«
Seine Berührung löste bei der Priesterin ein wohliges Schaudern aus. Am liebsten hätte sie ihn in die Arme geschlossen und so getan, als hätten die letzten Jahre einfach nicht stattgefunden, doch etwas in ihr sträubte sich dagegen. »Wie im Namen der *Isis* kommst du hierher?«
»Ich wollte Berenike nicht die Treue schwören. Vielleicht erinnerst du dich, daß ich sie schon zu Zeiten, als ich noch im Palast diente, nicht sonderlich gemocht habe. Als sie dann

noch ihre Schwester ermorden ließ, habe ich meinen Dienst aufgegeben und mir einen neuen Herren gesucht. So kam ich hierher.«
Samu konnte sich nicht erinnern, Hophra jemals abfällig über die Prinzessin Berenike reden gehört zu haben. Doch vielleicht hatte sie dem damals zu wenig Bedeutung beigemessen...
»Du solltest dich vor Elagabal in Acht nehmen. Er ist ein ehrgeiziger und gefährlicher Mann. Ich bin nicht sicher, ob er dir glaubt, daß du aus Ägypten kommst und Berenike die Treue hältst. Ein Menschenleben bedeutet ihm nicht viel. Noch gefällst du ihm, und er fühlt sich durch deine Aufmerksamkeit geschmeichelt, doch das kann sich schnell ändern. Besuche ihn und seine Freunde nicht noch einmal!«
»Willst du mir etwa Befehle geben?« Samu zog ihre Hand zurück. »Ich habe meine Gründe, mich für Elagabal zu interessieren.«
Hophra lachte leise. »Daran zweifele ich nicht. Ich habe dich gewarnt, mehr kann ich nicht tun. Du hast dich mit der Zeit wohl nicht geändert. Bist immer noch so störrisch wie ein Esel.«
»Und deine Komplimente sind immer noch so liebreizend wie ein Haufen Kameldung. Warum hast du eigentlich solche Angst um mich? Wenn Elagabal sich Gedanken über meinen Tod machen sollte, würde er dann nicht dich schicken, um den Mord auszuführen?«
»Vielleicht... Es kann auch sein, daß er einen Mörder dingt. Er hat erstaunlich weitreichende Verbindungen. Doch laß uns von anderen Dingen sprechen. Konntest du meine Sehnsucht spüren in den Jahren, die vergangen sind? Konntest du fühlen, wenn ich nachts an dich gedacht habe und keinen Schlaf finden konnte?«
»Du willst mir doch nicht etwa sagen, du hättest keine Frau mehr gehabt, seitdem wir getrennt sind?«
»Ich habe keine mehr geliebt... Seit dem Tag, an dem man mich zur Nabatäergrenze geschickt hat, war ich ein einsamer Mann. Was heißt es schon, mit irgendeiner das Lager zu teilen! Nie habe ich ein Weib gefunden, das so ist wie du. Sinnlich, lei-

denschaftlich und intelligent. Für mich war das, was zwischen uns war, immer etwas Besonderes. Bestimmte Dinge geschehen einem nur einmal im Leben. Ich war damals zu jung, um es zu begreifen. Erst in der Einsamkeit der Wüste habe ich verstanden, was mir an dir verlorengegangen ist. Bitte, bring jetzt, kaum daß ich dich wiedergefunden habe, nicht alles in Gefahr. Meide Elagabal! Er bedeutet Tod und Verderben für dich!« Der Krieger hatte erneut ihre Hand ergriffen und küßte sie leidenschaftlich. Sie wollte sich ihm entwinden, doch diesmal ließ er sie nicht los.

»Du kannst nicht nach Jahren zu mir zurückkommen und so tun, als sei in der Zeit, die du verschwunden warst, nichts gewesen. Ja, schlimmer noch, du kommst und glaubst, mir sagen zu können, was ich zu tun habe. Du hast nichts begriffen, Hophra! Ich bin kein Weib, das man sich einfach nimmt, wenn einem die Lust zwischen die Schenkel steigt.«

Er strich ihr zärtlich durch das Haar. »Seit ich dich im Hafen wiedergesehen habe, bist du bei jedem Atemzug, den ich tue, in meinen Gedanken. Laß uns vergessen, was uns trennt. Ich will nicht mit dir streiten, Samu. Reicht das, was du für mich empfindest, nicht einmal mehr aus, um eine einzige Nacht lang die Kluft der Jahre zu überbrücken? Laß uns gemeinsam träumen bis zum Morgengrauen. Stell dir vor, es sei nur ein einziger, schrecklich langer Tag vergangen, seit wir zum letzten Mal einander in den Armen lagen! Wage es, mit mir unsere Illusionen zu leben.« Die Hand des Kriegers strich über ihre Wange, dann zeichneten seine Finger die Linien ihrer Lippen nach.

Es war, als webten seine Hände einen Zauber. Wo immer er sie berührte, begann ihre Haut zu glühen. Alles in ihr sehnte sich nach ihm, und doch... Was war nur mit ihr los? Heute morgen noch hatte sie sich einsam und verloren gefühlt in dieser fremden Stadt. Und jetzt, als die Göttin ihr den Mann schenkte, den sie so sehr geliebt hatte wie keinen anderen, war sie voller Zweifel. Was war mit ihr in den Jahren der Trennung geschehen? Konnte sie kein Vertrauen mehr empfinden, sich nicht mehr der Lust hingeben, ohne nach dem Warum zu fragen?

Hophras Hände glitten tiefer. Er liebkoste ihren Hals und streichelte sanft über ihre Brüste. Samu seufzte leise. Sie spürte, wie das Blut in ihrer *Kteis* pulsierte und der Tau der Liebe die Lippen benetzte.

»Auch ich habe mich nach dir gesehnt«, flüsterte sie leise. »Du hast recht. Laß uns vergessen, was war. Ich...«

Er versiegelte ihre Lippen mit einem Kuß. Sanft drückte er sie auf das Lager zurück. Ihre Hände tasteten nach dem Gürtel, der seine *Tunica* hielt. Zitternd vor Begierde öffnete sie die Schnalle. Wie ein warmer Wind streichelte sein Atem ihr Gesicht, als er sich zurückbeugte und die *Tunica* über den Kopf streifte. Voller Ungeduld nestelte er an den Schnüren seiner Sandalen. Dann endlich fielen sie leise klatschend auf den Holzboden, und er schmiegte sich neben sie unter die grobe Decke.

»Es ist schön, deine Wärme zu spüren, Samu.« Er strich ihr mit einer Hand sanft den Rücken hinab.

Zärtlich bedeckte er ihr Gesicht und ihre Brüste mit Küssen und vergrub dann seinen Kopf in ihren Haaren.

»Tausendmal habe ich davon geträumt, unter dir zu liegen, umfangen von deinem schwarzen Haar, das sanft wie Schmetterlingsflügel über mein Gesicht streichelt. Den Duft von Myrrhe und Weihrauch zu atmen, der dich als Dienerin der Göttin umgibt.« Er seufzte. »Ich bin zu arm an Worten, um das zu beschreiben, was ich empfunden habe, wenn ich an dich dachte. Das Entzücken, die Sehnsucht...«

Samu drückte ihn in die Kissen und hockte sich rittlings auf seine Schenkel. Dann beugte sie den Kopf vor, so daß ihr langes Haar ihm über die Brust strich. Seine starken Hände kneteten ihre Brüste, und sie spürte, wie sein *Phallos* begehrlich gegen ihre *Kteis* drückte. Unendlich langsam rutschte sie höher. Hophra stöhnte und bäumte sich auf, als er in sie eindrang. Seine Lippen umfingen die Brust über ihrem Herzen, und zärtlich spielte seine Zunge mit der Knospe, die sich ihm lustvoll entgegenreckte.

Im Halbschlaf tastete Samu über die Decke neben sich. Sie war noch warm, doch Hophra war verschwunden. Müde blinzelte die Priesterin in die Finsternis. Der Krieger kauerte auf der Bettkante und hatte sich vorgebeugt, um seine Sandalen zu schnüren.
Einen Moment lang überlegte Samu, ob sie ihn ansprechen sollte. Doch dann verwarf sie es. Sie wollte sehen, wie er sich von ihr verabschiedete. Es kam ihr jetzt etwas heller in der Kammer vor. Die Flamme der Lampe war größer. Hophra mußte den Docht hinaufgeschoben haben. Sie lächelte. Wahrscheinlich hatte er im Dunklen die Riemen der Sandalen nicht binden können.
Vorsichtig erhob sich der Krieger jetzt und drehte sich dabei zu ihr um. Samu blinzelte durch ihre Wimpern, so daß es für ihn so aussehen mußte, als schliefe sie noch. Hophra blieb lange stehen und betrachtete ihr Antlitz. Dann beugte er sich vor und hauchte ihr einen Kuß auf die Wange. »Möge *Isis* dich schützen und dir Weisheit schenken, meine zarte Blume«, murmelte er leise.
Samu lächelte zufrieden. Hophra hatte sich verändert, seit sie einander zuletzt begegnet waren. Früher war er einfach gegangen, wenn er glaubte, daß sie schlief. Sein Abschied hatte sie davon überzeugt, daß seine Worte wahr waren und er nicht Leidenschaft mit Liebe verwechselte.
Der Krieger stand jetzt neben dem Fenster. Ein letztes Mal blickte er zu ihr hinüber, dann schwang er sich auf das schmale Sims und ließ sich in die Dunkelheit hinabgleiten. Samu erhob sich von ihrem Lager und trat an das Fenster. Nirgendwo anders in der Gasse brannte noch Licht. Der Nebel hatte sich zwar fast aufgelöst, doch war es jetzt, wo das silberne *Horusauge* hinter den Horizont gesunken war, zu finster, um noch etwas erkennen zu können. Allein das Geräusch von Schritten, das leise in der Ferne verklang, zeugte davon, daß ihr Liebster irgendwo dort draußen war.
Fröstelnd drehte sie sich um. Noch immer spürte sie seine Küsse auf ihrer Haut. Er war ein viel besserer Liebhaber geworden. Zärtlicher und mehr darauf bedacht, auch ihre

Wünsche zu erfüllen. Samu hatte fast die Bettstatt erreicht, als ihr Blick auf die Kleider fiel, die sie mit ihrem Gepäck zusammen zu einem Bündel geschnürt hatte, das sie ordentlich in die Zimmerecke neben dem Tisch gelehnt hatte. Jetzt war es umgefallen, und es schien, als hätten sich sogar die Schnüre gelöst.
Sollte Hophra etwa... Die Priesterin kniete neben dem Bündel nieder. Die Lederschnüre hatten sich tatsächlich geöffnet! Sie rollte die Kleider auseinander und überprüfte, ob von den wenigen Habseligkeiten, die sie in dem Bündel aufbewahrte, etwas fehlte. Doch alles war noch an seinem Platz. Jetzt schämte sie sich fast. Konnte es nicht auch sein, daß sie das Bündel zu nachlässig geschnürt hatte und daß es von allein umgefallen war, als die Bänder sich lösten? Und das Licht? Hatte er den Docht nur deshalb hochgezogen, um besser sehen zu können, wie er seine Sandalen verschnürte, oder hatte er es getan, um ihre Sachen zu durchsuchen? Und wenn Letzteres stimmte, was hatte er dort zu finden gehofft? Sie dachte daran, wie er sie zum Abschied angesehen hatte. Wollte Hophra nur sichergehen, daß sie noch schlief? Die Priesterin fluchte leise. Warum bei *Isis* konnte sie dem Krieger nicht einfach trauen?

14. KAPITEL

Zuerst mußt du hier, kurz hinter dem Kopf, das Haus der Schnecke einschlagen. Dann kannst du sie ohne Schwierigkeiten aus dem Gehäuse herauslösen. Aber schlag' nicht zu kräftig zu! Wenn du das Tier zermalmst, können wir keinen Farbstoff mehr aus ihm herausholen. Du mußt wissen, daß die Purpurgewinnung eine äußerst heikle Angelegenheit ist und sehr viel Fingerspitzengefühl erfordert.« Der alte Färber bedachte Philippos mit einem zahnlosen Grinsen, reichte dem Griechen dann den kleinen Bronzehammer und wies auf den Eimer zu ihren Füßen, in dem sich ein halbes Dutzend frisch gefangener Purpurschnecken tummelten. »Nimm dir eine und versuch es!«

Philippos griff nach einem der dornenbewehrten Schneckenhäuser, legte es vor sich auf den Steinboden und führte dann einen kurzen Hammerschlag gegen das Kalkgehäuse, das knirschend zersplitterte.

»Ein wenig zu feste vielleicht, aber sonst schon ganz gut«, kommentierte der Alte. »Jetzt nimm das Messer und schäl die kleine Bestie ganz aus ihrem Gehäuse.«

Wortlos folgte Philippos den Anweisungen des Färbers. Er war völlig benommen von dem Gestank, der über dem Hof mit seinen flachen Wasserbecken hing. Er hatte schon viel gerochen in seinem Leben, Lazarette, die nach Blut, Schweiß und Tod stanken, die Gerbereien in Rom, die einen so penetranten Geruch verbreiteten, daß man sich ihnen nur mit einem Tuch vor Mund und Nase nähern konnte, aber das hier übertraf alles. Es war, als würde einem die Luft abgeschnitten. Zu jedem Atemzug mußte man sich überwinden. Philippos hatte sich ein mit Duftöl getränktes Tuch vor das Gesicht gewickelt, um es überhaupt aushalten zu können, doch selbst das mochte den allgegenwärtigen Gestank nach fauligem Fisch kaum zu mildern.

»So, hier hast du die nächste Schnecke. Versuch es gleich noch einmal!«

Philippos blickte wütend zu dem Alten. Die herablassende Art des Färbers ließ ihn innerlich vor Wut schäumen. Der Kerl trug nicht einmal ein Schutztuch. Es schien, als würde er die Ausdünstungen gar nicht mehr wahrnehmen. Geduldig wiederholte der Arzt die Prozedur, zerschlug das Gehäuse und schälte den gelblichen Leib der Schnecke aus den Kalksplittern, um ihn dann in ein flaches Bassin mit Meerwasser zu werfen. Das Tier lebte noch und wand sich, seines Schutzgehäuses beraubt, in den erstaunlichsten Zuckungen.

»Sie müssen zwei Tage im Meerwasser liegen, bevor man mit ihnen weiterarbeiten kann«, brummelte der Alte vor sich hin. »Die Purpurfärberei ist ein Geschäft, für das man sich eine Menge Zeit nehmen muß und für das man einiges Fingerspitzengefühl braucht. Außerdem gibt es da noch ein paar Geheimnisse, die unseren Purpur aus Tyros besser machen als jeden anderen, den du bekommen hast. *Melkart* selbst hat uns Färbern vor langer Zeit die Geheimnisse verraten. Weißt du, wir können hier alles färben. Leinen, Wolle, Seide und Leder. Selbst dem kostbaren Epheser Marmor haben wir schon die Farbe des Purpurs geschenkt. Doch genug davon. Du wirst jetzt die anderen Schnecken aus ihren Häusern herausholen und in das Becken werfen. Ich gehe so lange zum Essen. Wenn du fertig bist, komm rüber ins Haus. Ich bin sicher, für dich wird auch noch was zu beißen übrigbleiben.«

Philippos nickte, doch glaubte er nicht, daß er in dem Gestank hier in der Färberei auch nur einen Happen herunterkriegen würde. Er war schon froh, wenn er sein Frühstück bei sich behielt.
Abimilku, der verletzte Purpurtaucher, hatte dafür gesorgt, daß Philippos in der Färberei Arbeit bekam. Es ging dem Kapitän schon wieder so gut, daß er zurück auf sein Boot wollte. In der Wunde hatten sich keine üblen Säfte gebildet, und ihre Ränder waren nur leicht gerötet.
Am vorangegangenen Abend hatte sich im Haus Abimilkus eine Gruppe Taucher versammelt und heftig über die Zukunft der Stadt gestritten. Philippos hatte nicht genau mitbekommen, worum es ging, weil ihn die Frau des Kapitäns gebeten hatte, nach dem Neugeborenen einer Nachbarin zu sehen, das sich als kerngesund herausstellte. Nach den wenigen Gesprächsfetzen zu urteilen, waren die Taucher mit dem Verhalten eines der großen Handelsherren der Stadt unzufrieden. Es schien, als sei er für ihren Geschmack zu römerfreundlich. Philippos hatte sich darüber geärgert, daß die Taucher ihm trotz allem, was er für ihren Kapitän getan hatte, immer noch nicht trauten. Auch kam er sich hier in der Färberei des Kaufmanns Iubal fehl am Platz vor. Er war Arzt! Die Arbeit, die er hier zu machen hatte, konnte jeder Trottel erledigen. Und dann noch dieser überhebliche Greis, den man ihm zur Seite gestellt hatte, damit er ihn in das Ausnehmen der Schalentiere einwies. Mißmutig warf Philippos die letzte Purpurschnecke in das Wasserbassin und starrte zu dem niedrigen Haus herüber, in dem der Alte verschwunden war. Die Sonne stand jetzt fast im Zenit, und auf dem hinteren Hof der Färberei gab es keinen Schatten mehr. Er konnte hier unmöglich die Mittagsstunden verbringen. Allerdings hatte Philippos auch kein Interesse daran, dem Alten wieder über den Weg zu laufen und sich dessen Geschwätz anzuhören.
Der Grieche dachte an Simon und seine hübsche Tochter Isebel. Seit er auf das Boot Abimilkus gestiegen war, hatte er von dem Judäer nichts mehr gehört. Drei Tage waren inzwischen vergangen. Die Nachforschungen über den Giftanschlag

kamen nicht weiter. Die Taucher waren ihm gegenüber nicht so gesprächig gewesen, wie er sich erhofft hatte. Er hatte lediglich Belanglosigkeien erfahren, wie zum Beispiel, daß der Purpurpreis in den letzten Jahren beständig gestiegen war und daß Iubal, der reichste Kaufmann der Stadt, fast das gesamte Purpurgeschäft kontrollierte.
Von einem Schiff voller königlicher Geschenke, das vor drei Wochen nach Ephesos gesegelt war, wußte man unter den Tauchern nichts. Allerdings hatte Philippos feststellen müssen, daß Berenike den meisten Phöniziern wesentlich sympathischer war als der *Neue Dionysos*. Sie galt als ein Symbol für den Widerstand gegen Rom. Überall erzählte man sich, wie ihr Ehegatte Seleukos, der behauptete, von königlich-seleukidischer Abstammung zu sein, in einer Tuchhändlerkarawane versteckt mitten durch die Provinz *Syria* gereist war, ohne daß ihn die Häscher des *Proconsuls* erwischt hatten. Mit derselben Begeisterung erzählten die Phönizier allerdings auch, wie Berenike eben diesen Seleukos, dem das Volk von Alexandria den Spottnamen Cybiosaktes, der Salzfischhändler, gegeben hatte, nur drei Tage nach der Hochzeit durch ihre Leibwache erdrosseln ließ, weil sie des ungehobelten Kerls überdrüssig geworden war. Solange sich die Senatoren in Rom darum stritten, welcher Feldherr Ptolemaios nach Ägypten zurückbringen sollte, solange blieb Berenike Zeit, ihre Macht zu festigen. Angeblich hatte sie damit begonnen, die Armee zu reformieren und zu vergrößern. Manche behaupteten auch, daß sie ein Bündnis mit den Parthern geschlossen habe, das in nächster Zeit durch eine neue Hochzeit besiegelt werden sollte. Auf jeden Fall würde sie mit Sicherheit noch eine Menge Ärger machen, bevor Ptolemaios wieder auf seinem Thron in Alexandria saß. Philippos wischte sich mit dem Handrücken den Schweiß von der Stirn. Die Hitze im Hof wurde immer unerträglicher. Mißmutig schlenderte er zum Haus hinüber. Es war immer noch besser, sich das Gerede des Alten anzuhören, als hier draußen langsam zu verdursten.

Samu hatte Hophras Warnungen in den Wind geschlagen. Am Tag nach dem nächtlichen Besuch des Söldners war Elagabal zu ihr in das Gasthaus gekommen und hatte sie in aller Form darum gebeten, seine Gastfreundschaft anzunehmen und nicht unter so unwürdigen Umständen in einer billigen Schenke zu wohnen. Die Priesterin hatte das Angebot nach reiflicher Überlegung angenommen, denn sie war zu der Überzeugung gekommen, daß sie bei dem Kaufmann sicherer als irgendwo sonst in der Stadt war. Daß es für einen Meuchler keine Schwierigkeit darstellte, ungesehen in den Gasthof zu kommen, hatte Hophra mit seinem nächtlichen Besuch bewiesen. Das Haus Elagabals war mit Sicherheit besser bewacht. Sollte aber der Kaufmann selbst ihr nach dem Leben trachten, dann würde er sie gewiß nicht innerhalb seiner eigenen vier Wände ermorden lassen... Zumindest hoffte Samu, daß Elagabal so viel Anstand besaß, zumindest zum Schein seine Unschuld bewahren zu wollen, falls er ihren Tod befahl.
Hophra war ihr in den folgenden beiden Tagen aus dem Weg gegangen und hatte sie nur hin und wieder mit finsteren Blicken bedacht. Elagabal hingegen überschlug sich schier vor Höflichkeit. Er hatte ihr drei Sklavinnen gekauft, die sich um ihr Wohlergehen kümmerten, und ihr ein kostbares Purpurgewand geschenkt. Wann immer ihn seine Geschäfte in den Hafen führten, nahm er sie mit, damit sie Gelegenheit hatte, nach dem weißen Schiff Ausschau zu halten, von dem ihre Hohepriesterin geträumt hatte. Nichts deutete darauf hin, daß der Handelsherr die Geschichte vom Traum der Hohepriesterin nicht glaubte.
Nur in einem Punkt erwies sich Elagabal als verschlossen. Er mochte in ihrer Gegenwart nicht mehr über die Römer und den Bau des *Aquaeducts* sprechen. Sobald sie dieses Thema anschnitt, schützte er allerlei Ausflüchte vor oder zog sich einfach zurück.
An diesem Nachmittag war Samu mit dem Handelsherren im sidonischen Hafen. Ein Schiff aus Kreta, beladen mit Amphoren voller Olivenöl, war eingetroffen, und Elagabal überwachte, wie die Fracht gelöscht wurde. Samu wunderte sich,

daß der Handelsherr persönlich gekommen war, um einen so unbedeutenden Vorgang zu überwachen.
Die Priesterin stand im Schatten eines der zweistöckigen Lagerhäuser aus hellem Sandstein, in das die Lastenträger über eine massive Leiter die Fracht brachten. Hophra hatte bei ihrer Ankunft im Hafen die Träger unter den Arbeitern ausgewählt, die an den Kais herumlungerten. Seitdem war der Krieger verschwunden. Samu mochte es sich kaum eingestehen, doch vermißte sie ihn. Seit sie im Haus des Handelsherren weilte, war der Ägypter nicht mehr zu ihr gekommen, ja, es hatte sich nicht einmal mehr eine Gelegenheit zu einem Gespräch ergeben.
Gelangweilt glitt Samus Blick über das Hafenbecken. *Triremen* aus allen Teilen der Welt lagen hier vor Anker. Hochbordige Handelsfahrer, gefertigt aus den besten Zedern des Libanon, damit sie stark genug waren, die gefährlichen Meere jenseits der *Säulen des Herakles* zu befahren, um kostbares Zinn aus den Ländern der Barbaren zu holen; schlanke Galeeren aus Korinth, die Luxusgüter transportierten und die zu den schnellsten Schiffen gehörten, die je die Wogen des mittleren Meeres durchpflügt hatten; dickbauchige Lastensegler aus Lesbos und Rhodos, mit denen Wein, Öl und Getreide transportiert wurden und deren Frachtraum so gewaltig war, daß ein einziger Segler genügte, um ein halbes Lagerhaus zu füllen. Mehr als zwanzig große Schiffe ankerten im Hafen und rund ein Dutzend kleinerer Boote, die den Purpurtauchern und Küstenfischern gehörten.
Samus Blick wanderte über die ein wenig heruntergekommenen Hafenanlagen. Vor der Eroberung durch Alexander war Tyros einst die bedeutendste Handelsstadt des Ostens gewesen. Die Bauten erinnerten noch immer an diese lang vergangenen Tage, doch hatten sie ihren Glanz verloren. Die Kais waren aus dunklem Sandstein gefertigt, in den man massive Holzstämme eingelassen hatte, um an ihnen die Schiffe zu vertäuen. Alle zwanzig Schritte führten Treppen bis zur Wasserlinie hinab. Den Horizont begrenzte die gewaltige Festungsmauer, die den Hafen gegen die See schützte. Eine zwanzig Schritt breite Öff-

nung, flankiert von zwei Türmen, erlaubte es immer nur je einem Schiff, in den Hafen einzulaufen. So kam es, daß manchmal, wenn der Wind günstig stand und die Lastensegler von Schleppbooten zur Hafeneinfahrt gebracht wurden, heftiger Streit zwischen den Mannschaften entbrannte, wer den Hafen zuerst verlassen durfte.
Von der Nordseite des Hafens erklang schwerer Marschtritt. Eine Kolonne römischer Legionäre verließ die Festung dicht bei der Hafenmauer und marschierte die Kais entlang. Samu konnte förmlich spüren, wie von einem Augenblick zum anderen eine Spannung da war, die es vorher nicht gegeben hatte. Feindselig verharrten die Lastenträger in ihrer Arbeit und starrten zu den Soldaten hinüber.
Ein Schatten huschte über Samus Gesicht. Neben ihr ertönte ein gellender Schrei, und einer der Lastenträger versetzte ihr einen derben Stoß in die Rippen, so daß sie auf das Pflaster geschleudert wurde. Etwas schlug krachend neben ihr auf den Boden. Splitter trafen die Priesterin in die Seite und schrammten über ihr Gesicht. Eine der großen Ölamphoren war aus dem Giebelfenster des Lagerhauses hinabgestürzt. Ringsherum gellten Schreie. Das blasse Gesicht Elagabals tauchte über ihr auf.
»Samu?« Der Kaufmann packte sie und zog sie ein Stück in den Eingang des Lagerhauses. Ihre Kleider klebten öldurchtränkt an ihrem Körper. Die Priesterin war wie gelähmt.
»Lebst du noch?«
Samu nickte müde. Sie blickte an sich hinab. Auf ihrem weißen Gewand schimmerte rotes Blut. Sie tastete sich über Arme und Gesicht. Die scharfkantigen Splitter der Amphore hatten sie verletzt, doch schienen die Wunden nicht tief zu sein.
»Bei allen Göttern! Ich bin froh, daß die Amphore dich nicht erschlagen hat. Viel hätte nicht gefehlt! Ich werde nach einer Sänfte schicken lassen! Du mußt in den Tempel des *Eshmun* gebracht werden, damit man deine Wunden versorgt. Chelbes persönlich, der Hohepriester, soll sich darum kümmern. Bewege dich nicht! Verletzte sollen ruhig liegenbleiben... Hab keine Angst, es wird bald alles wieder gut sein...«

Samu lächelte matt. Elagabal war völlig durcheinander. Wie hatte sie ihn als Meuchler verdächtigen können! Im Tor der Lagerhalle erschien die schlanke Gestalt Hophras. Der Ägypter hatte seinen Helm unter den Arm geklemmt.
»Wie geht es ihr?« Seine Stimme klang kalt und gefühllos, so als hätten sie niemals eine Nacht miteinander verbracht. Erschrocken musterte die Priesterin ihren Geliebten. Was war er nur für ein Mann? Wie konnte er sich so verstellen? Oder tat er das am Ende gar nicht? War es ihm egal, ob sie lebte? Er war verschwunden gewesen, als die Amphore aus dem Giebelfenster fiel.
»Sie hat ein paar Schnittwunden abbekommen und einen tüchtigen Schrecken. Sonst ist ihr zum Glück nichts geschehen. Hast du den Mann finden können, der für das Unglück verantwortlich ist?«
Hophra schüttelte den Kopf. »Als ich auf dem Speicher ankam, war dort niemand mehr. Wahrscheinlich hat sich der Schurke aus Angst vor deinem Zorn davongeschlichen. Aus den Lastenträgern ist nichts herauszubekommen. Angeblich hat niemand den Mann gesehen.«
»Aber wie kann das sein? Sie müssen doch gesehen haben, wer oben auf der Leiter stand«, fragte der Kaufmann verwirrt.
»Es war niemand mehr auf der Leiter. Das obere Lager war voll. Sie haben die restlichen Amphoren hier unten gestapelt. Deshalb hat auch niemand mehr auf das Giebelfenster geachtet.«
Elagabal strich sich über sein Doppelkinn. »Du meinst, es war kein Unfall...«
»Ich meine, daß eigentlich niemand mehr etwas dort oben zu suchen hatte und daß die Amphore bestimmt nicht durch ein Versehen aus dem Fenster gestürzt ist.«
Samu schluckte. Hophra hatte sie gewarnt. Diesmal hatten die Götter es noch gut mit ihr gemeint. Doch wie oft würde sie noch auf ihr Glück vertrauen können?
»Herr, die Sänfte ist gekommen«, erklang eine Stimme vor dem Lagerschuppen. Elagabal bückte sich, um Samu auf die Beine zu helfen, doch sie wies seine Hand zurück.

»Danke, so schlimm ist es nicht. Ich kann allein gehen.« Mit weichen Knien schwankte sie durch das Tor. Ein großer, dunkler Fleck auf dem Pflaster und der Geruch von Olivenöl, das war alles, was noch an den Unfall erinnerte. Die Arbeiter hatten die Scherben der mächtigen Amphore schon beiseite geschafft. Die Lastenträger standen in einem weiten Halbkreis um die Sänfte und starrten sie an. Samu meinte, ihre Blicke fast wie Berührungen spüren zu können. Die Gesichter der Männer waren dunkel und verschlossen. Keiner lächelte.

Dankbar ließ sich die Priesterin auf die Kissen der Sänfte sinken. Jemand zog die Vorhänge zu. Stimmengemurmel erklang. Sie hörte, wie Hophra den Lastenträgern zurief, ihre Arbeit wieder aufzunehmen. Dann wurde die Sänfte schwankend in die Höhe gehoben. Ein Windstoß vom Hafen teilte die Vorhänge für einen Augenblick, so daß Samu auf das Schiff aus Kreta blicken konnte. Auf dem Laufsteg standen zwei Männer, die Bündel aus ölgetränktem Tuch geschultert hatten. Was für eine Fracht wurde da gelöscht?

Samu ballte ihre zitternden Hände zu Fäusten. Was ging hier vor sich? Hatte man den Zwischenfall mit der Amphore nur inszeniert, um einen Vorwand zu haben, sie vom Hafen fortschaffen zu lassen? Und die Bündel... Waren sie der Grund, warum Elagabal persönlich in den Hafen gekommen war?

15. KAPITEL

Philippos war froh, die Färberei hinter sich gelassen zu haben und in das Haus Abimilkus zurückgekehrt zu sein. Er hatte bei Sonnenuntergang ein Bad im Meer genommen, um den gräßlichen Geruch nach fauligem Fisch loszuwerden, doch es hatte nichts genutzt. Es war, als sei der Gestank tief in seine Haut eingedrungen. Seine Finger, seine Haare, alles roch nach Fisch! Ja, er wunderte sich, daß es die Familie Abimilkus mit ihm an einem Tisch aushielt. Es gab eine große Schale mit Fischbrühe, in die alle abwechselnd ihr Brot tunkten. Außerdem standen frische Zwiebeln und eine riesige Melone auf dem Tisch.
Philippos starrte mit gemischten Gefühlen auf die Suppe. Er würde nichts herunterbekommen, was auch nur im entferntesten an Fisch erinnerte!
Die Stimmung bei Tisch war seltsam gedrückt und das, obwohl es eigentlich gute Nachrichten gab. Vor dem Essen hatte Philippos noch einmal die Wunde des Kapitäns untersucht. Sie war so gut verheilt, daß er vom nächsten Tag an wieder auf dem Boot arbeiten konnte.
Als die Schale mit der Fischsuppe geleert war, zogen sich die Frau des Tauchers und seine Kinder vom Dach des kleinen

Hauses zurück und ließen die beiden Männer allein. Abimilku machte ein bekümmertes Gesicht und drehte unschlüssig den kleinen Tonbecher zwischen den Fingern, aus dem er während des Essens verdünnten Wein getrunken hatte. Schließlich mochte Philippos die Ungewißheit nicht mehr länger ertragen. »Was ist mit dir los, mein Freund? Was bedrückt dich? Hast du nicht allen Anlaß zur Freude?« Abimilku konnte ihm nicht in die Augen sehen. Verlegen hob er den Kopf und blickte zum hellen Abendhimmel. »Ich weiß, welch großen Dienst du mir erwiesen hast, Philippos, und du kannst gewiß sein, daß ich dir mein ganzes Leben lang dankbar dafür sein werde, daß du mir meinen Arm gerettet hast. Du sollst auch nicht denken, ich sei undankbar... Weißt du, ich habe immer für dich gesprochen, doch mein Wort hatte nicht genug Gewicht.«

»Wovon redest du? Was willst du mir damit sagen?« Philippos spürte, wie sich seine Gedärme zusammenzogen. Instinktiv spähte er über den Rand des Daches hinweg und überlegte, auf welchem Weg er fliehen könnte, falls die Situation es erfordern sollte. In der Gasse, an die das kleine Haus grenzte, standen einige Männer.

»Du hast in den letzten Tagen sehr viele Fragen gestellt, Philippos. Das ist einigen meiner Freunde aufgefallen. Das wäre auch sicher nicht weiter schlimm, wenn du andere Fragen gestellt hättest. Fremde sind nun einmal neugierig... Aber warum interessierst du dich so sehr für die großen Geschäftsleute und die Priesterschaft? Warum willst du wissen, wer Handel mit den Ägyptern treibt und wer ein Feind der Römer ist? Verstehe mich nicht falsch, Philippos! Nicht ich bin es, der dir nicht mehr traut... Es sind andere, die sich Sorgen machen.«

Der Grieche warf einen abschätzenden Blick zur Dachkante. Mit einem Satz konnte er am Rand des niedrigen Daches sein und in den Innenhof hinabspringen. Von dort könnte er in eines der angrenzenden Häuser laufen und zusehen, daß er einen Weg auf eine der anderen Straßen fand, die den kleinen Häuserblock umgaben. Die Männer unten vorm Haus hatten

sich nicht von der Stelle bewegt, und der Grieche glaubte nicht mehr daran, daß es Zufall war, daß sie dort standen.
»Worauf willst du hinaus, Abimilku? Welche Schurkerei unterstellt man mir? Rede, denn nur wenn ich weiß, was man mir vorwirft, kann ich meine Unschuld beweisen.«
Der Taucher räusperte sich und nahm dann einen tiefen Schluck aus seinem Becher. »Es sind Gerüchte... Man sagt, daß du nie ein Söldner gewesen bist... Daß du dies nur erzählst, um dich in unser Vertrauen zu schleichen. Nie hast du davon gesprochen, in welchen Schlachten du gekämpft hast, so wie es eigentlich alle Soldaten zu tun pflegen. Und deine Heilkunst! Die, die dir Übles wollen, behaupten, du seiest ein Arzt und ein Weiser. Daß du meinen Arm gerettet hast, gilt ihnen als Beweis dafür. Sie sagen, Söldner schlagen Wunden, sie zu verbinden, sei nicht ihre Sache. Und dann deine Fragen... Weißt du, für die meisten sieht es so aus, als seiest du ein römischer Spitzel. Ich habe ihnen gesagt, daß du auf Empfehlung des Kaufmanns Simon auf mein Boot gekommen bist und daß die Judäer Krieg mit den Römern führen. Würde Simon also gut über einen Feind seines Volkes sprechen? Aber die anderen haben gelacht. Sie sagten, daß es kein Zufall sei, daß du ausgerechnet in mein Haus gekommen seist und daß...«
Abimilku schüttelte den Kopf. »Du mußt mir verzeihen. Ich habe alles für dich getan, was in meiner Macht stand, doch sie wollten mir nicht glauben.«
»Wer sind sie?« Philippos hatte sich halb aufgerichtet und war bereit zur Flucht.
»Das darf ich dir nicht sagen. Sie haben Macht... Mein Einfluß war gerade groß genug, dafür zu sorgen, daß du deine Unschuld beweisen kannst. Du bist doch ein Söldner, nicht wahr?«
Es war das erste Mal, daß Abimilku ihm ins Gesicht blickte. Der Grieche nickte. »Ich verstehe es sehr wohl, mit dem *Gladius* und dem *Pilum* umzugehen.«
»Das solltest du ihnen nicht sagen, wenn sie dich fragen. *Gladius* und *Pilum*, das sind die Waffen eines römischen Soldaten. Sprich von Schwert und Speer!« Abimilku spielte nervös

mit dem Saum seiner *Tunica.* »Ich kann dir doch vertrauen? Weißt du, ich habe dir schon mehr gesagt, als ich eigentlich darf.«
»Ich schwöre dir bei *Zeus*, daß ich zwanzig Jahre lang Soldat gewesen bin. Möge er mich auf der Stelle mit einem Blitz erschlagen, wenn ich lügen sollte und...«
Abimilku seufzte erleichtert. »Das genügt. Ich wußte, daß ich dir trauen kann. So, wie die Dinge stehen, brauchst du dir keine Sorgen mehr zu machen. Die Prüfung kann dir nicht gefährlich werden.«
»Welche Prüfung?«
»Jene, die an dir zweifelten, haben einen Söldner angeworben. Sie waren der Meinung, daß er sofort erkennen könnte, ob du schon einmal ein Schwert geführt hast oder ob du nur ein Heilkundiger und Spitzel bist, der sich als Krieger ausgibt. Du sollst mit ihm kämpfen.«
»Ich soll was? Das ist doch Wahnsinn!« Philippos war aufgesprungen und machte einen Schritt auf die Dachkante zu, hinter der der Innenhof lag. Dann hielt er mit einem leisen Fluch auf den Lippen inne. Auch dort unten stand eine kleine Gruppe von Männern, die anscheinend auf ihn wartete.
Abimilku trat an seine Seite und legte ihm die Hand auf die Schulter. »Du mußt entschuldigen, doch man hat mich beauftragt, dafür zu sorgen, daß du auf keinen Fall davonlaufen kannst. Setz dich wieder zu mir und trink einen Becher Wein mit mir. Du wirst dich dann besser fühlen.« Der Taucher nahm den Krug vom Tisch und goß Philippos ein. »Wir müssen noch warten, bis es dunkel geworden ist. Ich werde dir dann die Augen verbinden und dich an den Ort bringen, an dem sich dein Schicksal entscheidet.«
Der Grieche nahm den Becher. Was konnte er auch tun? Als Legionsarzt hatte er zwar regelmäßig an den Waffenübungen teilgenommen, doch hatte er Zweifel, ob er es mit einem jungen Söldner aufnehmen könnte. Stumm betete er zur *Pallas*. So wie die Dinge standen, würde er diese Nacht wohl nur überleben, wenn die Göttin ihm beistand.

Als Philippos die Augenbinde abgenommen wurde, fand er sich auf einem kleinen, von Fackeln beleuchteten Hof. Neugierig blickte er sich um. Die Wände ringsherum waren mit bunten Ziegelmosaiken geschmückt, die einen Palmenhain zeigten. Der Hof war nicht sehr groß. Vielleicht sechs mal sechs Schritt. Vier Türen führten von ihm fort.
»Du bist also der griechische Söldner.«
Ein dunkelhäutiger Mann in einer weißen Tuchrüstung stand an einem der Eingänge und grinste Philippos siegessicher entgegen. »In welchen Kriegen hast du denn gekämpft, alter Mann?«
»Ich habe in der Armee des Mithridates die Römer das Fürchten gelehrt, als du noch ein Kind gewesen bist. Danach habe ich mich als Söldner für Sertorius verdingt.«
Der Krieger lachte. »Dann weißt du ja schon, wie es ist, wenn man verliert. Von deinen Herren hat keiner den Zorn der Römer überlebt.«
»Ich kenne niemanden, der sich gegen Rom erhoben hat und am Ende obsiegt hätte.«
»Vielleicht hatten sie die falschen Anführer? Mit mutigen Soldaten allein kann man keinen Krieg gewinnen.« Aus der Finsternis ertönte zustimmendes Gemurmel.
Philippos legte den Kopf in den Nacken und spähte zu den Dächern hinauf, die den Hof umgaben. Hier unten war er mit dem Söldner allein, doch auf den Dächern zeigte sich reichlich Publikum. Der Arzt konnte einen der Taucher aus Abimilkus Boot erkennen. Auch der Kapitän war zugegen. Die meisten Männer jedoch waren dem Griechen unbekannt. Einige trugen reichen Schmuck und kostbare Gewänder. Offenbar gehörten sie zur Oberschicht der Stadt. Philippos fluchte leise. Er hatte es wieder einmal geschafft, sich mächtige Feinde zu machen! Es konnte keinen Zweifel daran geben, daß sie ihn umbringen würden, wenn er die Probe nicht zu ihrer Zufriedenheit bestand. Zwischen den Schaulustigen konnte er zwei Bogenschützen erkennen, und höchstwahrscheinlich waren dort oben in der Finsternis noch mehr Soldaten verborgen. Er mußte den Zweikampf bestehen! Einen

anderen Weg gab es nicht, um lebend dieses Haus zu verlassen.
»Nun, ist dir dein Herz in die Sandalen gerutscht?« spottete der dunkelhäutige Krieger. »Wenn du dich nicht aufs Kämpfen verstehst, so rate ich dir, sage es jetzt, dann werde ich dir einen schnellen Tod schenken. Wenn du versuchst, mich zu betrügen, dann wirst du sehr langsam sterben.«
Philippos reckte stolz sein Kinn vor und musterte den Mann. Der Söldner war mindestens zehn Jahre jünger. Er war nicht sonderlich groß und schien auch nicht sehr muskulös zu sein. Das bedeutete, daß er schnell war! »Ich bin nicht gekommen, um mit Worten zu streiten. Bist du bereit?«
Der Krieger nickte. »Welche Waffen wählst du?«
»Den großen Schild und das Kurzschwert.«
»Die Waffen der Römer! Eine ungewöhnliche Wahl für jemanden, der vorgibt, griechischer Söldner zu sein.«
»Ich habe gesehen, auf welche Art die Römer siegen und von ihnen gelernt. Deshalb lebe ich noch.«
»Du weißt immer auf alles eine Antwort, Grieche. Ganz so wie ein Spitzel, der sich gut auf seine Aufgabe vorbereitet hat.«
Philippos ignorierte die Provokation. »Die Waffen! Ich warte.«
Der Söldner schüttelte den Kopf. »Ich muß dich enttäuschen. Wir haben keine Schilde. Aber mit einem Kurzschwert kann ich dir dienen. Sogar mit einem, wie die Römer es führen.« Aus einem der Hauseingänge trat ein Mann, der ein fest verschnürtes Bündel aus Decken auf der Schulter trug. Auf der Mitte des Hofes angelangt, legte er seine Last auf den gepflasterten Boden und löste die Lederschnüre, mit denen die Decken umschlungen war. Dann rollte er sie aus, und sechs gut eingefettete Kurzschwerter kamen zum Vorschein. Philippos nahm eine der Waffen und wog sie prüfend in der Hand. Das Schwert war gut ausbalanciert. Seine Klinge war so lang wie sein Unterarm und etwas weniger als drei Finger breit. Das letzte Drittel des Stichblatts verjüngte sich langsam zu einer schlanken Spitze. Beide Seiten der Schwertklinge waren scharf geschliffen. Am Ende des lederumwickelten Griffs saß ein schwerer, kugelförmiger Bronzeknauf, der als Gegengewicht diente und dafür sorgte, daß die Waffe nicht kopflastig war.

Philippos vollführte mit dem Schwert einige Schläge in die Luft und trat dann ein wenig zurück. »Ich habe meine Wahl getroffen. Such du dir nun die Waffe aus, die dich in deinen Tod begleiten soll.«
Der Söldner lachte laut. »Wie ich sehe, bist du um Worte nicht verlegen, doch das allein wird dir nicht helfen.« Der Söldner gab dem Mann, der die Waffen gebracht hatte, ein Zeichen. Dieser rollte die Decke wieder auf und nahm die Schwerter mit. »Du gestattest, daß ich mit meinem eigenen Schwert kämpfe? Du weiß ja, Söldner sind eigen in solchen Dingen.« Hinter dem Krieger trat ein Sklave aus der Finsternis auf, der ein großes Schwert trug.
Philippos traute seinen Augen kaum. Die Waffe seines Gegners war fast doppelt so lang wie sein *Gladius*. Der Arzt hatte von solchen Schwertern schon gehört. Angeblich führten die Gallier solche Waffen. Tatsächlich gesehen hatte er aber noch nie ein Schwert von dieser Größe.
»Eine ungewöhnliche Waffe. Gestattest du, daß ich sie mir näher ansehe?«
»Warum nicht?« Der Söldner zog das Schwert aus seiner bronzebeschlagenen Scheide und reichte es Philippos. Die Spitze der Klinge war sehr kurz. Das Schwert war nur auf einer Seite geschliffen. Sein Griff war aus Horn geschnitten und wie Bienenwaben gemustert. Dicht unter dem Heft war der Schwertgriff eingekehlt, so daß der Zeigefinger von den übrigen Fingern der Hand getrennt war, wenn man die Waffe umschloß.
Vorsichtig führte der Grieche zwei Schläge in die Luft. Das Schwert war sehr kopflastig. Eine reine Hiebwaffe, die ihre tödliche Wirkung durch ihr Gewicht und durch Schläge entfaltete, die aus der Schulter heraus geführt wurden.
Philippos gab dem Söldner sein Schwert zurück. Wenn er gegen diese Klinge bestehen wollte, dann müßte er dicht an seinem Gegner bleiben. Jetzt wußte Philippos, warum in diesem Kampf keine Schilde zugelassen waren. So gewappnet, wäre es ein leichtes gewesen, den Söldner auszumanövrieren.
»Eine prächtige Waffe.«

Der Krieger nickte. »Ich habe sie von einem Parther, der sie nicht mehr braucht. Bist du bereit?«
Philippos überlegte fieberhaft, ob es irgendeine Ausrede gab, mit der er den Beginn des Duells noch ein wenig hinauszögern konnte. Er wollte seinen Gegner studieren... wissen, was für eine Art von Kämpfer er war, kühn, berechnend, impulsiv... Der Grieche hatte nicht den geringsten Zweifel daran, in dem Mann einen erfahrenen Soldaten vor sich zu haben. Der Söldner hatte genau jene Art von Selbstbewußtsein, die aus Erfahrung im Töten resultierte. Wahrscheinlich hatte sein Gegner gerade in diesem Augenblick ganz ähnliche Gedanken wie er selbst und versuchte, sich ein Bild von ihm zu machen.
»Nun?« Die Stimme seines Gegenüber klang überheblich, fast schon verächtlich. »Was ist mit dir, alter Mann? Ziehst du den schnellen Tod vor?«
Philippos versuchte, halbwegs zuversichtlich zu lächeln. »Wenn du gestattest, möchte ich mich auf meine Art vorbereiten.Es dauert nur einen Augenblick. Dann können wir beginnen.«
Der dunkelhäutige Söldner runzelte die Stirn, dann zuckte er mit den Schultern. »Ich sehe schon, du möchtest deinen Tod noch ein wenig hinausschieben. Mach deinen Frieden mit deinen Göttern und bereite dich darauf vor, schon in einer Stunde im *Hades* zu sein.«
Der Arzt verzichtete auf eine Antwort. Statt dessen kniete er nieder und begann, die Riemen seiner *Caligae* zu lösen. Die mit Eisennägeln beschlagenen Sandalen hatten ihn durch ein halbes Dutzend römischer Provinzen getragen. Jetzt würden sie ihm vielleicht das Leben retten.
»Was machst du da, alter Mann? Glaubst du, *Charon* wird dich freundlicher empfangen, wenn du mit nackten Füßen vor ihn trittst?«
»Du wirst schon noch sehen, was ich hier mache, *junger Mann.*« Philippos glaubte, einen Anflug von Unsicherheit aus der Stimme eines Gegners herausgehört zu haben, und jetzt fiel es ihm schon erheblich leichter, den Krieger anzulächeln. »Es gibt keinen Zweifel daran, daß du jünger bist und dein längeres Schwert dir in diesem Kampf einen Vorteil verschaffen wird.

Ich bemühe mich, deinen Vorsprung ein wenig zu verkürzen. Alter, mein junger Freund, muß nicht nur von Nachteil sein.«
Philippos hatte jetzt beide *Caligae* ausgezogen und begann damit, sie mit der nagelbeschlagenen Sohle nach außen, auf seinen linken Unterarm zu binden. Er würde sie wie eine Armschiene benutzen. Wenn er flink genug war, konnte er mit ihrer Hilfe das Schwert seines Gegners zur Seite schlagen. Er mußte nur verhindern, daß die Waffe seines Gegners im rechten Winkel auf seinen Arm auftraf. Das zähe Leder und die Nägel würden zwar vermutlich verhindern, daß die Klinge ihm eine blutige Wunde schlug, doch die Wucht des Schlages allein würde schon ausreichen, um die beiden Knochen seines Unterarmes zu zerschmettern. Philippos erhob sich, doch ließ er das Schwert noch vor sich auf dem Pflaster liegen.
»Was nun, Alter? Willst du versuchen, mich mit bloßen Fäusten und deinem lächerlichen Armschutz zu besiegen? Wenn ich so gegen dich antrete, könnte man mich mit Recht einen Mörder nennen. Nimm dein Schwert!«
»Keine Sorge, ich werde deinem guten Ruf nicht schaden. Wie heißt du eigentlich? Ich kenne gerne die Namen derjenigen, die ich im Zweikampf töte.« Voller Genugtuung hörte Philippos das Raunen auf den Dächern. Sein Auftritt hatte allem Anschein nach Eindruck gemacht.
»Man nennt mich Hophra den Ägypter!«
»Mach dich bereit, vor deine tierköpfigen Götter zu treten.«
Der Grieche streifte seine *Tunica* über den Kopf. Von oben erklangen erstaunte Rufe. Offenbar hielt man ihn jetzt für vollkommen verrückt. Er wickelte sich den Stoff um seinen Arm. Es war nur dünnes Leinen, doch hoffte er, daß es die Wucht der Treffer, die er zu erwarten hatte, wenigstens ein bißchen abmildern würde.
Der Ägypter lachte, doch es klang falsch und schrill. »Du bist kein schöner Anblick mehr! Hoffst du, mich auf diese Weise zu erschrecken, so daß ich versteinere, ganz so, als hätte ich das Haupt der *Gorgo* erblickt?«
Philippos hob seine Arme in großer Geste und legte den Kopf

in den Nacken, um zu den Gaffern emporzublicken. »Wenn in meiner Heimat zwei Faustkämpfer gegeneinander antreten, dann ist es üblich, daß sie nackt kämpfen. Schwertkämpfe auf Leben und Tod kennt man in Griechenland nicht. Ich hoffe, ihr habt nichts dagegen einzuwenden, wenn ich für mich die Traditionen des zivilisierten Zweikampfs für dieses blutrünstige Spektakel übernehme.«

»Fang endlich an, Hasenherz! Wir wollen nicht wissen, ob du ein *Rhetor* bist. Zeig uns, wie du kämpfst!«

»Wenn du ein so großer Jäger bist, dann weißt du sicherlich, wie überaus schwierig es sein kann, einen Hasen zu erlegen. Vor allem, wenn einem dazu nichts als ein Schwert zur Verfügung steht.« Philippos bückte sich und hob seine Waffe auf. Er hatte gehofft, den Ägypter genügend provoziert zu haben, um ihn zu einem sofortigen, unüberlegten Angriff zu reizen. Doch Hophra bewahrte die Ruhe. Lauernd umkreisten sie einander, die Schwerter leicht gehoben, jederzeit bereit, eine Attacke des Gegners zu parieren.

Das leise Knirschen der Ledersohlen des Ägypters und das Knistern der Fackeln waren die einzigen Geräusche, die die angespannte Stille störten. Langsam begann Philippos, unruhig zu werden. Er fragte sich, wie lange Hophra dieses Spiel noch treiben wollte. Der Söldner hatte alle Vorteile auf seiner Seite. Er war jung und mit Sicherheit schneller, und er hatte die längere Waffe. Es war an ihm, anzugreifen!

So als habe der Krieger seine Gedanken gelesen, sprang er vor und führte mit der Rückhand einen Schlag, der auf den Kopf des Griechen zielte. Philippos duckte sich zur Seite und riß dann im letzten Augenblick sein Schwert hinab, um einen Stich zu parieren, den der Söldner aus dem Schwung des fehlgegangenen Hiebes gegen seinen Unterleib führte.

Mit zwei schnellen Schritten nach hinten brachte sich Philippos außer Reichweite des Schwertes. Hophra grinste. Offenbar war ihm der Angriff nicht ernst gewesen. Der Söldner hatte wohl nur ausprobieren wollen, wie schnell er auf ihn reagierte, dachte Philippos verärgert. Vielleicht war es ja die falsche Strategie, dem Ägypter die Initiative zu überlassen. Er

sollte ihn angreifen! Wenn der Kerl nur nicht so ein verdammt langes Schwert hätte!
Hophra machte erneut einen Ausfall und trieb Philippos mit einer ganzen Serie von Schlägen vor sich her. Erst im allerletzten Moment durchschaute der Grieche die heimtückische Absicht, die hinter den Attacken steckte. Der Ägypter wollte ihn bis gegen eine der Wände des engen Hofes zurücktreiben, so daß er keine Möglichkeit mehr gehabt hätte, den Angriffen auszuweichen. Mit einem Satz tauchte der Grieche unter der Klinge des Söldners hinweg, rollte sich über seine Schulter ab und kam hinter dem Ägypter wieder auf die Beine. Ein stechender Schmerz pochte in seiner linken Schulter. Er mußte sich einen Muskel gezerrt haben. Philippos biß die Zähne zusammen und fluchte leise vor sich hin. Er war nicht mehr in Übung! Noch vor zwei Jahren wäre ihm das nicht passiert.
»Nicht schlecht, alter Mann!« Hophra hatte sich umgedreht und zielte mit der Spitze seines Schwertes auf die Kehle des Griechen. »Wärst du ein wenig schneller gewesen, hättest du sogar einen Schlag in meinen ungedeckten Rücken landen können.«
Philippos verzichtete auf eine Antwort. Sein Atem ging jetzt keuchend. Er mußte angreifen! Lange würde er der überlegenen Geschwindigkeit des Jüngeren nicht mehr standhalten. Wieder umkreisten die beiden einander. Verzweifelt spähte der Grieche auf eine Lücke in der Deckung des Ägypters, doch der Krieger gab sich keine Blöße. Er hielt den Schwertarm leicht angewinkelt, so daß die Spitze der Waffe ständig auf die Kehle des Arztes zeigte.
Philippos starrte über den schimmernden Stahl hinweg in das Gesicht des Ägypters. Den meisten Männern konnte man es kurz vorher ansehen, wenn sie angreifen wollten. Ihre Augen glänzten dann einen Moment lang, und sie preßten die Lippen aufeinander. Hophra war ein guter Krieger, doch diese verräterische Eigenschaft hatte er noch nicht abgelegt.
Der Ägypter lachte breit und zeigte seine strahlend weißen Zähne. »Deine Lungen pfeifen wie der Blasebalg eines Schmiedes. Es geht wohl zu Ende!«

Jetzt war es soweit! Philippos konnte Hophra förmlich ansehen, wie sich sein ganzer Körper spannte. Das Schwert schoß hoch und sauste schon im nächsten Augenblick zu einem vernichtenden Schlag wieder hinab. Statt auszuweichen, machte der Grieche einen Satz nach vorne und unterlief die Waffe des Söldners. Er riß die Linke hoch und schlug mit seinem notdürftig gepanzerten Arm das Schwert zur Seite. Im selben Moment zuckte sein *Gladius* vor, um dem Krieger die Eingeweide zu zerschneiden.

Hophra wich taumelnd zurück. Doch er war nicht schnell genug! Mit einem reißenden Geräusch durchschnitt die Klinge den zähen Leinenpanzer. Tänzelnd drehte sich der Ägypter halb um Philippos herum und verpaßte ihm mit dem ganzen Schwung der Drehung einen Tritt in die Kniekehle. Der Grieche stöhnte vor Schmerz laut auf. Sein rechtes Bein knickte unter ihm weg. Etwas Kaltes legte sich auf seinen Hals. Es war die Schneide von Hophras Schwert.

»Das Spiel ist aus!« Der Ägypter preßte sich die Linke auf den Bauch. Blut sickerte durch den weißen Leinenpanzer.

»Genug!« ertönte über ihnen eine schrille Stimme. Philippos blickte zum gegenüberliegenden Flachdach empor. Ein dicker junger Mann, flankiert von zwei Fackelträgern, stand an der niedrigen Mauer, die das Dach säumte, und winkte hektisch mit den Armen. »Es genügt! Ich denke, es kann kein Zweifel mehr daran bestehen, daß der Grieche nicht gelogen hat. So wie er kämpft, ist er tatsächlich ein Söldner! Oder bist du anderer Meinung, Hophra?«

Der Ägypter hob seine blutverschmierte Linke und streckte sie dem Mann auf dem Dach entgegen. »Wie du siehst, versteht er es sehr wohl, seine Klinge zu führen, Herr.«

»Soll ich nach Chelbes schicken lassen? Brauchst du einen Heilkundigen? Bei *Melkart,* du hättest es nicht so weit mit ihm treiben dürfen.«

Der Söldner schüttelte den Kopf. »Das ist nur eine Schramme. Nichts von Bedeutung.« Er nahm seine Klinge vom Hals des Arztes und streckte Philippos die Hand entgegen. »Ich hoffe, du kannst noch laufen.«

Der Grieche biß die Zähne aufeinander und stemmte sich hoch. Am liebsten hätte er dem Ägypter eine patzige Antwort gegeben, doch zumindest für den Augenblick war es wohl klüger, den Mund zu halten. Er zwang sich zu einem Lächeln. »So wie es aussieht, werden *Hades* und *Anubis* wohl noch ein Weilchen auf uns warten müssen.«

16. KAPITEL

Samu erwachte von einem Geräusch, das wie ein vielstimmiger Aufschrei klang. Sie fühlte sich ungewöhnlich benommen. Ihr Kopf war schwer, und als sie versuchte, aufzustehen, war es fast so, als drücke sie eine weiche, riesige Hand auf ihre *Kline* nieder. So stark war dieser Widerstand, daß es ihr beim ersten Versuch unmöglich war, sich zu erheben. Sie hatte nicht die Kraft, ihren Willen in Taten umzusetzen.
Langsam begannen ihre Gedanken, klarer zu werden. Im weitläufigen Haus des Kaufmanns konnte sie jetzt deutlich das Murmeln vieler Stimmen wahrnehmen. Der ganze Palast schien voller Menschen zu sein!
Der bittere Geschmack von Kräutern füllte ihren Mund. Auf ihrer Zunge war ein widerlicher, pelziger Belag. Sie mußte trinken! Ihre Augen tasteten durch den Raum. Selbst den Kopf zu drehen, war eine Anstrengung, die beinahe über die Grenzen ihrer Willenskraft hinausging. Sie hatte auf dem Schminktisch eine kleine Öllampe brennen lassen. In letzter Zeit konnte sie nicht mehr in völliger Finsternis schlafen. Zu oft hatte sie ihr Lager seit der Flucht des *Pharaos* aus Alexandria gewechselt. Manchmal wachte sie nachts auf und konn-

te sich nicht mehr erinnern, wo sie war. Selbst wenn das Licht brannte, brauchte sie ein oder zwei Atemzüge lang, um sich bewußt zu werden, an welchem Ort sie sich aufhielt und wie sie dorthin gelangt war.

Auf dem Schminktisch standen ein kleiner Krug voller Quellwasser und eine flache Schale. Sie sollte trinken, um den üblen Geschmack loszuwerden. Wieder lauschte sie auf die Geräusche im Haus. Elagabal hatte ihr nichts davon gesagt, daß er noch Gäste erwartete. Oder konnte sie sich nur nicht mehr erinnern?

Samu versuchte, in Gedanken die Ereignisse des vergangenen Tages zu ordnen. Sie erschienen ihr seltsam entrückt, so als seien sie nicht erst vor ein paar Stunden, sondern vor langer Zeit geschehen.

Da war der Schatten... Die Amphore, die dicht neben ihr auf das Pflaster geschlagen war und sie beinahe getötet hätte. Und Hophra! Hophra, der mit den Lastenträgern gesprochen hatte. Hophra, der verschwunden war, als der Unfall geschah, aber fast sofort danach wieder an ihrer Seite war. War das ein Zufall?

Sie war in einer Sänfte in den Tempel des *Eshmun* gebracht worden. Ein freundlicher glatzköpfiger Priester hatte sich dort ihrer angenommen. Der Mann hatte eine schwer zu beschreibende Aura gehabt. Schon im ersten Augenblick, in dem sie einander begegneten, hatte Samu gewußt, daß der Priester ein guter Heilkundiger war und daß sie ihm vertrauen konnte. Aber da war noch etwas an ihm... Er hatte Macht! Es war jedoch nicht die Welt der Magie, in der er ein Herrscher war, so wie man es bei einem Heilkundigen vielleicht erwarten mochte. Er hatte die Macht, über Menschen zu gebieten. Sie würden seinen Worten folgen, ohne daß es dazu einer äußerlichen, aufgesetzten Autorität bedurft hätte. So wie er sollten Könige sein, dachte Samu.

Ihre Verletzungen waren kaum der Rede wert. Sie hatte eine Schnittwunde am Arm abbekommen, die zwar stark blutete, aber zum Glück nicht sehr tief war. Wahrscheinlich würde sie nicht einmal eine Narbe von ihr zurückbehalten. Ansonsten

war ihr Körper übersät von Prellungen durch die Splitter der Amphore, die sie getroffen hatten. Es war fast schon ein Wunder, daß ihr nicht mehr geschehen war. Samu erinnerte sich gut an die scharfkantigen Tonscherben, die um sie herum auf dem Pflaster gelegen hatten. Mit etwas Pech, wenn ihr die Splitter ins Gesicht geschlagen wären, hätte sie ihr Leben lang entstellt sein können.
Die Priesterin schüttelte den Kopf, die beängstigenden Gedanken zu vertreiben, und lauschte wieder auf die Geräusche in dem Haus. Es war jetzt stiller geworden. Trotzdem hatte sie das Gefühl, daß immer noch eine große Zahl von Gästen anwesend sein mußte.
Erneut versuchte Samu, sich auf ihrem Lager aufzurichten. Es war ein langer Kampf, bis sie die dünne Decke zur Seite geschoben und die Beine über den Rand der *Kline* geschwungen hatte. Die Kälte des Steinfußbodens war etwas, vor dem sie sonst immer zurückgeschreckt war, doch jetzt wirkte sie belebend. Mit einem Seufzer stand sie auf. Ihre Beine fühlten sich wie tot an. Kaum vermochten sie das Gewicht ihres Körpers zu halten.
Unsicher schwankend gelangte Samu zu dem Schminktisch. Von der Anstrengung der paar Schritte war ihr übel geworden, und sie mußte sich auf dem kleinen Lehnstuhl vor dem Tisch niederlassen. Was war nur mit ihr los? War sie krank?
Sie versuchte, den Wasserkrug zu heben und etwas in die flache Schale neben sich zu gießen. Erst beim zweiten Mal gelang es ihr.
Ein schrecklicher Gedanke schoß Samu durch den Kopf. Im tanzenden Licht der kleinen gelben Flamme starrte sie auf ihre Hände und dann in den Spiegel aus polierter Bronze. Sie hatte plötzlich die Vorstellung gehabt, ihr Leben verschlafen zu haben, die Angst, daß nicht nur ein paar Stunden vergangen waren, seitdem sie sich auf der *Kline* niedergelassen hatte, sondern viele Jahre, und daß sie zur alten Frau geworden war. Das hätte ihre Schwäche erklärt und die Mühe, die sie dabei hatte, ihre Gedanken zu ordnen. Doch ihre Hände waren noch glatt, ohne Flecken und Falten. Ihr Gesicht

nicht verhärmt und verfallen. Ihr Haar seidig und schwarz, ohne eine einzige silberne Strähne. Es war nur ein dummer Gedanke gewesen. Samu tauchte ihre Hände in das klare, kalte Wasser in der Schale und benetzte dann ihr Gesicht. Sie mußte endlich wach werden! Sie lehnte sich auf dem Stuhl zurück und betrachtete die flackernde Flamme der Öllampe. Ein Geräusch ließ sie aufschrecken. Hatte sie gerade nicht ein metallisches Klingen, wie von aufeinanderschlagenden Waffen, gehört? Benommen schüttelte sie den Kopf. Sie mußte kurz eingenickt sein, während sie die Flammen beobachtet hatte! Was war nur mit ihr los? Hatte man ihr ein Schlafmittel gegeben? Samu versuchte, sich die Einzelheiten des Abendessens mit Elagabal ins Gedächtnis zu rufen. Zwei Stunden vor Sonnenuntergang hatte der Kaufmann sie an seine Tafel geladen. Es hatte gebratenes Huhn, frisches Brot und Gemüse gegeben. Ausnahmsweise hatte die Priesterin sich auch zwei Becher Wein gegönnt. Elagabal hatte ihr gut zugeredet und teuren Falerner aufgetischt. Verschiedene Sklaven hatten sie während des Essens bedient. Samu versuchte, sich an deren Gesichter zu erinnern. Sie hatte wie üblich kaum auf das Personal geachtet. Doch jetzt im nachhinein war sie fast sicher, daß ihr ein anderer Sklave eingeschenkt hatte als dem Kaufmann. Das hieß, sie hatte aus einem anderen Krug getrunken! Wenn man ihr Gift verabreicht hatte, dann mußte es in dem Wein gewesen sein! Das Essen war auf Platten auf dem Tisch serviert worden. Niemand hätte im voraus wissen können, welche Teile des Huhns sie sich nehmen würde. Mit dem Brot und dem Gemüse war es ähnlich. Es mußte der Wein gewesen sein! Der Wein...

Während ihrer Überlegungen hatte sie sich wieder zurückgelehnt. Die Augen fielen ihr zu... Sie ballte die Fäuste, bis sich ihre Fingernägel tief in die Handflächen gruben. Sie durfte nicht wieder einschlafen! Was bei *Isis* hatte man ihr nur in den Wein getan? Eine Schlafdroge, ein Gift... Es gab viele Möglichkeiten. Der dickflüssige, weiße *Maekonossaft* konnte eine solche Müdigkeit hervorrufen. Vielleicht hatte auch der *Eshmun*-Priester seinen Kräutertrunk mit den *Tränen des Mon-*

des versetzt... Und wenn man ihr wirklich ein Gift gegeben hatte? Vielleicht war der Unfall mit der Amphore ein erster Mordanschlag gewesen, und nachdem er fehlgegangen war, wollten Hophra und Elagabal jetzt ganz sicher sein, daß sie sterben würde. Sie mußte das Gift aus ihrem Körper bekommen!

Samu beugte sich über die flache Wasserschale und begann zu würgen, doch es nutzte nichts. Wahrscheinlich war es ohnehin sinnlos. Sie versuchte abzuschätzen, wie viele Stunden seit dem Abendmahl vergangen waren. Die meisten Gifte, die sie kannte, hätten sie längst getötet. Dennoch... Sie steckte sich einen Finger in den Hals, und endlich gelang es ihr, sich zu erbrechen.

Erst als sie nicht einmal mehr dunkle Galle ausspie und jedes weitere Würgen schmerzhaft verebbte, ließ sie sich erschöpft zurücksinken. Sie war in Schweiß gebadet. Ihre Nase und ihr Mund brannten von den üblen Säften, die sie ihrem Körper abgetrotzt hatte. Müde nahm sie den Wasserkrug vom Tisch und trank einen tiefen Schluck, um den üblen Geschmack zu vertreiben.

Sie fühlte sich jetzt ein wenig kräftiger und vor allen Dingen wacher. Es kostete sie nicht mehr all ihre Kraft, gegen die Müdigkeit anzukämpfen. Sie sollte sich nun ankleiden und nachsehen, was im Haus vor sich ging. Ihre Augen tasteten über die Schminkutensilien auf dem Tisch vor sich. Nein, darauf würde sie verzichten.

Mit zitternden Händen legte sie ihr Gewand an und verknotete es vor der Brust. Dann strich sie sich das strähnige Haar aus dem Gesicht und trat an die Tür. Leise zog sie den schmalen Riegel zurück. Mit angehaltenem Atem lauschte sie einige Herzschläge lang. In der Kammer vor ihrem Schlafraum war alles ruhig. Die Sklavinnen, die Elagabal ihr geschenkt hatte, waren dort einquartiert. Entweder schliefen sie fest, oder sie waren gar nicht anwesend. Jedenfalls deutete nicht das leiseste Geräusch darauf hin, daß sich irgendein lebendes Wesen in dem Raum befand.

Samu drückte mit der Schulter gegen die Tür, doch sie woll-

te sich nicht öffnen. Hatte sie sich verkantet? Samu verstärkte den Druck. Ein leises Ächzen ertönte, doch die Tür blieb weiterhin verschlossen. Sie war eingesperrt! Verzweifelt ließ sie sich zu Boden gleiten. Was hatte das zu bedeuten? Was plante Elagabal? Hatte man sie vergiftet und wollte sicher sein, daß sie nicht mehr aus ihrem Zimmer entkam, wenn der schmerzvolle Todeskampf begann? Sie schluchzte leise. Sie hätte niemals in dieses Haus kommen dürfen. Hätte sie nur auf Hophra gehört! Der Söldner hatte sie vor seinem Herrn gewarnt.
Wütend biß sie sich auf die Unterlippe. Sie durfte sich jetzt nicht einfach aufgeben. Sie mußte einen klaren Kopf bewahren! Wenn Elagabal sie beim Abendessen wirklich hätte vergiften lassen, dann würde sie jetzt nicht mehr leben. Aus welchem Grund hätte er ein Gift wählen sollen, das erst nach vielen Stunden zu wirken begann? Möglicherweise hatte er ihr nicht einmal einen Schlaftrunk verabreichen lassen. Samu dachte an das Gebräu, daß ihr der *Eshmun*-Priester zu trinken gegeben hatte. Wenn es mit *Maekonossaft* versetzt gewesen war, dann müßte der Wein, den sie zum Abendessen getrunken hatte, die beruhigende Wirkung des Mittels noch verstärkt haben. Vielleicht steckte hinter allem also gar keine Intrige. Und die verriegelte Tür? Irgend etwas ging im Haus vor sich, von dem sie nichts wissen durfte. Soviel war gewiß! Vielleicht hatte man ihr ein Schlafgift in den Wein gemischt, damit sie vom Lärm, den die geheimnisvollen Gäste machen würden, nichts hörte. Normalerweise hätte sie dann auch nicht bemerken können, daß sie eingesperrt war. Bis zum Morgengrauen wären der Riegel oder die Keile, welche die Tür von außen verschlossen hielten, sicherlich wieder entfernt worden. Nach der Verletzung, den Aufregungen und dem Wein wäre es ihr sicherlich nicht einmal seltsam vorgekommen, wenn sie in dieser Nacht besonders tief geschlafen hätte.
Womöglich würde man sogar überprüfen, ob sie schlief. Ob es eine Möglichkeit gab, das Zimmer zu beobachten? Unsicher blickte die Priesterin sich um. Es wäre besser, wenn sie sich wieder auf die *Kline* legte, um den Anschein zu erwecken,

daß sie ruhte. Sie durfte Elagabal nicht wissen lassen, daß sein Plan gescheitert war!
Hastig entledigte Samu sich ihres Kleides und kroch dann wieder unter die weiche Leinendecke auf ihrem Lager. Ihr Herz klopfte wie rasend. Sie war jetzt hellwach.
Sie mußte aus diesem Haus verschwinden. Wenn sie morgen noch lebte, dann würde sie die erste sich bietende Gelegenheit nutzen, von hier zu fliehen.

»Du mußt verstehen, daß wir dir nicht trauen konnten«, erklärte der feiste Kaufmann, der das Duell beendet hatte, aufdringlich lächelnd. »Mit deinen vielseitigen Talenten bist du der ungewöhnlichste Söldner, dem ich jemals begegnet bin.« Er tauschte einen kurzen Blick mit dem Ägypter. »Doch kommen wir zum Wesentlichen... Du sagst, du hättest in vielen Schlachten gegen die Römer gefochten und gelernt, ihre Art zu kämpfen zu übernehmen.«
Philippos nickte. Man hatte den Griechen nach dem Duell in ein Gemach im Inneren des Palastes geführt. Dort war er allein mit Hophra und jenem dicken, jungen Mann, der der Anführer in diesem Komplott zu sein schien. »Nun... Ich bin kein Feldherr. Von Strategie habe ich keine Ahnung, doch ich weiß, wie sich der einfache Legionär auf dem Schlachtfeld verhält.«
»Das genügt. Du hast ja soeben unter Beweis gestellt, daß du durchaus zu kämpfen verstehst, Grieche. Nach all den Fragen, durch die du in den letzten Tagen aufgefallen bist, ist dir sicher bewußt, daß unser Verhältnis zu den römischen Eroberern alles andere als gut ist. Wir haben beschlossen, unsere Stadt von ihnen zu befreien, und wir brauchen dazu Männer wie dich.«
»Ihr wollt was?« Philippos starrte den dicken Jüngling fassunglos staunend an. »Ihr wollt mich als Söldner für einen Aufstand gegen die Römer anwerben?« Er schluckte. Es wäre wohl besser, wenn er sich nicht allzu deutlich anmerken ließ, für wie verrückt er diese Idee hielt. *Zeus* allein mochte wissen, was ihm die beiden antäten, wenn sie Zweifel an seiner Treue bekämen.

»Wir wollen dich nicht allein als Söldner, Philippos. Du sollst unsere Männer ausbilden. Fischer, Färber und Lastenträger. Du mußt wissen, sie sind stark und mutig, doch keiner von ihnen hat je mit dem Schwert in der Hand gekämpft. Es fehlt ihnen an Disziplin... Den Tag über wirst du weiterhin in der Färberei Iubals arbeiten, doch hüte dich, dort über unser Geheimnis zu sprechen. Meine Freunde und ich sind zu der Überzeugung gekommen, daß es besser ist, ihn nicht in unser Vertrauen zu ziehen. Er macht viele Geschäfte mit den Römern, und sein Gast, der Priesterfürst Archelaos, hat sein Fürstentum durch die Römer verliehen bekommen. Traust du es dir zu, zwanzig Männer im Schwertkampf auszubilden? Du wirst nur mit *Lochagen* zusammenarbeiten, die deine Lehren ihrerseits an ihre Männer weitergeben werden.«
Philippos strich sich nachdenklich über den Bart. »Es braucht seine Zeit, um aus einem Fischer einen passablen Kämpfer zu machen. Hophra wird Euch bestätigen können, daß man das Geschäft des Krieges nicht über Nacht erlernt. Was ich allerdings zu tun vermag, ist, sie die Art zu lehren, wie Legionäre töten. Die römischen Soldaten führen meist, durch ihren Schild gedeckt, einen Stich gegen den ungeschützten Bauch ihres Gegners. Durch eine solche Wunde wird ein Soldat sofort kampfunfähig, doch oft liegt er noch Stunden röchelnd und jammernd auf dem Schlachtfeld und demoralisiert seine kämpfenden Kameraden. Wenn Ihr Eure Männer mit Schilden ausrüstet, dann werden sie sich wesentlich besser gegen die Römer halten können, *Strategos.*« Philippos hatte den Kaufmann mit dem griechischen Titel für einen Feldherren angesprochen, um zu sehen, ob er für Schmeicheleien anfällig war. Sein Gegenüber lächelte kurz. Offenbar gefiel er sich in der Rolle eines großen Befehlshabers.
»Bislang sind wir bestens mit Schwertern versehen. Wir besitzen fünfhundert Klingen. Schilde und Rüstungen haben wir allerdings kaum.«
»Und wie steht es mit Bogenschützen, Schleuderern und Speerwerfern? Ihr braucht Truppen, um die Römer zu schwächen, bevor es zum Nahkampf kommt. Nicht, daß ich Euch beun-

ruhigen wollte, *Strategos*, doch ich halte die römischen Fußsoldaten für die besten Kämpfer der Welt. Im Kampf Mann gegen Mann sind sie fast unbesiegbar.«
»Das haben wir bereits bedacht, Grieche. Hophra bildet unsere Bogenschützen aus. Er ist der beste Schütze, den ich jemals gesehen habe. Er vermag auf fünfzig Schritt einen *Shekel* zu treffen, den du zwischen Daumen und Zeigefinger hältst. Ihm wird eine ganz besondere Aufgabe zufallen.« Die beiden Männer tauschten wieder Blicke und lächelten verschwörerisch.
»Dürfen wir dich nun zu den Unseren zählen, Philippos?«
»Bei *Zeus*, ja! Ich bin immer dabei, wenn es darum geht, die Römer in ihre Schranken zu verweisen. Doch ich hoffe, Ihr habt Verbündete, denn eins ist gewiß, wenn Tyros sich seiner römischen Besatzung entledigt, werden keine zwei Monate vergehen, bis der *Proconsul* Gabinius mit einem riesigen Belagerungsheer vor den Toren der Stadt stehen wird. Dann brauchen wir Bundesgenossen, oder unsere Sache ist dem Untergang geweiht. Noch nie hat eine Stadt einer römischen Belagerung widerstehen können.«
»Mach dir darum keine Sorgen, Philippos. Wenn sich Tyros erhebt, werden binnen weniger Tage ganz Syrien und Judäa gegen die Römer aufbegehren. Wir haben beste Verbindungen zu den judäischen Rebellen um Aristobul und auch Beziehungen, die noch wesentlich weiter gehen. Wenn *Melkart* unserer Sache gnädig ist, dann wird es in Jahresfrist von Pergamon bis Karthago keinen römischen Soldaten mehr geben. So wie der Herbststurm die Blätter aus dem Hof treibt, werden wir die römischen Legionen aus den Provinzen hinwegfegen. Du, Philippos, sollst den Rang eines *Syntagmatarchen* haben. Wenn du dich als treu erweist, dann wirst du am Ende vielleicht gar Kommandant einer Stadt oder einer Provinz sein. Doch nun genug! Hophra wird dich auf den Hof zurückbringen, auf dem du gekämpft hast. Dort erwarten dich zwanzig *Lochagen*, denen du eine Lektion im Schwertkampf erteilen sollst.«
Philippos verbeugte sich unterwürfig und folgte dem Söldner. Bei sich aber dachte er, daß der Kaufmann völlig verrückt

sein mußte. Sich gegen die Römer zu erheben, war Wahnsinn. Niemals hatte es eine Provinz geschafft, das römische Joch wieder abzuschütteln. Nicht einmal dann, wenn sie Tausende erfahrener Soldaten statt nur ein paar jämmerlicher Fischer gegen die Legionen aufzubieten vermochte.

17. KAPITEL

Den Tag über hatte Samu es geschafft, sich nichts anmerken zu lassen. Am Morgen waren ihre Sklavinnen in ihr Gemach gekommen und hatten sie schminken und ankleiden wollen, doch mürrisch hatte sie die jungen Frauen wieder vertrieben. Als ihr wenig später Elagabal seine Aufwartung machte, schützte sie vor, vom Unfall und dem Schrecken des vorangegangenen Tages noch völlig ermattet zu sein. Der Kaufmann heuchelte Besorgnis, doch meinte die Priesterin, seinen Worten eine gewisse Erleichterung darüber herauszuhören, daß sie sich nicht in der Lage fühlte, das Haus zu verlassen. So verabschiedete er sich schließlich und ließ Samu auf ihrem Krankenlager zurück.

In der Nacht hatte die Priesterin keinen Schlaf mehr finden können. Ihre Angst hatte sich als stärker erwiesen als die Kraft des Schlafmittels, das man ihr verabreicht hatte. Kurz vor Morgengrauen hatte sie gehört, wie man von außen leise die Keile entfernte, mit denen ihre Tür verriegelt worden war. Auch vernahm Samu die leisen Schritte der Sklavinnen, als diese in das Gemach vor ihrem Zimmer zurückkehrten. Den Frauen rechnete sie ihren Verrat nicht an. Sie hatten keine Wahl. Als Eigentum Elagabals waren sie dem Willen des Han-

delsherren ausgeliefert, auch wenn er sie formal Samu zum Geschenk gemacht hatte.
Vertrauen würde die Priesterin ihnen allerdings nicht mehr. Den ganzen Tag über erhob sie sich kaum von ihrer *Kline*, scheuchte die Sklavinnen hin und her und versuchte, ein wenig des verlorenen Nachtschlafs nachzuholen.
Am späten Nachmittag schließlich schickte sie die Frauen in die Küche, um dort bei der Vorbereitung des Abendmahls zu helfen. So hatte Samu Zeit, sich für ihre Flucht bereit zu machen. Das dünne Priesterinnengewand und ihren Schmuck würde sie zurücklassen müssen. Es galt, so wenig Aufsehen wie möglich zu erregen. Wenn die Kleider und der Schmuck noch auf ihrem Zimmer waren, dann mochte sie vielleicht ein oder zwei Stunden gewinnen, in denen Elagabal darüber im Zweifel war, ob sie lediglich einen Spaziergang in die Stadt machte oder aber versuchte, ihm zu entkommen.
Samu legte einen schlicht verarbeiteten, beigefarbenen *Chitonion* an und drapierte darüber ein dunkelbraunes *Himation*. Ihre Haare ließ sie glatt über die Schultern fallen, und auch auf Schminke verzichtete die Priesterin ganz. So würde sie unter den Syrerinnen auf dem Markt und in der Stadt nicht sonderlich auffallen. Unter ihren Gewändern, direkt auf dem Leib, trug sie einen dünnen Ledergürtel, in den sie fünf Goldstücke eingenäht hatte. Außerhalb der Stadt wollte Samu sich zu den Truppen des Marcus Antonius oder aber zu Aulus Gabinius durchschlagen. Die Römer mußten wissen, was hier in Tyros geschah! Doch als Frau mochte diese Reise gefährlich werden. Allein, ohne männlichen Schutz, würde sie vermutlich einige Aufmerksamkeit erregen. Wahrscheinlich würde man sie für eine *Hetaire* halten und sie auch so behandeln, doch es konnte auch noch Schlimmeres geschehen. Unter dem *Himation* verborgen trug sie einen kleinen Dolch, doch machte sie sich keine Illusionen. Die zierliche Waffe würde in den meisten Fällen nicht ausreichen, um sich gegen Zudringlichkeiten zu erwehren.
So verließ Samu das Haus des Elagabal. Dem Torsklaven erklärte sie, sie wolle noch auf den Markt, um für das Nacht-

mahl einzukaufen. Doch statt in Richtung des Hafens zu gehen, schlug sie einen Weg ein, der sie zu dem Stadttor brachte, das sich am Damm befand. Dort streifte sie ziellos durch die Gassen, betrachtete die Auslagen der kleinen Läden und aß in einer kleinen *Taberna* einen gegrillten Fisch. Erst als das *Horusauge* im Westen im Meer versunken war und die Stadt in graues Zwielicht getaucht wurde, wagte sie es, sich auf den Weg zum Hafen zu machen. Samu hatte sich geschworen, Tyros nicht ohne einen Beweis für die Verbrechen Elagabals zu verlassen. Sie erinnerte sich noch genau an das Abendessen an jenem Tag, an dem sie sich zum ersten Mal getroffen hatten, und daran, wie der Kaufmann damals erzählte, sein Kapitän Oiagros sei erst vor wenigen Tagen aus Ephesos zurückgekehrt. Seitdem hatte sie von keinem anderen tyrenischen Schiff gehört, das in der fraglichen Zeit nach Ephesos gesegelt war. Auch die Andeutungen, die Elagabal über Berenike gemacht hatte, sprachen dafür, daß er eher die tyrannische Prinzessin unterstützte als den rechtmäßigen *Pharao*. Er hatte ein Interesse daran, daß Ptolemaios nicht mehr nach Ägypten zurückkehrte. Alles, was sie jetzt noch brauchte, war ein schriftlicher Beweis. Damit könnte sie Elagabal den Römern ausliefern. Samu war sicher, daß sie diesen Beweis im Hafenkontor des Kaufmanns finden würde. Dort wurde ein Tontafelarchiv geführt, in dem alle Schiffs- und Warenbewegungen registriert wurden. Jetzt, nach Einbruch der Dämmerung, würde dort mit Sicherheit niemand mehr anzutreffen sein, und sie konnte ungestört die Aufzeichnungen durchgehen.
Mit klopfendem Herzen durchquerte Samu das Hafenviertel mit seinen verrufenen Schenken. Unter dem *Himation* verborgen hielt sie den Dolch in der Hand, bereit, sich nicht nur mit Worten zur Wehr zu setzen. Doch abgesehen von einer Begegnung mit einer Gruppe von betrunkenen Seeleuten, die sie wohl mit einer *Hetaire* verwechselten und mit allerlei unflätigen Kosenamen bedachten, kam es zu keinem nennenswerten Zwischenfall.
Als sie schließlich bei den Lagerhäusern Elagabals im Hafen

anlangte, fand sie die großen hölzernen Pforten, die auf die Anlegestellen hinauswiesen, allesamt verriegelt. Keines der Tore hätte sich ohne weiteres öffnen lassen. Enttäuscht umrundete Samu die Lagerhallen, doch auch alle anderen Tore und Türen waren sorgfältig verschlossen. Sie wußte genau, daß auf der Rückseite des größten der Lagerhäuser in einem Anbau das Archiv lag, doch so, wie die Dinge standen, mußte sie die Hoffnung wohl begraben, an eine der verräterischen Tontafeln zu gelangen.

Resignierend lief sie noch einmal um die größte Lagerhalle herum. Es war jenes Gebäude, vor dem sich am vorangegangenen Tag der Unfall ereignet hatte. Die Dachluke im Giebel, durch welche die große Amphore herabstürzte, war auch jetzt unverschlossen. Dunkel klaffte sie dort oben im hellen Sandstein, so wie der Eingang zu einer Schatzhöhle. Samu fluchte leise. Jetzt könnte sie Philippos gebrauchen. Der Grieche würde sich vielleicht darauf verstehen, mit Hilfe eines Seils nach dort oben zu gelangen. Sie jedoch wußte nicht, was sie machen sollte.

Der schwere Marschtritt einer römischen Streife ließ Samu Zuflucht in einer finsteren Gasse zwischen zwei der mächtigen Lagerhäuser suchen. Einige Herzschläge lang überlegte sie, ob sie den *Decurion*, der die Patrouille befehligte, ansprechen solle. Wenn der Mann ihr glaubte und sie mit zum Stadtkommandanten nahm, dann würde sie die Intrige Elagabals vielleicht noch rechtzeitig aufdecken können. Doch wie gut standen schon die Aussichten, daß man ihr glaubte? Sie hatte keine Beweise, und, was noch schlimmer war, sie war nur eine Frau. Vermutlich würde nicht einmal der *Decurion* auf sie hören, und bis zum Stadtkommandanten würde man sie erst gar nicht vorlassen. Nein, sie mußte zu Marcus Antonius oder Aulus Gabinius. Die beiden Männer kannten sie. Sie würden sie nicht nur empfangen, nein, sie würden ihren Rat auch ernst nehmen!

Die Schritte der Soldaten verhallten in der Finsternis. Samu wollte gerade die Gasse verlassen, als sie mit dem Fuß gegen etwas Längliches stieß, das auf dem Boden lag. Vorsichtig

tastete sie in die Finsternis und stieß dann, als sie erkannte, was sie gefunden hatte, einen halberstickten Freudenschrei aus. Die Lastenträger hatten hier die Leiter abgelegt, die sie benutzt hatten, um die Amphoren in das oberste Geschoß des Lagers hinauf zu bringen. *Isis* allein mochte wissen, warum die Leiter nicht im Schuppen verschlossen worden war. War es vielleicht die Göttin selbst gewesen, die das Schicksal so gefügt hatte, daß sie doch noch einen Weg in das Lagerhaus finden würde? überlegte Samu. Mit einem inbrüstigen Gebet dankte sie der Zauberreichen für das Geschenk. Dann schaffte sie die Leiter aus der Gasse und blickte sich im Hafen um. Im Augenblick war niemand zu sehen. Also riskierte sie es, die lange Leiter vor dem Einstieg zum Giebel anzulehnen. Auch *Horus* schien ihr gnädig gesonnen zu sein. Er hatte sein silbernes Auge hinter Wolken verborgen, so daß man in der Finsternis kaum zehn Schritt weit sehen konnte. Nur das Feuer auf dem Leuchtturm machte ihr Sorgen. Seine Flammen warfen tanzende Schatten auf den Hafen.
Mit klopfendem Herzen erklomm Samu die Sprossen der Leiter. Oben angekommen, blickte sie noch einmal zum Himmel. Es herrschte ein starker Wind, und die Wolken zogen schnell weiter. Womöglich würden schon in wenigen Augenblicken die Schleier vor dem *Horusauge* zerreißen, so daß man schon von weitem die Leiter sehen konnte, die an der Vorderfront des Lagerhauses lehnte. Sie mußte verschwinden! Wenn Samu sie einfach umstieß und sich keine Möglichkeit fand, die Tore des Lagers von innen zu öffnen, dann wäre sie gefangen. Sie konnte es sich nicht leisten, auf die Leiter zu verzichten! Es blieb ihr keine andere Wahl, als sie hinaufzuziehen. Wieder fluchte sie leise vor sich hin und wünschte sich Philippos an ihrer Seite. Seit ihrer Begegnung im Hafen hatte sie den Griechen nicht mehr gesehen und hatte es auch nicht gewagt, nach ihm zu fragen, um seine Sicherheit nicht zu gefährden. Wahrscheinlich lag er wieder in den Armen einer Frau! Bevor sie die Stadt verließ, sollte sie bei Simon eine Nachricht für den Arzt hinterlassen. Dem Griechen würde der römische Stadtkommandant eher glauben als ihr.

Als Samu es geschafft hatte, die Leiter durch das Giebelfenster zu ziehen, ließ sie sich erschöpft auf den Boden des Lagerhauses sinken. Sie war jetzt in Sicherheit und hatte viele Stunden Zeit, um nach den Dokumenten zu suchen, mit denen sie die Verstrickung Elagabals in den Giftanschlag auf Ptolemaios nachweisen konnte.
Eine Weile lag sie einfach still und sah den ziehenden Wolken zu. Ein breiter Streifen silbernen Lichtes fiel durch das große Giebelfenster. Mit einem stummen Gebet dankte sie *Horus*, daß er sein silbernes Auge so lange bedeckt gehalten hatte. Dann überzeugte sich die Priesterin mit einem kurzen Blick auf die Kais davon, daß niemand auf sie aufmerksam geworden war. Der Hafen war ruhig. Hier und dort konnte man einzelne Gestalten auf den Docks beobachten, doch niemand schien sich um das Lagerhaus zu kümmern. Erleichtert wandte Samu sich ab und stieg die Treppe hinab, die vom Dachboden zur Lagerhalle führte.
Dort unten im fensterlosen Speicher war es so dunkel, daß Samu sich mit ausgestreckten Armen vorwärts tasten mußte. Sie wußte, daß es am hinteren Ende des Lagers eine schmale Pforte gab, die zu dem Gewölbebau führte, in dem Elagabal sein Archiv untergebracht hatte und in dem tagsüber seine Schreiber arbeiteten. Vorsichtig tastete sie sich durch die Dunkelheit.
Eine Ewigkeit schien zu vergehen, bis Samus Finger endlich über die rissige Holztür glitten, die den Anbau vom Lager trennte. Sie fand den hölzernen Sperriegel und schob ihn zurück. Der Geruch von feuchtem Lehm und kaltem Rauch schlugen ihr entgegen, als sie über die Schwelle trat. Von der Feuerstelle, die in einer der Wandnischen des hohen Gewölbes lag, ging ein schwaches Glimmen aus. Samu wußte, daß Elagabals Schreiber jeweils am Ende des Tages die neuen Tontäfelchen, die sie angefertigt hatten, unter die Glut der schwelenden Feuerstelle schoben, um sie bis zum nächsten Morgen zu brennen und haltbar zu machen.
Im schwachen, rötlichen Licht konnte Samu die Umrisse einer Öllampe auf einem der Tische nahe der Feuerstelle erken-

nen. Sie nahm die Lampe, blies die Glut über den Tontafeln an und entzündete daran dann den Docht. Mit der Lampe in der Hand machte sie sich daran, das Archiv zu untersuchen. Es gab vier Tische, auf denen sich Dokumente aus Papyrus und Pergament stapelten. Die wichtigsten Daten davon wurden übernommen und auf Tontafeln übertragen.
Ziellos begann die Priesterin zwischen den Dokumenten herumzusuchen. Das einzige System, das sie entdecken konnte, bestand darin, daß die Schriftstücke nach Sprachen sortiert worden waren und jeweils nur Unterlagen derselben Sprachgruppe auf einem Tisch lagen. So gab es Listen in Latein, Griechisch, Aramäisch und noch einer weiteren Sprache, deren Schriftzeichen die Priesterin nicht kannte. Die Informationen über die Fracht des Schiffes, das nach Ephesos gesegelt war, würde sie am wahrscheinlichsten unter den aramäischen Dokumenten finden, überlegte Samu, denn dies war die am weitesten verbreitete Sprache in Tyros und an der syrischen Küste. Möglicherweise waren sie aber auch in Griechisch abgefaßt. So machte sie sich daran, im gelben Licht der Öllampe Dokumente über Hafengebühren, Preislisten für Handelswaren und Berichte der Schiffskapitäne über den jeweiligen Verlauf der Reisen und etwaige Zwischenfälle zu studieren.
Die Priesterin hatte sich gerade erfolglos durch die aramäischen Texte durchgearbeitet und auch schon die Hälfte der griechischen Schriftstücke eingesehen, als ein Geräusch am großen Tor des Lagerhauses sie aufhorchen ließ. Wer mochte das mitten in der Nacht sein? Ängstlich blickte sie sich nach einem Versteck um. Im hinteren Bereich des Gewölbes türmten sich Stoffballen und große Säcke, in denen wohl Gewürze gelagert wurden. Einen anderen Unterschlupf gab es hier nicht.
Quietschend öffnete sich das Tor der Lagerhalle. Hastig blies Samu die Öllampe aus und stellte sie auf einen der Tische. Dann hastete sie zu den Säcken hinüber, um sich dort zu verstecken. Das Licht von Fackeln erschien im Lagerhaus. Durch die offene Tür des Gewölbeanbaus konnte die Priesterin erken-

nen, wie eine ganze Gruppe von Männern hereinkam. Sie folgten dem langen Gang zwischen den Vorratsamphoren und kamen geradewegs auf den Gewölbebau zu. Erschrocken schlich Samu noch ein wenig weiter zwischen den Säcken zurück.

An der Spitze der Männer erkannte sie jetzt Elagabal und Hophra. Der Ägypter näherte sich ihr fast bis auf Armesweite und zerrte einige der schweren Säcke zur Seite, um dann auf einen eisernen Ring am Boden zu weisen. »Hier ist es, Männer. Hebt die Platte an.«

Zwei kräftige Gestalten traten vor, schoben eine kurze Holzstange durch den Eisenring und öffneten eine verborgene Falltür.

»Ihr wißt, was ihr zu tun habt!« Elagabal zeigte auf die schmale Steintreppe, die unter der Felsplatte zum Vorschein gekommen war. Einer der Fackelträger ging voran, dann folgten die anderen Männer. Es waren ausnahmslos junge, kräftig gebaute Kerle. Vermutlich Fischer und Hafenarbeiter, dachte Samu.

»Glaubst du, daß es richtig war, auf den Griechen zu hören?« Elagabal spielte nervös mit den Fingern am Saum seiner *Tunica*. »Das Versteck hier ist gut. Noch nie hat es ein Römer betreten. Schenken wir diesem Söldner nicht zu viel Vertrauen.«

Hophra lächelte kalt. »Wer sagt, daß ich dem Griechen vertraue, Herr? Ich habe mir seine Fechtübungen gestern und heute angesehen. Er ist zweifellos ein brauchbarer Lehrer, der es versteht, Männer zu führen. Diese Qualitäten solltet Ihr Euch zunutze machen. Sein Rat, die Waffen schon jetzt an die Getreuen auszuteilen, war auch klug. Stellt Euch vor, es gäbe einen Verräter und dieses Lager würde von den Römern entdeckt. Wir hätten dann fast alle Schwerter auf einen Schlag verloren. Wenn wir die Männer hingegen jetzt schon bewaffnen, gibt es dieses Risiko nicht mehr, und sie können ihre Übungen statt mit Holzstöcken mit richtigen Schwertern absolvieren. Das ist gut für ihre Moral. Sie fühlen sich dann schon fast wie richtige Soldaten. Wenn der Aufstand geglückt ist, sollten wir allerdings darüber nachdenken, uns des Griechen zu entledigen. Ich bin mir immer noch nicht sicher, ob wir ihm wirklich trauen können, *Strategos*. Für meinen Geschmack versteht er sich zu gut auf die römische Art zu kämpfen, ganz so, als sei er selbst einmal Legionär gewesen. Deshalb sollte er auf keinen Fall etwas von unserem besonderen Plan erfahren. Womöglich würde er sonst noch verhindern, daß der goldene Pfeil *Melkarts* den Tyrannen durchbohrt.«

Auf der Treppe erschienen jetzt Männer, die eingerollte Decken auf den Schultern trugen, die ganz so wie jene aussahen, auf die Samu einen kurzen Blick erhascht hatte, als man sie in der Sänfte am Vortag vom Hafen fortgebracht hatte. Das also war das Geheimnis des kretischen Schiffes gewesen! Es hatte außer Amphoren voller Olivenöl auch noch Waffen transportiert!

»Mir gehen immer wieder die Worte dieses Philippos durch den Kopf«, murmelte Elagabal. »Erinnerst du dich noch? Er hat behauptet, noch nie habe es eine Provinz geschafft, die Herrschaft der Römer wieder abzuschütteln. Glaubst du, es ist falsch, wenn wir uns gegen Marcus Antonius und Aulus Gabinius empören? Führen wir damit am Ende nur unseren eigenen Untergang herbei?«

»Worte!« Hophra schnaubte verächtlich. »Es sind die Herzen der Männer und der kühle Verstand ihres Anführers, die über den Erfolg einer Rebellion entscheiden. Unser Plan, Marcus Antonius in die Stadt zu locken, ist vollkommen. Er wird der Versuchung nicht widerstehen können. Wir können auch nicht mehr zurück. Ich habe ihm heute abend einen Botenreiter mit unserer Einladung geschickt. Seine Kolonne ist nur noch drei Tagesmärsche entfernt. Wir müssen auf jeden Fall verhindern, daß er mit seinen Fußsoldaten gemeinsam in die Stadt einzieht. Zusammen mit seinen tausend Mann würde die Garnison zu stark. Wir hätten dann keinerlei Aussicht auf Erfolg mehr. Schaffen wir es aber, ihn und seine Offiziere zu töten, dann ist die Wahrscheinlichkeit groß, daß seine drei Kohorten nicht weiter auf Tyros marschieren, sondern sich mit den Legionen des Gabinius vereinigen. Damit hätten wir einige Wochen Zeit gewonnen, um die Verteidigung der Stadt vorzubereiten. Inzwischen werden sich auch unsere Verbündeten

gegen die Römer erhoben haben. Ihr werdet sehen, *Strategos*, wenn Antonius tot ist, dann haben wir schon fast gewonnen.«
Samu traute ihren Ohren kaum, als sie den hinterhältigen Plänen Hophras lauschte. Sie mußte so schnell wie möglich die Stadt verlassen und den Feldherren warnen. Und Philippos sollte sie auch warnen oder... Die Priesterin zögerte. War es ein Zufall, daß der Grieche schon wieder in eine Verschwörung verwickelt war? Sie dachte an die Ereignisse in Italien. Auch dort hatte er auf Seiten der Mörder und Intriganten gestanden. Falls Philippos das Lager gewechselt hatte und sie ihm eine Warnung zukommen ließ, würden die Verschwörer vielleicht einen neuen Plan aushecken, um Marcus Antonius umzubringen. Und wenn der Arzt nur ein unschuldiges Opfer war... Nein, sie konnte es nicht riskieren, ihn zu warnen! Im Zweifelsfall würde er sich schon selbst zu retten verstehen. Das einzige, was sie für Philippos tun konnte, war, für ihn zu beten.
»Und diese Priesterin? Ich bin voller Sorge darüber, daß sie geflohen ist. Glaubst du, daß sie unsere Pläne erraten hat? Es war ein Fehler, sie zu unserem Gastmahl zu laden, nicht wahr?«
Hophra lachte leise. »Diese kleine Hure wird nicht weit kommen.« Seine Worte trafen Samu wie ein Schlag ins Gesicht. »Ich habe Euch immer davon abgeraten, sie in Euer Haus aufzunehmen, Herr. Doch seid gewiß, sie wird uns nicht entwischen. Es gibt nur ein einziges Stadttor, durch das sie Tyros verlassen kann. Dort ist sie bislang nicht gesehen worden. Da auch kein Schiff aus dem Hafen ausgelaufen ist, muß sie sich noch innerhalb der Mauern befinden. Sorgt Euch also nicht! Wir werden sie auf jeden Fall finden, und wenn ich mit ihr fertig bin, dann wird sie niemandem mehr etwas verraten können.«
Samu spürte, wie sich ihre Gedärme verkrampften. Vorsichtig versuchte sie, noch ein wenig weiter zwischen den Gewürzsäcken zurückzukriechen. Wie hatte sie nur jemals glauben können, daß Hophra sie liebte? Er hatte sie mißbraucht und sein Spiel mit ihr getrieben! Doch woher wußte er, warum sie nach Tyros gekommen war?

»Behaltet einen kühlen Kopf, *Strategos*, und Ihr werdet in zwei Monaten der neue Statthalter von Syrien sein. Wenn Berenike erst den parthischen Prinzen geheiratet hat und die Parther und die Ägypter gemeinsam in Syrien einmarschieren, um die Römer zu vertreiben, dann bricht ein neues Zeitalter für Tyros an. Die Stadt wird dann wieder so bedeutend sein wie einst. Ihr könnt sicher sein, daß Euch die Prinzessin auszeichnen wird, wenn Ihr Euch als erster gegen die Herrschaft der Tyrannen erhebt und so ein Zeichen zum allgemeinen Aufstand gebt. Ihr wißt doch, daß Euch der Gott zu seinem Werkzeug auserkoren hat.«
Samu traute ihren Ohren kaum. Hophra war also mehr als nur ein Söldner! Er war ein Spitzel in Diensten Berenikes! Er, der immer so treu zu seinem *Pharao* gestanden hatte, daß Potheinos höchstpersönlich dafür gesorgt hatte, daß Hophra vom Hof in Alexandria abkommandiert wurde und durch einen korrupteren Offizier ersetzt wurde. Am liebsten wäre Samu aus ihrem Versteck aufgesprungen und hätte dem Verräter ihren Dolch in die Brust gestoßen.
Jetzt erkannte sie, daß ihre Mission hier in Tyros von dem Augenblick an verloren gewesen war, an dem sie Hophra im Hafen begegnete. Der Krieger hatte wissen müssen, daß sie noch am Hof des *Pharaos* diente und daß es kein Zufall sein konnte, daß sie kurz nach dem mißglückten Giftanschlag hier in Tyros erschien. Vermutlich war auch der Mordversuch Hophras Werk. Schließlich war es eines von Elagabals Schiffen gewesen, das die falschen Geschenke nach Ephesos gebracht hatte, und so wie es schien, hatte der Söldner solchen Einfluß auf den Handelsherrn, daß er ihn zu jeder Schandtat überreden konnte.
Schweigend beobachteten der Kaufmann und sein Söldner, wie ihre Lastenträger die Bündel mit den Waffen aus dem verborgenen Keller fortschafften. Als die Männer schließlich mit ihrer Arbeit fertig waren und die Steinplatte über den Zugang zu dem verborgenen Kellergewölbe schieben wollten, trat Hophra dazwischen.
»Laßt es offen. Wir verriegeln das Lagerhaus gut, das genügt!

Morgen früh müssen die Schreiber die frisch gebrannten Dokumente in das geheime Archiv bringen. Ihr wißt doch, was für Schwächlinge sie sind und was für ein Aufhebens sie immer darum machen, die Steinplatte anzuheben.«

»Was für Dokumente?« Elagabal blickte seinen Leibwächter fragend an.

»Die Kopien des Briefes, den Ihr an Berenike geschickt habt, Herr. Ihr erinnert Euch doch noch.«

»Ja, der Brief... Du hast recht.« Der Kaufmann machte auf Samu keineswegs den Eindruck, als erinnere er sich. Sie hatte mehr und mehr das Gefühl, als sei er Wachs in Händen des Söldners. Was Hophra wohl mit ihm gemacht haben mochte, daß Elagabal sich so sehr gängeln ließ?

Die Männer verließen das Gewölbe, und als Samu schließlich hörte, wie das schwere Portal des Lagerhauses verschlossen wurde, wagte sie es, aus ihrem Versteck herauszukommen. Im nachhinein betrachtet war dieser Zwischenfall geradezu ein Geschenk der *Isis*. Nur auf sich gestellt, hätte sie wohl niemals den Zugang zu dem Kellergewölbe entdeckt und selbst wenn, hätte sie allein nicht die schwere Steinplatte anheben können, die es verschloß. Auch der Hinweis auf die Tontafeln in der Glut war Gold wert. Sie selbst wäre nicht auf die Idee gekommen, ausgerechnet diese Tafeln näher zu untersuchen. So entzündete sie wieder ihre Öllampe und holte dann mit Hilfe einer eisernen Zange die gebrannten Tafeln aus der fast verloschenen Glut des Feuers. Der Text auf den fünf Tafeln war in aramäischer Sprache verfaßt. Die Schriftzeichen erschienen Samu ein wenig verzerrt, doch mochte es daran liegen, daß sie nicht dazu geschaffen waren, mit einem Schreibkeil in frischen Ton gepreßt zu werden. Was den Inhalt anging, waren die Schreiben eine Enttäuschung. Es war lediglich eine Bestätigung dessen, was sie ohnehin schon wußte. Elagabal schien der Kopf der Verschwörung in Tyros zu sein, auch wenn Hophra der zerstörerische *Daimon* war, der hinter allem stand. Der Kaufmann wandte sich an Königin Berenike um Hilfe und berief sich dabei auf frühere Vereinbarungen. Offenbar sollte die Rebellion in Tyros so etwas wie ein allgemeines

Zeichen zum Aufstand werden. Außerdem bedankte er sich bei der Herrscherin für die Waffenlieferung. Woher Berenike wohl über römische Kurzschwerter verfügte, dachte Samu bei sich. Dann legte sie die Tontafeln in die Asche zurück und wandte sich dem Eingang zum Kellergewölbe zu.

Die Treppe war aus dem Felsen geschlagen und führte in einer leichten Krümmung in die Tiefe. Hier und da waren an den Seitenwänden die Reste von primitiven Zeichnungen zu erkennen. Es gab einen knienden Helden, der einen Löwen umklammert hielt, und ein andermal eine Frauengestalt, der Waffen aus den Schultern zu wachsen schienen. Insgesamt hatte Samu den Eindruck, als habe man sich Mühe gegeben, die Zeichnungen wieder von den Wänden zu entfernen. An vielen Stellen fand sie tiefe Schrammen auf der Felswand, durch die die Göttergestalten unkenntlich gemacht worden waren. Auch waren die Wände und die Decke schwarz vor Ruß, so als habe es einst ein verzehrendes Feuer in dem Gewölbe am Ende der Treppe gegeben. Oder stammte der Ruß nur von den Fackeln Tausender Gläubiger, die über Generationen das Gewölbe hinabgestiegen waren?

Nach ungefähr vierzig Stufen mündete die Treppe in ein Gewölbe, das so aussah, als ginge es auf eine Höhle zurück, die später künstlich erweitert worden war. Am Ende des länglichen Raumes befand sich eine Nische, in der vielleicht einst eine Götterstatue gestanden hatte. Samu spürte deutlich die mächtige Aura dieses Ortes. Die magischen Kräfte, die längst vergessene Priester hier einst beschworen hatten, schienen der Ägypterin noch immer präsent. Samu spürte, wie sich die feinen Härchen auf ihren Armen aufrichteten. Ein Schaudern überlief sie. Es wäre besser, wenn sie an diesem Ort nicht zu lange verweilte! Hastig schlug sie ein Schutzzeichen gegen *Daimonen* und sah sich dann nach den Kisten um, die ordentlich aufgereiht an einer der Längswände des Gewölbes standen.

Die hölzernen Kisten hatten keine Deckel und waren durch schmale Brettchen in Fächer unterteilt, in denen sich Tontafeln stapelten. Neugierig machte sich Samu daran, die Schriftstücke zu studieren, und war schon bald überrascht, welchen

Umfang die geheimen Aktivitäten des Kaufmanns annahmen. So gab es Verträge mit verschiedenen Piraten, in denen Elagabals Schiffen freies Geleit zugesichert wurde. Auf der anderen Seite wiederum schien der Vater des Kaufmanns Pompeius bei seinem Feldzug gegen die Piraten unterstützt zu haben. Es gab Handelsabkommen, die das Vorkaufrecht auf bestimmte Waren sicherten, und Absprachen, die dazu dienten, Kaufleute, deren Namen Samu nicht kannte, in die Isolation und schließlich in den Ruin zu treiben. Doch so sehr sie auch suchte, sie fand nichts über den Einkauf der Geschenke, die an den Hof des Ptolemaios gebracht worden waren, keine Anweisungen an den Kapitän Oiagros, aus denen sich ableiten ließ, daß ein Mordanschlag geplant war. Der einzige Beweis, den sie nach wie vor hatte, war die Äußerung Elagabals über die Fahrt nach Ephesos. Hatte der Kaufmann vielleicht etwas geahnt und alle Spuren verwischt? Samus Blick glitt über die lange Reihe der Kisten mit den Tontafeln. Nein, der Phönizier dachte gar nicht daran, Spuren zu verwischen. Er war ein Pedant! Über alle zwielichtigen Geschäfte und Schurkereien seines jungen Lebens hatte er sorgfältig Buch geführt.
Ein Geräusch auf der Treppe ließ Samu herumfahren. Intuitiv zuckte ihre Hand zu dem Dolch, den sie unter ihrem Gewand verborgen trug.
Auf der Treppe stand Hophra. In der Rechten hielt er eine fast verloschene Fackel. Seine Linke lag auf dem Knauf des langen Reiterschwertes, das er umgegürtet hatte. Im unsteten Licht wirkte das Gorgonenhaupt auf seinem weißen Leinenpanzer seltsam lebendig. Es grinste nicht nur, es schien Samu geradezu auszulachen. Die Priesterin stand wie versteinert da und starrte den Söldner an.
»Hattest du genug Zeit, um zu finden, was du suchst, meine Liebe?« Der Krieger lächelte, doch seine Augen blieben kalt.

»Du mußt wissen, daß ich kein Verräter bin, Philippos. Ich konnte einfach nicht...« Abimilku brach mitten im Satz ab und starrte auf das nächtliche Meer. Der Schiffer hatte Philippos nach den Kampfübungen gebeten, mit ihm zu kommen. Die

beiden hatten an einer einsamen Stelle die Stadtmauer erklommen, um sich dort, weitab neugieriger Lauscher, auszusprechen.
Der Grieche hatte am Morgen nach der Prüfung seine Sachen zusammengeschnürt und war in das Haus des Judäers zurückgekehrt. Seit er in die Verschwörung gegen Marcus Antonius eingeweiht worden war, mußte er nicht mehr unter einem Dach mit Abimilku wohnen. Er war nicht mehr auf den Kapitän angewiesen! Jetzt kannte er bedeutendere Männer und konnte auf anderen Wegen nachforschen, wer in den Anschlag auf Ptolemaios verwickelt war. Obwohl er selbst ein Spitzel gewesen war, fühlte er sich durch den Taucher mißbraucht und verletzt. Er hatte für den Mann echte Freundschaft empfunden. Er hatte ihm den Arm, ja vielleicht sogar das Leben gerettet, und dann das...
»Es tut mir leid, Philippos. Behandle mich nicht wie einen Schurken. Kannst du mich denn nicht verstehen? Ich mußte zwischen meiner Treue zu dir und meiner Stadt wählen. Ich habe es mir dabei wirklich nicht leichtgemacht...«
»Bist du sicher, daß du diesen Gedanken wirklich bis zum Ende geführt hast? Du glaubst, deiner Stadt einen Dienst zu erweisen?« Philippos mußte vorsichtig sein. Er wollte, daß sich Abimilku über die Konsequenzen, die eine Rebellion in Tyros haben würde, im klaren war. Gleichzeitig hatte der Grieche aber auch Angst davor, sich wieder als Spitzel verdächtig zu machen. Er durfte nicht zu offen Partei gegen die Verschwörer ergreifen. Vielleicht sollte er das Gespräch auch einfach beenden? Was interessierte ihn das Schicksal dieser Menschen? Er sollte nicht sentimental sein... Schließlich hatte er nur ein paar Tage mit ihnen unter einem Dach gelebt! Vor seinem geistigen Auge sah er das brennende Tyros, sah plündernde römische Soldaten durch die Straßen stürmen. Philippos ballte die Fäuste. Er mußte an Abimilkus Frau und deren Kinder denken. Und er wußte, was mit ihnen geschehen würde.
»Natürlich erweise ich meiner Stadt einen guten Dienst«, entgegnete der Seemann nach längerem Schweigen trotzig. »Ich

diene meinen Göttern. Azemilkos, der Hohepriester des *Melkart*, hatte eine Vision. Er hat gesehen, daß die Königin Ägyptens von Alexandrien bis Pergamon herrschen wird und daß die mächtigsten Römer ihr zu Füßen liegen werden. Die Götter selbst werden sich gegen die fremden Eroberer und ihre Vasallen erheben. Weißt du, überall erzählt man sich Geschichten davon, wie sich die *Artemis* von Ephesos gegen den *Pharao* empört hat, der in ihrem Hause Zuflucht suchte. In ihrem Zorn hat sie den Mundschenk und die Geliebte des Herrschers zerschmettert. Genauso wird es den Römern ergehen, wenn sie *Melkart* beleidigen! Es heißt, dieser Reitergeneral wolle kommen und in seinem Stolz *Melkart* herausfordern. Angeblich will er sogar in Waffen das Haus des Gottes betreten. Warum sollten wir ihm gestatten, was wir selbst dem großen Alexander verwehrt haben?«

»Habt ihr letzten Endes verhindern können, daß Alexander den Tempel des Gottes betreten hat? Welchen Preis habt ihr für euren Stolz gezahlt? Tyros wurde niedergebrannt. Alexander hat bewiesen, daß er selbst fast ein Gott ist, indem er die Insel für immer mit dem Festland verbunden hat und euch einen eurer Häfen stahl! Wo war *Melkart*, als der Makedone die Frauen und Kinder von Tyros in die Sklaverei verkaufte?«

»Vorsicht, Grieche! Ich wollte mich bei dir entschuldigen und mit dir Freundschaft schließen, doch ich werde nicht dulden, daß du meinen Gott beleidigst! *Melkart* hat nichts von seiner Macht verloren. Er hat Alexander das verzehrende Fieber geschickt, das ihn dahingerafft hat. *Melkart* ist das Licht und das Feuer! Und ein Feuer war es, das den Makedonen von innen heraus aufgezehrt hat!«

»Verstehe mich nicht falsch! Ich bin Söldner und habe bisher meinen Dienstherren immer die Treue gehalten«, beteuerte der Arzt. »Doch habe ich sie auch alle im Kampf gegen Rom untergehen sehen. Im Zweifelsfall werde ich der Letzte sein, der auf den Mauern über einer brennenden Stadt noch gegen die Römer weiterkämpft. Doch ich habe es auch viel leichter mit meiner Entscheidung, denn ich muß nur an mich denken, Abimilku. Ich habe keine Frau und keine Kinder, die für meinen Stolz vielleicht mit einem Leben in Sklaverei bezahlen müssen. Doch genug jetzt davon!« Philippos streckte dem Kapitän seine Hand entgegen. »Ich weiß, in welchem Zwiespalt du gesteckt hast, und ich werde dir verzeihen, daß du das Gastrecht verraten hast, um mich der Liebe zu deiner Stadt zu opfern.«

»Danke.« Die Stimme des Tauchers war kaum mehr als ein Flüstern. Er ergriff die Hand des Griechen, um ihre Freundschaft aufs neue zu besiegeln. »Laß uns nun gehen! Die Stunde der Morgendämmerung ist nicht mehr fern, und ich sehne mich nach der zarten Umarmung meiner Frau.« Abimilku lächelte verlegen. »Du mußt wissen, sie war in den letzten Tagen wegen meiner Verletzung sehr zurückhaltend.«

Der Arzt erwiderte das Lächeln. »Ich weiß. Ich selbst habe ihr dazu geraten, deine Kräfte zu schonen. Doch wenn du jetzt wieder die Stimme *Aphrodites* in dir hörst, dann bin ich sicher, bist du auch in der Lage, die Gaben der Göttin zu empfangen.« Der Taucher lächelte.

Am Fuß der Mauer trennten sich die beiden, und Philippos kehrte zum Haus des Judäers zurück. Auch wenn er sich mit warmherzigen Worten verabschiedet hatte, so quälten ihn doch düstere Gedanken. Immer wieder sah er das brennende Tyros vor sich, und der Arzt betete stumm zur *Pallas*, daß sie den Tyrenern die Weisheit schenken möge, zu erkennen, welchen Weg sie beschritten hatten.

18. KAPITEL

Was soll das heißen, sie ist verschwunden?«
Simon zuckte mit den Schultern. »Sie ist fort. Gestern abend hat sie das Haus Elagabals verlassen, danach ist sie nicht mehr gesehen worden. So sagt man jedenfalls.«
»Wer sagt das?« Philippos knallte wütend den Tonbecher auf den Tisch. Wie konnte ihm der Judäer in aller Gelassenheit erklären, daß Samu verschwunden war? Offenbar war ihm das Schicksal der Priesterin völlig gleichgültig!
»Meine Tochter Isebel hat auf dem Markt mit einer der Sklavinnen aus dem Haus des Handelsherren gesprochen. Samu hat gestern abend das Haus verlassen. Seitdem hat sie niemand mehr lebend gesehen.«
Philippos mußte sich zur Ruhe zwingen. Der Gleichmut des Judäers trieb ihn schier zum Wahnsinn. »Was heiß das, lebend?«
»In der Nacht hat Elagabal Männer ausgeschickt, um nach der Priesterin zu suchen. Angeblich haben sie sie nicht gefunden. Ich habe allerdings auch gehört, daß die Fischer heute morgen ein blutbeflecktes *Himation* aus dem Hafenbecken gezogen haben. *Jahwe* allein wird wissen, was mit der Götzen-

priesterin geschehen ist. Vielleicht haben ihre *Daimonen* sie verschlungen?«

»Oder Elagabal wußte, warum sie in sein Haus gekommen war. Du hättest mir früher sagen müssen, daß sie dort wohnt! Ich hätte sie warnen können. Du weißt doch, was in der Stadt vor sich geht, Simon. Ein paar Tage noch, und es wird zum Aufstand kommen. Sie sind alle verrückt, diese Tyrener! Sie glauben, sie könnten Rom herausfordern!«

Der Judäer wiegte bedächtig den Kopf. »Ich habe dir schon einmal gesagt, daß es seit langem der Wille *Jahwes* ist, daß diese Stadt vernichtet wird. Es ist töricht, zu glauben, daß wir dies verhindern könnten!«

»Und dein Haus? Du wirst all dein Hab und Gut verlieren! Wie kannst du nur so gleichmütig hier sitzen und deinem Untergang entgegensehen? Was ist, wenn Samu uns verraten hat, bevor diese Schurken sie ermordet haben? Vielleicht werden auch wir diese Nacht nicht überleben? Elagabal traut mir nicht. Er läßt jeden meiner Schritte überwachen. Ich kann nicht zum Stadtkommandanten gehen, um die Römer zu warnen. Das ist deine Aufgabe, Simon! Du mußt dieses Blutbad verhindern.«

Der Judäer schüttelte entschieden den Kopf. »Die Wege *Jahwes* sind unergründlich. Er wird seine schützende Hand über mich halten, denn ich werde nichts tun, um das Schicksal aufzuhalten, das er dieser sündigen Stadt bestimmt hat.«

»Und deine Tochter?« zischte Philippos wütend. »Soll sie mit dir zugrunde gehen? Was glaubst du, was geschehen wird, wenn die Römer diese Stadt stürmen? Glaubst du, sie werden dein Haus verschonen, weil du ihre Götter verachtest? Glaubst du, dein *Jahwe* wird mit flammendem Schwert vom Himmel herabsteigen, um dich zu beschützen?«

»Genug jetzt, Grieche!« Simons Gesicht war rot vor Zorn geworden. »Ich werde nicht dulden, daß du in meinem Haus den Namen *Jahwes* lästerst! Noch ein Wort, und ich lasse dich von meinen Dienern auf die Straße hinausprügeln! Geh mir jetzt aus den Augen!«

Vor Zorn bebend erhob sich Philippos. Er hätte den alten Kerl am liebsten niedergeschlagen. Dieser Ignorant! Wie konnte Simon nur so seelenruhig dem Verderben entgegensehen? War es die Kraft seines Gottes, die ihm diesen Gleichmut gab? Der Grieche stieg die Treppe zum Hof hinab. Er mußte an Samu denken. Er kannte die Priesterin nicht einmal ein Jahr lang, und die meiste Zeit, die er mit ihr verbracht hatte, hatten sie sich gestritten. Trotzdem fühlte er sich jetzt schuldig an ihrem Tod. Er hatte dafür gesorgt, daß sie nach Tyros kam. Hätte er nur gewußt, daß sie im Hause Elagabals wohnte! Es hätte sicher einen Weg gegeben, sie vor den Plänen des Phöniziers zu warnen.

Der Grieche seufzte. Seit jenem Nachmittag, an dem Buphagos die Prozession der *Artemis* gestört hatte, schienen sich die Götter gegen ihn verschworen zu haben. Der Mundschenk, Thais, Samu... Wer würde das nächste Opfer sein? Ob die Priesterin ihn verraten hatte? Philippos lächelte traurig. Er dachte an ihren Stolz und ihre Dickköpfigkeit. Ihr war zuzutrauen, daß sie nichts verraten hatte, selbst wenn sie gefoltert worden war.

Der Arzt ballte wütend die Fäuste. Er würde ihren Tod rächen und die wahnsinnigen Pläne Elagabals vereiteln!

Das erste, was Samu sah, als sie wieder zur Besinnung kam, war ein Kamel. Das Tier kaute mit mahlenden Kiefern auf einem Dornenzweig und schenkte ihr keine Beachtung. Vorsichtig tastete sich die Priesterin über ihre geschwollene Schläfe. Ihre Hände waren gefesselt, und sie konnte sich nur sehr eingeschränkt bewegen.

Sie hätte besser die Finger von der Prellung gelassen. Mit der Berührung hatte sie die bösen Säfte unter der Haut geweckt, und ein pochender Schmerz breitete sich über die Schläfe in ihrem Kopf aus. Dieser Schurke Hophra! Er hatte sie einfach niedergeschlagen! Langsam kehrte Samus Erinnerung zurück. Sie waren in dem Gewölbe unter dem Lagerhaus gewesen und jetzt...

Blinzelnd blickte sie sich um. Sie lag im Schatten einer Palme. Überall waren Kamele. Neben ihnen türmten sich hochbeladene Packsättel. Leise Männerstimmen erklangen hinter ihr

und das Geräusch von Wasser, das in eine Tränke geschüttet wurde.
Wo bei *Isis* war sie nur? Sie hätte damit gerechnet, daß Hophra sie ermordet, doch das hier, das konnte sie sich nicht erklären. Der Söldner hatte sie verhöhnt und ihr erklärt, wie leicht es gewesen war, sie nach ihrer Flucht aufzuspüren. Er hatte dafür gesorgt, daß die Leiter in der Gasse neben dem Lagerhaus liegengeblieben war, damit sie dort leichter einbrechen konnte. Wie er angeordnet hatte, die Felsplatte nicht über die verborgene Treppe zu legen, hatte sie selbst mitanhören können. Grinsend hatte Hophra ihr erklärt, daß er sie genau dort unten hatte haben wollen. Gefangen in einem Loch, aus dem es keinen Ausweg mehr gab, außer an ihm vorbei.
Großmütig hatte er ihr angeboten, sie aus der Stadt zu bringen, der Heuchler! Angeblich lag sogar schon ein flaches Boot im versandeten ägyptischen Hafen bereit, um sie in Sicherheit zu bringen. Er schien tatsächlich davon überzeugt gewesen zu sein, daß sie ihm seine Lügen glauben würde. Zum Schein hatte sie sich auf sein Angebot eingelassen und war mit ihm gegangen. Bei der erstbesten Gelegenheit jedoch war sie ihm davongelaufen. Durch die halbe Stadt hatte sie die Verfolgung geführt, bis er sie schließlich einholte und mit der mittlerweile verloschenen Fackel niederschlug. Mochte die *Große Schlingerin* ihn in ihren Abgrund reißen, diesen verfluchten Bastard!
Die Priesterin blickte zum Himmel. Das helle Licht der Sonne schmerzte ihren Augen, und wieder begann ihre Schläfe zu pochen. Es war kurz nach Mittag. Die Sonne hatte ihren Zenit noch nicht lange überschritten. Samu leckte sich mit der Zunge über die trockenen Lippen. Sie hatte seit fast zwanzig Stunden nichts mehr getrunken.
Sie versuchte, etwas zu rufen und auf sich aufmerksam zu machen, doch sie bekam nur ein heiseres Krächzen heraus. Hinter ihr ertönte wieder das Plätschern von Wasser. Offenbar wurden gerade die Kamele getränkt.
»Na, bist du doch noch zu dir gekommen.« Ein dunkles Männergesicht tauchte über ihr auf. »Ich hatte schon befürch-

tet, der Söldner hätte dir den Schädel eingeschlagen.« Der Mann trug eine lange, bis über die Knie hinabreichende *Tunica* aus hellblauem Leinenstoff. Um den Kopf hatte er ein schmutzigweißes Leinentuch gebunden. Seine Haut war dunkel, fast schon schwarz. Freundlich lächelnd hielt er Samu einen Wasserschlauch entgegen. »Trink nicht zu viel auf einmal, sonst wird dir schlecht, und du hast nichts von der Sache.«

Samu streckte ihm die gefesselten Hände entgegen, doch er schüttelte nur den Kopf. »Trinken kannst du auch so. Der Söldner hat mich vor dir gewarnt. Es ist eigentlich nicht meine Art, auf diese Weise mit Frauen umzugehen, noch dazu, wenn sie so hübsch sind wie du, doch ich habe mit deinem ägyptischen Freund ein Geschäft abgeschlossen, und da ich ein Ehrenmann bin, werde ich mich an jede der besprochenen Vereinbarungen halten. Der Ägypter hat eine Menge Gold für dich gezahlt.« Der Beduine lachte leise und schüttelte dabei den Kopf. »Du mußt eine eigenartige Frau sein. Ein Geschäft wie dieses habe ich noch nie abgeschlossen. Ja, nicht einmal gehört habe ich von so etwas!«

Samu schluckte. Was meinte dieser ungewaschene Beduine? Sie griff nach dem Wasserschlauch und setzte das aus Horn geschnitzte Mundstück an die Lippen. Das Wasser war angenehm kühl. Es war wohl gerade erst aus einem Brunnen geschöpft worden. Sie trank in kleinen Schlucken und hörte auf, bevor sie wirklich ihren Durst gestillt hatte. Stumm reichte Samu dem Beduinen den Schlauch zurück, doch der Mann schüttelte den Kopf. »Behalt das Wasser! Ich werde nicht jedesmal nach dir sehen können, wenn du Durst hast. Ich habe eine große Karawane zu führen und werde nur während der Mittagsrast und abends ein wenig Zeit für dich haben. Kannst du eigentlich reiten, Weib?«

»Nur schlecht. Es widerspricht der Würde einer Isispriesterin, auf dem Rücken irgendeines Tieres zu sitzen!«

Der Beduine lachte breit. »Du kannst auch gerne laufen, doch fürchte ich, daß dies deinen zarten Priesterinnenfüßen nicht wohl bekommen wird.«

Samu senkte den Blick und tat beschämt. Es wäre besser, mit dem Kerl nicht zu streiten. Zumindest noch nicht. Erst mußte sie erfahren, wo sie war und was für ein Schicksal ihr bestimmt sein sollte. »Soll ich als Sklavin verkauft werden?«
»O nein, meine Schöne!« Das Grinsen des Beduinen wurde noch breiter. »Ich habe schon Hunderte von Sklavinnen durch die Wüsten gebracht. Wäre dies deine Zukunft, dann hätte ich dein Schicksal nicht außergewöhnlich genannt.«
Samu spürte, wie sich ihr Magen schmerzhaft zusammenzog. Was bei *Isis* hatte der Kerl mit ihr vor? Was für eine Schurkerei hatte Hophra ersonnen, um sie zu quälen?
Ein Mann mit mürrischem Gesicht erschien und hockte sich neben dem Karawanenführer in den Sand. »Wir haben die Lasten umverteilt. Die Kleine hat jetzt ein Kamel für sich allein, Haritat.«
»Du siehst, meine ägyptische Prinzessin, ich gebe mir alle Mühe, deine Reise so angenehm wie möglich zu gestalten.«
Samu hob ihre gefesselten Hände. »Wenn du mich hiervon befreien könntest, würde ich dir sicherlich zustimmen. Ich biete dir Gold dafür, wenn du mich laufen läßt. Was hältst du davon, Haritat?«
»Beim Barte *Melkarts*, das werde ich nicht tun! Der Söldner hat mich ausdrücklich davor gewarnt. Du sollst wie eine Viper sein. Ich werde dich mit mir nach Jerusalem nehmen. Dort darf ich dich freilassen. Ja, ich soll mich sogar darum kümmern, daß du mit einer Karawane nach Tyros zurückkehren kannst oder an jeden anderen Ort, zu dem zu reisen dir beliebt. Er hat mir genug Gold gegeben, um dir ein Pferd zu kaufen und einen Krieger anzumieten, der dich als Leibwächter begleiten wird. Auch hat er mir erklärt, daß, wenn ich meine Aufgabe zu seiner Zufriedenheit ausführe, ich darauf rechnen darf, in Zukunft noch weitere gute Geschäfte mit dem Handelsherrn Elagabal zu machen. So viel Gold, wie ich daran verdienen kann, wenn ich meinen Dienst für den Ägypter glücklich ausführe, kannst du mir mit Sicherheit nicht bieten.«
Samu starrte den Beduinen ungläubig an. »Du sollst mich nur mit dir nehmen und wirst mich nach ein paar Tagen wieder lau-

fen lassen?« Hatte sie sich in Hophra getäuscht? Warum hatte der Söldner sie nicht einfach umbringen lassen? Liebte er sie am Ende doch?

»Der Handel mit den Schätzen Ägyptens wird dich noch zu einem reichen Mann machen!« brummte der Kameltreiber, der sich neben dem Karawanenführer niedergelassen hat. »Wie es scheint, bist du ein Liebling der Götter, Haritat!«

»Du weißt, daß ich meinen Reichtum mit meinen Freunden teile...«

»Du reist oft nach Ägypten?« Die Worte des Beduinen hatten die Priesterin aufhorchen lassen. Sollte sie hier die Spur finden, nach der sie im Archiv Elagabals vergeblich gesucht hatte?

»Ich war erst einmal in Alexandria, meine Schöne. Eine prächtige Stadt. Ich habe dort allerlei Schätze eingehandelt. Es war keine schöne Aufgabe. Ich mußte mir eigens Söldner anmieten, weil zu befürchten war, daß wir in der Wüste überfallen würden, wenn sich herumspricht, was für Kostbarkeiten meine Karawane transportiert.« Der Beduine grinste selbstzufrieden. »Du mußt wissen, ich bin ein geschätzter und zuverlässiger Mann. Der Phönizier, für den ich diese Waren transportiert habe, war zwar ein gottloser Verrückter, aber er war reich wie ein *Pharao*! Dieser Mann besitzt mehr als zwanzig Schiffe und läßt die Waren mit einer Karawane auf dem Landweg von Alexandria nach Tyros bringen! Ist das nicht verrückt? Zur See hätte es weniger als die halbe Zeit gedauert, und es hätte ihn nichts gekostet, denn die Schiffe gehören ihm ja!«

»Manchen Männern verwirrt der Reichtum den Verstand.« Samu nickte Haritat freundlich zu. »Ich kenne selbst einen dieser Verrückten. Er ist noch blutjung. War Elagabal dein Geschäftspartner? Hast du auf diese Weise Hophra kennengelernt? Diese Posse hört sich ganz nach seinem Herren an.«

Haritat zwinkerte ihr mit den Augen zu. »Halte mich nicht für dumm, meine Prinzessin. Ich werde dir keine Namen verraten. Wer mich so gut bezahlt wie dieser Phönizier, der kann auf meine Verschwiegenheit rechnen.« Der Beduine erhob sich und gab seinem Gefährten ein Zeichen, ihm zu folgen.

Philippos schabte nervös mit dem Fuß über den gepflasterten Boden. Plötzlich war er nicht mehr sicher, ob er die richtige Entscheidung getroffen hatte. Wie konnte er glauben, daß Chelbes besser war als all die anderen? Nur weil er ein guter Heilkundiger war? Es gab sonst niemanden, den er ins Vertrauen ziehen konnte. Der Hohpriester hatte ihm das Angebot gemacht, zu ihm zu kommen, wenn er Hilfe brauchte...

Chelbes trat durch das Eingangsportal des Heiligtums auf den Hof und nickte ihm freundlich zu. Philippos fluchte leise. Jetzt war es zu spät, um noch zu gehen. Er könnte allenfalls irgendwelche Ausflüchte erfinden.

»Du siehst aus, als hättest du Sorgen, Bruder.«

Der Grieche schaute sich nervös um. Der Mann, der ihm schon den ganzen Morgen über folgte, war vor einem kleinen Schrein an der Rückseite des Hofes niedergekniet, und es schien, als bete er. »Gibt es einen Ort, an dem wir ungestört reden können? Es ist besser, wenn es für unser Gespräch keine Zeugen gibt, Herr.«

Chelbes runzelte die Stirn. »Ist es so schlimm? Wirst du verfolgt? Hier im Tempel wird niemand es wagen, dir etwas zuleide zu tun.«

»Ich würde nicht darauf dringen, wenn ich keinen guten Grund dazu hätte«, knurrte Philippos gereizt. »Mit dem, was ich Euch zu sagen habe, Herr, lege ich mein Leben in Eure Hand. Laßt mich dies wenigstens an einem Ort tun, der mir dafür geschaffen erscheint.«

»Wenn du mich wieder wie deinesgleichen ansprichst und die förmlichen Floskeln aufgibst, dann werde auch ich mich deinen Wünschen fügen.«

Philippos blickte den Hohepriester einen Moment lang verwundert an. Es ging hier um das Schicksal seiner Heimatstadt, und Chelbes diskutierte mit ihm über Floskeln! Hatte er sich vielleicht in dem Mann getäuscht? War er nicht minder verrückt als all die anderen Phönizier? Doch es war auf jeden Fall klüger, auf den Hohepriester einzugehen. »Es schmeichelt mir, daß *du* in mir deinesgleichen siehst, Chelbes. Ich nehme dein Angebot gerne an.«

Der Priester lächelte. »So ist es gut. Dann folge mir nun. Es gibt eine schmale Treppe, die auf das Dach des Tempels führt. Dort oben werden wir alleine sein.« Chelbes führte Philippos durch einen Seitenflügel des Tempels auf einen zweiten, verborgenen Hof, der allein den Priestern vorbehalten war. Dort erklommen sie die Stiege zum Dach. Der *Eshmun*-Tempel lag nicht weit vom Meer entfernt. Seine Rückwand berührte fast die Stadtmauer, und von dem flachen Dach konnte man über die Zinnen der Mauer hinweg auf die See blicken. In die andere Richtung hatte man einen guten Blick über die Dächer der Stadt. Nur der *Melkart*-Tempel, der ungefähr in der Mitte von Tyros lag, war noch höher.

»Nun, was hast du mir zu sagen, Bruder?« Der glatzköpfige Priester blickte Philippos mit seinen dunklen Augen erwartungsvoll an.

Der Arzt erzählte ihm alles, was er über die Verschwörung wußte, ließ die Geschichte um den Mordanschlag auf Ptolemaios allerdings aus. Chelbes hörte ihm ruhig zu. Als der Grieche geendet hatte, zog der Priester die Stirn in Falten und blickte Philippos einige Herzschläge lang schweigend an. Schließlich seufzte er leise. »Ich weiß, was in der Stadt vor sich geht. Auch ich beobachte die Ereignisse mit Sorge, doch kann ich nichts tun. Azemilkos, der Hohepriester des *Melkart*, behauptet, es sei der Wille des Gottes, daß Marcus Antonius stirbt und die Römer vertrieben werden. Ich werde mich nicht gegen einen Gott auflehnen, Söldner. Wie die anderen Hohepriester werde auch ich den Feldherren vor dem Tempel des *Melkart* erwarten. Wenn der Gott ihn nicht richtet, und ich sehe, daß es die Menschen sind, die sich gegen Marcus Antonius empören, dann werde ich meine Stimme erheben und versuchen, das Schlimmste zu verhindern. Sollte es aber der Wille *Melkarts* sein, daß wieder einmal Feuer und Schwert in unserer Stadt regieren, so werde ich treu zu den Meinen stehen.«

Philippos schüttelte verständnislos den Kopf. »Du bist ein kluger Mann, Chelbes. Du mußt doch wissen, was es heißt, wenn die Römer Krieg führen. Keine Stadt hat ihnen je widerstehen können. Denk nur an Korinth, Syrakus oder das mächtige Karthago!«

»Du hast mein Wort gehört, Grieche. Gleichgültig, was du mir zu sagen hast, ich werde meine Meinung nicht ändern. Du kannst sicher sein, daß ich dich nicht verraten werde. Deine Sorge zeichnet dich als einen Ehrenmann aus, Philippos, doch mußt du auch verstehen, daß ich als Hohepriester mich nicht wider die Götter entscheiden kann.«

19. KAPITEL

Samu war erwacht, als sie etwas auf ihrem Bein krabbeln spürte. Still verharrte sie und wartete, was geschehen würde. Etwas hockte auf ihrem linken Oberschenkel. Es schien keine Schlange zu sein. Einen Augenblick überlegte sie, ob sie die Decke zurückschlagen sollte, um nachzusehen. Vielleicht war es ja nur eine Wüstenmaus... Doch wenn nicht? Es war besser, still liegenzubleiben!
Haritat hatte ihr ein eigenes, kleines Zelt errichten lassen, in dem sie unbehelligt von den Blicken der Männer die Nacht verbringen konnte. Der Beduine hatte ihr zur Nacht sogar die Fesseln abgenommen. Gleichzeitig hatte er sie allerdings eindringlich davor gewarnt, einen Fluchtversuch zu unternehmen. Wenn sie seinen Worten glauben konnte, dann waren nabatäische Bogenschützen als Wachen aufgestellt worden.
Das Ding unter ihrer Decke bewegte sich wieder! Deutlich spürte Samu, wie das Tier ihren Schenkel weiter hinaufkroch... Spürte die starren Füße auf ihrer Haut. Ängstlich biß sie sich auf die Lippen, um nicht laut aufzuschreien. Jetzt hatte sie keine Zweifel mehr, daß ein Skorpion unter ihrer Decke hockte. Endlich verharrte das Tier und preßte seinen kalten Leib auf ihren Bauch.

Samu betete leise. Die vertrauten Worte nahmen ihr ein wenig Angst. Als *Isis* vor *Seth* in die Wüste geflohen war, da hatten sieben Skorpione sie begleitet, um sie zu beschützen. Vielleicht war es ja die Göttin, die ihr das Tier geschickt hatte?
Draußen dämmerte es. Die Priesterin konnte hören, wie das Leben im Lager erwachte. Sie atmete nur flach, so daß sich ihr Bauch kaum hob. Der Skorpion hockte jetzt unmittelbar unter ihrem Rippenbogen. Samu kam es so vor, als wäre das Tier ungewöhnlich groß. Sie würde es gerne sehen. Es war leichter, mit einer Gefahr umzugehen, der man ins Auge blicken konnte. Auch wüßte sie dann, ob es sich um einen der Skorpione handelte, deren Gift selbst Menschen zu töten vermochte, oder aber um eine harmlose Art.
Vorsichtig krallte sie ihre Zehen in den weichen Leinenstoff, und jedesmal, wenn sie ausatmete, zog sie die Decke mit den Füßen einen Finger breit tiefer. »*Petet*, erhöre mich! Sage deinem Bruder, daß ich eine Dienerin der Göttin bin!« Samu spürte, wie sich der Skorpion auf ihrem Bauch ein kleines Stück bewegte. Würde der Zauber auf ihn wirken?
»*Tjetet*, erhöre mich! Sage deinem Bruder, daß ich eine Dienerin der Göttin bin!« Wieder zog sie die Decke ein wenig tiefer. Die Stimme der Priesterin klang leise und monoton. Ihr Gesicht war naß von Schweiß. Sie versuchte, sich das Tier vorzustellen, das auf ihrem Bauch hockte. Versuchte, es im Netz der Magie einzufangen.
»*Matet*, erhöre mich! Sage deinem Bruder, daß ich eine Dienerin der Göttin bin!« Samu wollte alle sieben Skorpione anrufen, die der *Isis* gedient hatten. Sie waren die Mächtigsten ihres Volkes, und einer von ihnen mußte der Herrscher über jenen Skorpion sein, der auf ihrem Bauch kauerte.
Die Priesterin hatte die Decke jetzt bis über ihre Brüste hinabgezogen. Nur noch ein kleines Stück, und sie würde die Bestie sehen! »*Mesetet*, erhöre mich! Sage deinem Bruder, daß ich eine Dienerin der Göttin bin!« Wieder rutschte die Decke ein klein wenig tiefer. Das Tier verhielt sich weiterhin ruhig.
Die Priesterin leckte sich über die trockenen Lippen.

»*Mesetetef*, erhöre mich! Sage deinem Bruder, daß ich eine Dienerin der Göttin bin!«
Im selben Augenblick, in dem sie den Namen *Mesetetef* aussprach, begann das Tier sich zu bewegen. Langsam schoben sich seine Zangen unter der Decke hervor. Lautlos öffneten und schlossen sie sich, so als wolle er ihr ein Zeichen geben oder sie einfach nur grüßen. Auf seinen dünnen Beinen kroch der Skorpion vorwärts, bis er zwischen ihren Brüsten lag. Er war schwarz wie die Nacht und fast so groß wie eine Menschenhand. Seinen Stachel hatte er drohend über den Rücken erhoben.
»Ist *Mesetetef* dein Herrscher?«
Der Stachel des Skorpions zuckte auf und nieder.
»Ich bin Samu, Dienerin der *Isis*. Spürst du die Kraft der Göttin in mir? Laß uns einen Bund schließen, so wie dein Herrscher einst mit meiner Herrin einen Bund geschlossen hat.« Samu sprach leise und bewegte bei ihren Worten kaum die Lippen. Langsam senkte sich der drohende Stachel.
»Bist du zu mir gekommen, so wie *Mesetetef* gekommen ist, um die Zauberreiche zu schützen?«
Die Plane am Eingang des Zeltes wurde zurückgeschlagen, und Haritat trat hinein. »Guten Morgen, Priesterin. Wenn du noch…« Der Beduine verstummte. Schlagartig wich die Farbe aus seinem Gesicht. Seine Rechte glitt zu dem Dolch an seinem Gürtel.
Von der fremden Stimme erschreckt, hatte der Skorpion sich umgedreht und wieder drohend seinen Stachel erhoben.
»Beim Barte *Melkarts!* Bewege dich nicht, Priesterin!« Langsam zog der Beduine seinen Dolch. »Ich werde dich retten, aber bleib ganz ruhig.«
»Laß ihn in Ruhe, Haritat! Die Göttin hat ihn geschickt, um über mich zu wachen. Wie du siehst, hat er zwischen meinen Brüsten geschlafen und mir nichts getan. Doch dich mag er nicht! Er hat mir gesagt, daß er in der nächsten Nacht seine Brüder mitbringen und dich besuchen wird.«
Der Beduine schlug mit der Linken ein Schutzzeichen. Währenddessen kroch der Skorpion Samus Bauch hinab und

kletterte auf die Decke. Die Priesterin atmete immer noch ganz flach. Sie war sich keineswegs sicher, ob sie dieser kleinen Bestie wirklich zu gebieten vermochte. Doch davon würde sie sich nichts anmerken lassen!

»Ich glaube, mein Leibwächter mag dich nicht, Haritat! Ich habe ihm erzählt, daß du mich in Fesseln nach Jerusalem führen willst. Er war darüber sehr zornig.« Samu konnte sehen, wie sich der Adamsapfel des Beduinen auf und ab bewegte. Haritat machte einen Schritt zurück.

»Wenn du mir dein Wort gibst, nicht zu fliehen, Priesterin, dann mußt du keine Fesseln mehr tragen.«

»Hat dir Hophra eigentlich erzählt, wer ich bin? Hast du dich nicht darüber gewundert, daß er mich bewußtlos zu dir gebracht hat? Was glaubst du wohl, warum er das Weite gesucht hatte, noch bevor ich wieder zu mir gekommen bin?«

Haritat leckte sich nervös über die Lippen. »Was willst du von mir, Priesterin? Ich habe dich nicht schlecht behandelt!«

Samu schnaubte verächtlich. »Ich bin deine Gefangene! Nennst du das gute Behandlung? Doch du und die Deinen werden dafür büßen. Ich bin eine Dienerin der *Isis*. Sieben Jahre lang hat man mich die Geheimnisse der Göttin gelehrt. Ich vermag den *Daimonen* zu gebieten, und wenn ich es will, dann reichen drei Worte von mir, um deine sämtlichen Kamelstuten unfruchtbar werden zu lassen und dich obendrein, Haritat. Kannst du dir vorstellen, wie der Stachel, den du so stolz zwischen deinen Beinen trägst, verdorrt und schließlich abfällt?«

Samu konnte sehen, wie sich die Faust des Beduinen um den Dolchgriff verkrampfte, so daß die Knöchel weiß hervortraten. Schweiß stand ihm auf der Stirn.

»Denk lieber erst gar nicht daran! Hat man dir nie gesagt, daß der Fluch einer sterbenden Zauberin der mächtigste ist, den sie in ihrem ganzen Leben spricht? Bis ins siebente Glied hinein wird er deine Ahnen verfolgen! Wer immer deiner Sippe angehört, den soll der Fluch des Skorpions treffen. Immer dann, wenn sich zum dreißigsten Mal der Tag ihrer Geburt jährt, wird deine Kinder und Kindeskinder ein Skorpion heimsuchen und sie töten. So lange wird sich dies Schicksal wiederholen, bis deine Sippe ausgelöscht ist, Haritat. Das ist der Preis, den du zahlen wirst, wenn du eine Waffe gegen mich erhebst!«

Der Skorpion glitt jetzt an Samus Bein hinunter und eilte auf das Kleiderbündel zu, das dicht neben ihr auf dem Boden lag. Mit starrem Blick verfolgte der Beduine das Tier. Die Hand, in der er den Dolch hielt, zitterte leicht.

»Der Ägypter hat mich betrogen, Priesterin. Er hat mir nicht die Wahrheit darüber gesagt, wer du bist. Also muß ich mich auch nicht an das Wort gebunden fühlen, das ich ihm gegeben habe.«

Samu lächelte zufrieden. »Wie ich sehe, bist du ein weiser Mann, Haritat.«

»Wenn ich dir ein Kamel satteln lasse und dir freien Abzug gewähre, wirst du dann darauf verzichten, mich zu verfluchen, Zauberin?«

»Gib mir noch einen Führer, und wir sind handelseinig. Nicht du bist der, dem mein Zorn gilt. Ich will den Kopf des Mannes, der mich zu dir gebracht hat! Ich sehe, daß du von Hophra getäuscht worden bist und dich keine Schuld trifft.«

Der Beduine nickte heftig. »Genauso ist es. Er hat mir gesagt, du seiest nur ein törichtes Weib, das sich in Schwierigkeiten gebracht hat. Davon, daß du eine Zauberin bist und in Fehde mit ihm liegst, hat er kein Wort gesagt.«

»Gehe jetzt und suche einen Mann, dem du traust! Doch versuche nicht, mich zu betrügen, Beduine. Mein Fluch über dich ist ausgesprochen, und ich werde ihn erst zurücknehmen, wenn ich sicher im Lager der Römer bin, die nach Tyros marschieren.«

»Du willst zu den Römern?«

»Du wirst doch wohl wissen, wo ich sie finde, oder? Man sagt doch, ihr Beduinen wißt um jeden, der durch die Wüste reist. Also wird dir doch nicht verborgen geblieben sein, daß eine ganze Armee nach Tyros marschiert.«

»Keine Armee, Priesterin. Drei Kohorten und eine Abteilung Reiter. Ich werde dich nicht fragen, was du von ihnen willst.

In der Zeit, die die Sonne braucht, um zwei Finger breit über den Himmel zu wandern, werde ich dir ein Kamel satteln lassen und einen Führer auswählen. Du wirst nicht weit reiten müssen, um zu den Römern zu gelangen.«
Samu lächelte zufrieden. »Ich sehe, du bist ein kluger Mann, Haritat. Du wirst dir keine Sorgen um die Zukunft deiner Sippe machen müssen.«

20. KAPITEL

»Ich glaube nicht, daß der *Magister equitum* dich empfangen wird, Weib. Er berät sich gerade mit seinen *Tribunen* und hat keine Zeit.«

Samu blickte an sich hinab. Ihr schlichtes Gewand war von Staub bedeckt. Es war kein Wunder, daß der Legionär sie nicht in das Lager lassen wollte. Noch dazu, wo sie diesen schweigsamen, tätowierten Beduinen an ihrer Seite hatte. Haritat hatte ihr den Mann als Wache und Führer mitgegeben. Den ganzen Weg über hatte der Kerl keine drei Worte mit ihr gesprochen, ja, er hatte sie kaum eines Blickes gewürdigt. Vermutlich interessierte er sich mehr für Männer als für Frauen.

»Wenn Marcus Antonius erfährt, daß du mich, die Gesandte des Ptolemaios, abgewiesen hast, dann wird er dir den Kopf vor deine Füße legen lassen. Ich bin nicht den weiten Weg von Ephesos gekommen, um mich von dir aufhalten zu lassen. Glaube mir, ich werde einen Weg finden, um den *Magister equitum* zu sprechen. Nenn mir deinen Namen, Soldat. Der Feldherr soll wissen, wer mich aufgehalten hat.«

Der Mann kratzte sich unbehaglich hinter dem Kinnriemen seines Helms, ganz so, als fühle er bereits das Schwert des Henkers an seinem Hals. Dann lächelte er verlegen. »Ich denke,

der wachhabende *Centurio* soll entscheiden, ob Ihr vorgelassen werdet. Ich werde ihn holen.« Er drehte sich zu einem Mann um, der ein Stück weiter im Schatten einer Palme saß. »Marius! Bring den Gesandten frisches Wasser und kümmere dich um ihre Reittiere!« Der Legionär nickte Samu noch einmal kurz zu und entfernte sich dann eilig.
Samu ließ ihr Kamel niederknien und sprang ungelenk aus dem Sattel. Sie hatte schon für Pferde nicht viel übrig, doch Kamele waren noch erheblich unkomfortablere Reittiere. Um richtig im Sattel sitzen zu können, hatte sie ihr *Chitonion* bis weit über die Knie raffen müssen.
Sie nahm die kleine, lederne Tasche vom Sattelhorn, in der die drei Schrifttafeln verwahrt waren, die ihr Haritat vor der Abreise gegeben hatte. Sie stammten aus dem Archiv Elagabals. Der Beduine hatte die Tafeln von Hophra mit der Anweisung bekommen, er solle sie an die Priesterin aushändigen, sobald sie Jerusalem erreichten. Es handelte sich um die Frachtliste des Schiffes, das unter dem Kommando von Oiagros nach Ephesos gesegelt war. Auf ihr waren all jene Geschenke verzeichnet, die man an den Hof des Ptolemaios gebracht hatte. Doch wichtiger noch war der Name, der auf den Tafeln stand. Der Name des Mannes, der das Schiff von Elagabal gemietet hatte. Es war der gleiche Name, den Haritat ihr genannt hatte, als sie zum Abschied nach dem Mann fragte, der die Luxusartikel aus Ägypten hatte kommen lassen.
Der Soldat, der davongeeilt war, um seinen *Centurio* zu holen, kehrte mit einem bulligen, rotgesichtigen Krieger an seiner Seite zurück. Schnaufend blieb der Kerl vor Samu stehen.
»Du behauptest also, eine Gesandte des Königs Ptolemaios zu sein?« Der Offizier musterte sie eingehend. »Ich habe schon ägyptische Hofdamen gesehen. Für mich hast du nicht sehr viel Ähnlichkeit mit ihnen. Aber wenn man dich wäscht, magst du vielleicht ganz ansehnlich sein. Mach dich darauf gefaßt, daß, wenn du dir hier einen Spaß erlaubst, der *Praefectus equitum* ein Mann ist, der sich herausnehmen könnte, auch seinen Spaß mit dir zu haben.« Der *Centurio* lächelte anzüglich und wischte sich mit dem Arm über das verschwitzte Gesicht.

Samu nickte ihm zu und erwiderte sein Lächeln. »Dann hoffen wir, daß auch du deinen Spaß haben wirst, nachdem ich Marcus Antonius erzählt habe, auf welche Weise du mich empfangen hast.« Die Priesterin drehte sich um und nickte dem Beduinen, der sie begleitet hatte, kurz zu. »Du kannst jetzt zu Haritat zurückkehren und ihm sagen, daß ich den Fluch von ihm genommen habe.« Dann folgte sie dem römischen Offizier in das Lager.

Die Legionäre hatten ihr Nachtlager nahe der Küstenstraße um einen Brunnen herum gebaut. Es war von einem hüfttiefen Graben umgeben und zusätzlich durch einen niedrigen Erdwall geschützt, der von einer Holzpalisade gekrönt wurde. Ein Teil der Legionäre war noch damit beschäftigt, Zelte aufzuschlagen. Der Duft von frisch gebackenem Brot lag in der Luft. Einige großgewachsene, blonde Reiter striegelten ihre Pferde. Sie verfolgten Samu mit Blicken und machten Späße in einer Sprache, die die Priesterin nicht verstand, doch war sie sicher, daß diese Barbaren sich nicht daran störten, daß sie zerzaust und ungewaschen war.

Die Priesterin folgte dem *Centurio* auf einer Straße, die durch die Mitte des Lagers direkt zum *Praetorium* führte. Dort war ein großes Zelt aus rot gefärbtem Leder aufgeschlagen, vor dem ein Trupp fremdländischer Soldaten mit struppigen, rotblonden Schnauzbärten auf Wache stand.

»Warte hier«, brummte der *Centurio* und bedachte sie mit einem hämischen Blick. »Ich will sehen, ob der *Praefectus equitum* Zeit für dich hat.« Der Offizier grüßte die Wachen und verschwand dann im Zelt.

Es verging eine ganze Weile, bis er in Begleitung eines jungen Soldaten wieder heraustrat. Fast hätte Samu in ihm nicht mehr den Mann wiedererkannt, von dem sie sich vor mehr als einem halben Jahr im Hafen von Misenum verabschiedet hatte. Seine Haut war sonnengebräunt, sein Gesicht von Bartstoppeln gerahmt, und tiefe, dunkle Ringe lagen unter seinen Augen. Marcus Antonius wirkte erschöpft, und in seinen Zügen spiegelte sich eine Härte, an die sich die Priesterin von ihrer letzten Begegnung nicht erinnern konnte. Der Feldherr musterte sie einen Augenblick und wirkte im ersten Moment unschlüssig, bis plötzlich ein Lächeln um seine Lippen spielte. »Samu, nicht wahr?«

Die Priesterin verneigte sich. »Es schmeichelt mir, daß Ihr Euch an eine unbedeutende Dienerin des *Pharaos* erinnern könnt.«

»Ich habe weder dich noch deine charmante, kleine Schülerin vergessen, Priesterin. Wenn ich mich recht erinnere, haben wir früher in einem vertrauteren Ton miteinander gesprochen. Ich bin zwar jetzt der kommandierende Feldoffizier in diesem Lager, doch davon abgesehen bin ich immer noch derselbe Mann wie früher. Es gibt also keinen Grund, mich so formell anzusprechen. Mit solchen Kleinigkeiten halten wir uns hier im Lager nicht auf.«

»Ich danke dir für diesen warmherzigen Empfang. Ich muß gestehen, daß ich mit einiger Sorge gekommen bin, nachdem der *Centurio* der Torwache mir in Aussicht gestellt hatte, man könnte mich vielleicht wie eine *Hetaire* behandeln.«

Marcus Antonius lachte und blickte zu dem Offizier, der sich sichtlich unwohl in seiner Haut fühlte. »Ich fürchte, Sextus hat schon zu lange kein Weib mehr beglückt. Du mußt wissen, daß meine Männer seit fast vier Monaten im Feld stehen und sie kaum Gelegenheit hatten, sich nach Unterhaltung umzusehen. Da kann es schon einmal passieren, daß eine so schöne Frau wie du sie auf unziemliche Gedanken bringt. Doch laß uns nicht länger hier draußen stehen.« Der *Praefectus* gab seinen Leibwachen ein Zeichen, und die Krieger ließen Samu passieren.

Das Zelt des Feldherren wurde von einem großen Tisch beherrscht, auf dem Landkarten und allerlei Schriftrollen lagen. Drei junge *Tribunen* standen um den Tisch herum und musterten Samu kritisch, als sie eintrat.

Die Priesterin räusperte sich verlegen. »Ich habe eine wichtige Nachricht für dich, die ich dir lieber unter vier Augen mitteilen würde.«

»Mach dir keine Gedanken, ich habe keine Geheimnisse vor meinen Männern.« Antonius lachte laut. »Außerdem wäre es

schlecht für die Moral der Truppe, wenn ich allein mit dir in diesem Zelt bleiben würde. Bislang habe ich mir kein Vergnügen gegönnt, das ich nicht auch einem einfachen Soldaten zubilligen würde. Nicht, daß ich dir zu nahe treten wollte, Samu, doch da ich einen gewissen Ruf unter den Männern habe, würde es bestimmt Gerede geben...« Der *Praefectus* lächelte verschmitzt.
Die Priesterin spürte, wie ihr das Blut in die Wangen stieg. Doch dann faßte sie sich und begann, dem Feldherren von den Giftmorden in Ephesos und den Vorfällen in Tyros zu erzählen. Marcus Antonius hatte sich inzwischen einen Becher voller Wein eingeschenkt und sich auf einer Ecke des Kartentischs niedergelassen. Als Samu ihren Bericht beendet hatte, schüttelte er nachdenklich den Kopf. »Diese Phönizier! Sie denken zu kompliziert. Kein Wunder, daß sie ihre Macht verloren haben. Heute morgen erst hat mich ein Bote dieses Kaufmanns Iubal aufgesucht. Er hat mich genau wie du vor dem Anschlag gewarnt, den man auf mich verüben will. Und jetzt kommst du daher und erklärst mir, daß der Mann für ein Mordkomplott verantwortlich ist, das sich gegen den *Pharao* richtet. Was soll man davon halten? Iubal versucht, mein Leben zu retten und will zugleich einen Verbündeten Roms ermorden lassen. Mir scheint, wir werden morgen einen interessanten Tag mit den Stadtvätern von Tyros verleben.«
Samu starrte den jungen Feldherren entgeistert an. »Du willst doch nicht etwa trotz der Warnungen in die Stadt? Ganz Tyros ist bereit zum Aufstand! Es wird ein Blutbad geben!«
»Ich kann nicht anders«, entgegnete Antonius zynisch lächelnd. »Der Hohepriester hat mich eingeladen, an einem Fest des Gottes *Melkart* teilzunehmen. Das heißt, daß die Tyrener mir anbieten, was sie dem großen Alexander verwehrt haben. Sie schätzen mich höher als den mächtigsten Feldherren, den es jemals gegeben hat... Ich kann diese Einladung nicht zurückweisen, ohne mein Gesicht zu verlieren. Außerdem würde ich die Stadt damit beleidigen und noch einen weiteren Grund für einen Aufstand liefern.«
Samu traute ihren Ohren nicht. »Wie kannst du wider besseren

Wissens ein solches Gemetzel herbeiführen? Möchtest du, daß deine Legionäre Gelegenheit erhalten, eine Stadt zu plündern? Ich habe meine Zweifel, daß die Rebellen deine Kohorten bezwingen können. Doch das wird sie nicht davon abhalten, es zumindest zu versuchen. Mit den Plänen, ein *Aquaeduct* zu bauen, hat Aulus Gabinius das ganze Volk gegen sich aufgebracht.«

»Deine Sorge um die Tyrener ehrt dich, Samu.« Antonius goß sich erneut einen Becher voller Wein ein. Bevor er ihn an die Lippen setzte, ließ er ein wenig des Weins auf den Boden tropfen und blickte dann zu den *Tribunen*. »Auf daß *Mars* und *Jupiter* uns wohl gesonnen sein mögen! Priesterin, das Fest im Tempel soll schon morgen zur Mittagsstunde stattfinden. Es ist unmöglich, die Kohorten bis dahin zur Stadt zu bringen. Ich werde also nur mit einigen meiner Offiziere und ein paar Männern aus meiner gallischen Leibwache zur Stadt reiten. Wenn wir noch vor Morgengrauen aufbrechen, müßten wir pünktlich zur Mittagsstunde inTyros sein.«

Samu glaubte, an ihrem Verstand zweifeln zu müssen. Hatte der Feldherr nicht begriffen, in welche Gefahr er sich begab?

»Was ist das für ein närrischer Plan? Wem soll es nutzen, wenn du unnütz dein Leben riskierst? Glaub mir, es ist mehr als nur ein Gerücht, daß man dich umbringen will!«

»Priesterin, weißt du nicht, daß die Götter die Narren lieben?« Die Stimme des Römers war schwer vom Wein. »Mein Entschluß steht fest. Ich werde morgen an dem Tempelfest teilnehmen. Wenn du dich so sehr um mich sorgst, dann kannst du ja zu deiner zaubermächtigen Göttin beten und sie darum bitten, daß sie mich beschützt.«

21. KAPITEL

Philippos spielte mit seinen Fingern nervös am Knauf des Schwertes, das er unter seinem Umhang verborgen trug. Die nächste Stunde würde über das weitere Schicksal der Stadt entscheiden. Es ging das Gerücht um, daß Marcus Antonius, so wie einst Alexander, darauf bestanden habe, den Tempel des *Melkart* zu besuchen. Die Straßen waren voller Menschen. Allenthalben wurde hitzig debattiert, und immer wieder hörte man Hitzköpfe Parolen gegen die Römer schreien.

Die kleine römische Garnison von Tyros war fast vollständig angetreten, um die breite Straße frei zu halten, die über den Damm bis zum *Melkart*-Tempel im Zentrum der Stadt führte. Mit Schilden und Speeren bewaffnet, drängten sie die Bürger in die angrenzenden Gassen zurück und hielten die beiden Zugänge zu dem Damm frei, den Alexander während der Belagerung der Hafenstadt hatte aufschütten lassen.

Verzweifelt blickte Philippos über den Platz vor dem Tempel. Zwanzig Soldaten waren aufgeboten, um ihn abzuschirmen. Der Grieche nagte unruhig an seiner Unterlippe. Er wußte, daß rings um den Platz und auf den Dächern mehr als fünfhundert bewaffnete Fischer und zwei Dutzend Bogenschützen lauerten. Alle warteten sie auf das Zeichen, das *Melkart* ihnen geben sollte. Wenn Marcus Antonius nicht mindestens mit einer Kohorte in die Stadt marschierte, dann würde er durch die schiere Masse der Gegner überrannt werden. Ganz egal, wie tapfer seine Soldaten kämpften, in dem Chaos, das auf dem Platz entstehen würde, würden sie einfach untergehen. Der Grieche fühlte sich schlecht. Vielleicht waren unter den Legionären ein paar alte Kameraden, mit denen er einst in Spanien gekämpft hatte. Er konnte sie nicht einfach so verraten... Doch er sah auch keine Möglichkeit mehr, etwas zu tun, um das Unglück zu verhindern. Er war allein! Wie sollte er die Rebellen aufhalten? Womöglich war es wirklich das klügste, treu zu Elagabal zu stehen. Philippos dachte an das Angebot, das ihm der Kaufmann gemacht hatte. Mehr als ein Jahr, nachdem er die Legion verlassen hatte, würde er plötzlich eine Karriere als Soldat machen? Womöglich würde er sogar Statthalter in irgendeiner Provinzstadt...

»Philippos!«

Abimilku versuchte, sich durch die Menschenmassen zu drängen und an seine Seite zu gelangen. »Philippos!« Der Kapitän schrie und ruderte mit den Armen, als säßen ihm die *Erinnyen* im Nacken. Der Grieche schaffte sich mit den Ellbogen Platz und arbeitete sich langsam in Richtung des Seemanns vorwärts.

Als Abimilku endlich vor ihm stand, war der Kapitän völlig außer Atem. »Betrug...«, keuchte er. »Wir werden mißbraucht. Es ist...«

Philippos blickte sich besorgt um. Es war nicht klug, hier, inmitten aufgebrachter, zu allem entschlossener Menschen, laut über Betrug und Verrat zu reden. So mochte schon vor der Zeit der Funken geschlagen werden, der jenen verheerenden Brand auslösen würde, der nicht anders als mit berstenden Stadtmauern und tausendfachem Tod enden konnte.

»Still«, zischte Philippos und versuchte, den Seemann aus der Masse herauszuzerren. Doch Abimilku war wie von Sinnen. »Du hattest recht...«, stammelte er immer wieder. »Wir alle sind dem Untergang geweiht.«

Endlich erreichten die beiden einen Hauseingang, durch den sie auf einen verlassenen Hof gelangten.

»Was, bei *Zeus*, ist in dich gefahren?« Die Stimme des Griechen überschlug sich vor Zorn. Es war, als wolle sich seine ganze Wehrlosigkeit und Resignation nun an Abimilku entladen. Philippos hatte den Kapitän bei seiner *Tunica* gepackt und schüttelte ihn wütend. »Wovon redest du, Mann?«

»Sie betrügen den Gott! Sie wollen im Namen *Melkarts* morden! Nicht der Herr des Lichtes und der Flammen wird Antonius richten, sondern ein Sterblicher, der sich anmaßt, im Namen des Gottes handeln zu dürfen. Mein Schwager hat es gesehen!«

»Was zum Henker hat er gesehen?«

»Er ist noch einmal an den Platz gegangen, an dem der Ägypter die Bogenschützen unterrichtet hat. Du kennst ihn doch, meinen Schwager? Den großen, bärtigen Mann aus meinem Boot. Er wollte sich noch einmal üben, bevor er seine Pfeile auf die Römer richtet. Als er den Platz erreichte, war dieser Hophra schon dort. Erst wollte mein Schwager ihn ansprechen, doch dann hat er beobachtet, was der Ägypter dort machte. Auch er übte sich im Schießen. Er hatte ganz eigenartige Geschosse. Sie hatten eine vierkantige Spitze, geschmiedet wie ein Nagel und so lang wie ein Finger. Die Schäfte waren aus geschwärztem Holz, und die Befiederung sah aus, als sei sie aus lauterem Gold. Hophra umwickelte die Pfeilspitzen mit ölgetränktem Tuch, hielt sie kurz in ein Feuer. Erst züngelten die Flammen nur träge, doch als er den Pfeil dann steil in den Himmel schoß, loderten sie auf, so daß es aussah, als zöge eine feurige Kugel durch das Firmament. Und da hat mein Schwager begriffen, was der ägyptische Söldner dort übte. Hophra will sich anmaßen, an Stelle des Gottes die Römer zu richten. Wenn das Volk auf dem Tempelplatz sieht, wie sich eine solche Feuerkugel vom Himmel senkt und Marcus Antonius tötet, so wird jeder glauben, *Melkart* selbst habe den brennenden Pfeil vom Himmel geschickt. Wenn wir uns aber erheben, ohne wirklich ein Zeichen des Gottes erhalten zu haben, wird uns dann nicht das Schicksal widerfahren, das du mir so eindringlich geschildert hast? Wird nicht der Gott selbst sich gegen uns empören, weil wir seinen Namen verraten haben, indem wir ihn für gemeinen Mord mißbrauchten? Wird nicht...«

»Genug! Wann hat dein Schwager den Ägypter gesehen?«

»Es müssen mehr als drei Stunden seither vergangen sein. Er hat lange gebraucht, um mich zu finden. Er will jetzt die anderen Bogenschützen warnen, sich nicht an diesem schändlichen Betrug zu beteiligen. Wir müssen die anderen aufhalten!«

Philippos schüttelte den Kopf. »Wie willst du fünfhundert Schwertkämpfer aufhalten? Sie stehen hier um den Platz verteilt und warten auf das Zeichen, loszuschlagen. Wir müssen Hophra finden! Wenn er keine Gelegenheit hat, zu schießen, dann wird es vielleicht keinen Aufstand...«

In der Ferne erklangen Hörner. Philippos kannte das Signal aus seiner Zeit bei den Legionen. Es war der Gruß an einen *Legaten* oder Feldherren. Marcus Antonius mußte das Stadttor erreicht haben! Es galt, keine Zeit mehr zu verlieren!

»Wir müssen Hophra finden! Er muß auf einem der Dächer rund um den Tempelplatz stecken!« Ohne sich nach Abimilku umzusehen, stürmte Philippos durch das Tor auf den Platz zurück. Doch die Menschenmenge war noch dichter geworden. Schreiend und rücksichtslos die Ellbogen benutzend, kämpfte er sich vorwärts. Den Kopf hatte er in den Nacken gelegt und blickte zu den Dächern empor. Er hoffte auf ein verräterisches Funkeln von Metall, in dem sich die Sonne spiegelte, oder ein Zeichen, das der Gott des Lichtes geben mochte, um den Frevel zu verhindern. Jemand versetzte Philippos einen Stoß. Der Grieche ging in die Knie. Ein Tritt traf ihn in die Seite. Er durfte hier nicht zu Boden gehen! Verzweifelt versuchte er, sich aufzurappeln. Wenn er stürzte, dann würde er von den drängenden und schiebenden Massen zu Tode getrampelt werden. Ein kräftiger Arm umschlang ihn von hinten. Er wurde hochgezogen. Abimilku! »Danke«, murmelte Philippos und rieb sich mit der Rechten über die schmerzenden Rippen.

»Siehst du das dort oben?« Der Seemann wies mit ausgestrecktem Arm zum Dach des Tempels empor. »Kannst du die

dünne Rauchsäule erkennen? Dort muß er stecken!«
Philippos kniff die Augen zusammen und blickte in die Richtung, in die der Kapitän wies, doch konnte er nichts erkennen. Eine Bö fegte über die Dächer der Stadt hinweg, und am Horizont türmten sich drohend dunkle Wolken. Hatte der Wind die Rauchsäule aufgelöst? Oder hatte Abimilku sich geirrt? Einen Augenblick lang zögerte Philippos. Wenn sie sich irrten, würde keine Zeit mehr bleiben, um auf eines der anderen Dächer zu gelangen. Doch welche Wahl hatte er schon... Er blickte zum Hauptportal des Tempels, wo sich die Hohepriester und die Würdenträger der Stadt versammelt hatten. Dort würde man sie niemals durchlassen.
»Gibt es noch einen anderen Eingang zum Tempel?«
Abimilku nickte. »Auf der Rückseite.«
»Dann laß uns nicht länger warten!«

Samu hatte darauf bestanden, Marcus Antonius mit in die Stadt zu begleiten. Zuerst war der Feldherr der Meinung gewesen, daß sie als Frau bei diesem gefährlichen Unternehmen fehl am Platz sei, doch schließlich vermochte sie ihn dadurch zu überzeugen, daß sie die einzige Ortskundige war. Für den Fall, daß sie aus der Stadt fliehen mußten, wäre sie diejenige, die die Führung übernehmen würde.
Schon zwei Stunden vor Morgengrauen hatte man Samu geweckt und in das Zelt des *Praefectus equitum* gebracht. Dort hatte sie einen groben Plan der Stadt in den Sand gezeichnet. Marcus Antonius wollte vor allem wissen, wie weit der sidonische Hafen vom Tempelplatz entfernt war und welche Fluchtwege man zum Hafen einschlagen konnte. Danach hatte er dafür gesorgt, daß man Samu ein parthisches Reiterkostüm brachte.
Es war das erste Mal in ihrem Leben, daß die Priesterin Hosen hatte anziehen müssen. Obwohl dieses Kleidungsstück zum Reiten unbestreitbar praktischer war als ein Rock, fühlte sie sich darin unwohl, ja fast schon eingesperrt. Die Beine der Hose waren weit geschnitten und mit stilisierten Rosenblüten bestickt. Als Oberteil trug sie eine kurze Reittunica mit lan-

gen Ärmeln. Dazu trug sie eine skythische Mütze, die ihr langes Haar verbarg. So maskiert, konnte man sie auf ein paar Schritt Entfernung durchaus für einen zart gebauten Knaben halten.
Mit Sonnenaufgang war der kleine Reitertrupp aufgebrochen. Im Gefolge des *Praefectus equitum* befanden sich lediglich drei *Tribunen* und zehn gallische Reiter, die von einem *Decurio* kommandiert wurden. Die großen, blonden Krieger stellten durchaus eine eindrucksvolle Leibwache dar, doch was vermochten sie schon gegen eine ganze Stadt auszurichten?
In den frühen Morgenstunden waren sie im scharfen Galopp am Strand entlanggeritten. Während der fünften Tagesstunde machten sie, schon in Sichtweite von Tyros, eine Rast und setzten dann in gemächlichem Tempo ihren Weg zur Hafenstadt fort. Vor den Toren wurden sie von einer kleinen Abteilung Fußsoldaten empfangen. Auch der Kommandant der Garnison von Tyros war anwesend und warnte Marcus Antonius noch einmal eindringlich vor der Unruhe, die unter den Bürgern herrschte. Doch der Feldherr ließ sich nicht beirren. Flankiert von den Fußsoldaten, zogen sie durch die auf dem Festland gelegenen Viertel von Tyros, bis sie den großen Damm erreichten. Dort schloß sich ihnen ein weiterer Trupp Soldaten an.
Die schwüle Hitze machte Samu zu schaffen. Ihre Hose klebte ihr schweißnaß an den Beinen und scheuerte an ihren Leisten, so daß sie wünschte, sie würde ein Kleid tragen. Schon auf dem Damm glaubte sie spüren zu können, welche Bedrohung von der Inselstadt ausging. Dunkle Wolken ballten sich hinter den hohen Festungswällen weit draußen auf dem Meer zusammen. Ob die Meeresgötter die Tyrener wohl unterstützten? Nervös blickte die Priesterin auf die See und dachte daran, daß dort, wo sie jetzt ritt, eigentlich das Meer sein sollte. Der breite Damm kam ihr angesichts der weiten Wasserfläche jetzt so schmal wie eine Nabelschnur vor, und ihr wurde bewußt, wie vergänglich das Werk der Menschen im Vergleich zu den Gewalten der Götter war.
Die Gallier hinter ihr unterhielten sich gedämpft in ihrer selt-

samen Sprache, die der Priesterin so fremd wie Vogelgezwitscher war. Ihre Stimmen schienen ein klein wenig schriller zu klingen, und sie lachten auch lauter über ihre Späße als zuvor. Auch sie schienen die stumme Bedrohung zu spüren, die von der uralten Stadt ausging, die dereinst *Melkart* seinem Volk als Siedlungsplatz erwählt hatte.
Als sie das neue Tor erreichten, das dort errichtet worden war, wo der Damm auf die Insel traf und die Truppen Alexanders einst eine Bresche in die Stadtmauer geschlagen hatten, ertönten Hörner zu Ehren des Feldherren.
Der Stadtkommandant schrie über den Hörnerklang hinweg seinen Truppen Kommandos zu. Die Tore öffneten sich auf die breite, mit Mosaiken geschmückte Straße, die geradewegs ins Herz der Stadt zum *Melkart*-Tempel führte. Unübersehbare Menschenmengen flankierten die Straße und drängten sich auf den flachen Dächern der angrenzenden Häuser. Es schien fast, als hätten sich alle Tyrener auf der Insel versammelt, um den Feldherren zu betrachten, der sich gegen den Gott auflehnen wollte und durchsetzte, daß das *Aquaeduct* gebaut wurde.
Der Stadtkommandant hatte dafür gesorgt, daß jetzt rechts und links des Reitertrupps flankierend Fußsoldaten marschierten. Auch in der Front und im Rücken waren die Reiter abgeschirmt. Laut ertönte der Marschtritt der Soldaten auf den Mosaiken und übertönte das Geräusch der unbeschlagenen Pferdehufe.
Die Menschenmenge war fast still. Hier und dort tuschelten einige leise miteinander und zeigten auf den Feldherren, der für den Einritt in die Stadt einen bronzenen Muskelpanzer angelegt hatte und einen schweren, von einem weißen Federbusch gekrönten Helm trug.
Samu empfand die Blicke der Menschen und ihr Schweigen als bedrohlicher als jeden laut herausgeschrieenen Fluch. Sie hatte den Eindruck, daß die Tyrener auf etwas warteten. Selbst die Gallier waren verstummt. Nervös musterten sie die Stadtbewohner. Gleißend brach sich das Sonnenlicht auf ihren blankpolierten Speerspitzen.

Vor ihnen öffnete sich jetzt der weite Tempelplatz. Samus Hände krallten sich in die Zügel. Hier würde sich das Schicksal des Feldherren entscheiden! Marcus Antonius hielt sich betont gerade im Sattel. Samu konnte ihn nur von hinten sehen, doch hatte sie den Eindruck, daß er, stolz erhobenen Hauptes, bereit war, die ganze Stadt zu fordern. Ob er sich jetzt größer als Alexander fühlte? Die Priesterin konnte nicht begreifen, warum sich der *Magister equitum* auf dieses Risiko eingelassen hatte. Wenn sich die Bürger gegen ihn erhoben, dann würden ihn auch seine hünenhaften gallischen Leibwächter nicht mehr retten können.
Einen Herzschlag lang dachte Samu daran, was wohl geschehen mochte, wenn tatsächlich der Gott der Stadt die Herausforderung annehmen würde... Doch ein Blick auf die zornigen Gesichter der Menschen, die den Tempelplatz wie eine lebende Mauer umschlossen, genügte, um ihr erneut klar zu machen, daß es keines Gottes bedurfte, um die Römer zu vernichten.

Keuchend hetzte Philippos die letzten Treppenstufen hinauf. Vom Platz her konnte er den schweren Marschtritt der Legionäre hören. Nicht mehr lange, und der Ägypter würde schießen. Wahrscheinlich konnte er Marcus Antonius schon sehen!
Ein letzter großer Schritt, und er stand auf dem Flachdach des Tempels. Im gleichen Augenblick, in dem Philippos das Dach betrat, hatte Hophra sich umgedreht, um einen Brandpfeil in einem kleinen Becken voller glühender Kohlen zu entzünden. Mit fließender Bewegung riß er den Pfeil hoch, legte ihn auf die Sehne und spannte den Bogen.
Mit einem Sprung warf sich der Arzt nach vorne und versuchte, noch im Fallen sein Kurzschwert zu ziehen. Der Pfeil sirrte von der Sehne. Mit einem Rauschen loderten die Flammen auf, als das Geschoß kaum eine Handbreit seinen Kopf verfehlte. Für einen winzigen Augenblick glaubte Philippos sogar, die Hitze der Glut auf der Wange zu spüren.
Fluchend plagte sich der Grieche wieder auf und stürmte dem

Meuchler entgegen. Der Ägypter bückte sich ohne Hast und hob einen neuen Pfeil auf. Vielleicht fünfzehn Schritt trennten sie noch voneinander.
Philippos riß sein Schwert hoch. Er würde es nicht mehr schaffen, den Söldner zu erreichen, bevor dieser den nächsten Pfeil abfeuerte. Schon lag das tödliche Geschoß auf der Sehne. Mit einem Wutschrei schleuderte der Arzt dem Söldner sein Kurzschwert entgegen.
Hophra zog die Bogensehne bis weit hinter das Ohr. Mit einem Schritt zur Seite versuchte er, dem *Gladius* auszuweichen. Dann ließ er die Sehne los, und der Pfeil stieg steil in den Himmel. Der Bogen entglitt seinen Händen. Fassungslos starrte er an sich herab. Das Kurzschwert hatte seinen Leinenpanzer durchschlagen und war ihm tief in den Bauch gedrungen. Er sank auf die Knie und stürzte nach vorn.
Philippos stieß ein inbrünstiges Dankgebet an die *Pallas* hervor. Er glaubte zu wissen, daß die Göttin ihm bei diesem glücklichen Wurf die Hand geführt hatte. Sobald sich Gelegenheit dazu ergab, würde er ihr eine Ziege opfern.
Vom Meer ertönte dumpfes Donnergrollen, und eine Sturmböe fegte über das langgezogene Tempeldach. Triumphierend blickte sich der Grieche nach Abimilku um. Der Kapitän war auf der Treppe noch dicht hinter ihm gewesen, doch jetzt lag er lang hingestreckt auf dem Dach. Der Pfeil, der für Philippos bestimmt gewesen war, hatte ihn dicht unterhalb des Halses in die Schulter getroffen. Pulsierend schoß ihm das Blut aus der Wunde. Ein Blick auf die Wunde reichte Philippos, um zu erkennen, daß nur *Asklepios* selbst diese Blutung stillen könnte.
Abimilku bewegte schwach die Lippen. Der Arzt kniete neben ihm nieder.
»*Melkart*... hat... Verrat bestraft...«
Philippos griff nach der Rechten des Seemanns und drückte sie sanft. »Du hast das Richtige getan, mein Freund. Du hast deine Stadt vor dem Untergang bewahrt. Ich bin sicher, *Melkart* ist...«
Abimilkus Augenlider begannen zu flattern. »Er war in...

ihm. Er hat... seine Hand... gelenkt. Der... Pfeil... Er... hat... mich bestraft...« Die Augen des Phöniziers weiteten sich. Ein Schwall Blut quoll über seine Lippen. Sein Blick war starr auf die Sonnenscheibe gerichtet.

»Du irrst dich. Du hast das Richtige getan. Hophra war der Verräter. Nicht du. Hörst du mich? Wie kannst du nur solchen Unsinn glauben? Du hattest recht!« Philippos redete immer weiter auf Abimilku ein, obwohl er genau wußte, daß der Seemann ihn nicht mehr hören konnte.

22. KAPITEL

Das Warten wurde Samu langsam unerträglich! Ihr Pferd schnaubte, so als spüre es genau die Unruhe der Reiterin. Es mochte schon eine halbe Stunde vergangen sein, seit Marcus Antonius mit den Priestern im Tempel verschwunden war. Zwei seiner *Tribunen* und zwei Leibwachen begleiteten ihn. Die anderen warteten auf dem Vorplatz.

Eigentlich hatte Samu damit gerechnet, daß man den Anschlag auf den Feldherren in den Straßen der Stadt oder spätestens auf dem Platz vor dem Tempel verüben würde. So hätte es viele Zeugen für den Tod des Römers gegeben.

Allmählich dauerte sein Aufenthalt im Tempel schon verdächtig lange. Was mochte er dort nur treiben? Die Priesterin blickte zum Himmel, um abzuschätzen, wieviel Zeit vergangen war. Die dunklen Wolkenbänke hatten inzwischen die Küste erreicht, und es sah fast so aus, als hätten sich die Götter entschlossen, den Himmel in eine Tag- und eine Nachthälfte zu unterteilen, so finster war es über dem Meer. Böiger Wind fegte heulend durch die Straßen der Stadt und brach sich an der hohen Tempelfassade. Samu mußte daran denken, wie sich die Griechen die Totenwelt vorstellten. Es war ein finsterer, trostloser Ort, und wenn sich ein Sterblicher in den *Hades* verirrte, dann griffen die gestaltlosen Schatten nach seinen Gewändern, so daß es sich anfühlte, als zerre ein eisiger Wind an ihnen.

Ob wohl mit dem Wind die Geister der toten Griechen zurückkehrten, die während der Belagerung durch Alexander gefallen waren? Wollten sie sich am Schicksal der Sterblichen ergötzen? Daran, daß wieder Blut in den Straßen von Tyros fließen würde? Odysseus hatte ihnen bei seinem Besuch an den Gestaden der Unterwelt das Blut von Schafen geopfert. Um wieviel mehr würden sie Menschenblut zu schätzen wissen! Fröstelnd rieb sich Samu über die Arme.

Die Römer auf dem Platz hatten ein Karree gebildet und waren bereit, sich im Zweifelsfall nach allen Seiten hin zu verteidigen. Samu konnte hören, wie der Stadtkommandant und der *Tribun*, den Antonius zurückgelassen hatte, darüber berieten, auf welchem Weg man sich am besten vom offenen Platz zurückziehen konnte.

Obwohl das Wetter immer schlechter wurde, hatte kaum ein Tyrener den Platz verlassen. Feindselig starrten sie zu den Römern herüber. Plötzlich kam Bewegung in die Menschenmenge. Ein Raunen ertönte, und Samu konnte beobachten, wie viele der Bürger sich verunsichert zum Hafen hin umblickten.

Dann endlich erschienen die Priester und der Feldherr wieder vor dem Tempelportal. Azemilkos selbst, der ein purpurnes Prunkgewand trug, führte die Gruppe an. Er hob seinen mit einem Löwenkopf geschmückten Stab und gebot der Menge mit weit ausholender Geste, zu schweigen. Augenblicklich verstummte das Raunen.

»Kinder des *Melkart*, der Gott hat den Römer freundlich empfangen.« Die Stimme des Hohepriesters erklang seltsam tonlos, so als sei er mit sich uneins. »Er, der das Licht des Himmels ist und die Fackel in der Finsternis, er hat uns kein Zeichen gegeben, uns gegen die Pläne der Römer zu empören. So empfangt sie also in Frieden, denn sonst mag es sein, daß der Gott sich gegen uns wendet.«

Samu konnte beobachten, wie Marcus Antonius und Chelbes kurz miteinander sprachen. Als Azemilkos schließlich seine Rede beendet hatte, trat Antonius vor und wand sich in holprigem Griechisch an die Bürger. »Männer von Tyros! Ich weiß sehr wohl, daß mancher von euch einen Dolch oder gar ein Schwert unter seinem Gewande verbirgt und daß ihr gekommen wart, um mich sterben zu sehen. Doch weiß ich jetzt auch, warum der Zorn in euren Herzen aufblühte und ihr lerntet, uns Römer zu hassen, obwohl ihr erst vor wenigen Jahren den Feldherren Pompeius so freundlich empfangen habt und sein Legat Marcus Aemilius Scaurus eure Stadt mit dem Titel einer *Civitas foederata* auszeichnete.« Antonius machte eine bedeutungsschwere Pause.
»Statt hier auf diesem Platz eine Fehde auszutragen, bei der wir alle nur verlieren können, laßt uns den Bund erneuern, den ihr einst mit Rom geschlossen habt! Der *Proconsul* Aulus Gabinius schickt mich, um euch in seinem Namen zu schwören, daß es, solange er über die Provinz *Syria* gebietet, kein *Aquaeduct* in eurer Stadt geben wird. Ferner schwöre ich bei *Jupiter,* daß niemand von euch, der heute in Waffen erschienen ist, befürchten muß, dafür bestraft zu werden, daß er bereit war, sich gegen Rom zu erheben. Ihr habt wie aufrechte Männer gehandelt! Wäre ich an eurer Stelle gewesen, so hätte auch ich zum Schwert gegriffen, um Unheil von der Stadt abzuwenden. Kein Römer soll eure Götter beleidigen, und aller Streit möge hiermit nun ruhen. So sei es im Namen des Senates und des römischen Volkes!«
Einige Herzschläge lang herrschte Schweigen. Dann ertönte eine einzelne Stimme: »Es lebe Marcus Antonius!« Damit war die Stille gebrochen. Zu Hunderten fielen die Tyrener in den Jubelruf ein.
Vom Hafen her ertönte Donnergrollen, und ein Blitz tauchte den Platz in gleißendes Licht. Ein einzelner Regentropfen streifte die Wange der Priesterin, ein zweiter ihre Nasenspitze. Noch immer hallten die Jubelrufe über den Vorplatz. Samu beobachtete den Feldherren, der sich ganz offensichtlich in der Pose des Triumphators wohlfühlte.

Die Pforten des Himmel öffneten sich, und ein schwerer Platzregen ging nieder. Binnen weniger Atemzüge hatte Samu keinen trockenen Faden mehr am Leib. Die Legionäre murrten unzufrieden, hielten aber ihre Formation, während die Bürger eiligst Zuflucht im Trockenen suchten.
Marcus Antonius kam mit seinem Gefolge die Treppe des Tempels hinab und stieß wieder zu seinen Reitern. Samu schenkte er ein kurzes Lächeln, dann wandte er sich an den *Tribun*, der auf dem Platz zurückgeblieben war. »Lucius Septimius! Nimm dir zehn Mann und folge der Priesterin. Sie wird dich zu dem Haus eines Handelsherren führen, der in einen Giftanschlag auf den König Ptolemaios verwickelt ist. Bring mir den Kerl tot oder lebendig.« Der *Tribun* nickte stumm und wandte sich dann an den Stadtkommandanten.
»Wie kannst du mit Waffen gegen einen Tyrener vorgehen, Antonius?« Die Priesterin blickte den jungen Feldherren sprachlos an. »Du hast doch gerade erst bei *Jupiter* geschworen, daß du niemanden bestrafen willst, der sich gegen Rom erhoben hat.«
Antonius lächelte verschlagen. »Du hast mir nicht genau zugehört, Priesterin. Ich habe geschworen, niemanden zu bestrafen, der auf diesem Platz in Waffen erschienen ist. Da dein Verschwörer mich sogar davor warnen ließ, daß ein Anschlag auf mein Leben geplant war, kann ich mir nicht vorstellen, daß er in Waffen auf dem Tempelplatz anwesend war. Schaff mir diesen Bastard also her. Ich will ihn noch heute verurteilen.«
Von Norden her erklang, durch den Regen gedämpft, das Geräusch von Marschtritten, und schon wenig später erschien die Spitze einer Kolonne römischer Soldaten auf dem Platz. Fassungslos starrte die Priesterin auf die Soldaten und schlug dann schnell mit der Linken ein Schutzzeichen gegen böse Magie. Hatte der Römer den Göttern des Windes geboten? War der Feldherr auch ein Zauberer? Samu hatte davon gehört, daß es so etwas bei den Römern geben sollte. So war Caesar, der in Gallien Krieg führte, zugleich auch der höchste Priester im römischen Reich. »Wie, bei *Osiris*, haben die

Männer es geschafft, so schnell hier zu sein? Wir sind doch ein scharfes Tempo geritten!«
Der Römer lächelte. »Es sind nicht die Männer, die du noch heute morgen gesehen hast. Ich hoffe allerdings, daß viele Tyrener im Moment dasselbe denken wie du. Sollen sie nur glauben, ich hätte die Macht, meinen Soldaten Flügel zu verleihen. Die Truppen kommen aus Sidon. Ich habe schon vor Tagen einen Boten zum Stadtkommandanten geschickt und ihm befohlen, mit den Kampfschiffen, die ihm zur Verfügung stehen, eine Kohorte nach Tyros zu verlegen. Es war abgesprochen, daß seine *Quinqueremen* zur Mittagsstunde, also genau zu dem Zeitpunkt, zu dem ich den Tempel betrete, in den Hafen einlaufen. Du hast doch nicht etwa ernsthaft geglaubt, ich würde mich mit zehn Leibwachen und der kleinen Garnison hier der aufsässigen Bürgerschaft entgegenstellen. Wenn die Tyrener die Waffen erhoben hätten, dann hätte ich sie in ihrem eigenen Blut ertränkt!«

Der Regen perlte in langen Schnüren von dem speckigen Umhang, den ihr einer der Legionäre geliehen hatte, als Samu und Septimius das Haus des Kaufmanns erreichten.
Bring mir den Kerl tot oder lebendig! Die Worte des Feldherren gingen der Priesterin immer wieder durch den Sinn. Reichten ihre Beweise, um verantworten zu können, was jetzt geschah? Sie blickte in die Gesichter der Legionäre. Wenn der Kaufmann den Fehler machte, Widerstand zu leisten, dann wäre es um ihn geschehen. Die Krieger würden ihn ohne großes Aufheben mit ihren Schwertern niederstechen.
Septimius zog seinen *Gladius* und klopfte mit dem Knauf der Waffe energisch gegen das hölzerne Tor. »Im Namen des *Praefectus equitum* Marcus Antonius! Öffnet das Tor!«
Innen wurde ein Riegel zurückgeschoben, und die Torflügel schwangen auf. Vor ihnen stand ein Knabe, der vielleicht sechzehn Sommer gesehen haben mochte.
»Wo steckt dein Herr?« Der *Tribun* packte den Jungen bei seiner *Tunica* und hielt ihm sein Schwert an die Kehle. »Los, heraus damit!«

»Er ist am sidonischen Hafen. Er wird sicher bald wiederkommen.«
Samus war hinter dem *Tribun* in das kleine *Atrium* getreten, das sich an den Eingang anschloß. Überall in dem halb überdachten Hof türmten sich Säcke, Kisten und Truhen.
»Sorge dafür, daß keiner das Haus verläßt!« rief Septimius den Legionären zu, die sofort in die Zimmer der weitläufigen Villa ausschwärmten. »Treibt mir alle Sklaven ins *Triclinium* und bewacht sie.« Der *Tribun* drehte sich zu Samu und wies mit einer Kopfbewegung auf die Truhen im Hof. »Sieht so aus, als ob unser Vogel ausfliegen wollte. Aber wir werden ihn erwischen. Er wird bestimmt noch einmal zurückkommen.«

»Er redet wirr, nicht wahr?« Philippos stand dicht neben Chelbes und sah dem Hohepriester zu, wie er seine blutverschmierten Hände in einer Schale mit klarem Wasser wusch.
»Ich weiß es nicht. Er ist sehr stark. Ich bin mir nicht sicher, ob sich seine Sinne verwirrt haben. Er will dich sprechen.«
Der Arzt schnaubte verächtlich. »Was soll das nutzen? Ich bereue es nicht. Er hat mit dem Bogen auf mich gezielt. Es hieß, er oder ich!«
»Ich habe dir keinen Vorwurf gemacht, Philippos«, erklärte der Hohepriester ruhig. »Trotzdem denke ich, daß du es ihm schuldig bist, zu ihm zu kommen, wenn er noch einmal mit dir reden will.«
»Du meinst also, er wird sterben…«
Chelbes runzelte die Stirn und sah den Griechen lange an. »Das weißt du genauso gut wie ich. Die meisten Männer wären jetzt schon tot. Dein Ägypter ist außergewöhnlich zäh. Doch das wird ihm nicht nutzen. Es wird allein seinen Todeskampf verlängern. Man kann nichts mehr für ihn tun, Philippos. Als Söldner mußt du doch schon viele Wunden wie diese gesehen haben. Ziehe ich das Schwert aus seinem Bauch, dann wird er binnen weniger Augenblicke verbluten. Die Klinge ist ihm zu tief ins Gedärm gedrungen, als daß man ihm noch helfen könnte. Lassen wir das Schwert stecken, dann wird er langsam verbluten. Vielleicht dauert es nur ein oder zwei

Stunden, womöglich aber auch bis tief in die Nacht. Eins jedoch ist gewiß: Den nächsten Sonnenaufgang wird er nicht mehr erleben.«

Philippos trat von einem Fuß auf den anderen. Am liebsten hätte er sich einfach davongeschlichen und in einer *Taberna* betrunken. Was wollte dieser Kerl noch von ihm? Konnte er nicht allein sterben? Darüber, daß er das Leben des *Praefectus equitum* gerettet hatte, wollte bei dem Arzt keine Freude aufkommen. Zu hoch war der Preis, den er dafür gezahlt hatte! Erst hatte dieser Söldner Samu umgebracht und dann auch noch Abimilku getötet! Was wollte der Kerl noch von ihm? Um einen schnellen Tod betteln? Philippos preßte die Lippen aufeinander und starrte vor sich auf den Fußboden. Den Gefallen würde er ihm nicht tun!

Nachdem Abimilku gestorben war und der Regen begonnen hatte, war Philippos in den Tempel hinabgestiegen und hatte Hilfe geholt. Zwei Männer hatten Hophra auf eine Trage in den *Eshmun*-Tempel gebracht, wo Chelbes persönlich sich des Verletzten angenommen hatte.

»Soll ich mit dir kommen?« Der Hohepriester hatte Philippos väterlich den Arm um die Schultern gelegt.

Verärgert schüttelte der Grieche den Kopf. »Ich möchte mit ihm allein sprechen.« Seine Stimme klang hart und verbittert. Als er gehen wollte, hielt ihn der Priester am Ärmel seiner *Tunica* fest.

»Du wirst ihm doch nichts antun, Philippos?«

»Ich habe einen Eid geschworen... Wegen eines Mannes wie Hophra werde ich nicht gegen meinen Gott, *Asklepios*, wortbrüchig werden.«

Chelbes nickte. »Verzeih! Das war eine dumme Frage.«

Samu lehnte an der Wand des Torgewölbes und betrachtete die langsam wachsenden Pfützen im *Atrium*, als endlich ein lautes Klopfen am Tor die bedrückende Stille unterbrach.

Septimius persönlich schob den eisernen Riegel zurück, der das große Holztor verschlossen hielt. Hinter dem *Tribun* warteten sechs Legionäre mit gezogenen Schwertern.

Iubal schien kaum überrascht zu sein, daß ihn Soldaten in seinem Haus erwarteten. Er verneigte sich knapp. »Was verschafft mir die Ehre deines Besuchs, Römer? Ich hoffe, ich kann dir und den Deinen behilflich sein.«
Auf der Straße konnte Samu etliche Lastenträger mit langen Holzstangen erkennen, die dazu dienten, die schweren Kisten zu transportieren.
»Du bist des versuchten Giftmordes angeklagt, Kaufmann. Marcus Antonius möchte dich zu dieser Angelegenheit befragen.«
Der schmächtige Mann rieb sich über das Kinn und machte dann plötzlich einen Satz zurück. »Macht sie nieder!« schrie er mit sich überschlagender Stimme und suchte hinter den Lastenträgern Schutz.
Septimius riß sein Schwert aus der Scheide und tauchte unter einem Schlag hinweg, den einer der Lastenträger mit seiner Stange führte. »Schneidet sie in Streifen!« zischte der *Tribun* wütend. »Und dann bringt mir diesen Bastard!«
Samu drückte sich eng an die Wand des Torgewölbes und zog sich zum *Atrium* hin zurück.
Der Kampf zwischen den Lastenträgern und den schwer bewaffneten Legionären dauerte nur wenige Augenblicke. Als der dritte Hafenarbeiter blutend zu Boden gegangen war, warfen die anderen ihre Waffen weg und ergaben sich. Iubal aber hatte die Gelegenheit genutzt, um in Richtung des ägyptischen Hafens zu fliehen.
Sobald das Geplänkel beendet war, setzte Samu über die Verletzten hinweg und rannte die schmale Gasse hinab, die an der Villa vorbei zum Meer führte. Hinter sich hörte sie, wie ihr die Römer schnaufend und mit klirrenden Kettenhemden folgten. Ohne Waffen und in leichter Kleidung konnte sie schneller laufen als die Legionäre. Iubal hatte vielleicht hundert Schritt Vorsprung vor ihr, doch sie holte langsam auf.
Die gepflasterten Straßen waren glatt vom Regen. Zweimal strauchelte sie fast, bis sie das halb verfallene Stadttor erreichte, hinter dem das versandete Hafenbecken lag.
Iubal war ein Stück weit eine der verfallenen Molen hinabge-

laufen. Er winkte mit seinen Armen und schien etwas zu rufen, doch durch das monotone Rauschen des Regens konnte die Priesterin seine Worte nicht verstehen. Am Ende der Mole lagen zwei flache, kleine Segelboote.
Als sie den Kaufmann und seine Verfolger sahen, lösten die Fischer die Leinen und nahmen lange Stangen auf, mit denen sie sich vom Kai abstießen.
Am Ende der Mole angelangt, sprang Iubal mit einem weiten Satz ins Wasser. Die Schiffer des hinteren Bootes streckten ihm eine Stange entgegen und zogen ihn dann an Bord.
Keuchend blieb Samu stehen. Sie hatte verloren! Die Boote kamen zwar nur langsam voran, doch es gab keine Möglichkeit, sie weiter zu verfolgen. Außer den beiden kleinen Seglern gab es keine weiteren Boote in dem aufgegebenen Hafen.
Am Heck des vorderen Schiffes stand ein hochgewachsener Mann und winkte hämisch zu ihnen herüber. Es war Archelaos, der Priesterfürst aus dem pontischen Comana.
Fluchend blickte die Priesterin den Flüchtlingen nach, als Septimius sie erreichte.
»Wir hätten... Bogenschützen... mitnehmen sollen.« Der *Tribun* rang nach Luft. »Aber noch... hat dieser... heimtückische Meuchler nicht... gewonnen. Lauf zum anderen Hafen... Priesterin. Antonius hat den *Trierarchen...* Befehl gegeben, die Schiffe bis zum Abend hin... klar zum Auslaufen zu halten. Die kleinen Segler werden vorerst nicht weit kommen. Sie können keine Segel setzen, weil der Wind vom Meer her bläst und sie gegen die Küste abgetrieben würden. Vielleicht kannst du sie noch einholen. Frag im Hafen nach Gaius Sosius. Er kommandiert eine wendige kleine *Trireme*. Sein Schiff ist für die Verfolgung am besten geeignet. Lauf jetzt, Priesterin! Du bist schneller als ich und meine Männer.«
Samu schüttelte resignierend den Kopf. »Glaubst du, die *Trierarchen* werden auf irgendein fremdes Weib in Männerkleidern hören? Sie werden mich verspotten!«
Septimius streifte einen protzigen, goldenen Siegelring von seiner Linken. »Zeig Sosius das hier, dann wird er wissen, daß ich dich geschickt habe. Und jetzt lauf! Jeder Augenblick

zählt. Sobald der Wind dreht, werden die Schurken mit ihren Seglern aufs offene Meer entkommen.«

23. KAPITEL

Einen Moment lang glaubte Philippos, das Rauschen der mächtigen Schwingen des *Thanatos* zu hören. Die Öllampen in der kleinen Kammer, in die man Hophra gebracht hatte, erzitterten. Es sind nur ein Luftzug unter der Tür und der Regen draußen, redete sich der Grieche ein, doch die Anwesenheit des Todes war unübersehbar. Hophras Gesicht war blaß und wirkte seltsam unecht, so als habe man es mit einer dünnen Schicht Wachs überzogen. Die Augen des Kriegers glänzten wie im Fieber, doch seine Hand, die Philippos hielt, war eiskalt.

Hophras weißer Leinenpanzer war blutdurchtränkt. Das Schwert, das Philippos ihm in den Bauch getrieben hatte, erzitterte bei jedem der flachen Atemzüge.

»Ich... möchte sie noch... einmal... sehen...«

Der Grieche überlegte, ob er auf den Wahn des Ägypters eingehen sollte. Immer wieder fragte der Söldner nach Samu. Dabei war er es doch gewesen, der sie ermordet hatte! Dieser Mann hatte in seinem Leben keine Gnade gekannt, dachte der Arzt. Warum sollte er ihm jetzt gnädig sein? »Soll ich sie für dich vom Grund des Meeres holen? Man hat ihr blutiges *Himation* im Hafenbecken gefunden. Du hast sie umgebracht,

Hophra. Elagabal hat es dir befohlen. Hast du es schon vergessen?«
Ein schwaches Lächeln spielte um die Lippen des Ägypters. »Hundeblut... sie... zurückgekehrt... Mit Antonius! Sie ist... der parthische... Reiter... Bitte... bring sie... zu mir.«
Philippos schüttelte den Kopf. Er kannte die Wahnvorstellungen von Sterbenden. Er hatte schon erlebt, wie mächtige Krieger in ihrer Todesstunde geglaubt hatten, nicht er, sondern ihre Mutter würde ihm die Hand halten. Doch mit Hophra konnte er kein Mitleid empfinden. Immer wieder sah er ihn im Geiste die zerbrechliche Priesterin mit seinem Langschwert niederschlagen. Hophras Wunsch bot ihm die willkommene Gelegenheit, sich vom Lager des Sterbenden zurückzuziehen. Vor dem Zimmer wartete Chelbes auf den Arzt. »Ist es zu Ende?«
Philippos schüttelte den Kopf. »Er behauptet, im Gefolge des Antonius eine Frau gesehen zu haben, die wie ein parthischer Reiter gekleidet ist. Er will sie unbedingt sehen, bevor er stirbt.«
»Ich werde sehen, ob ich ihm diesen Wunsch erfüllen kann.« Chelbes wandte sich um und wollte gehen, als Philippos ihn festhielt.
»Du brauchst dir keine Mühe zu geben. Die Frau, die Hophra sehen will, ist von seiner Hand gestorben! Du wirst sie ihm nicht bringen können!«
Der Hohepriester musterte den Griechen mit seinen dunklen Augen. »Hat sie dir viel bedeutet?«
Philippos biß sich auf die Lippe. Warum nur bedeutete ihm die zänkische kleine Priesterin jetzt so viel? Er blickte zu Chelbes auf und schüttelte den Kopf. »Ich habe sie kaum gekannt, und die meiste Zeit haben wir miteinander gestritten. Es ist nicht so, wie du denkst.«
Chelbes lächelte. »Ich glaube nicht, daß du weißt, was ich denke. Doch laß uns darüber später reden. Ich werde den parthischen Reiter suchen lassen. Wenn Hophra einen leichteren Tod hat, wenn dieser Mann an seiner Seite sitzt, dann ist es mir allemal einen Weg durch den Regen wert.«

Schwer pflügte die *Trireme* durch die See. Samu stand ganz vorne am Bug, direkt neben dem *Trierarchen*. Zwei Schritt unter sich konnte sie den bronzebeschlagenen Rammsporn durch das schäumende Wasser schimmern sehen. Ein wenig erschien ihr das Schiff mit den großen, aufgemalten Augen am Bug wie ein riesiges Raubtier, ein Vogel, der tief über die See hinwegglitt. Die Ruder, die vor und zurück stießen, waren seine Schwingen, und wie Herzschlag ertönte das dumpfe Wummern der Trommel tief in den Eingeweiden des Schiffes, mit der der Takt für die Ruderer vorgegeben wurde.
Der Mast des Schiffes war umgelegt worden. Es besaß keinerlei Aufbauten. Schnell wie eine Möwe flog es über die See. Hundertsiebzig Ruderer arbeiteten schwitzend, um ein gemeinsames Ziel zu erreichen. Den Feind zu vernichten!
Bisher hatten sie Glück gehabt. Noch immer wehte der böige Wind vom Meer zur Küste, so daß die kleinen Segler nicht entkommen konnten. Auch sie wurden, da *Aiolos* sich ihnen verweigerte, mit Rudern vorangetrieben, doch die *Trireme* war schneller. Immer kürzer wurde der Abstand zwischen den kleinen Seglern und der schlanken Galeere.
Samu konnte jetzt deutlich Iubal in dem Boot erkennen, das ihnen am nächsten war. Der Kaufmann gestikulierte wild mit den Armen und schien auf die Ruderer einzuschreien.
»Erhöht den Takt!« erklang die dunkle Stimme des *Trierarchen*. Schon im nächsten Augenblick beschleunigte sich der Rhythmus des Trommlers.
Gischt spritzte über den Bug. Samus Finger waren eiskalt. Sie klammerte sich an die Reling. Nicht mehr lange, und die Jagd hätte ein Ende. Weniger als zwanzig Schritt trennten die *Trireme* noch von Iubals Boot.
Der *Trierarch* formte die Hände vor seinem Mund zu einem Trichter und versuchte, gegen das Toben des Windes anzuschreien. »Nehmt die Ruder auf und dreht bei!«
Statt seinem Befehl zu gehorchen, versuchte der Kapitän des kleinen Seglers, sein Boot aus der Kiellinie der Galeere zu bringen.
Wütend drehte sich der *Trierarch* um. »Rammgeschwindig-

keit!« Noch einmal erhöhte sich der Herzschlag des Schiffes. Jeder Trommelschlag verkürzte den Abstand zu dem kleinen Boot. Die Galeere beschrieb eine leichte Kurve. An Bord des Seglers brach Panik aus. Einige der Seeleute sprangen über Bord. Iubal hielt ein blitzendes Schwert in den Händen und schlug auf einen Mann ein, der sich davonmachen wollte. Die Meeresdünung drehte das kleine Schiff, so daß es jetzt mit seiner Breitseite zu der Galeere lag. Nur noch fünf Schritt trennten die Boote voneinander. Drei...

»Die Ruder auf!« brüllte der *Trierarch* und umklammerte die Reling fester. Ein ohrenbetäubendes Krachen ertönte, und Samu wurde von dem Schlag, den der Rammstoß dem Schiff versetzte, von den Beinen gerissen. Holzsplitter wirbelten durch die Luft.

Als die Priesterin wieder auf die Beine kam, sah sie, wie der Rammsporn das kleine Boot fast in zwei Teile getrennt hatte. Das Wrack wurde unter den Bug der Galeere gezogen. Knirschend schrammte Holz auf Holz, als die Wrackteile unter dem Rumpf der *Trireme* dahinglitten. Zwischen den Trümmern konnte Samu Seeleute erkennen, die verzweifelt versuchten, sich über Wasser zu halten.

»Senkt die Ruder! Marschgeschwindigkeit!«

Der Trommelschlag, der für einige Augenblicke ausgesetzt hatte, als die Ruderer ihre Riemen hochgezogen hatten, hallte erneut durch das Schiff.

»Jetzt holen wir uns den zweiten Happen!« Gaius Sosius grinste grimmig. »Sie sollen nicht glauben, daß sie uns entkommen können.«

»Was ist mit den Seeleuten? Willst du sie nicht aus dem Wasser holen lassen?«

»Damit uns der andere entkommt?« Der *Trierarch* runzelte kurz die Stirn, so als habe sie einen völlig widersinnigen Vorschlag gemacht. »Diejenigen unter ihnen, die schwimmen können, werden überleben. Die Küste ist nicht weit.«

»Marcus Antonius wollte den Mann mit dem Schwert. Wenn wir ihn nicht an Bord nehmen, wird er vielleicht entkommen!« beharrte Samu.

Der Römer strich sich nachdenklich über die Stoppeln an seinem Kinn. Dann hob er den Arm. »Die Ruder auf! Und dann zurück!«
Der Trommler gab ein kurzes Signal, und wieder hoben sich die Riemen aus dem Wasser. Als sie erneut eintauchten, wurden sie gegenläufig geschlagen. Für einige Augenblicke erzitterte das ganze Schiff unter den einander widersprechenden Kräften. Dann glitt es langsam rückwärts.
Männer mit Tauen verteilten sich an der Reling und bargen die Überlebenden des Seglers. Nur fünf Mann konnten geborgen werden, doch zu ihnen gehörte Iubal. Außer ein paar Prellungen und einer leichten Platzwunde an der Stirn hatte der Handelsherr nichts abbekommen. Wimmernd kauerte er auf dem Deck. Samu hatte sich gerade neben ihm niedergelassen, als wutschnaubend der *Trierarch* auf sie zugeeilt kam.
»Das war's jetzt!« brüllte er ihr entgegen.
Verständnislos blickte die Priesterin den massigen Mann an.
»Hast du denn nichts gemerkt? Der Wind hat gedreht! Sieh mal nach da hinten!«
Sosius wies mit ausgestrecktem Arm auf das Meer hinaus. Auf dem entkommenen Boot wurde gerade das Segel aufgezogen.
»Die holen wir nicht mehr ein!«
Iubal lachte leise.
»Was ist daran so komisch, du schmächtiger Zwerg!« Der *Trierarch* hatte den Kaufmann bei seiner *Tunica* gepackt und auf die Beine gezerrt. Iubal lachte noch immer, und Sosius holte aus, um ihm einen Schlag ins Gesicht zu verpassen, als Samu dem Seemann in den Arm fiel.
»Laß das! Es gibt auch andere Wege, ihn zum Reden zu bringen.«
»Hör nur auf sie, Römer! Ihr braucht mich nicht zu foltern. Was immer ihr wissen wollt, sage ich euch auch so. Ihr habt mich bekommen und meine Pläne durchkreuzt, doch der neue *Pharao* ist euch entwischt! Archelaos hat einen Heiratsvertrag mit Berenike geschlossen, und der Segler wird ihn direkt nach Alexandria bringen. Ich weiß nicht, wie du mir auf die Spur gekommen bist, Ägypterin, doch du hast versagt!«

»Es stünde dir besser an, ein wenig Demut zu zeigen, Iubal. Erinnerst du dich an den Namen Haritat?«
Der Kaufmann hob eine Braue. »Sollte ich?«
»Er hat in deinem Auftrag eine Fracht von Alexandria nach Tyros gebracht, die du keinem deiner Schiffe anvertrauen wolltest. Erinnerst du dich jetzt besser an ihn?«
»Ich weiß nicht, wovon du redest!« Die Stimme des Kaufmanns klang jetzt ein wenig schriller als zuvor, und er vermied es, der Priesterin in die Augen zu sehen.
»Damit auch weiterhin niemand deinen Namen mit dieser Fracht verbindet, hast du Haritats Karawane noch vor der Stadt empfangen, die Waren in kleine Boote umgeladen und in deine Lagerhäuser bringen lassen. Dann hast du eines der Schiffe von Elagabal angemietet. Vermutlich wirst du ihm irgendeine Geschichte erzählt haben, daß du keinen freien Frachtraum mehr hast oder irgend etwas anderes, wodurch sich dein Rivale geschmeichelt fühlte. In Wahrheit aber ging es dir allein darum, deine Spur zu verwischen. Falls durch einen Zufall herauskommen sollte, daß man dem *Neuen Osiris* vergiftetes *Kohl* geschickt hat, so würde man zunächst nach dem Eigner des Schiffes suchen, das die tödliche Fracht nach Ephesos gebracht hat. Vielleicht hast du sogar darauf spekuliert, daß man Elagabal einen Meuchler ins Haus schicken würde. Schließlich hat Ptolemaios im Moment kaum andere Möglichkeiten, um Rache zu üben.«
»Du erzählst eine erstaunliche Geschichte, Weib, doch glaube ich nicht, daß du irgend etwas davon beweisen kannst.«
»Allein deine Flucht erscheint mir schon Beweis genug zu sein«, mischte sich der *Trierarch* ein.
»Ich war in Sorge, es könnte zu Kämpfen in Tyros kommen. Ich gestehe auch, daß ich mit Archelaos einen Gast beherbergt habe, den der *Proconsul* sicherlich nicht gerne in *Syria* gesehen hat.«
»Glaubst du, Marcus Antonius braucht einen Grund, um dich foltern und hinrichten zu lassen? Weißt du, wie lange es dauern kann, bis man stirbt, wenn man in die Hände eines kundigen Folterknechtes gerät, Iubal? Du machst mir nicht den

Eindruck, als könntest du Schmerzen gut ertragen. Der *Praefectus equitum* sucht nach Männern, denen er die Schuld für den Aufstand geben kann. Ich denke, du kommst ihm da gerade recht, um ein Exempel zu statuieren.«

»Das wird er nicht tun! Ich habe ihn sogar gewarnt. Er wird sich daran erinnern!«

Samu tauschte einen Blick mit dem *Trierarchen.* »Sagt man nicht, daß Antonius manchmal ein wenig aufbrausend ist, Sosius?«

Der Seemann grinste. »O ja, er hat ein schreckliches Temperament, wenn er in Wut gerät, und ich habe gehört, daß er sehr wütend ist über das, was in der Stadt vorgefallen ist!«

»Ich habe mächtige Freunde in Rom«, stammelte Iubal. »Er kann mir nichts antun...«

»Sagt man nicht, daß Antonius sogar die Aufmerksamkeit des großen Pompeius erregt hat?« Sosius nickte, und Samu fuhr weiter fort. »Welche Freunde könntest du wohl in Rom haben, die es wagen, sich gegen einen Schützling des Pompeius zu wenden? Vergessen wir das! Was glaubst du, Sosius, welche Todesart wird Antonius dem Schurken bestimmen?«

Der Römer fuhr sich über sein Kinn und zog die Stirn in Falten. »Ich denke, er wird ihn ans Kreuz schlagen lassen.«

»Hört auf damit!« Iubal umklammerte die Füße des *Trierarchen.* »Ich bin sehr reich. Ich kann euch beide mit Gold überhäufen, wenn ihr mich laufen laßt.«

»Sehe ich so aus, als sei ich käuflich, Phönizier?« knurrte der Römer wütend. »Ich hätte nicht übel Lust, dich über Bord werfen zu lassen, du Ratte!«

»Vielleicht gibt es einen Weg, dein Leben zu retten, Iubal. Wenn du hier und jetzt ein Geständnis ablegst, dann werde ich Antonius bitten, dich nicht hinrichten zu lassen.«

Der Phönizier leckte sich über die Lippen. Einen Augenblick lang schien er zu zögern, doch dann nickte er. »Ich weiß nicht, wer den Plan gefaßt hat, Ptolemaios vergiften zu lassen. Wahrscheinlich war es Archelaos, vielleicht ist er aber auch von Crassus dazu angestiftet worden. Ich stehe seit Jahren in Geschäftsverbindungen mit dem Senator.«

Samu sah aus den Augenwinkeln, wie Sosius zusammenzuckte, als der Name des amtierenden *Consuls* fiel. Crassus war der reichste und vielleicht auch der mächtigste Mann Roms.
»Crassus kauft alle meine Vorräte an Purpur auf. Manchmal tätige ich andere Geschäfte für ihn. So habe ich in seinem Namen Archelaos mit Gold unterstützt und ihn bei mir aufgenommen. Der Priesterfürst wollte Berenike den Tod des Ptolemaios zum Hochzeitsgeschenk machen. Er hatte die Idee, dem *Pharao* das vergiftete *Kohl* zu schicken. Ich habe nur die Geschenke eingekauft und dafür gesorgt, daß die Fracht nach Ephesos gebracht wird. Der Kopf der Verschwörung war Archelaos!«
»Und warum hast du Antonius vor der Verschwörung gewarnt, wenn du zum Lager des Crassus gehörst? Immerhin hättest du damit einem Feldherren seines Rivalen Pompeius das Leben retten können.«
»Man sagt, daß Berenike hinter diesem Aufstand steckte. Ich weiß nicht, ob das stimmt, doch auf diese Weise wäre dem *Proconsul* Gabinius ein Anlaß geliefert worden, Ägypten anzugreifen und Ptolemaios auf seinen Thron zurückzubringen. Das sollte auf jeden Fall verhindert werden! Crassus wird der nächste *Proconsul* in *Syria* sein, und er wünscht nicht, daß, bevor er dieses Amt antritt, die ägyptische Frage gelöst wird. Das ist alles, was ich weiß, Priesterin.«
»Ich werde versuchen, ein Wort für dich einzulegen, Iubal.«
Samu wandte sich angewidert von dem Kaufmann ab und ging zum Bug der Galeere. Sie wollte allein sein und über das nachdenken, was Iubal ihr erzählt hatte.
Die *Trireme* hatte inzwischen wieder Kurs auf Tyros genommen. Dunkel erhoben sich die Mauern der Hafenstadt über das graue Meer. Es regnete noch immer.
Sie dachte an die prächtigen *Thermen*, die zum Palast von Alexandria gehörten. Was würde sie dafür geben, wenn sie jetzt im warmen Wasser liegen könnte, um sich anschließend von einer Sklavin massieren zu lassen. Sie hatte den Auftrag des *Pharaos* erfüllt. Der Giftmörder war entlarvt. Trotzdem war es kein Erfolg. Archelaos war ihr entkommen, und Crassus war

unangreifbar. Es war nur eine Frage von Zeit, bis die beiden den nächsten Mordanschlag oder eine heimtückischere Intrige ausbrüten würden. Ob Berenike in diese Pläne eingeweiht gewesen war? Und warum hatte sie einen Aufstand in Tyros entfesseln wollen? Glaubte sie wirklich, die Römer mit Waffengewalt bezwingen zu können?

Ein leises Räuspern schreckte Samu aus ihren Gedanken auf. Hinter ihr stand Gaius Sosius. »Ich möchte dich bitten, mich nicht als Zeugen für das Gespräch zu nennen, das du mit Iubal geführt hast.« Der *Trierarch* blickte an ihr vorbei auf das Meer. »Ich möchte nicht, daß Crassus mich zu seinen Feinden zählt. Du mußt das verstehen. Ich werde eines Tages nach Rom zurückkehren, und... im Zweifelsfall würde ich leugnen, jemals von einem Iubal gehört zu haben.«

»Gut, ich habe verstanden, Sosius. Ich hoffe, du kannst mit deiner Entscheidung leben.« Der Römer zog eine Grimasse. Einen Moment lang sah es so aus, als wolle er ihr etwas entgegnen, doch dann ging er wortlos davon.

Samu blickte wieder auf das Meer. Obwohl die Mittagsstunde kaum vergangen war, war es so dunkel wie zur Abenddämmerung. Das Leuchtfeuer bei der Hafeneinfahrt war der einzige Lichtpunkt am grauen Horizont. Die Kälte des Regens war ihr in den letzten Stunden bis tief in die Knochen gedrungen, und sie fühlte sich unendlich einsam.

Als die *Trireme* vor Anker ging und Samu das Schiff verließ, erwartete sie ein junger Priester. Kaum daß sie auf dem Kai stand, trat er auf sie zu.

»Seid Ihr die parthische Reiterin, die im Gefolge des Marcus Antonius in die Stadt gekommen ist?«

Samu blickte dem Mann ins Gesicht. Sie kannte ihn nicht. Sein Kopf war kahlgeschoren wie bei allen Priestern in dieser Stadt. Die schwarze Schminke, mit der er seine Augenlider nachgezogen hatte, war durch den Regen verlaufen, so daß es aussah, als würde er schwarze Tränen weinen. Samu dachte an Buphagos und Thais. Sie waren mit schwarzen Tränen auf ihren Wangen gestorben, und ihr Tod würde ungesühnt bleiben.

Statt dem Priester zu antworten, nickte Samu nur kurz. Sie wollte allein sein... Sich irgendwo in eine Decke hüllen und zu *Isis* beten, bis sie die Welt um sich herum vergaß.

»Chelbes, der Hohepriester des *Eshmun*, bittet Euch, ihn im Tempel zu besuchen.«

»Ich werde morgen kommen.« Samu wollte schon weitergehen, als der junge Mann sie an ihrem Umhang festhielt.

»Bitte, Herrin, es ist dringend. Ihr sollt sofort kommen. Es geht um einen Mann, der im Sterben liegt. Er will Euch noch einmal sehen.«

Samu mußte an Philippos denken. Sollte auch er... Doch dann schüttelte sie den Kopf. Sie konnte sich einfach nicht vorstellen, daß ihm etwas geschehen war. Der Arzt hatte zwar ein außergewöhnliches Talent, sich in Schwierigkeiten zu bringen, doch sein Talent, ungeschoren aus Situationen wieder herauszukommen, die andere den Kopf gekostet hätten, war mindestens genauso groß.

Doch wenn er es nicht war, wer mochte sie dann an sein Totenlager gebeten haben?

24. KAPITEL

Samu hatte gedacht, sie würde Haß für Hophra empfinden, doch als sie ihn mehr tot als lebendig im *Eshmun*-Tempel liegen sah, waren nur noch Schmerz und Trauer in ihrem Herzen. So ein Ende hatte er nicht verdient! Warum mußte Hophra sterben, während der Mörder Archelaos weiterlebte? Die Götter waren nicht gerecht!

Samu dachte daran, wie sie vor vielen Jahren dem Krieger zum ersten Mal begegnet war. Es war während ihres ersten Sommers im Palast. Ptolemaios und sein Hofstaat waren zur Löwenjagd in die libysche Wüste geritten. Hophra hatte damals zu den Wachen im Lager gehört. Sie war Wasser holen gegangen, und er hatte sie begleitet. Auf dem Weg erzählte er ihr von seinen Vorstellungen über das Leben eines Kriegers, von Ehre und Treue…

Solange sie ihn gekannt hatte, hatte er seine Ideale niemals verraten. Er war schnell zum Offizier aufgestiegen, und der *Pharao* hatte den jungen, aufrichtigen Mann geschätzt. Und sie? Sie wußte nicht mehr, warum oder in was sie sich verliebt hatte. Ihr Herz begann einfach schneller zu schlagen, wenn er in ihrer Nähe war. Doch was war in den Jahren der Trennung aus ihm geworden? Ein kaltherziger Söldner? Seit er sie in dem

Lagerhaus gestellt hatte, wußte sie nicht mehr, was sie von ihm halten sollte. Er hatte sie brutal niedergeschlagen, doch statt sie zu ermorden, was sein Auftrag gewesen wäre, hatte er sie zu Haritat gebracht und ihr sogar die Tontafeln, nach denen sie gesucht hatte, mitgegeben. Wozu das? Hatte er Angst gehabt, sie würde während des Aufstandes zu Tode kommen?
Der Krieger empfing sie mit einem matten Lächeln, als sie an sein Lager trat. »Es ist schön... dich zu... sehen, Samu.«
Die Priesterin spürte Tränen in ihren Augen. Er hatte sie belogen, seit sie nach Tyros gekommen war, ermahnte sie sich stumm.
»Ich möchte... dich um... Verzeihung... bitten.« Hophras Atem ging nur noch flach. Er mußte um jedes Wort ringen. »Ich wollte... dich nicht... schlagen... zu gefährlich... in der ... Stadt.«
Samu nickte und strich ihm das schweißverklebte Haar aus der Stirn. Seine Haut fühlte sich schrecklich kalt an. Ganz so, als habe *Anubis* ihn schon mit sich auf die Reise in das Reich des *Osiris* genommen.
»Ich habe... den *Pharao*... nicht verraten.«
Samu drückte ihm sanft die Hand. Was sollte sie dazu schon sagen. Offenbar war er bereits nicht mehr Herr seiner Sinne.
»Ich stehe... noch immer... in... seinem Dienst. Er wollte... den Aufstand. Er... hat mir über... Simon meine... Befehle geschickt. Ich... durfte mich... dir nicht offenbaren...« Keuchend hielt der Krieger inne. Seine Wunde hatte wieder zu bluten begonnen.
Samu brauchte einen Augenblick, bis sie den vollen Umfang seiner Behauptung begriffen hatte. Ob er sie belog? Auf dem Sterbebett? Und woher kannte er Simon und wußte, daß sie über den Judäer Kontakt nach Ephesos halten sollte?
»Warum sollte der *Neue Osiris* einen Aufstand in Tyros wollen? Welchen Nutzen hätte er davon?«
»Es sollte... so aussehen,... als habe Berenike... die Rebellion geplant. Gabinius hätte... dann einen... Grund gehabt... in Alexandria... einzumarschieren... und Ptolemaios... wieder zu... seinem Thron zu verhelfen.«

»Aber Elagabal hatte doch Kontakt zu Berenike!«
Hophra lächelte. »Ich habe ihn... getäuscht. Alle... Briefe waren... gefälscht.«
»Und die Waffenlieferung? Woher kamen die Schwerter?«
»Pompeius... er hat sie... uns über... Vertraute in Kreta... zugespielt. Hast... du dich... nie gefragt... warum es... ausgerechnet... römische Schwerter waren? Sie... stammten von... einer seiner... ausgemusterten... Legionen.«
Samu konnte einfach nicht glauben, was sie hörte. Zu widersinnig erschien ihr das Ganze. »Aber Marcus Antonius? Wenn der Aufstand geglückt wäre, dann hätte er dafür mit dem Leben bezahlt. Man hat mir erzählt, daß es deine Aufgabe war, ihn auf dem Platz vor dem Tempel zu erschießen! Er gehört zu den Vertrauten des Pompeius. Der Feldherr hätte niemals geduldet, daß er stirbt!«
»Du irrst... Pompeius hatte zugestimmt... und auch Gabinius... war eingeweiht. Man hat... Antonius ausgewählt...weil er aus keinem... bedeutenden Geschlecht... stammt. Sein Tod... hätte in Rom... keine Folgen gehabt. Gleichzeitig... war er aber bedeutend... genug, um... den Mord als... Anlaß für einen... Krieg zu nehmen.«
Samu fühlte sich wie versteinert. Immer wieder versuchte sie, nach einem Widerspruch in dem Komplott zu suchen. Nach einer Lücke, die die Geschichte als Lüge entlarvte. Doch vergebens! Je länger sie darüber nachdachte, desto glaubwürdiger erschien ihr alles. Zu dem Hophra, den sie einst gekannt hatte, hatte es nicht gepaßt, daß er seinen *Pharao* verriet. Und nun zeigte sich, daß der Krieger an seiner Treue zu dem verbannten Herrscher festgehalten hatte. Er war bereit gewesen, eine ganze Stadt voller Unschuldiger, die nicht einmal begriffen, für welches hinterhältige Spiel sie mißbraucht wurden, für den Thron von Ägypten zu opfern. Zum ersten Mal fragte sich Samu, ob es nicht besser wäre, wenn Berenike in Zukunft herrschen würde.
So wie es schien, hatte sie weder mit den Mordanschlägen auf Ptolemaios noch mit der Rebellion in Tyros zu tun. Und doch würde man sie als die Verantwortliche hinstellen.

»Die Briefe...«
Samu beugte sich zu Hophra hinab. Seine Stimme wurde immer leiser. »Du mußt... bei Simon... die Briefe... abholen und sie... Antonius geben. Versprich... es mir...« Plötzlich umklammerte der Sterbende Samus Hand mit einer Kraft, die sie ihm nicht mehr zugetraut hätte. »Schwöre... es mir!«
»Ich schwöre, daß der Brief in die richtigen Hände geraten wird.«
Die Züge des Kriegers entspannten sich. Einen Moment lang lag er still und sah sie an.
»Denkst... du manchmal... an... die... Löwen... jagd?«
Samu schluckte. »Ja, oft.« Es war, als würde ihr eine unsichtbare Faust den Hals zudrücken. Sie hatte kaum die Kraft, ein Wort hervorzubringen.
»Ich... liebe... dich... seit... wir... am... Brunnen...« Hophra hatte nicht mehr die Kraft, den Satz zu Ende zu führen. Jetzt war Samu es, die seine Hand fester drückte.
»Ich erinnere mich noch an jedes Wort, das du damals zu mir gesagt hast. Du warst so überzeugt von deinem Weg als Krieger und davon, daß es dem Aufrechten niemals schwerfallen würde, zwischen Gut und Böse zu unterscheiden.« Samu spürte, wie ihr Tränen die Wangen hinabliefen.
»Du... bist... so... schön...«
Die Priesterin wischte sich über das Gesicht und biß die Zähne zusammen. Sie wollte nicht, daß er sie weinen sah und ihre Schminke dunkle Linien über ihr Gesicht zog.
»Wir... werden... wohl... nie... wieder... Wasser... zusammen... holen...« Hophras Hände zitterten. Seine Wunde hatte aufgehört zu bluten. Ein Hustenkrampf ließ den Krieger erbeben. Blut tropfte von seinen Lippen. Dann lag er still.
Lange starrte die Priesterin auf das ebenmäßige, schmale Gesicht Hophras. Heute morgen noch hatte sie ihn verflucht und jetzt... Jetzt konnte sie nicht fassen, daß sie nie wieder seinen warmen Atem auf ihren Brüsten spüren würde.
Fröstelnd schlang sie sich die Arme um den Leib. Dann beugte sie sich vor und küßte ihn ein letztes Mal.

»Was war er für dich?« Philippos blickte die Priesterin über die Feuerschale hinweg an. Sie hielt ihre Hände dicht über die glühenden Kohlen. Seit sie den *Eshmun*-Tempel verlassen hatten, zitterte sie, und der kalte Regen hatte ihr die Lippen blau geschminkt. In Simons Haus hatte man sie in warme Decken gehüllt und ein Feuer aus Holzkohle für sie entfacht, doch die Kälte schien nicht von ihr weichen zu wollen.
»Es gab eine Zeit, da habe ich ihn für die Klarheit bewundert, in der er die Dinge gesehen hat. Vielleicht war es das, worin ich mich verliebt habe. Wenn er sprach, dann erschien alles immer so einfach... Er hat mit den Jahren seinen Weg verloren, doch ich glaube, er hat es nicht einmal gemerkt.« Die Priesterin lächelte traurig. Sie blickte zu den beiden Briefen, die Simon ihnen gegeben hatte.
»Was steht darin geschrieben?« Philippos warf einen flüchtigen Blick auf die geöffneten Papyrusrollen und die langen Kolonnen der seltsamen Bildzeichen, mit denen sie beschrieben waren. Samu hatte ihm von der Intrige des *Pharaos* erzählt, doch hatte er auch das Gefühl, daß sie ihm manches verschwieg.
»Lügen!« schnaubte die Priesterin verächtlich. »Die Briefe tragen das Siegel Berenikes, und sie sind im Stil eines gebildeten Hofschreibers verfaßt. Wenn ich nicht wüßte, woher sie kommen, ich hätte sie sicherlich für echt gehalten. Mit dem ersten verspricht die Herrscherin, Elagabal Waffen zu schicken. Der zweite Brief handelt davon, daß der Aufstand in Tyros ein Zeichen sein soll, auf das hin eine ägyptische Armee nach Syrien in Marsch gesetzt wird.«
»Wenn diese Briefe nach Rom gelangen, dann kann der Senat Gabinius nicht länger einen Angriff auf Ägypten verbieten. Ptolemaios wird uns reich entlohnen, wenn wir ihm diesen Dienst erweisen. Wir sollten allerdings darauf achten, daß Antonius nicht erfährt, welche Rolle man ihm in diesem Spiel zugedacht hatte.«
Die Priesterin schüttelte den Kopf. »Glaubst du wirklich, daß man uns belohnen wird? Ich fürchte, von diesem Geheimnis zu sprechen, hieße, *Anubis* zu rufen. Glaubst du wirklich,

der *Pharao* oder auch Pompeius würden es gutheißen, daß außer ihnen noch jemand um dieses Komplott weiß?«
Der Grieche strich sich nachdenklich über den Bart. Wenn die Priesterin sich irrte, dann hieße es, auf sehr viel Gold zu verzichten, wenn die Briefe vernichtet wurden.
»Wir sind geschickt worden, um herauszufinden, wer hinter dem Giftanschlag steckt«, murmelte Samu leise. »Wir haben unsere Aufgabe erfüllt. Ptolemaios hat uns nicht in seine Geheimnisse eingeweiht, warum sollten wir ihm jetzt die Wahrheit sagen?«
Philippos beugte sich vor und nahm die beiden Briefe an sich, die auf einem niedrigen Hocker neben der Feuerschale lagen. »Ich bin der Meinung, wir sollten sie unbedingt zu Gabinius bringen. Schließlich hat Hophra sein Leben dafür gegeben! Sie sollten dem römischen Senat vorgelegt werden.«
Samu sprang auf und wollte ihm die Papyri aus den Händen reißen, doch noch bevor sie ihn erreichen konnte, warf Philippos die Schreiben in die Feuerschale.
»Was tust du da?«
»Bei *Zeus*, was für ein schrecklicher Unfall!« Philippos beugte sich. Doch statt die Briefe aus dem Feuerbecken zu ziehen, blies er die glühenden Kohlen an, so daß die Papyri von einer hellen Flamme verzehrt wurden.
»Bist du von Sinnen, Philippos?« Samu starrte ungläubig auf die verkohlten Reste der Briefe.
»Nicht von Sinnen, doch bricht mir dies Mißgeschick das Herz! Es wäre so wichtig gewesen, die Briefe nach Rom zu schicken.« Er zwinkerte der Priesterin zu. »Hattest du Hophra nicht geschworen, dafür zu sorgen, daß die Schreiben in die rechten Hände gerieten? Man sollte keine Sterbenden belügen.« Philippos schlug rasch ein Schutzzeichen gegen böse Geister. Samu schüttelte den Kopf und lächelte. »Manchmal könnte man den Eindruck haben, daß du so etwas wie ein Herz hast, Grieche.« Philippos erwiderte ihr Lächeln. »Ich hoffe, du schließt daraus nicht, daß mir Gold von nun an gleichgültig ist. Schließlich muß man in meinem Alter schon mal gelegentlich daran denken, wie man das klei-

ne Weingut finanziert, auf dem man seinen Lebensabend verbringt.«

Das Lächeln der Priesterin wurde zu einem Lachen. »Hör auf, sonst fang ich noch an, dich zu mögen.«

GLOSSAR

Admetos Mythologischer König, der an der Fahrt der Argonauten teilnahm und als sehr gottesfürchtig galt. Als er im Sterben lag, gab seine Frau *Alkestis* ihr Leben, um ihn zu retten.

Aias Griechischer Held aus der *Ilias*. Er brachte Unglück über das Heer des Agamemnon, als er nach der Eroberung Troias die Seherin *Kassandra* am Altar der *Athene* zu vergewaltigen versuchte.

Aiolos Hüter der Winde und König der Insel Aiolia. Er gebietet über eine Höhle, in die die Winde eingeschlossen sind, und kann sie nach Belieben freilassen. Anfangs als Sterblicher angesehen, gilt *Aiolos* seit spätklassischer Zeit als Gott.

Aidoneus *Der nicht Sichtbare* ist einer der Beinamen des *Hades*.

Aigispanzer Bezeichnung für den Schild des *Zeus*. Dieser verlieh seinen Schild häufig an *Athene*. Der Schild war so schrecklich anzuschauen, daß sein Anblick die Feinde vor Entsetzen lähmte. Womöglich geht die Bezeichnung auf primitive Fellschilde zurück, denn *Aigis* heißt auch Ziegenfell.

Akropolis Allgemein die griechische Bezeichnung für Stadtburgen. Meist auf einem Hügel oder Felsen gelegen, befinden sich hier, durch Mauern geschützt, die wichtigsten öffentlichen Gebäude einer Stadt. Als Eigenname auch für den Burgberg Athens verwendet.

Alkestis Eine in der Mythologie als sehr tugendhaft bekannte Königstochter aus Iolkos, die ihr eigenes Leben für das ihres Gatten *Admetos* hingab.

Amun Der »König der Götter« ist die Verkörperung aller göttlichen Eigenschaften. Er gilt als göttlicher Vater des *Pharaos* und ist der Reichsgott Ägyptens. *Amun* wird in Menschengestalt mit Doppelfederkrone, in Widdergestalt oder als Gans dargestellt. Oft findet man ihn auch als Fruchtbarkeitsgott mit erigiertem Phallus.

Anubis Schakalköpfiger Schutzgott der Mumifizierung und Wegbegleiter zum Totengericht.

Apemphin Altägyptischer Name für Schierling. Die giftige Pflanze führt zu Lähmungserscheinungen. Bei falscher Anwendung kommt es zur Atemlähmung und zum Erstickungstod bei vollem Bewußtsein. In der Antike wird Schierling unter anderem als anaphrodisisches Mittel eingesetzt.

Aphrodite Göttin der Liebe, von den Römern mit *Venus* gleichgesetzt.

Apollon Gott der Jugend, der Musik, der Weissagung, des Bogenschießens und der Heilkunst. Er war ein Sohn des *Zeus* und der Titanin *Leto*. Die Stadt Ephesos beansprucht für sich die Ehre, daß dort *Apollon* gemeinsam mit seiner Schwester *Artemis* geboren wurde. Gemeinhin galt allerdings die Insel Delos als Geburtsort des Gottes.

Aquaeduct Römische Wasserleitung.

Artemis Jungfräuliche Göttin der Geburt und der Tiere. Sie war eine Tochter des *Zeus* und der Titanin *Leto*. Nach der von den Ephesern überlieferten Legende wurde sie nahe Ephesos geboren, dort, wo man ihr mit dem *Artemision* einen der prächtigsten Tempel der Antike errichtete. Bei plötzlichen und unerklärlichen Todesfällen sprach man davon, den Verstorbenen habe einer der Pfeile der *Artemis* getroffen. Von den Römern wird *Artemis* mit ihrer Jagdgöttin *Diana* gleichgesetzt. Vermutlich geht die ephesische *Artemis* auf eine kleinasiatische Muttergottheit ähnlich der phrygischen *Kybele* zurück.

Artemisia Ephesia Bezeichnung der *Artemis* von Ephesos, die im Kult in manchen Aspekten von der griechischen *Artemis* unterschieden ist (z. B. im Geburtstmythos oder in den ihr zugeschriebenen Eigenschaften).

Artemision Bezeichnung des in Ephesos errichteten monumentalen Tempels der *Artemis*. Das *Artemision* gilt als eines der Sieben Weltwunder. Der ursprüngliche Tempel wurde im 6. Jh. v. Chr. errichtet. Nach einem Brand wurde er im 4. Jh. v. Chr. neu aufgebaut.

Ashtoreth Der phönizische Name der kleinasiatischen Himmelsgöttin Astarte. Astarte wird auch die Königin des Himmels genannt und mit dem Mond gleichgesetzt. In Tyros ist *Ashtoreth* die bedeutendste weibliche Gottheit.

Asia Römische Provinz, die den Westen der heutigen Türkei umfaßte.

Asklepios Der Gott der Heilkunst war zunächst ein Sterblicher, der dann wie *Herakles* in den Olymp gehoben wurde. Sein Vater ist *Apollon*.

Aspasia Berühmte Athener *Hetaire*. Lange Zeit die Geliebte des *Perikles*.

Ass Kleine Kupfermünze. Der Kaufwert von einem *Ass* war zum Beispiel identisch mit dem Wert eines Pfundes Brot. Genaue Aufzeichnungen über das Preisniveau von Gebrauchsgütern in der Spätzeit der römischen Republik gibt es nicht. Als Orientierung mag dienen, daß hundert Jahre später eine *Tunica* sechzig *Asse* kostete, ein halber Liter Landwein nur ein *Ass*, ein Maultier aber 2080 *Asse*.

Athene Jungfräuliche Göttin der Künste, der Handwerke und des Krieges. Sie war die Schutzgöttin Athens und wurde von den Römern Minerva genannt. *Athene* war die Tochter des *Zeus* und der Okeanide Metis. *Pallas* ist der gebräuchlichste Beiname der *Athene*. Der Ursprung dieses Namens ist bereits in der Antike umstritten.

Atrium Hofähnlicher Mittelraum eines italischen Hauses. In der Regel war das *Atrium* mit einem nach innen geneigten

Dach abgedeckt, in dessen Mitte eine große, rechteckige Öffnung *(Compluvium)* ausgespart wurde. Typisch für das *Atrium* ist auch das *Impluvium*, ein rechteckiges Becken unterhalb der Dachöffnung, unter dem meist eine Zisterne liegt, in der Regenwasser gesammelt wird.

Auge des Horus Das linke Auge des *Horus* gilt den Ägyptern als Mond, das rechte als Sonne.

Baal Melkart Siehe *Melkart*.

Blut des Ibis Einer der antiken Namen für Keuschlamm, eine Pflanze, die auch als Mönchspfeffer bekannt ist. In den Samen ist ein Hormon enthalten, das bei Männern die Libido unterdrücken, bei Frauen prämenstruelle Krämpfe lockern kann.

Boyie Der Stadtrat von Tyros, der sich aus hundert Mitgliedern zusammensetzt.

Caliga (caligae pl.) Bezeichnung für die ledernen Halbstiefel römischer Soldaten.

Centurie Bei Sollstärke eine Hundertschaft in einer Legion. De facto waren *Centurien* meist nicht mehr als fünfzig bis sechzig Mann stark. Der kommandierende Offizier einer *Centurie* ist der *Centurio*.

Charon Fährmann über den Styx, den Fluß, der die Welt der Sterblichen von der Unterwelt trennt.

Chiton Griechisches Untergewand. Es besteht aus zwei rechteckigen, gewebten Stoffbahnen, die seitlich durchgehend und an der Oberkante unter Freilassung einer mittleren Öffnung für den Kopf und zweier seitlicher für die Arme aneinandergenäht sind. Berufskleidung bei Wagenlenkern, Musikern und Priestern.

Chitonion Kleinere, meist von Frauen getragene Variante des *Chiton*. Das *Chitonion* gilt als Untergewand und wird in der Öffentlichkeit nie ohne Übergewand getragen.

Chosmophoroi Ehemalige Priesterinnen der *Artemis* von Ephesos, die sich nach dem Ausscheiden aus dem Kollegium der jungfräulichen Priesterinnen um den Schmuck der Göttin kümmern und ihn bei Prozessionen tragen.

Chrysophoi Die *Chrysophoi* tragen bei Prozessionen das

Götterbild der *Artemis*.

Civitas foederata Bezeichnung für einen Staat oder eine Stadt, die in einem beschworenen Bündnis mit Rom steht. Die so bezeichneten Verbündeten Roms behalten eine relativ hohe Eigenständigkeit. Sie behalten die Selbstverwaltung, ihr eigenes Bürgerrecht und ihre eigene Rechtsordnung.

Daimon Von den Griechen als Sammelbegriff genutzte Bezeichnung für übernatürliche Wesen wie *Nymphen, Satyrn* oder *Harpyien*.

Demoz Der Vorsteher des Stadtrates von Tyros.

Denar Silbermünze von rund vier Gramm Gewicht. Seit 89 v. Chr. war der Wert eines *Denar* auf sechzehn *Asse* (Kupfermünzen) festgelegt.

Diana Von den Römern mit der griechischen *Artemis* gleichgesetzte Göttin der Jungfräulichkeit, der Geburt und der Jagd.

Dionysos Griechischer Gott der Weine, der ausschweifenden Feste und der Vegetation. Seltener wird er von den Griechen auch Bakcos genannt, woraus die Römer Bacchus, ihren Namen des Gottes, ableiteten. Da *Dionysos* in Stücke gerissen und wiedergeboren wurde, setzten die Griechen den ägyptischen *Osiris* mit ihm gleich, der ein ähnliches Schicksal erlitten hat.

Djed Pfeiler Ein Amulett, das einen mit Getreideähren umwickelten Pfahl zeigt. Es handelt sich wohl ursprünglich um ein Fruchtbarkeitssymbol, das später dann aber auch mit dem Rückgrat des Unterweltgottes *Osiris* gleichgesetzt wird.

Erinnyen Die *Erinnyen,* bei den Römern auch *Furien* genannt, galten als erdgeborene Rachegöttinnen. Sie wurden oft in Verfluchungen angerufen. Dabei schlugen die Gekränkten auf den Boden, offensichtlich, um die Aufmerksamkeit der *Erinnyen* zu erregen.

Ezechiel Auch Hesekiel geschrieben. Zunächst Priester im Tempel von Jerusalem, gerät Ezechiel 597 nach der Eroberung der Stadt durch *Nabucodonosor* in babylonische Gefangenschaft. Unter den deportierten Judäern gilt er bald als Prophet und Hoffnungsträger.

Fortuna Römische Göttin, die als Glücksbringerin angesehen wurde, aber auch als Göttin des Zufalls gilt.

Forum Öffentlicher Versammlungsort und Marktplatz. Um das *Forum* einer römischen Stadt gruppierten sich gewöhnlich die wichtigsten öffentlichen Gebäude und Tempel.

Galater Keltisches Volk, das im dritten Jahrhundert vor Christus über Makedonien nach Kleinasien einwandert und dort in der Region um Pergamon seßhaft wird.

Garum Beliebte Fischsauce und häufigstes »Gewürz« der Römer. Hergestellt wird die Sauce aus Fischabfällen, die mit sehr viel Salz versetzt werden.

Gladius Das kurze, zweischneidige Schwert, mit dem die römischen Legionäre bewaffnet waren.

Gorgonenhaupt Die Gorgonen waren drei schreckliche Ungeheuer, die Ge gebar, um die Giganten im Kampf gegen die Götter zu unterstützen. Mit Gorgonenhaupt ist gemeinhin das Haupt der Medusa gemeint. Sie war die einzige Sterbliche unter den Gorgonen und wurde durch Perseus getötet. Eine rote Zunge hängt aus ihrem Mund, der von Eberhauern gerahmt ist. Schlangen ringeln sich um den Kopf der Medusa, und ihr Anblick ist so schrecklich, daß er Mensch und Vieh in Stein verwandelt. Das *Gorgonenhaupt* ist in der Antike häufig als Motiv in der Kunst verwendet worden. Es schmückte Schilde, Brustpanzer, Vasen, Tempelfriese etc.

Hades Nach der griechischen Mythologie der Gott der Unterwelt. Die Griechen zögerten, *Hades* bei seinem wahren Namen zu nennen, aus Furcht, die Aufmerksamkeit des schrecklichen Herren der Toten auf sich zu ziehen. Statt dessen benutzten sie Beinamen wie *Aidoneus* (der nicht Sichtbare) oder auch *Plouton*, was eine Anspielung auf seinen Reichtum war, denn einige Mythen bringen ihn auch mit der Fruchtbarkeit der Erde in Zusammenhang. Außer als Göttername kann *Hades* auch einfach nur als Bezeichnung der Unterwelt gelten.

Harpyien Vogelartige weibliche Ungeheuer, die auch die »Hunde des Zeus« genannt werden. Ihr Namen bedeutet wörtlich übersetzt Greifer. Sie werden auch als Personifikationen der Sturmwinde betrachtet und bringen Unglück über die Sterblichen.

Helix Antiker Name für Efeu. Dioskurides schreibt dem Efeu in seinen Schriften über die Kräuterkunde eine menstruationsfördernde und abtreibende Wirkung zu. Die moderne Pharmakologie schließt sich dieser Meinung nicht an. In der Antike gilt der Efeu auch als Rauschmittel und ist eines der Attribute des *Dionysos*.

Hera Göttin der Ehe, der Geburt und Königin des Himmels. *Hera* ist die Gemahlin des Zeus. Von den Römern wird sie mit Minerva gleichgesetzt.

Herakles Der Sohn des *Zeus* und der Alkmene ist einer der bedeutendsten Helden der griechischen Mythologie. Er gilt als die Verkörperung von Kraft und männlichem Heldentum. Seine Attribute sind die Keule und das Löwenfell.

Hermes Herold und Bote der Götter und Geleiter der Reisenden. Von den Römern mit Merkur gleichgesetzt. In der bildenden Kunst wird er oft als hübscher, junger Mann mit geflügelten Sandalen und dem breitrandigen Hut eines Wanderers dargestellt.

Hetaire Griechischer Begriff für eine Prostituierte.

Himation Übergewand oder Mantel. Ein rechteckiges Stoffstück, das als Mantel drapiert wird, indem ein Zipfel auf die linke Brust gelegt wird und der Rest über die linke Schulter und den Rücken auf die rechte Körperseite zurück nach links geführt wird. Das *Himation* hat im Gegensatz zur *Toga*, die nur zwei Zipfel besaß, vier Zipfel, die oft mit eingenähten Gewichten beschwert wurden, um einen schöneren Faltenwurf zu bewirken.

Hispania ulterior Römische Provinz im heutigen Spanien.

Iberer Ureinwohner Spaniens. Es handelt sich bei den *Iberern* um ein vermutlich während des Neolithicums aus Nordafrika eingewandertes Volk.

Ilias Epos des *Homer*, in dem der Dichter den troianischen Krieg beschreibt.

Imhotep Wesir des *Pharaos* Djoser. Er gilt als Architekt der Stufenpyramide von Sakkara. Nach seinem Tod wird der große Baumeister als Weiser verehrt, schließlich mit dem Gott *Ptah* in Verbindung gebracht und selbst vergöttlicht. In später Zeit wird *Imhotep* auch als ein Gott der Heilkunst verehrt und von den Griechen mit *Asklepios* gleichgesetzt.

Impluvium Rechteckiges Bassin, meist in der Mitte des *Atriums* gelegen.

Insula (pl. insulae) Meist rechteckige Wohnblocks mit einer Grundfläche zwischen 850 und 5500 Quadratmetern. In Rom sind schon in spätrepublikanischer Zeit Häuserblocks mit bis zu sieben Stockwerken gebaut worden, die durch die Verwendung minderwertiger Baumaterialien häufig von Brand- und Einsturzkatastrophen heimgesucht wurden. Die *Insulae* in den Provinzstädten sind niedriger und sicherer. In den Jahren 48/47 v. Chr. legt Caesar in Rom die Mietpreise auf maximal zweitausend Sesterzen je Wohnung fest. Der zulässige Höchstpreis in anderen Städten betrug hingegen nur fünfhundert Sesterzen. Die Unkosten für die Miete waren der mit Abstand höchste Posten im monatlichen Budget des durchschnittlichen stadtrömischen Bürgers.

Iris Tochter des Titanen Thaumas und der Okeanide Elektra. *Iris* gilt als Götterbotin und ist häufig in Diensten der *Hera* oder der *Athene* unterwegs.

Isis *Isis* verkörpert allgemein den weiblichen Aspekt des Göttlichen. Darüber hinaus gibt es zahlreiche weitere Aspekte. So gilt sie als Schutzgöttin der Magie oder auch als Erfinderin des Segels. Sie ist die Gemahlin des *Osiris* und Mutter des *Horus*.

Isis-Blut Siehe *Tet-Amulett*.

Isis-Knoten Siehe *Tet-Amulett*.

Janitor Ein Sklave, der ausschließlich die Aufgabe hat, den Hauseingang zu bewachen. Er ist nach *Janus* benannt, dem römischen Gott der Türen und Tore sowie des Anfangs.

Janus Römischer Gott aller Durchgänge und des Anfangs. Er wird in der Kunst mit zwei in entgegengesetzte Richtungen gewendeten Gesichtern dargestellt.

Jupiter Der Hauptgott der Römer, von ihnen mit *Zeus* gleichgesetzt.

Kassandra Troianische Seherin. Tochter des Priamos und der Hecuba. *Kassandra* ist Priesterin des *Apollon*. Der Gott selbst lehrt sie die Kunst der Weissagung, verflucht sie aber später dazu, daß ihre Orakelsprüche niemals ernst genommen werden.

Kiki-Baum Ägyptische Bezeichnung für den Rizinus-Baum.

Kline Eine Liege, die zwar auch als Bett verstanden werden kann, aber daneben zahlreiche andere Funktionen hatte. So war es üblich, auf *Klinen* ruhend im *Triclinum* zu speisen. Sie galt aber auch als Arbeitsplatz von Philosophen und Politikern. Statt an einem Schreibtisch zu sitzen, erledigte der alternde Augustus z. B. einen großen Teil seiner Staatsgeschäfte auf einer *Kline* liegend, neben der sich auf einem niedrigen Tisch die Schriftrollen stapelten.

Kohl Ägyptischer Name für schwarze Lidschminke. Die Schminkpaste setzt sich aus einem Gemisch aus Ochsenfett, Bienenwachs, mit Weihrauch präpariertem Behenöl sowie Ruß, Bleisulfid oder Magnetit zusammen. Das körnige Magnetit wurde laut Plinius nur dem *Kohl* für Männer beigegeben.

Konsul Auf Jahresfrist gewählter, höchster Beamter der Republik, der seine Macht mit einem gleichberechtigten Kollegen teilt.

Kroisos Letzter König von Lydien (560-547), sprichwörtlich berühmt für seinen Reichtum. Einige Säulen des älteren *Artemisions* sind von ihm gestiftet worden.

Kteis Das weibliche Geschlechtsorgan.

Kybele Eine phrygische Muttergöttin. Sie wurde oft als Mutter der Götter (Magna Mater) bezeichnet. Einige ihrer Wesenszüge finden sich auch bei der *Artemisia Ephesia*.

Leto Tochter der Titanen Koios und Phoibe. Hauptsächlich als Mutter von *Artemis* und *Apollon* bekannt. In ihrem Namen lebt vermutlich die Erinnerung an eine mächtige orientalische Göttin weiter.

Lokrer Griechisches Volk, das in der Nähe des antiken Delphi ansässig war.

Maekonossaft Der weißliche Saft, der austritt, wenn man die unreifen Samenkapseln der Mohnpflanze anschneidet. Der

Mohnsaft wird auch *Tränen des Mondes* oder *Saft vom Kraut des Vergessens* (Ovid) genannt. Er findet während der gesamten Antike als Zauber-, Schlaf- und Schmerzmittel Verwendung.

Mars Der römische Name des griechischen Kriegsgottes Ares.

Megabyzos Der Titel des Tempelaufsehers und Finanzverwalters des *Artemisions* von Ephesos. Um unter den jungfräulichen Priesterinnen der Göttin leben zu dürfen, mußte der *Megabyzos* ein Eunuch sein. Der Titel als solcher kommt aus dem Persischen und tritt dort auch als Name auf.

Melkart Der phönizische Gott des Lichtes und des Feuers. Melkart ist Hauptstadtgott von Tyros. Ihm sind zwei Tempel geweiht, in denen jeweils ein ewiges Feuer brennt. *Melkart*, der ursprünglich wahrscheinlich nur einen Aspekt des Himmelsgottes und Göttervater Baal verkörperte, entwickelte sich in Tyros über die Jahrhunderte zum Hauptgott. Von den Griechen wird *Melkart* mit *Herakles* gleichgesetzt.

Nabucodonosor Griechischer Name für Nebukadnezar II., der seit 605 v. Chr. König des babylonischen Reiches war. Unter seiner Herrschaft steigt das spätbabylonische Reich noch einmal zur Großmacht auf. Er läßt Babylon zu einer gewaltigen Metropole ausbauen. Seine Herrschaft festigt er durch zahlreiche Feldzüge, die unter anderem zur Eroberung von Tyros und Jerusalem führen.

Navigium Isidis Mit diesem Fest zu Ehren der *Isis* als Schützerin der Seefahrt wird am 5. März die Wiederaufnahme der Schiffahrt nach den Winterstürmen gefeiert.

Nereiden Meernymphen. Sie gelten als die Töchter des Meeresgottes *Nereus* und der *Doris*, einer Tochter des *Okeanos*.

Nymphen Eine *Nymphe* war ein *Daimon*, der in einem bestimmten Platz, Objekt oder Naturphänomen wohnte. Oft gehen in Nymphen niedere weibliche Gottheiten aus älterer Zeit auf. Die Eigenschaften Jugend, Schönheit und Liebe, die man den meisten *Nymphen* zuschrieb, machten ihre Liebesgeschichten zu den Lieblingsthemen der Dichter.

Osiris Der Gott der Auferstehung. Einst war *Osiris* König auf Erden, doch dann wurde er durch seinen Bruder *Seth* getötet. *Osiris* überwindet den Tod und wird gemeinsam mit *Re* zum Richter der Toten.

Olymp Gebirgskette in Nordthessalien. Von den Griechen als Sitz der Götter verehrt.

Olympier Synonym für die griechischen Götter als Gesamtheit.

Orestes Sohn des Agamemnon und der Klytaimnestra. Seine Mutter ermordet Agamemnon, als *Orestes* noch ein Kind ist. Später ermordet dann *Orestes* mit Hilfe seiner Schwester Elektra Klytaimnestra und ihren Liebhaber. Er wird einer der berühmtesten (mythologischen) Könige Mykenes.

Patrizier Die Nachfahren der Gründerväter Roms. In der frühen Republik konnten nur Patrizier Priester werden oder im Senat sitzen. In spätrepublikanischer Zeit gilt dieses Privileg nur noch für sehr wenige Priesterämter.

Peganon Griechischer Name für Gartenraute. In der Antike und im Mittelalter glaubt man, daß der Genuß von Raute Männer keusch werden läßt. Je nach Dosierung wirkt Raute anregend oder beruhigend auf das Nervensystem.

Perikles Bedeutender athenischer Staatsmann (495-429), der zeitweise eine fast monarchische Stellung einnimmt. Seine Herrschaftszeit gilt als goldenes Zeitalter der Stadt. Er läßt die *Akropolis* der Stadt mit prächtigen Tempeln schmücken.

Phallos Das (erigierte) männliche Geschlechtsorgan.

Pluto Euphemistischer Name für *Hades*. Dieser Beiname bezieht sich auf den Reichtum (gr. ploutos) des Unterweltgottes, der so wie der ägyptische *Osiris* auch mit der Erdfruchtbarkeit in Verbindung gebracht wird.

Pontifex maximus Oberster der römischen Staatspriester. Theoretisch führt er die Aufsicht über sämtliche öffentlichen und privaten Opferungen sowie über den Kalender. In der Zeit, in der der Roman handelt, bekleidete Julius Caesar dieses Amt.

Poseidon Gott des Meeres, der Erdbeben und der Pferde, von den Römern mit *Neptun* gleichgesetzt.

Porticus Eine Säulenhalle mit geschlossener Rückwand.

Praefectus Equitum Oberkommandierender der Reiterei.

Praetorium So heißt in einem römischen Militärlager der Bereich, in dem das Zelt des Feldherren steht.

Proconsul Das Prokonsulat wurde in der Regel in Anschluß an ein Konsulat vergeben. Gelegentlich wurde es auch auf Volks- oder Senatsbeschluß verliehen. Der *Proconsul* übernahm seit spätrepublikanischer Zeit das Kommando in besonders wichtigen Provinzen. Er war dort oberster Entscheidungsträger in Armee und Verwaltung. Theoretisch war der *Proconsul* dem Senat Rechenschaft schuldig. Praktisch machte die weite Distanz zwischen der Provinz und Rom eine Absprache unmöglich.

Pronaos Der Cella des Tempels vorgelagerter Raum. Der *Pronaos* ist meist als Säulenhalle angelegt.

Protokures Der Vorsteher des Priesterkollegiums der *Kureten* im *Artemision* von Ephesos.

Quinquereme Die *Quinquereme* war der verbreitetste Schlachtschifftyp in der späten Republik. Sie war eine Galeere mit drei übereinanderliegenden Ruderbänken, wobei die untersten Ruder von einem, die der beiden höhergelegenen Decks von jeweils zwei Seeleuten bedient wurden. Bei voller Besatzung verfügte die *Quinquereme* über dreihundert Seeleute und hundertzwanzig Seesoldaten. Wie die *Trireme*, so verfügt auch die *Quinquereme* über ein quadratisches Segel. Manche dieser Kriegsschiffe hatten im vorderen Drittel des Rumpfes einen hölzernen Gefechtsturm.

Re *Re* wird als falkenköpfig mit einer Sonnenscheibe auf dem Haupt dargestellt. Er ist Sonnengott, wird aber auch mit anderen großen Göttern wie *Amun* zur Allgottheit verbunden. Tag für Tag zieht er mit der Barke der Millionen Jahre über den Himmel und wird dabei von *Seth* beschützt.

Sachmet Die löwenköpfige Göttin bringt Krieg und Vernichtung auf die Welt. Ihr Name bedeutet soviel wie »die Mächtige«. Als *Re* über die Menschen erzürnt war, wurde *Sachmet* zum Werkzeug seiner Rache.

Säulen des Herakles Der antike Name für die Straße von Gibraltar.

Satyrn Waldgeister in Menschengestalt, die unterschiedliche Tierattribute aufweisen. In der Kunst werden die *Satyrn* häufig als junge Männer dargestellt, die Pferdeschwänze, spitze Ohren oder Hörner sowie gelegentlich Bocksfüße haben. Häufig werden sie mit einem übertrieben großen *Phallos* abgebildet. Die *Satyrn* gehören zum Gefolge des *Dionysos*.

Serapis Dieser Gott wurde erst während der Zeit der ptolemaischen Herrschaft erschaffen. Er ist eine Verbindung von *Osiris* und *Apis*, der nach seiner Konzeption Altägyptisches und Hellenistisches miteinander verschmelzen sollte. Das Experiment der Götterschöpfung vor politischem Hintergrund wurde nur teilweise zum Erfolg, denn *Serapis* erfreute sich außerhalb Ägyptens stets größerer Beliebtheit als im Land der *Pharaonen*.

Sertorius *Quintus Sertorius* führte als Statthalter der Provinz Hispania Citerior um 80 v. Chr. einen Aufstand der Popularen gegen Rom. Er erhielt starken Zulauf durch die spanische Bevölkerung und schaffte es, sich acht Jahre lang gegen die Heere des römischen Senats zu behaupten.

Shesmet Ägyptische Bezeichnung für eine grüne Paste, die zum Schminken der Augenlider verwendet wurde. Die Salbe setzt sich aus pulverisiertem Kupferkarbonat und verschiedenen Pflanzenölen zusammen.

Sesterz Bronzemünze, die in der Spätzeit der Republik dem Wert von vier *Assen* entsprach. Vier *Sesterze* hingegen bildeten den Gegenwert eines *Denars*.

Seth Der Kopf des *Seth* gleicht einem Fabeltier mit langen Ohren und rüsselartiger Schnauze. Der Gott kann aber auch in der Gestalt eines Nilpferdes oder eines Krokodils dargestellt werden. Er ist eine der ältesten Gottheiten Ägyptens und gilt als die Verkörperung des Bösen. Trotzdem ist er auch der Beschützer *Res* und wurde von *Pharaonen* wie Sethos I. oder Ramses II. besonders verehrt.

Shekel Silbermünze vergleichbar einem römischen *Denar*.

Silen Die *Silenen* unterscheiden sich von den *Satyrn* eigentlich nur dadurch, daß sie älter, weiser und noch trinkfreudiger waren. Auch sie gehören zum Gefolge des *Dionysos*.

Sistrum (pl. sistra) Eine metallene Gebetsrassel.

Somnus Römischer Gott des Schlafes, wurde mit dem griechischen *Hypnos* gleichgesetzt.

Speirophoroi Angehöriges des Artemistempels von Ephesos. Meist handelte es sich um ehemalige Priesterinnen, die geheiratet hatten und nur noch gelegentlich Dienst im Tempel versahen. Ihre Aufgabe bestand in der Pflege der Gewänder, mit denen die Artemisstatue geschmückt wurde. Bei Prozessionen trugen sie die Gewänder der Statue.

Stadion Griechische Maßeinheit; ca. 190 Meter.

Striga (pl. Strigae) Die römische Bezeichnung für Zauberinnen und Hexen.

Styx Hauptfluß im *Hades*. Wer in den *Hades* eintreten will, muß vom Fährmann Charon über den *Styx* gesetzt werden.

Systhamna Laut Dioskurides der ägyptische Name für Rizinus. Bei heißer Pressung der ölhaltigen Samen entsteht ein äußerst wirksames Abführmittel.

Taberna (pl. Tabernae) Bezeichnung sowohl für ein Ladenlokal als auch für eine Schenke.

Tablinum Empfangsraum für Gäste, der sich in der Regel an das *Atrium* anschließt.

Tartaros Ort der Finsternis, der noch unter dem *Hades* liegt. Nach antiker Mythologie liegt der *Tartaros* so tief unter der Erde, daß ein Amboß neun Tage fallen müßte, um ihn zu erreichen.

Tet-Amulett Das *Tet-Amulett* wird auch *Isis-Knoten* oder *Isis-Blut* genannt. Dieses Amulett wird aus rotem Stein, wie Jaspis oder Karneol, geschnitten. Es soll den Körper der Toten davor beschützen, daß Verbrechen an ihm begangen werden.

Tetrarch Griechischer Offiziersrang. Der *Tetrarch* kommandiert in der makedonischen Phalanx vier Kolonnen, die insgesamt 64 Soldaten umfassen.

Thanatos Die Personifikation des Todes. *Thanatos* wurde aus Nyx, der Nacht, geboren. Gemeinsam mit seinem Bruder Hypnos (Schlaf) lebte er im *Tartaros*. *Thanatos* wurde selbst von den Göttern gehaßt. Seine Aufgabe war es, die Toten in den *Hades* herabzuholen. Diese Funktion wurde allerdings auch häufig von den Keren (weiblichen Todesgeistern) oder den *Erinnyen* übernommen.

Thargelion Der sechste *Thargelion* galt in der Antike als Geburtstag der Göttin Artemis. Der *Thargelion* liegt ungefähr zeitgleich mit dem heutigen Monat Mai.

Thermen Öffentliches Bad. Neben warmen und kalten Badebecken verfügen sie meist über einen Sportplatz auf dem Innenhof, Massageräume und manchmal sogar über eigene Bibliotheken. Die Eintrittspreise waren so niedrig, daß sich jeder den Besuch der Badehäuser leisten konnte.

Thoth *Thoth* wird als Ibis, ibisköpfiger Mensch oder Affe dargestellt. Er ist der Gott der Weisheit und Wächter über Schrift und Kalender. Außerdem hat er die Aufgabe, vor dem Totengericht zu notieren, ob die Waagschale mit dem Herzen sinkt. Tritt dies nicht ein, ist der Tote »gerechtfertigt«.

Tiara Eine dreifache Krone, ursprünglich aus dem Zweistromland stammend.

Toga (togae pl.) Die *Toga* galt als das unübersehbare Ehrenzeichen des römischen Bürgerrechts. Sie ist Staats- und Ehrenkleid während der gesamten römischen Republik. Die *Toga* war ein halbkreisförmig geschnittenes Tuch, das es in kunstvollen Falten zu drapieren galt. Die Oberschicht trägt für gewöhnlich ein weiße *Toga*. Die *Toga* der ärmeren Bürger war meist weniger aufwendig gebleicht.

Tribun In erster Linie ein Stabsoffizier in der römischen Armee, der aber auch durchaus mit einem Feldkommando betraut werden kann. Oft ist die militärische Qualität der *Tribunen* minderwertig, da dieser Rang auch an Patriziersöhne ohne große militärische Ausbildung vergeben wurde.

Triclinium Speisezimmer des römischen Hauses. Es ist nach den *Klinen* benannt, jenen Liegen, auf denen die vornehmen Römer ihr Essen einnahmen. In großen Häusern fanden sich im Speisezimmer natürlich wesentlich mehr als drei *Klinen*.

Trierarch Kommandant eines römischen Kriegsschiffes, so benannt nach den Kapitänen der ursprünglich griechischen *Triremen*.

Trireme Circa vierzig Meter lange Galeeren mit drei übereinanderliegenden Ruderbänken. Hundertsiebzig Ruderer wurden benötigt, um eine *Trireme* zu bewegen. Bei günstigem Wind konnte auch ein quadratisches Segel an einem Mast gehißt werden, der so konstruiert war, daß er vor der Schlacht problemlos flachgelegt werden konnte.

Tunica Ein hemdartiges, ärmelloses oder kurzärmeliges Gewand, das als Unterkleidung zur *Toga* oder unter Rüstungen getragen wurde, beim Militär oder von ärmeren Bürgern oder Sklaven durchaus aber auch als einziges Gewand benutzt wurde. Während der Endphase der Republik erfreute es sich bei nicht offiziellen Anlässen ebenso wie andere schlichte Gewänder größerer Beliebtheit als die *Toga*, die man als unbequem empfand.

Tympanon Giebelfeld über Fenstern und Türen. Häufig mit einem Figurenfries geschmückt.

Udjat Ägyptisches Amulett in Form eines stilisierten Falkenauges. Das *Udjat* wird auch Horusauge oder »gesundes Auge« genannt. Im Totenritus verleiht das *Udjat* dem Verstorbenen die Kraft, in der Unterwelt mit den Göttern zu reisen, aufzuerstehen und selber zum Gott zu werden.

Venus Römische Göttin der Gartenfruchtbarkeit, die später mit *Aphrodite* gleichgesetzt wird.

Vestalinnen Zur Jungfräulichkeit verpflichtete Priesterinnen der latinischen Feuergöttin *Vesta*.

Zeus Herrscher über die olympischen Götter, der von den Römern mit *Jupiter* gleichgesetzt wird.

NAMENREGISTER

Die »Rufnamen« der aufgeführten Personen erscheinen fett gedruckt. Nicht historische Personen erscheinen in Kursivschrift.

Abimilku	Kapitän und Purpurtaucher in Tyros
Abdoubast	Kapitän eines Handelsschiffes aus Tyros
Archelaos	Priesterkönig aus Comana
Aristobulos	Hohepriester; führt antirömischen Aufstand in Judäa
Azemilkos	Hohepriester des *Melkart* in Tyros
Batis	Nubischer Leibwächter des Ptolemaios
Berenike IV.	Zweitälteste Tochter des Ptolemaios, Thronräuberin
Buphagos	Mundschenk am Hof des Ptolemaios
Gaius Julius **Caesar**	*Triumvir*, zur Zeit der Romanhandlung als *Proconsul* in Gallien

Chelbes	Hohepriester des *Eshmun* in Tyros
Marcus Licinius Crassus	*Triumvir*, einer der mächtigsten Männer Roms
Elagabal	Kaufmann in Tyros
Eskander	*Tetrarch* und Geliebter der Kleopatra
Ezechiel	Prophet des alten Testaments
Aulus Gabinius	Römischer *Proconsul* in Syrien
Haritat	Nabatäischer Karawanenführer
Hippolyte	Amazonenkönigin
Hophra	Leibwächter des Elagabal
Isebel	Tochter des judäischen Kaufmanns Simon
Iubal	Kaufmann in Tyros
Kleopatra VII. Philopator	Tochter des Ptolemaios; später berühmt für ihre Liebesaffären mit Caesar und Marcus Antonius
Marcus Antonius	*Praefectus equitum* des Proconsuls Gabinius
Nabucodonosor	Babylonischer König
Neaira	*Hetaire* in Ephesos, Geliebte des Philippos
Oiagros	Thrakischer Kapitän in Diensten des Elagabal
Orestes	Der *Eirenarkes* von Ephesos
Philippos	Ehemaliger Legionsarzt
Gnaeus Pompeius Magnus	*Triumvir*, Feldherr und Politiker; einer der mächtigsten Männer Roms
Potheinos	Erster Eunuch und einflußreicher Berater am Hof des Ptolemaios
Ptolemaios XII. Theos Philopator Philadelpos Neos Dionysos Auletes	Vom Thron vertriebener Pharao

Samu	**Isispriesterin und Heilerin am Hof des Ptolemaios**
Marcus Aemilius Scaurus	**Legat des Pompeius in Syrien;**
Lucius Septimius	**Tribun unter dem Kommando**
des	**Antonius**
Sertorius	**Abtrünniger, römischer Provinzherr in Spanien**
***Simon* der Judäer**	**Kaufmann in Tyros**
Gaius Sosius	**Römischer *Trierarch***
Thais	***Hetaire* am Hof des Ptolemaios**
Theodotos von Chion	**Lehrer am Hof des Ptolemaios**

DIE KINDER DES PTOLEMAIOS

Kleopatra V. Tryphania[1] = Ptolemaios XII. Neos Dionysos[2] =?
(Auletes) (80-58, 55-51)

Kleopatra V.
Tryphania
(58-57)

Arsinoë IV.

Archaelos = Berenike IV.
(57-55) (58-55)

KLEOPATRA VII.[1] = Ptolemaios XIII. (2) Ptolemaios XIV.
(51-49), 48-30 (51-47) (47-44)

1) Die Historiker streiten sich darüber, ob Kleopatra V. Tryphania und Kleopatra VI. Tryphania nicht in Wirklichkeit ein und dieselbe Person sind.

2) Nach ägyptischer Terminologie wird aus Neos Dionysos der Neue Osiris.